本书为河南省高校青年骨干教师支持计划"'新时期'文学转型与革命重述关系研究"（编号：2013GGJS–171）和2015年度河南省高等学校哲社基础研究重大项目"'新时期'以来河南城乡小说梦想叙事研究"（编号：2015–JCZD–005）的阶段性成果，并在写作的过程中受中国博士后基金第5批特别资助（编号：2012T50633）的支持。

记忆
的力量

赵牧 著

暨南大学出版社
JINAN UNIVERSITY PRESS

中国·广州

图书在版编目（CIP）数据

记忆的力量/赵牧著．—广州：暨南大学出版社，2015.6
ISBN 978 - 7 - 5668 - 1426 - 5

Ⅰ．①记…　Ⅱ．①赵…　Ⅲ．①中国文学—当代文学—文学研究
Ⅳ．①I206.7

中国版本图书馆 CIP 数据核字（2015）第 122758 号

出版发行：暨南大学出版社

地　　址：中国广州暨南大学
电　　话：总编室（8620）85221601
　　　　　营销部（8620）85225284　85228291　85228292（邮购）
传　　真：（8620）85221583（办公室）　85223774（营销部）
邮　　编：510630
网　　址：http：//www.jnupress.com　http：//press.jnu.edu.cn

排　　版：广州联图广告有限公司
印　　刷：深圳市新联美术印刷有限公司

开　　本：787mm×960mm　1/16
印　　张：15
字　　数：282 千
版　　次：2015 年 6 月第 1 版
印　　次：2015 年 6 月第 1 次

定　　价：38.00 元

（暨大版图书如有印装质量问题，请与出版社总编室联系调换）

第一辑

天涯来去

一种仪式,总有些不得已的;一种谎言,有时连自己也不觉是相信了的。我这里对于时光的记忆,对过往的复述,对命运的感慨,也许就是这种仪式与谎言的延伸,我以一种恋恋不舍的神情,急切地把它们打发走了。

1. 我们的王庄　　/2

2. 毫不利己,专门利人　　/7

3. 奶奶家的大黄狗　　/11

4. 村小的日子　　/14

5. 大胡子刘老师　　/18

6. 鲁有执竿者　　/22

7. 不良少年　　/25

8. 邂逅　　/28

9. 永远的愧疚　　/30

10. 青涩　　/33

11. 说"沙发",记北京　　/37

12. 迷失兖州　　/45

13. 牙疼　　/50

14. 购书记　　/53

15. 从天涯来　　/57

16. 寂寞的自由　　/61

17. 从小脚说到乳房　　/64

18. 下雪的夜晚　　/68

19. 厕所在哪里　　/69

20. 座中有鸿儒　　/74

21. 记忆与遗忘　　/79

第二辑

谈鸡论鸭

如果把社会生活中的议题比作撒给鸡鸭的食物,鸡一嘴,鸭一嘴,但鸡鸭却有很大不同,鸡总看着别的鸡嘴里,而鸭只看准自己的嘴里。评论家当有一种鸭的精神,但是,我们这个时代鸡嘴太多,鸭嘴太少,太多的人期待别处的热闹,因而,海阔天空的评论似很喧嚣,但我们的判断却非常糟糕。

1. 老萨的生死　　/86

2. 冒充教授,我的错误在哪里　　/89

3. 自由与考博的悖论　　/91

4. 师之责,酒之罪　　/94

5. 朱学勤:何出天谴之语　　/98

6. 话说灾难旅行者　　/100

7. 告别"直八"时代　　/104

8. "三八节"有感　　/108

9. 日常生活中的红色记忆　　/112

10. 当孝心被疑为杀手　　/116

11. 黑色幽默与剩余快感　　/119

12. 关于教师节　　/121

13. 网络性游戏:虚拟的交换,想象的满足　　/124

14. 我的考试观　　/129

15. 衣服与自我　　/132

16. 文化大师的委屈　　/137

17. 大葱的两种吃法及其他　　/139

18. 黑匣子,黑匣子　　/142

19. 钉子户:改造的隐喻　　/145

20. 关于猫狗、辩论及其他　　/148

21. 为谁辩护　　/152

22. 世纪末:想象与追忆　　/156

第三辑

说文解字

一个字词,从舌尖溜出;一段文字,从眼前飘过。然后,就在各种声音和文字的洪流中湮灭了。它们何以没在你的头脑中多一些盘旋,没在你的心灵多一些震颤,而只是充当了语词世界的陌生人,轻飘飘地过去,不留一些情感或思想的痕迹呢?这背后或者有一些秘密,但是,在这匆忙而又目的不明的旅途中,更多的人选择了拒斥。毕竟很多情况下,说出就忘,过眼就逝,或是一种最佳的观光客心态。

1. 梦境从何处开始　　/162

2. 张中行与杨沫：一个道德叙事的生成　　/166

3. 鲁迅及其八卦　　/169

4. 何谓电影，如何讲史　　/172

5. 为细节辩护　　/175

6. 小说的后革命阅读　　/178

7. 释"字"说"官"　　/181

8. 灾难面前，作家所为　　/184

9. 关于"索隐派"　　/186

10. 小红帽及其他　　/189

11. 字典与风化　　/193

12. 关于疑心　　/196

13.《张居正》及其他　　/200

14. 流水线焦虑症　　/204

15. 王佳芝：不能承受之重　　/207

16. "我的鼻子就像花菜一样"　　/211

17. 青葱岁月，青涩记忆　　/213

18. 记忆的力量　　/216

19. 父与子：在秘密中和解　　/220

20. 失落与寻找：70后的挽歌　　/222

21. 作为"显学"的"生态批评"　　/226

后　记　　/233

第一辑 天涯来去

一种仪式，总有些不得已的；一种谎言，有时连自己也不觉是相信了的。我这里对于时光的记忆，对过往的复述，对命运的感慨，也许就是这种仪式与谎言的延伸，我以一种恋恋不舍的神情，急切地把它们打发走了。

1. 我们的王庄

我的老家在鲁西南某县的河东王庄。记得小的时候，王庄就是王庄，虽然我们庄西头有条小河，但庄名前面没有"河东"两个字。到了 20 世纪 80 年代末的一天，村人张三家的门前立了一块石碑，正面刻了四个大大的楷书庄名，在介绍村庄历史的背面，也交代了它由"王庄"变成"河东王庄"的因由，就是担心重名太多，加上一个表示地理方位的词后，就比较容易区分了。

我们村里的人，其实是乐意有这么一种区分的，因为它起码可以将我们的庄子，跟城关镇的一个庄子区分开来。就是在日常的语言中，我们也常会做这样一种区分。比如有人问，你哪个王庄的，我们通常会说，河东边那个的。而城关镇的那个呢，我们那县城方圆一二十里的人，都习惯叫它孬种王庄。

我没有亲见过那个庄子里出来的人，但我却经历过被人询问的事：你是哪个王庄的？有一回，正上初中的我跟一群同学到烈士塔下面的护城河游泳，一个戴着红袖章的人捉住我们问是哪里的。我说是王庄，那人就问是哪一个王庄，是不是孬种王庄的？从他的眼神里，我觉得他可能已经认定我必是孬种王庄的人无疑了。

每个村庄都有自己的历史，我们村也不例外，但这些历史都没有被文字记录下来。张三家门前的石碑简单地叙说了村庄的来历，说是清朝乾隆年间由王氏建村，距离现在大约三百年了。我不知道这一条记载来自何处，也没有办法检查它的真实性。一个村庄以姓氏作为名字，大抵都会被认为这个村庄的建立跟这个姓氏有关，这成了一个惯例，而那些撰写石碑上的村史的人，或许就是这么想当然地将我们跟王氏联系起来。我曾经问过村上一些年长的人，他们中有的如果活到现在的话，也都有一百多岁了，但自从他们有记忆以来，便不曾见过村上一个姓王的人家。如果姓王的人就是这个村庄的奠基者，那么，他们及他们的后人都跑到哪里去了？一个地方上有势力的家族才有可能建立一个村庄，那么他们何以衰退乃至没有任何踪迹了呢？

当然，那些王姓的人，也许是发达了之后便迁离了我们这落后而破败的村庄。但他们显然还达不到显赫的地步，如果是那样，他们即使没有出现在村人们口耳相传的故事里，也至少应该在县志里有所体现。我们那个县曾经有孔子的弟子来做过县令，有李白、杜甫、高适结伴来游历过。著名的八卦教就是由我们县的一个人创立的，这个民间宗教曾经跟白莲教有很大关系，而后来的义和团则是它的一个余脉。这里也还出过一些大官，如明朝时候的陈侍郎、清朝时候的某位直隶总督，民国时还出过一个北洋政府的总理，并临时代理过大约一个月的大总统。

但这些人，都不姓王。

我们旁边村里曾有一个民间的武侠人士，20世纪80年代的时候，被一个中学老师写进了小说，发表在我们县一个油印的文学期刊上，竟也风行了一阵子。我还特地远远地观察过那个写小说的中学语文老师，瘦骨伶仃的，架一副眼镜，一看，就直觉而言，当年的蒲松龄或许就像他那个样子吧。这个老师姓张，他笔下的人物姓沈，竟也跟姓王的没有关系。按照小说所写，那姓沈的侠士应是在王姓建村之前的一个人物，因为他曾在八里庙里只身杀死过大蟒蛇。早在村子建成之前，八里庙就在黄河发大水时被湮灭了。也就是说，我们王庄是乾隆年间黄河大水之后的产物。村里到处都是黄沙，或就是当时留下的印记。记得有一次县里组织疏通西河的河道，还从河底下的淤泥里挖出一副女人的骨架，已经死了那么久了，手里端着的和面盆还依然完好。这个无名无姓的妇女，就在河底的淤泥中保持厨房里劳作的姿势，竟长达三百年的光阴。

小时候我到北河喂羊，还能看到很多瓦砾，据说就是八里庙时期遗留下来的。北河是一个沙河，大片的黄沙上长着稀疏的茅草。阳光底下我们经常赤脚在上面跑，但有些沙岗，却必须小心翼翼的，不然，说不定哪一块残破的砖瓦就划破了你的脚。有一个老头子很喜欢跟我们讲故事，有些女孩子也喜欢听，但她们却讨厌他时不时用手在裤裆里摸来摸去。这个老头的名字我已经忘记了，他的样子却很清晰。据说他有两个哥哥，其中一个在新中国成立后作为恶霸被处决了。

处决的方式，据村上人讲，非常奇特：两个十字交叉的树桩被埋在地下，上面放上一根横木，好似电视里所见的绞刑架的样子。记得伊拉克的前总统萨达姆，就是在这样的一个架子上被绞死的。但不同的是，我们村当年的那个横杆上，却安装一个滑轮，绳子穿过去，一头几个人牵着，一头拴着这个老头的哥哥；大家一起喊着口号，将这个老头的哥哥拉离地面，一点点升高，一边升高一边喊，看见老蒋了吗？如果说没看见，那就继续往上拉，直到他说看见了，然后大家一起松手，他就哗啦一下掉下来。如是者三，人就被摔得去"见老蒋"了。但对于这样的说法，我却是充满诧异，因为那个时候的老蒋，毕竟跟故去的马克思不一样，他还在台湾好好地活着，而且不时地跟手下一起喊着反攻大陆的口号。真不知道为什么，几乎所有人的讲述，都将这个人最后被摔死的过程说成是去"见老蒋"了。也许在他们当时的心目中，老蒋已经像他在大陆的王朝一样，黄鹤一去不复返了。有一回我亲见这个放羊的老头当着一群女孩的面将手往裤裆里放，我就想，也许我们那群小伙伴们也该竖起一个滑竿，将这个邋里邋遢的老头也拉上去摔下来。

想象中的滑竿并没有竖起来，而这个老头也早已去世了。不但如此，他的儿子，一个乡村医生，在今年年初的时候，也以八十一岁的高龄突然发病而作古。想当年，这个乡村医生给我打过很多次针，别人都说他医术不高，但在我的记忆中，他的声音总是很好听，待人也非常亲切；而且允许赊账，从来不因为别人长时间不还就给人脸色看。他儿子也是个医生，但借行医的机会，在扎针的时候，跟村上一个妇女勾搭上了，差点因此闹出人命。那女的也是个二百五，自己将这事传扬了出去，她的老公公而不是她的老公，拿了一把铁锨便冲到医生的家里去了。

这个妇女的老公公我们都叫他"老回"，我有一年多没有见着他了。上一年的春节，听说已经八十多岁了，而且某次出门的时候，被外村的人不小心撞了一下，虽说没有骨折，但却也难能起床了。所谓的"老回"，其实他也姓赵，跟我们是本家，血缘上也并不远的。为什么叫"老回"呢？因为他为人处世跟别人太不一样。就拿农具操办来说，我们那里都有合作精神，而他却不，既不肯借别人家的，也不愿将自家的借给别人，所以与别人的关系自然也处得差。当然，他也不是一个十足的坏人，因为实在没办法，你拉下脸来去借，虽然他总将话说得难听，你如果不因此甩袖出门而去，他总还是会借给你的。

我父亲就曾经遭遇过这样的难堪，却没能忍受他的那种自以为是的侮辱，所以也就没有借到他的东西，于是，就有很长一段时间不理他。有一年，他出嫁的闺女春节回门，需要人给做饭，找了一圈，村上那么多厨师没一个愿意给他帮忙。他没办法，找到我爸爸，爸爸狠狠数落了他一顿，他眼珠子瞪得跟铜铃一样，却也无可奈何。

因为这样差的人缘，所以他儿媳妇跟人家偷情的事，大家都乐得看笑话。当然，有关他的笑话也有很多，比如他过去经常吹嘘自己跟某某官员关系很好，而所谓的关系好者，不过是他曾经到这个官员办公的附近收过破烂而已。但这似乎成了他好打官司的资本，有一年他家的一亩小麦在就要收割的季节被人割走了，他就请人来自己田里照了相，准备作为证据告到法庭上去，但后来却不了了之。

这都是二十年前的事情了，他如今已经是垂垂老矣，铜铃一般的眼珠子瞪起来依然怕人，但脾气却温顺了很多。他也很孤单，他的老婆十几年前在西安被火车撞飞了，他的一个儿子在那之前便被村上一户袁姓人家给打傻了。那个偷情的儿媳妇，虽然被他维护着，并亲自上门复仇了，却对他一点都不孝顺。前几年他曾到洛阳的关林一带收破烂，回来后逢人便夸说洛阳城市的好，似乎这个好跟他有很大关系似的。有一年，我去洛阳旅游，坐车经过关林，脑海里还冒出他那一张长脸，但不知道，他当时是否还在那一带活动。他每次见我倒是都狠狠地夸奖一番，说我如何如何的聪明能干，似乎有意讨好我，想跟我多说几句，这个时候我才觉得他其实是很可怜的。

有个四奶奶，跟这个老回是邻居，并且好像是远一层的叔嫂关系，但关系却也一样处得恶。她是个巫婆子，整天烧香磕头，装神弄鬼。小的时候，我们曾跑到她家里去，看着堂屋的桌子上香灰有尺八厚，一个很大的海碗上趴着一只被涂抹了各种颜色的大公鸡。村上的人都说，她就靠吃这些给天王老子的贡品养出一身肥肉。每逢初一、十五她都要搞一些祭拜活动，为此，要提前一天早早地跑进城里。

路上都是我们村进城务工的人流，她一会儿截住这个，一会儿截住那个，央求他们载她一程，但干活的人时间都很紧，疯子一般地狠狠地踩着脚踏车。再说，她那么胖，又上了些年纪，大家怕累不说，说不定还会惹上麻烦，于是她如愿的机会不多。每当这个时候，她就搬出神仙来诅咒个不休，但却没有人将她的话当回事。不过我上学的路上也曾遇见过她进城，也拒载过几回，但也有时候看她可怜而发了慈悲，结果很长时间过去了，她将我拒载的事情忘记了，却逢人便夸我的好。

可见，她的心底，其实是很柔软善良的。

当然，谁要是得罪她了，比如要搭车而没有让，她也会说很多坏话，而且扯上老天爷或老地爷的，让人心里很是发怵。毕竟村上的人，对于神鬼，虽然不像她那样五迷三倒，但都还是宁信其有不信其无的，所以，谁都忌讳跟鬼神扯上麻烦。据说，她和老回家交恶，也是因为这个原因。原本是叔嫂，宅基地什么的，就会有交叉，所以，当她一家从临着老回的地方搬到村南头的时候，原来所住的地方就给老回做了一些置换。但听说在搬走前的晚上，她在院子里埋了很多的针，据说这样可以破坏原有的风水，结果被半夜起来的老回发现，狠狠地抽了她一嘴巴子，地方自然也没有置换成。几十年过去，她也已经死了，她家的房子已经破败得不成样子，墙塌了，里面的香案断了腿，原来的那个大海碗还摆在桌子上，不过被掉下来的瓦片砸烂了一个很大的缺口。每当我从那里经过，总会想起这个四奶奶来。她现在算是跟神鬼同在了，但不知道，她曾经每天都念叨的老神老鬼，现在可还有人给送上供奉没有？

有一户人家跟这个四奶奶的血缘关系似乎比我们跟她更近。这户人家有一个孤苦的老太婆，我小时候都叫他一口人大奶奶。她只有一间小屋，做饭就在外面的一个小窝棚里。曾经我帮她将一捆柴火扛到家里，她从此逢人便说我懂事。她的故事是很悲惨的，可以说，正是她促使我几度产生写小说的冲动。她的丈夫新中国成立前是村长，因为一件事被日本鬼子关到县城的大牢里了。同去的还有十几个人，但唯独他是个村上问事的，平日里也许得罪了一些人，所以没人肯去给他说好话，结果就被枪决在我们村西头的河边沙滩上。从此，一口人的大奶奶便独自养着自己的一个女儿，后来这女儿出嫁了，她就成了一口人了，似乎从此就再也没有往家里添置过一件家具。

她的遭遇使我想起了我的老奶奶。我没有见过她，但却不断地听父辈谈起。她也是年纪轻轻地就死了男人，这个男人是我的老爷爷，他在一个夏天里去二百里外的地方拉石灰，中间经过一片青纱帐的上坡路，同伴们都极早地过去了，水壶也拿走了，他就死在半坡上了。那时候他才二十三岁，而我爷爷还不到三岁，距离清政府的灭亡，还有两年的光景。当然，距离我现在想用文字的方式将我的村庄的这些人从消失的过往中打捞出来，则已经过去一百多年的时间了。在这一百多年的时间里，大中国的历史当然是天翻地覆了，而我们的村庄，却只是一些老头老太死去，而那些曾经的青壮年们，却又一天天变老，成了新的老头老太了。日子就这么不紧不慢地流着，我们的王庄，似乎就在这个过程中距离我越来越远了。每次回去，都会有一些新鲜的面孔冒出来，我不认识他们，他们也不认识我。对于他们，我已经是远来的归客。所以，王庄，这个地图上仅是一个小点，却触动了我不少记忆的地方，如今将要成为他们的了。

2. 毫不利己，专门利人

曾经有位哲学老师布置过一个题目，让我们就利人与利己的话题发表一下意见。我一下子想起曾经非常熟悉的"毫不利己，专门利人"这句话，它出自毛泽东著名的《纪念白求恩同志》一文，在"文革"中，这句话被当作神圣的口号，不知道重复了多少遍，几乎到了妇孺皆知的地步。我因为年岁小，出生的时候已是"文革"后期，对那个充满革命激情的年代几乎没什么记忆；但在20世纪80年代初，我们村上就要分田到户的时候，却偶然记住父亲因为重复这句语录而被奚落的情景。

父亲那时是大队的会计，不过，他说这话的时候，我们那里所谓的大队差不多已经名存实亡了。小队已经分了，工分制已经破产，地都分到各家各户了，各小队长的职务尽管都还顶着，心却都早已不在此了。大队是个空架子，面临着解散的命运，只不过还要再等上面的通知。上面一直说，要等等，再等等，等了一年又三个月了，有些人就等得骂娘了。大队的队长骂得最厉害，他说这算他妈球事，大队部连个人影都没有。

不行，得开会研究一下形势。

那时候"研究形势"是大队长的口头禅。他一个大老粗，照我现在的想法，应该不懂得什么形势不形势的，但却经常听到他拿"形势"这样的大词来糊人。他说，不能老让那些狗逍遥自在。想当年，老子跟着部队打游击的时候，敌人都跑到眼皮子底下了，还要经常碰头开会研究政策呢；现在倒好，公社不要了，生产队也解散了，是人不是人的，都窝在家里，干个啥事啊？

于是，我父亲就被村长找来，在喇叭上喊话。

人的耳朵没聋，心眼却变了。大家端着饭碗，仰着头，都带着似笑非笑的表情。我父亲在广播里喊，社员同志们请注意了，马上到大队部召开会议。咬文嚼字，一连喊了三遍，震耳欲聋的，却一个人都没召集到。我父亲这时候就背诵起毛主席语录，他说，社员同志们，请大家发扬白求恩同志毫不利己、专门利人的精神，抓紧时间来开会了。

结果，据人们后来讲，全村的男女老少都被这句话乐翻了。

那时我还很小，属于还没有记忆的年龄，但却因为人们的不断讲述，而深刻地记住了父亲喊的这些话。

当然，我的这些记忆，也与当时母亲正和父亲闹矛盾有关。事实上，也正是父母之间的公开化的矛盾，才导致那一天父亲对毛主席语录恰如其分的引用变成全村人的笑料。

事情跟我们家所在的一个小队分队有关。分割队里的公共财产是各家各户都重视的大事，据说因为这个，很多关系本来很亲近的人都红了脸。不过，以抓阄作为分割的方式倒是无可争议的。从政治的角度，这可以说是充分发扬民主，但在老百姓的观念里，其实就是听天由命。借助天的权威而推行民主的实验，在我们村生产队的历史上，早已是屡见不鲜了。所以，各家派个代表，大家一起来抓阄，抓到什么是什么，没有谁想到要反悔的。

何况生产队里值钱的东西不多，随随便便地抓个阄，本来也没什么心理负担。因为这个，那天临时被什么事情耽搁着不能出门的母亲，就委派了我父亲出面，反正他是大队会计，也要到那里去监督的。

我父亲可能对于监督工作太认真了，人家让他先抓，他不好意思，说等等吧，你们先来。等来等去，结果就剩下最后两张了，然而，却也是最为关键的两张，因为小队里的一头老黄牛还没被人抓走。现场气氛有些紧张了，大家本来都嘻嘻哈哈的，但这时竟变得神情诡异起来。仿佛此前的一切都是过门，而接下来的才是大戏。很多人在现实中既是观众又是演员，他们跑过龙套之后就站在那里旁观，一挨有大戏出台，虽然跟自己全然没有关系了，但内心里却比自己站在戏台上的时候还要充满期待。所以抓到阄的人全没散去，他们的目光都集中在最后的两个纸团上。

小队长笑着跟我父亲说，你先吧，但父亲都让到这步田地了，似乎更有理由让下去。他摆摆手，没说什么，小队长于是把手伸进去。大伙儿都大眼瞪小眼的，所有的俏皮话，这会儿也都吞回肚里了。据说，这时候，我母亲也从家里赶过来了，但就在千钧一发的时刻，她总不能像戏文里唱的那样，高喊一声"刀下留人"，把小队长的手给喊回去吧。再说了，盆子里还有两张阄，团得紧紧的，谁知道最后剩下的，说不定就是那头老黄牛呢？

我父亲心里也许也怀着这样的期待。

但谜底揭晓，老黄牛让小队长抓走了，我们家毫无悬念地抓到一块石板。这也许应了一个俗语"最后的一块石头落地了"。可当时的情形却不是大家终于松了一口气的感觉，他们心里想的是，这下子该有好戏看了。

然而好戏并没有即刻开演。

父亲似乎很从容地给小队长又摆了摆手，说你宣布一下，今天就到此为止吧。小队长想把自己整得严肃些，强憋着心里的笑，喉结都打战了，像个喝水的老鸹。然而，他嗫嚅着又说了另外一番话，说，要不你叫嫂子把牛牵走吧？据说，母亲这个时候很想抢着上前代为回答的，但是父亲摆了摆手，说哪能呢，牛是你抓的。对于这番谦让，在场的众人都感动于这对老搭档的一团和气，因为单干了，老黄牛作为田里最为重要的生产工具，相比一块破石板的价值，可是一个天上一个地下。谁都清楚老黄牛的分量，但小队长却还谦让一番，而父亲则一连摆手，这禁不住让人感叹，经过那么多年"斗私批修"，两个修理地球的农民，精神境界也不是一般高了。然而转念一想，若父亲当年不摆手拒绝，该是一种什么后果呢？难道小队长真的会同意父亲将牛给牵走？即便是他同意，他老婆会同意吗？更进一步讲，即便他们一家人都同意了，我父亲也将牛牵走了，这对老搭档还会一团和气乃至毫无芥蒂吗？

后来，我曾在齐泽克的一本书中读到一个概念——"空洞的符号性姿态"。这种姿态提供的是一次选择的机会，但是这样的选择，却是注定不会发生的。按此，抓到老黄牛的小队长所做的谦让表示，其实就是一种"空洞的符号性姿态"，其核心是他提出了一种让别人拒绝的提议。齐泽克为此所举的例子，跟父亲与小队长之间的情形非常相似。他说假若他和朋友同时竞争一个晋升的机会，而最后他胜出了，这时候，他应该做的就是表示退让，而朋友该做的，就是拒绝这个退让，然后他们之间的友谊就保住了。在这一场景中，我们所看到的就是一种纯粹的"符号性交换"，这中间，尽管并没因此而改变一个获得晋升而另一个没有的事实，但经过这一番交换之后并非一无所获，相反他们看到了各自的谦让，并因此维护了友谊。危险在于，如果朋友接受了这一提议，这种友谊的表象就会崩溃，即便按照游戏规则，接受提议的朋友可能最后也没能晋升，但他们之间的友谊，却很可能不复存在了。事实上，这种情况发生的概率非常之低，因为游戏规则预先存在，进行"空洞的符号性交换"的双方对此都是心知肚明的。

我父亲和小队长，虽然并不具备齐泽克非同一般的理论提升能力，但他们显然都小心地维护着彼此团结的表象。所以，小队长表示谦让，我父亲摆手拒绝，而一圈围观的人都跟着真心或假意地赞叹，这便有了一个完美的结局。这时节，也眼看就要出现了，因为小队长终于站起来宣布了。他说，今天就这样了，咱都他娘的散了吧。他说到这里扭头看了一眼我父亲，然后举起手来，想做一个什么手势，结果却挠了一下头。原本喋喋不休的他，不知怎么就卡了壳，于是就又挠了一下头，结结巴巴地说，咱们的大队会计已经说了，天都黑了，咱就散伙吧。然而大伙却还不散，小队长以为受到鼓励，想了想，觉得似乎还要再说句什么。还能说什么呢，他再次望望我父亲，这时候我父亲也已经发现了母亲，他感觉到她的神情有些不对了，就有些心虚，但却表现出不耐烦的样子，似乎举步要走。小队长却仿佛突然来了灵感，抢在父亲迈步之前，说了一句："今天，我们应该向大队会计学习，学习他毫不利己、专门利人的精神。"

轰的一声，大家都笑了，笑得很张狂、很开心。

我母亲在大伙的笑声中，一扭头，哭着离开了。按照我的想象，这时候，我父亲肯定也没有说话，但脸色铁青，瞪了小队长一眼，在大伙的又一阵哄笑中，像戏台上的人一样，拂袖而去了。那块石板就面无表情地躺在大队部里，许多年以后，等到家里盖房子时，我和我哥哥才把它拖了回去，垫在堂屋门下。那时候，母亲心里被盖新房的喜悦充填着，被即将展开的新生活引诱着，把当年因为石板而与父亲发生的那一场家庭内战给忘记了。但是，我却记得。我有一种性格，越是在家人高兴的时候，情绪越是容易低落。有一年，是大年夜吃团圆饭的时候吧，我就莫名其妙地生了闷气，父亲突然把碗一摔，巴掌呼啸着眼看就要落到我脸上了，哪知道我刚刚学了一些散打的套路，一低头，父亲的巴掌落了空。我不知道父亲当时的心境如何，我清楚地记得，我被自己的反应吓了一跳。时至今日，我每每想起，都会为自己当年的那些三脚猫功夫懊悔不已；但父亲对我依然深爱着，而且深爱之外，又分明地多了几分依恋。然而，我非但没有学会如何表达我的歉意，反倒依然不断地仰仗他对我的爱而犯着类似的错误。

那一天，眼看我们家的新屋就要落成了，一家人都欢天喜地的，但我看着被我和哥哥拉来的石板做成的踏脚石，就不由自主地情绪低落起来。我想起了那天父亲被队长叫去，想起父亲在大队部的喇叭中高喊毫不利己、专门利人的口号，那时候，整个村庄仿佛遇到重大节日一样，被激起一阵阵高昂的嘲笑声。它们此起彼伏，像电波般传遍了周围的房屋、沟坎、树叶，最后积蓄了所有的能量，冲击到我的心坎里。与此同时，我发现，母亲已经恨得咬牙切齿，她那憋了许多天的火气从颤动的身体上奔突出来，也像电波一样，首先传递到我六神无主的心里。我感到一场战争就要爆发，但却无能为力。我既不能让父亲停下他的语录，也不能让人们的笑声卡在喉咙里，更不能让母亲的愤怒烟消云散，我什么都不能做，只能等着战争的到来。毫不利己、专门利人啊，毛主席您说这话的时候，怎么就不为我幼小的心灵考虑一下呢？

3. 奶奶家的大黄狗

小时候，我奶奶家曾经养过一条大黄狗，我们去河边喂羊的时候，它就在羊群的前后左右乱跑，似乎是撒欢，似乎是照看，又似乎听得懂我们的语言。于是，我们省了很多事，并将省下来的时间去偷人家的瓜果，比如沙土刘楼种在沙坡上的枣，园艺场的苹果，河对面林科所的红薯；或者干脆扔下羊群，直接到河里去游泳了。

我们认为狗忠于职守，在替我们看护羊群，但经常的情况却是，我们去淘气了，狗也开溜了。比如我们正游泳的时候，发现水里有个黄黄的一沉一浮的东西，原来就是我奶奶家的大黄狗。结果我们就很生气，一起大声地呵斥着跑到岸上，用小土块丢过去。那条大黄狗，似乎懂得我们的生气一般，匆忙地从水里跳出来，然后朝着羊群的方向逃去了；而我们这个时候，也没了心情再去戏水了，就跟着向羊群原来吃草的地方跑去，但是哪里还有什么羊群的踪影，它们早已四散，只有那条大黄狗仿佛犯了错误一般，在那里耷拉着脑袋，傻傻地蹲坐在沙地上。

就是我奶奶家的这条大黄狗，联系着我许多美好的童年回忆，但是，我们也只是将它当作一条狗而已，眼下的爱狗人士所倡导的人狗平等意识，那时却一点也没有。大黄狗跟我们亲近，我们也亲近它，但我们却不会将自己还没吃的东西先扔给它。不但如此，有一次，大黄狗衔走了我的一个红薯面窝窝头，我气坏了，流着泪吸溜着鼻子，跑过去从狗嘴里将它给抢了过来，而大黄狗竟然也很配合地张开了它的嘴。作为奖赏，同时也出于卫生的考虑，我将被狗嘴衔过的部分掰了下来扔给它。于是，就在我们各自吃属于自己的那一部分的时候，我体验到了一种可以叫作温情的东西。然而，那之后不久，它就不见了，再也没有找到，很可能是被偷走了，这让我们都很失落。又过了不久，因为村上一个马上就要结婚了的青年，却被一条狗给咬出疯病死掉了，于是我们一村的人都谈狗色变，奶奶家的那条大黄狗，就很少再被我们提及了。有时我想起它的种种好处，但却似乎有种禁忌一般，别人不说，我也就跟着将它当作不曾存在过一样。

记忆
的力量

　　这是我第一次谈及奶奶家的那条大黄狗，这么多年了，它就在我的记忆里，并没走远，然而我却怯于说出我曾经跟它的亲近。每当想起那条大黄狗的时候，我就会想起我们村的那个得疯病死掉了的青年。他得狂犬病的时候，我曾听人描述过他的病情，说的人表情恐怖，而描述的情状更加恐怖。据说人们用粗的绳索绑了他的四肢，而且还用毛巾分开嘴唇把头狠狠地勒住，固定在床头上，因为如果不是这样的话，他的头就会不断地摇摆，而且挣扎着起来，像狗一样磨着牙齿，并且发出汪汪或呜呜的叫声。但毛巾掰开了他的牙齿，他仍然在那里叫，而且头猛烈地摇摆，这让他变得非常干渴。于是他的父亲，就从上面淋了水到他的嘴唇和牙齿上。他已经不认得他的父亲，而且很有可能将他的父亲以及抬他的乡邻，也当作了可以撕咬的东西。于是几乎所有人，都不敢看他那布满血丝的眼，那里所冒出的凶恶的光，足以把人吓得浑身战栗，恨不得扔掉扁担逃之夭夭。但毕竟他的父亲一把鼻涕一把泪地挨门请求，况且如果不将他捆绑起来送到医院去，他也会对村里人构成威胁，于是一群年轻人就被召集过去。

　　这些人有些曾经跟他是很要好的，有的还是他的中学同学，有的是他未婚妻的同学，另有一些则是他们共同的同学。据说他的未婚妻就是邻村的，两家已经订好了日子，要在十月里完婚的，而七月里他被狗咬了，不到八月就发病了。然后在九月，大约是在收秋庄稼的时节，距离原定的婚期大概还有半个多月的样子，他死掉了。那时抬他到医院的人中，有个人的家里曾有一张他们上学时的合影，但就在他死后，他站着的位置就被烟头烤了一个洞。那个洞本来是要消除他的痕迹的，但却更加证明了他以及他所象征的恐怖的存在。很多年之后，我还见过那照片，只是见的时候，我已忘了他的样子，照片上也看不到他了，我只是盯着那个烟头烤出来的洞，默默地出了半天神。后来我看过尼采的一句话，说是上帝死了，这句话很多人都知道，却很少有人提及它的后半句，上帝虽然死了，但上帝死后所留下的洞穴还在，而人们跟这个洞穴所做的斗争，恐怕还要延续千年之久。我并不明白这个洞穴所包含的隐喻，但是我却因此想起了那张照片上被烟头烤出来的洞，以及有关那人的模糊记忆。

　　仿佛那个不幸患了狂犬病的人，已成了恐怖的象征。因为这象征，我就想起奶奶家的那条大黄狗。也许它最后并非给人偷了，而是患了狂犬病跑丢了，或被人打死了。会否就是它咬死那年轻人的呢？应该不会。因为据有人描述，咬他的狗很小。那天，他扛着锄头去地里，一条小狗从田埂上跑过来，他不知在想着什么，就没注意，结果它就扑上来咬了他一口。他就势狠狠踢了一脚，把小狗踢翻在地，然后狠狠补上十几锄头。狗死了，他继续到田里做活。期间，他给他父母说了被狗咬的事，后来他父亲还给人描述，说是当时看到了他腿上的两排牙印，还有血渗出来，却没有当回事。他父亲说的时候充满懊悔，眼里噙着泪水。村人的安慰都很廉价，就是装上一卡车，也于事无补，因为他儿子已永远躺在地下了。

许多狗一夜之间，在村子里消失了。如果哪天突然有陌生的狗出现在村街上，村人们都会非常恐慌。于是大家联合起来，不管三七二十一，不是把狗给砸死，就是把它们撵得没了踪影。村人们曾把狗肉看得很金贵，但自发生了那个悲剧，也鲜有人问津了。记得有个胆大的，将大家砸死的一条狗弄到家里煮了，却只有他自己敢吃，而且吃过之后，大家对他都有些异样的神情。他似乎经验很老到的样子，说没关系的，就是疯狗的肉也能吃的，只要吃过剔牙，就不会有事。他说的时候，本是手舞足蹈的，但我的眼睛里，却只幻化出他咧开嘴，拿一根竹签往嘴里狠劲划拉的样子。

奶奶家的大黄狗曾经亲切的样子，也被一种恐惧的情绪替代。曾经从它嘴里抢出的红薯窝窝，当然是早已被我咽下肚子了，于是，可能被狂犬病菌感染的想象猛烈地抓住了我的心。我们堂兄妹十几个人，都曾经跟这个大黄狗很亲近，而且一度念念不忘，但那之后，便都跟我一样噤了声。这更加让我心里犯了嘀咕。而今想起，也许他们当时也被某种与大黄狗有关的记忆吓住了，但在那时，我却疑心他们有种默契，知道了我曾经从狗嘴里夺窝窝的经历，而有意识地躲着我。我有被孤立的感觉，而这孤立又变成了一种威胁，似乎我就是一种威胁的化身。像这样的疑神疑鬼持续了很长时间，因为我那时得到了一种说法，说是狂犬病的潜伏期，有时会长达几十年的。

很多年过去了，那对失去了唯一的儿子的父母也都已经不在人世了，而村上的人也早已从当初的恐惧中缓过神来，又开始大肆养狗了，而我对于狗的恐惧，却没有一丝一毫的衰减。由此，不免会有人将我的讨厌养宠物，跟这样的心理阴影联系起来。不能不说，这是有道理的，但我还是要强调说，奶奶家的那个大黄狗，其实并不是一个宠物。爷爷奶奶是将它养来看家护院的。因为房子少，那个大黄狗连个狗窝也没有，无论刮风下雨，它都躺在门口的柴垛里，而吃的东西，除了剩稀饭之外，便是煮熟的烂红薯。这种主人与狗之间的距离，我觉得是一种安全的距离。

孔夫子说，世间唯有小人与女人难养也，因为近之不逊，远之则怨，这话似乎有些不厚道，但我觉得却可以用在狗身上。远之不见得有怨言，而近之的危险，却由村上那人的死得到了证明，因为另有一种流传很广的说法，说是那条取了他性命的小狗本是走在大路上的，他看是一条无主的流浪狗，便想着过去逮住，或者拴在家里养起来，或者杀掉来吃肉，但没想到，就在他凑近的时候，狗冷不防在他腿上咬了一口。他于是恼火了，就顺手拎起锄头将狗给打死了。另外还听说，他当时打死那条狗的时候，是有人在跟前的，他本来想将那条死狗拎回家里去煮了吃掉的，旁边那人就提醒，说这条狗看起来不正常，还是扔掉吧。于是他就扔了，但那提醒的人，却没有附加一句让他去打狂犬疫苗的话，这或是疏忽，或是那时的乡野村夫根本就没这个意识，但不管怎么样，他因为凑近过去，就无端送了性命。

4. 村小的日子

　　每次我回老家，站在我们王庄的村后头，眼见得已经被民居错落地包围着的我昔日入读过的小学只剩下一栋临近倒塌的危房的时候，我的心就不由得一紧，感叹着自己在外面打拼这么多年没混出个人样，要不然，也可以像很多新闻里所报道的一样，很土豪地甩手拿出几百几千万来，重建一下自己这最初的母校了。可悲的是，我只能发这样的感叹，而当我的感叹还在那里一年又一年地重复的时候，等我再回去，却连那千疮百孔的危房也看不见了，那原地上已经建起不知谁家的一栋二层小楼，连个凭吊遗迹的地方都没有了。照理，我也应该遗忘那一段童蒙的岁月，然而不料，在这静寂的夏夜里，听着窗外如同鬼拍手一般的风声，那三十多年前的记忆竟像叫花子的讨饭衣一般，虽破损不堪，但却前勾后连地缀成一体了。

　　我们那所村小学，其实只有一到三年级。在我入读小学之前，也曾有过学前班，但因为课室有限，只得外面另借了一处民房，然而不到一个学期，因为代课的女老师出嫁了，也就只好停办。我们则搬了各自的小板凳回家，在浑浑噩噩中，一边在沙河里喂羊，一边在河滩上玩泥，一边等着秋季学期的到来，好直接入读小学一年级。三年级以下的事情，已经记不确切了。但大抵，一年级的语文是个姓侯的女老师教的。我对于那时的课堂，已经完全没有了记忆，但她到二年级的时候，就开始教我算术了。后来，这个侯老师曾跟我家人说，她从我一入学就知道我是一个大学生的料子。当时我的确是已经在大学读书了，虽然入读的是一所很不如愿的矿业院校，但她的这句话却还是让我非常受用。于是，我就成倍地增加了对她的好感。记得有一次，我大学期间所写的家信被她看到，她还在我父母面前极力地夸赞。还有一次寒假将近，我从家里返校，而她在部队服役的儿子将与我同路，就在她家里一边闲话一边等她儿子洗漱的时候，她一边抱着极大的歉意，让我少安毋躁，一边还将给儿子准备的东西拿出来与我分享。印象中那是我最后一次见她，因为很不幸，就在那之后不到一年，她因为心脏病而死在手术台上了。这对她的人生当然是一个悲剧，因为她工作了二十多年，已经从民办转了公干，也马上就要退休养老了。然而，她这个时候的死，却在乡人那里成了是她家人的最大不幸。因为她一个人的退休工资，就足以让全家人在村上过人上人的生活，这很让一些人红眼。于是，就又有些人幸灾乐祸，因为从那之后，她的老公，曾经做过村干部而得罪过不少人，且在几年前就因犯事下了野的人，再也不能凭着她的工资而在村街上优哉游哉了。

二年级的时候，教我语文的是一个男老师，模样很是俊朗，但教风却一向被人视为粗野。那时候我还是一个不良少年，对于上学，几乎完全没有兴趣。能吸引我的，往往是去小学北面沙河的梨园里偷摘几颗梨，不管酸与不酸，就只管往嘴巴里塞，整个就一个吃的心眼子。也或者，旁边的苹果园有外地来的收苹果的卡车停在那里，于是跟着一群小伙伴，前后左右地围观，上课铃声响了，也还收不住无聊而又好奇的心，可见顽心是怎样地不肯消退。于是，当课上了一半，我们远远望见老师回办公室了，才偷偷从半里外的土沟里溜回去。然而，失算的时候也是有的。我们有一回躲在土沟里，盼他按惯例课讲到一半就让同学们呜里哇啦地背书的，但没料到，他却杀了个回马枪，将我们在门口堵了个正着。我想象，脑袋后面已经伸过来一只大手，就要迅疾地揪住耳朵的，因为以往，这位老师对待违反纪律的学生，就是不分三七二十一，伸手就把耳朵揪住的。有一回冬天，班上有个同学的耳朵还被撕了个豁口，那哇哇叫声所引发的恐惧，曾一度填满我的心间，而如今落在他的手里，那感觉真是如临深渊一般。然而他却放我一马，只揪住另外几个人的耳朵。因为这个原因，尽管以后很多人都对他的教风非议不断，但我却一直对他怀着某种敬意。近三十年过去了，当年年轻帅气而似乎又有些不着调的他，已从小学校长的位置上退休了，大家有关他的传言，比如凭了当大队书记的老爹才有了顶替别人做民办教师的机会，而后又花大价钱将大字不识几个的老婆也转了公办等，也渐渐平息下去。而我每逢见到他，彼此都挺客气而又热情，这或许是我们同行的缘故。然而我却从来没好意思提及当初上课的情形，因为有关他放我一马的事，或许他早已经忘记了，假若我要引起这个话头，恐怕还没叙及他的恩典就已经引发了他的误会，以为我也曾有事犯在他的手上，这时节，却要来忆苦思甜了。

　　当然，这些叙述或许跟真实的过去有些出入，毕竟事情已经过去很久，但三年级所发生的一件事情，却让我有着无比清晰而准确的记忆。也许，这件事是我与语文老师交恶的开始，并因此而不断强化着我的逆反心理。所以，在我的成长的记忆里，它应该有着划时代的意义。

　　那是一个阳光明媚的上午。语文老师正在课堂上讲得带劲，而我的同桌放在窗下的铅笔盒，在课间的时候被翻开了盖子，折射出了耀眼的阳光，而这阳光仿佛是长了脚一般，慢慢地，慢慢地，就挪移到了讲台上方语文老师的脸上。按理说，当时自己听课应是开了小差的，所以才会注意到这长脚的阳光，并对于它恶作剧般地射到语文老师的脸上，仿佛有着切身的感受一样。我出于一种善意将手伸了过去，试图将同桌的铅笔盒给挪个位置。然而，就在我的手刚伸过去的当儿，那个语文老师竟一个箭步窜到我的跟前，并且教杆已经呼啸着往我的头上落下了。眼冒金星，可以说是对我当时状态的最佳形容。然而，我竟还没有失去理智，于是，在挨了这一教杆之后，怀着极大的委屈要给自己做个辩解，然而他却不由分说又是一教杆敲了过来。我至今仍记得自己的冤屈，并且他当时歇斯底里的状态仿佛刻录在光盘上的电影镜头一样，无论再过多少年，都会被我异常清晰地再现出来。我拎起了长条凳子，还把我的同桌给闪到了地上，但我却全然不顾了，一心只想狠狠地砸过去，哪怕是把一个世界都给砸没了，也在所不惜。

　　我不但没有本事砸坏一个世界，而且被这个语文老师收拾得凄惨无比。他拧住了我的耳朵，打肿了我的脸，他让我罚站在讲台上，他找到我的爸妈，他几乎骂尽了所有的字眼，这让我对老师的敬畏，从此荡然无存。虽然在以后的求学岁月中，还不断地跟老师打交道，但是，我对他们却再也没有不折不扣的尊敬了。我觉得，他们随时都有可能从作为一种职业的老师滑到我的敌对阵营里去。当然，我现在想起来，或许并不全是那个老师的错，毕竟每个人所站的位置不同，作出的判断也会迥然有别，所以，误解总是难免的，他只不过是太过心急火燎，竟全然听不进我的辩解，一个教鞭，紧跟着又是一个教鞭，这才使得小小的误解走入了偏颇。不过他的反诘，倒也不是没有道理，"别人的手都放在那里，我怎么就看到你的手乱动呢"，这也并非不是事实。何况那个时候，我的确没专心听讲，如若不然，就不可能会有机会生长那个所谓的"善心"。既如此，挨了老师的教鞭，也不算全是冤枉的。

　　也许在那件事情发生之后，我对于上学也曾产生了短暂的厌倦，但是，我很快就克服了这一情绪，因为我那时候，开始对数学产生了强烈的兴趣。我觉得能用一连串的阿拉伯数字解决在当时看来很重大的实际问题，这简直是太神奇了。于是，所有的不愉快，都没能抵挡住我解算术题的热情。有一回，上初中的哥哥的寒假作业上有一道应用题，记得是要求将几个容器里的液体倒腾一番，哥哥挖空心思也没想出个所以然来，而我却侥幸完成了任务。但就在我得意忘形的时候，一不小心，吃了哥哥一记猛拳。即便如此，我内心的快乐仍然如锅里的水一般欢腾，竟全然忘记了反击和叫嚣。或许很多人在遭受打击的时候保持沉默，并非因为畏惧，还有一种可能，就是他或她的心思，根本就不在那里，所以在别人看来是莫大的伤害，但在其本人却可能浑然无觉。即便是我如此地热爱解答算数应用题，但当初的算术老师，却又引发了我另外一段回忆。

原来，有那么一个周末，这算术老师将一本教材忘在了讲桌上了，而那个周末，恰好由我和一个远房的堂兄来看护教室。要知道，我们乡下的学校，教室都很破烂，不是门无法上锁，就是墙上被掏了洞，便常有周末的时候，学生们虽各自将板凳搬回了家，但却难免有课桌被偷走的情形。所以，周末时候，安排学生轮流看护学校就成为老师们的一项发明。但恰好就在那个周末，算术老师将自己的一本书忘在了教室，她周一上课的时候，才想了起来，却无论如何也找不见了。于是，她对我和那个堂兄大为光火，而我们就在她的盛怒之下，说有个家住在附近的某某周六的时候来教室转了一圈，并且似乎就是我，或为了急于给自己撇清，还提到一个细节，说是记得那人还在讲桌前转了一圈，捧起一本什么书看了几眼。尽管如此，我们却无论如何都没肯定地说那人将书拿走了，毕竟没亲眼看到，我们也对那个比我们大了五六岁的二流子，心里很有些发怵的。

结果老师就领着我们到那人的家里去要书，但那人无论被他父母怎样软硬兼施，却只说自己去过学校却并没拿书。万般无奈，他父母说："老师，不管他承认不承认，我们都应承下来，你看你那书多少钱，我们赔给你行不行？"说这话时，眼睛似还剜了我一眼，我当时真怕极了，要知道，那一家人在村上的霸道是出了名的。他们对老师不敢逞强，但对于寻常百姓，却一般都是有理没理硬三分的。虽然后来我所担心的一切都没发生，但我如今深感"惭愧"的是，那个常被我们视为二流子的人，或真是被冤枉的。他平日里虽捣蛋，并确在那个周末到教室的讲台上走了一遭，但正如他的父母所辩驳的，他本身就是一个不爱读书的人，小学没毕业就辍学在家了，要那个书做什么呢。

因为这个事情，我在很长一段时间里怀着恐惧。那个可能被我们冤枉的人，常出没在上学的路上，而且以前课间的时候，我还和同伴一起几次三番地跑到他家的压水井那里喝水呢。所以，若他心存报复，无论明的还是暗的，我都不是他的对手。不仅如此，那个面目可憎的算术老师，却还因为书没有找到时不时地迁怒于我。如此，在我们这个王庄小学读书的最后一个年头里，其实并没多少愉快的回忆。先是语文老师的误解，后是算术老师的蛮横，又加上时时担心被报复的恐惧，我当时真希望这一段学业赶紧结束。不然，时时处于紧张焦虑之中，我或许也会像那个二流子一样厌学乃至退学的。当然，对此我是有不甘的，因为那时候的我，即便还不知考大学是怎么回事，但是在戏文里，却早已经听过"皇榜高中"的说法。有一回放学，几个同学还用两根竹竿绑了一个轿子轮流模仿回乡探亲的状元郎，而我因为瘦，也因为学习好，还特地多给了几次坐轿的机会。于是，这颇让我对于读书上进，有了些不切实际的幻想，我真不情愿退学而去务农。所以，我那时的念想，就是抓紧努力，赶快升入高一年级，果然天遂人愿，那教材事件发生之后不久，我便转到另外一个村去上四年级，尽管恐惧还在，但毕竟不必再经过那个二流子家旁边，也就犯不着战战兢兢如履薄冰了。何况，一想起要告别算术老师那张臭脸，我内心的幸福，简直就像花儿一样开放了。

5. 大胡子刘老师

　　大胡子刘老师，是我小学五年级时的语文老师，他当时是我们那所乡村小学的校长，并兼了我们班主任。时隔三十多年，我还清晰地记得他的模样，矮胖而且黝黑，一脸络腮胡子，又有一双大牙翘在外面，所以，刘老师不怒而威。他若偶尔冲你笑一下，那种森然的感觉，直让人大冷天里脊梁骨出汗。因为姓刘，又因为大胡子，我们背后都叫他刘大胡子。他的两个活宝儿子，当时也在我们学校里，感觉有些缺心眼的，于是就很自然地，给他们分配了两个名字，也即是刘大和刘二。不过，这有些想当然了，因为我后来听人说起过，这两个儿子其实是老二和老三，大儿子由于先天痴傻的缘故，根本就没上过学。由此想见，这看起来威风凛凛的大胡子刘老师，无论当时或现在，都应该有不少烦心事的。

　　现在回想起来，在大胡子刘老师的语文课堂上，我的声望和影响，基本算是达到了整个求学生涯的顶点。记得有一年的期末考试，他给我的作文打了满分，原因是什么呢，据他的点评，是因为我在作文中写了一个梦。托梦表意，显现出了丰富的想象力，如此云云，实在让我很受用。但现在想起来，则不过是作文里写到一个老师梦里给我补习功课而已。虽然并没有明说那个补课的就是刘大胡子，但显而易见，也有拍老师马屁的意思。所以，面对老师的表扬，我在飘飘然的时候，还应该留一分清醒；但事实上，我却不仅不清醒，而且连写作时候的抓耳挠腮，也给忘记了。那一份得意，仿佛自己信手拈来，就是绝妙好文一般。当然，紧跟着这受用的，还是那一年"三好学生"的评选，借着期末考试的东风，且有大胡子刘老师的表扬垫底，我不但赢了评选，而且据唱票的结果，竟只差两票就可以大满贯了。因为之前从未进行过这样的评选，所以，这快乐，对我是前所未有的，但我也并没忘乎所以，因为我想，这或者只是一个开始，应该还会芝麻开花节节高。然而实际情形却是，它基本上可以算是一次巅峰体验了。在整个求学生涯中，我虽在学习上总体还算用功，但个性脾气并不怎么讨人喜欢，得罪同学的事情，或许也有，但是更多的，还是跟老师产生各种各样的不睦。所以，能有那么一次难得的巅峰体验，我觉得首先应感激大胡子刘老师。当然，这都是多年以后的认识。但在当时，我却只在高兴之外，还禁不住好奇，除却自己没投自己之外，那剩下的一票，该是谁对我心存不满呢？

难不成是她吗？我现在已想不起她的名字了，但模样倒还约略记得，而外号呢，正是我偷偷给她起的，所以，应该永远不会忘。不过，我并没跟她有过交恶。外号虽从我这里起源，但叫得最多的，却肯定不是我。不仅如此，我还偷偷地对她怀有好感呢。事情的起因在于一次课间，我趴在座位上睡着了，而铅笔就被手臂划拉下去。等到快要上课的时候，座位就在我前面的她从外面回来，发现了掉在地上的铅笔，由于不好意思直接喊醒我，所以她就先用手指点了点我的脑袋，见我没有反应，她才弯腰拾了起来。但就在她递给我的时候，恰被班上的一个坏小子看见了，于是就肆无忌惮地发出了嘘声，一下子，我与她，都变得难为情起来。若一切到此为止，当然会波澜不惊，但问题是，自那之后，那个坏小子打头，一干人起哄，我就时不时地被拿来开涮。她倒大大咧咧不以为然，而我，却既像是受了屈辱，又仿佛被戳破了秘密，只是并不敢向那坏小子抗议，就只好迁罪于她，有事没事都冲她摆着一张臭面孔。

一向疯疯癫癫的她当然也不是吃素的，在不给我好脸色之外，又故意与班上另外一个男生打得火热。于是玩笑转移了对象，我变成了无足轻重的旁观者。不但如此，在一群坏小子中间，我还不得不站队表态，并时不时地跟着起哄。这情形，比起我后来所知道的鲁迅当年坐在日本同学中间看中国人被砍头的幻灯片，恐怕还要更加地心酸和屈辱。毕竟那只是一张不会说话的幻灯片，那被砍头的，无论麻木也好，愤怒也罢，他都不会将矛头对着远在日本的鲁迅。而我却在跟着一群坏小子捣乱的时候，冷不防就会遭遇她翻过来的白眼，而且嘴角，似乎还同时浮上来一层轻蔑和讽刺。有一回，学校所在的村庄唱大戏，戏台子就搭在离学校不远的地方，她在戏台子下偷偷给那男生送手绢，不知被谁给发现了，于是一群人追着看热闹。为甩开这群无聊的人，她就一阵乱跑，而不料正撞到听戏的我，我还不明所以呢，竟被她一口吐沫吐在脚上。

我想她一定是误会了我，但会否因此而不投票给我呢，却实在是不得而知的。过了一段时间，我倒是真真切切地因为她的举报而被大胡子刘老师拎到了讲台上。本来那天是自习课，旁边的一个男同学不知道何故跟一个女生吵了起来，我本是看热闹，估计也犯贱，就帮了闲，于是也被牵连进去，而恰在这时，大胡子刘老师进来了，不由分说，就将我和那个男同学作为肇事者，那个女生呢，则被当作苦主，而且越被安慰越是哭得厉害，结果，刘大胡子的眼睛也越瞪越大了。就在事情好歹有了缓和余地之时，孰料那个哭鼻子的女生又补充了一句说，老师，他还给我起外号，叫我八成呢。所谓"八成"，就是心眼子不够头，缺两根筋的意思，而将这外号加诸这傻乎乎的女同学头上，也确是我的"功劳"。因此这个当儿，我的心头就是一紧，心想，这姑奶奶千万别说是我呀。怕什么来什么，我就又被拎了起来，而这时候，竟山雨欲来一般，周围的几个女生，也一起将矛头对准我。这个说"老师他叫我小耳朵锅呢"，那个说"老师他叫我孙二娘呢"，就这样此起彼伏，吓得我大气都不敢出，要知道才刚刚评选过三好学生不久呢，怎么在她们心目中，我就一下子从好人变恶魔了，这实在是让我百思不得其解。而那曾经吐我一口吐沫的女生，已挪到后排去坐了，这时候，也冷不防地来了一嗓子，说"老师他还叫我喇叭腿呢"。事后我暗自回想，或者"喇叭腿"的最后那一嗓子，就是所谓"压死骆驼的最后一根稻草"，因为此前，刘大胡子只是瞪着眼一言不发，而这时，他竟如黑旋风李逵一般大吼一声，说"怎么都是你呀"，然后就噌地一下，抓住我的衣领子给逮到了讲台上，不由分说，就当胸一拳擂了过来。

我现在已很难体会和描述刘大胡子那一拳的分量了，但想来不会是用了全力，因为我也只是一个趔趄而已。然而就在那个当儿，我一抬头，竟看见两张熟悉的面孔，一个是我大爷家的堂妹，一个是我的亲妹妹，她们就站在窗外，眼睛紧贴着窗玻璃，正努力往我这边张望呢。整个小学阶段，我被老师拎到讲台上去的机会应该是屈指可数的，没想到这一次，都临近毕业了，何以会让妹妹们看到呢，而她们又何以来到学校的，这让我颇为不解，却又没办法探究，因为刘大胡子还在那里狂风暴雨般地发作。一屋子的男女同学，大气都不出地静候着事态发展，我那个羞愤劲儿，用小学生作文里一句常用的话来形容，真恨不得有个地缝即刻钻进去，再也不必出来丢人现眼了。此后，刘大胡子似乎余怒未消，示意我跟他去办公室一趟。我猜想，接下来的，又该是怎样的一场怒斥呢，而就在他前面带路的时候，我又看见两个妹妹也都欲言又止，且迟疑着是否要跟上来。我也不敢跟她们说话，就一味低头走着。那一段路途，也就两三分钟的光景，但在我，却觉得像开宣判大会的时候，跟那些等待处决的罪犯从县城中心广场被押解到荒僻无人的郊外刑场的距离一样地长，一样地充满焦灼、不安、恐惧、绝望。

我没有想到的是，一进办公室，大胡子刘老师竟一下子和颜悦色起来，而跟我的大约半个小时的谈话，也非常语重心长。对大胡子刘老师那天的谈话，说句实在话呢，其实我是心不在焉的，因为我老怀疑有妹妹的目光在我的身后，并且脑海里，已在想象她将所见告知父母的情形。所以，时至今日，差不多三十年过去了，我所能够记起的，也只是一些言辞的碎片了。即便如此，我竟也没有复述能力，我只能说，他那番谈话的大意不过是，在当时的情况下，触犯了众怒，不教训我一番行吗？不行的。然而就这样教训我一番好吗？恐怕也不好。毕竟呢，我在他心目中还是好学生，还是寄予了厚望的，然而马上就要中考了，长此下去，如何是好呢？就是这样的一些反复，整个儿的一个自问自答的形式。之后他说出去有些事，让我先在办公室里待着，而等他一出门，我就溜到门边，本意不过是想看看妹妹她们在哪里的，但却瞧见他大步流星冲厕所去了。他去的时间还很长，我等得百无聊赖，于是就东瞅瞅，西看看，竟发现他这一间办公室，跟我家的徒有四壁相比，仅是多了一张桌子和桌上凌乱的几本书罢了。但就在这时，我在那张油漆剥落的书桌上，发现了一叠摊开的信纸，在好奇心的驱使下俯身细看，竟是一封还没完成的信，那信的内容带给我的震撼，现在想起来，比之刚才的谈话和拳击，实在强了不知多少倍。

原来他是在向朋友求助，而被求的那个人，应该是有点官位的，所以他的信，写得不但特别客气，而且是用半文言文写的。开头就是"兄台"，转笔就是"愚弟"，中间还有"不才"、"犬子"、"薪俸"、"天时"、"困厄"、"解颐"等文辞，但所求之事呢，却竟只是若干粮票以解"断炊之饥"或以备"不时之需"而已。这或者让人哑然失笑，以为这小学校长兼语文老师酸腐得可以，但当时的我，竟对着这个别字词不能认识和少数句子不能明白的信件，不由得鼻子一酸，泪珠子掉了下来。何以然者故？因为我的家里，当时也快断粮了，而父亲还因此找到他在矿上工作的堂兄，借了些全国通用粮票回来，但就是有了粮票，却还差一些买粮食的钱，于是在那里犯愁，将劣质的烟叶卷起来，抽了一根又一根，满屋子都烟雾缭绕了，却还没半毛钱的主意拿出来。那种情形下，父亲就是个火药筒子，家里人谁也不敢肆意喧哗，否则惹毛了他，不管什么东西，他都敢往你的脸上摔过去的。但我的大胡子刘老师，却就在"进退失据"和"狼狈不已"之际，将犯了众怒的我拎到讲台上，只给了一记老拳，就忙叫到办公室里循循善诱一番。思及于此，怎能不叫我"慨然系之"，乃至"涕下如雨"呢。

6. 鲁有执竿者

鲁有执竿者的故事，大概很多人早就知道的；而我第一次听说，却是在小学临近结束的时候了。它先是由当时教我们数学的朱问杰老师讲给了班上的同学们，又由同学们转述给我。记得那是在一个春末的上午，因为临近毕业，学校安排我们拍毕业照，但又因为要准备小升初的考试，照相的那天，课还是要照常上的，所以大家轮流，回来一拨再去一拨。那天上午是上朱问杰老师的数学课，但同学们进进出出、吵吵嚷嚷，全都没了心思，朱老师就让我们上自习，他只在那里看着。即便这样，我们的心仍平静不下来，要知道，那是将近三十年前呢，照相对我们这些乡村孩子来说，实在是太稀罕了，很多人连照相机都没见过。

我那时虽然还没照过相，但照相机，却是远远瞅见过的。当时我们村有个小混混，整天在外面跑江湖。有一天，他突然揣回来一个照相机，在村街上走了一遭，说是要给邻居们免费照相，于是围了一大圈子的人，咋咋呼呼，议论纷纷，大家都争着来看稀奇。我也是看热闹的人中的一个，而且因为我和那个小混混的堂弟上小学一年级的时候是同桌，一同练过武术，又一同逃过课，我就幻想着他这个堂弟或者念着旧情而给他美言几句，说不定免费照相的好事就会轮到我的头上。

被包围在人群中，我费力地伸长脖子，但耳朵边各种各样的议论，却吵得我视力也受到影响。有的说照一次相少一滴血，有的说照一次相丢一次魂，且拿这些相互取笑和惊吓，但感觉得出来，他们其实并不相信这些无稽之谈。很大程度上，这些没见过多少世面但却也并不愚昧透顶的村民们，不过是拿这些四处流传的鬼话来给自己做个挡箭牌，方便时候就能找到顾全面子的台阶了，而真心里呢，他们其实是很想得到免费照相的机会的。

然而到了最后，那个小混混却卖起了关子，推说出种种的理由，说好的来者有份，全都泡汤了，最后只给自己家族里的人照了几张合影就草草收场。于是，大家乘兴而来败兴而归，嘴里骂骂咧咧地散去了，而我时隔多年之后回顾当年，也觉得那小混混，实在不过是变着花样，来给自己的偶然回乡增加关注度和存在感罢了。至于他那个堂弟，人缝里还抽空与我抓一抓手，那意思，似乎是关键时候会帮我一把；而到了散场的时刻，却耷拉着眼皮从我跟前走过，仿佛从没看见过我一样。

所以话说回头，上小学五年级的春夏之交，也就是临近毕业的时候，我跟班上绝大多数同学一样，都还是第一次照相的。可以想见，我们当时的心情该是多么激动，哪里还能将天天都打交道的数学题放在眼里呢。而朱问杰老师，也似乎心知肚明，一改往日的风格，任着我们吵嚷个不休。他呢，则坐在讲台后边，慢悠悠地点上一根烟，然后歪着头吐出很好看的烟圈，随着烟圈的扩散他也陷入沉思。那么，他在想些什么呢，无论是作为当年那个小学生，还是现在有幸成为他的同行，我都不得而知。但显然，在那片刻的闲暇里，他即便没有像我一样忆及跟照相有关的种种往事，也应该不会还在记挂着哪一道数学题吧？

朱问杰老师是我们那个乡间小学的两个城里老师之一。不过据说老家也是农村的，在城里他住的是老婆家，所以，当时我们在传说这些情形的时候，就每个人不由得在心里泛起一种对他寄人篱下的同情。同学间甚至还有传言他怕老婆什么的，但实际上我们见他的时候，他都是乐呵呵的，灿烂的笑容，吸烟的姿态，陶然的表情，令我直到现在，已将近三十年过去了，都还清楚地记得。所以，当初的传言，或许在很大程度上是我们的一种想当然，而其中折射的，很可能就是我们这些乡下人的自恋与自卑相纠结的心态。他放学回家都经过我家门口，我妈时常向他询问我的学习，而村上几乎每家都有孩子被他教过，所以，他一路从我们村街中心通过，总有人打断他的行程，即便不问孩子学习，也会向他致以问候，他呢，也总是脸上挂着灿烂的笑。

记得有一回朱老师讲起走夜路经过我们村西河堤上的大柳树下，而那棵大柳树不知什么时候已被认为神鬼附灵了的，所以，村人们畏它，敬它，走夜路时心里七上八下，根本不敢抬头看它，但他却特别给我们强调了不要怕。或者向我们灌输无神论是他的本意，但在当时，我们却都一下子觉得他好伟大。如今那大柳树早已不在了，但我从河堤那儿经过的时候，却还是不自觉地记起有关它的神灵鬼怪的传说，而同时眼前就浮现出朱老师的神态样貌，一只胳膊肘支在讲台上，烟叼在嘴上，头歪在一边，烟圈就在脸边浮上去，将他一张俊朗的脸笼在一片朦胧的烟气里，其间，那亲切又略带一些嘲讽的笑，更是穿过岁月的烟尘，越发地清晰可辨了。或许在那个春末的上午，朱老师也是带着这么一种略带嘲讽的微笑，一边任由我们对即将到来的照相议论纷纷，一边就将自己沉浸在由袅袅升起的烟圈所构筑的神秘世界里了。

我已经记不清楚自己照相排在第几拨了，但是，当我从学校最后一排的教室急匆匆地跑过去，还没收拾停当呢，就听得照相的师傅突然说要找个长凳子来帮忙。我嘀咕着，早先没有长凳子的那几拨不是照得好好的，怎么轮到我就犯邪了呢？就在这个当儿，教我们语文的大胡子刘校长冲我一招手，说那个谁呀，你赶紧回教室将讲台上的长凳给搬过来。这命令的口吻根本不容我片刻犹豫，于是我又飞奔回教室。但是，站在沉浸在烟雾里的朱老师面前，我却结结巴巴不知该怎样向他解释清楚自己所来何为了。

不过朱问杰老师很快领会了我的意思，他站了起来，我于是弯腰将凳子端了就走，但还没走出两步，长凳子的一端就碰在了过道右边第一排的课桌上，于是我赶紧躲闪，但就在这时长凳子的另一端却又碰在了过道左边第一排的课桌上了。同学们轰的一声满堂大笑起来，而身后的朱老师，似乎笑眯眯地也跟着说了一句什么，同学们的笑声则又越发地高亢起来。我的紧张也在一瞬间爆棚，接下来的几步路，就成了撞到右边，我往左边挪，撞到左边往右边挪，但无论怎么挪，都是接二连三地在冲撞中往前走的，结果，教室里的哄笑声，就变得此起彼伏了。我那一刻的心情，如果用一句那时小学生写作文常用的话来形容，恐怕最合适的，就是"恨不得找个地缝钻进去"了。

我之所以这么紧张，想来应该有我性格腼腆这一面作祟的原因，然而更多的，却还是跟我当时的衣服和头发有关。因为照毕业相的缘故，我跑到学校中央办公区那里的时候，先期到达的同学，都将外套脱了，我也就学了他们的样，而另有一个热心的同学，还帮我将白衬衫的下摆给束在了裤腰里。仅这些还不止，他们还跑到学校前面教师伙房旁边的压水井跟前，轮流将脑袋伸到下面，将头发给弄湿了，再用手指轻巧地梳一梳，一个个弄得油光可鉴像个小流氓似的。对此，我很难为情，但看他们都那样，我也就有样学样。我心想，反正照过相，外套还要穿上的，而头发也很快就会干的。哪知我还没收拾消停，照相的师傅偏说要长凳，而大胡子刘校长偏偏又指定我回教室去给搬来，所以，这些照相前的准备，就不得已要在教室里那帮男女同学和朱老师面前露馅了，而这情形在我，是路上就已料到，并因此而深感不安和忐忑了。

或因此，我最初站在讲台边就支支吾吾不能把话讲清楚，而后搬着凳子往回走时又接二连三地出错，这怎能不让我越发发窘呢？所以，都到了门口了，我仍没能意识到错误，而依然一径往外冲，结果长凳子就一端挡在门框上，一端挡在一扇门上。虽然那反弹的力仅仅震得我的手麻了一下，但那些随即而来的更高亢的笑声，却将我一下子从尴尬变成恼羞成怒了。可我又能冲着谁发作呢？因这笑声不止来自班上的同学，而且站在前台的朱老师，这时节也参与了进来。所以，我还是只管冲下去，碰了又碰，恨不得一时三刻找把锯子将凳子从中间给锯成两半，但这还未等到付诸实践时，我就找到窍门，将凳子一顺，就一无阻拦地飞一般跑了出去了。我以为这一跑，就将所有嘲笑和难堪丢在了后面，但没有想到，就在我怀着紧张和忐忑又站在等候照相的同学们中间的时候，在学校最后一排的教室里，我已在朱老师的娓娓讲述中变成同学们心目中"鲁有执竿者"的代表了。

7. 不良少年

师兄张鹏，忧国忧民，所以，不时会发表一些社会评论在他的博客里。这一回便见他谈及职业中专教育的现状，以为那里，差不多已经"沦为收容不良少年的看守所"了。看着那些浑浑噩噩、刀枪不入的孩子，如此"自绝于学习"，他不由得感叹，即便是有一天，知识可以液化，我们用注射器往每一个学生身体里注射，也不一定就能为那些不良少年的身体所吸收。面对这张氏思维与表达，我在惊叹的同时，却也不由得记起自己求学路上的一些经历，想起自己也差点就成为他们中的一分子。

依稀记得，在三年级之前，自己也是一个不怎么爱学习的人。那时候，我也是每天浑浑噩噩，和村上的一些不良少年混在一起。当然，所谓"不良少年"的说法，不过是现在的一种认识；在当时，我却与他们情趣相投，没有觉得他们有什么异样。甚至于，我还时刻以他们为榜样，暗暗模仿他们的争强斗狠。比如他们常常跑到离村三四里外的园艺场跟一个拳师学习散打，回来的路上就常常拿谁家的墙头、鸡窝、杨树、猪狗作为演练对象，而我那时候，甘愿充当一个陪练的角色，被他们打得鼻青脸肿，却一点儿也不觉得受了屈辱。

我也常常跟他们干一些偷鸡摸狗的勾当。

夜深了，露水上来了，我们借着星光，悄悄地摸到谁家的墙头外，一口抓住一只鸡的双腿，还没等它扑棱几下，就给捂在怀里。然后，一伙人将不知从哪里弄过来的一口钢精锅架在村东头沟边临时挖好的锅灶上，四下里捡来树枝或者麦秸做柴火，几个脑袋凑在一起挡住了风，火就给生起来了。杀鸡的活大抵都是他们的，而我呢，忙不迭地打打下手，到最后，也总能分到几大块香而肥的鸡肉，跟他们一样贪婪地大嚼一番。完事了，竟能志得意满地抹抹嘴上的油，全然不将第二天丢鸡人家沿街的叫骂当一回事。

如此追逐贪吃的美味和冒险的刺激，幸福感和犯罪感，同时涌上我的心头。

然而，跟他们不同的是，在三年级之前我虽不好学习，但比较害怕老师的批评。有一回，我跟他们一起到学校后面的果园看外来的收购苹果的大汽车，回来正巧赶上语文老师在教室里发火。这个老师素来以脾气粗暴和爱拿学生撒气著称，曾经有一年的冬天，他还将我们一个同学的耳朵都给拧掉了半边。于是，我们都很害怕，就悄悄地退到教室外面一个壕沟里，竟然也被他发现了，他一个箭步冲上来，其他几个人都作鸟兽散，而我的反应，却是慢了半拍，就给他逮了个正着。于是被他拧着耳朵站到了教室前面，教鞭也一时间如雨点般落下，但所幸不是落在我的身上，而是梆梆地拍在面前的讲桌上。或者，他若是打在我的身上，反倒会激起我的逆反心理，但是，他却没有像平时对待我的那些同党一样对待我，而是一边拍打讲桌一边在耳边絮叨个不停。我现在已经回想不起来他到底说了些什么了，但推测起来，当时溅到我脸上的，不仅有从讲桌上弹起来的粉笔末，而且一定还包含了这个老师不少的吐沫星子。

大约从那个时候起，我跟那些不良少年厮混的光景就少了很多了。而且，渐渐地，也觉得那种厮混真是无聊得很。恰好那之后不久，升入三年级的我们开始学习算术应用题，我觉得要是能给这些问题找到答案，实在是太有意思了，于是发疯一般地迷恋上了算术应用题。而且，每每举起手来，答对了老师的提问，不仅会得到称赞，还总能收获不少羡慕的眼光，这很让我受用。想想当初那些偷鸡摸狗的日子里跟他们打下手的经验，似乎有很多的屈辱在其间，而如今，则用不着再看他们的眼色了。

不错，是解答算术应用题的成就感使我和那些不良少年疏远了，并从此发现了学习的趣味性。而且，随着学习兴趣的增加，对那些不良少年的轻视，也逐渐强化起来。在后来的求学经历中，我甚至再也不跟班上不爱学习的所谓混混们来往了。我觉得我和他们根本就是井水不犯河水的两类人，而完全忘记了自己也曾经就在他们中间做过小小的跟班，乃至于以他们的嚣张跋扈和惹是生非为荣。

当然，为满足虚荣心而学习，尚不足以将我彻底跟不良少年分别开来。能做到这一点的，是我发现了一个新的楷模。这楷模起初是一个高中生，后来，他又成为我平生所见的第一个大学生。他是我二大娘的娘家侄儿，最初就读的县一中，距离我们村要比他们几十里外的家近多了，于是每隔一个周，他就会从学校里来他的姑姑家做客。

做客，是一个文雅的说法。具体的情况，或是他在学校里的花销不够了，来姑姑家里寻些支持，或是寄希望于他的姑姑能给他改善一下生活。毕竟，学校的伙食实在是太差了，白水煮白菜不说，一不小心，还有可能从盛饭的大铁桶里舀一个脱了毛的老鼠出来。

他的姑姑，也即我的二大娘，是很将他作为一个骄傲的。这其中有没有为自己额外的付出寻找一种心理安慰的成分呢，我是不得而知。但我记得非常清楚的是，这个面皮白净的小伙子从一个高中生变成大学生的时候，每年的寒暑假，都会来二大娘家住上几天，似乎以此来表达对他昔日所受到的关怀与照顾的感激。

我不知道何时才进入到他的视线，但却清楚地记得，每次来，我都悄悄地在一旁看上半天。有时候他跟二大娘家一起吃饭，我也在旁边站着不走。或许在当年，二大娘家的人是以为我羡慕他们的吃食，但其实，我不过是为了切近地长久地观察一个学习上的榜样。当他还是高中生的时候，我每次从二大娘的口里听到对他的赞誉之词，便暗暗下了决心，自己将来也一定要读高中，而后，则是像他一样地成为大学生，如此，也将自己的目标给提高了一个档次。

因为这个二大娘的娘家侄儿的影响，我在初三时，不但瞧不起班上那些调皮捣蛋的混混，而且对于一些成绩本来不错，但却立志报考中专的同学，也嗤之以鼻。当然，那些立志考中专的同学，大部分是留级生，有的甚至是从高中倒退回来的，所以，成绩好一些本来就不会成为我羡慕的理由，何况他们又将志向限定在一个小中专上呢。燕雀之志，实在不足挂齿，这是我当时的想法。当然，以我当时的心智，还不足以了解当年中专在就业上的优势，以及他们作为农村孩子，将中专作为考试理想的合理性，我只仿佛着了那个大学生的魔道一样，只将上大学当作志当存高远的证明。

有一回，我的班主任大老王还现身说法劝我考中专，说他自己13岁上了中专就再也没要过家里的一分钱。我想不到反驳的理由，只好回到班里将他的女儿狠狠地羞辱了一番。我说，你爸想让我上中专，早点挣钱来娶你做老婆吧。这玩笑开得有些过头了，但当时的情况是，我经常将话说得比这个还要难听，好在他这个女儿并不讨厌我的胡说八道。当然，很多时候，初中时候的男女生，虽情窦已开，但怯于正经八百地表达好感；相反，故意地发生一些无谓的争吵，却被当作了示好的方式。所以，我每思及此，懊悔里却也不免有一种甜蜜的感觉，但由此也可看出自己身上其实还有着许多不良少年的痕迹。

那个时候，曾经的不良少年同伴，大抵已经弃学了。他们已经不再将我当作朋友了，而我甚至连跟他们见面打个招呼的耐心都没有了。有一回，我在学校里听说一个昔日同伴的堂哥，曾经作为村上一帮不良少年的领头羊，因为跟自己家的嫂子睡觉，等他哥哥从监狱里一出来的时候，便自觉喝农药死掉了。对此，我不胜欷歔，恐怖与焦虑，让我几宿不能很好地安眠。还有一回，那时我已经读了大学，在暑假的一个日子里，我则又亲见得一个当年的同伴被塞进警车带走了，原因是他伙同一帮人撬了很多人家的锁，将别人的东西装进自己腰包。那一刻，我的反应却是，这些浑浑噩噩的人早晚要有这一天的，却完全忘记了，自己原本也是他们中的一员。

8. 邂 逅

一条乡间的大路，二十几年前的时候，还没有铺上沥青。我和一个堂兄弟合力推着一个车子，车上是一块木头，在记忆中它是很长的，像一个树干。但我们不知道拉着这块木头到哪里去，也不知它将要发挥什么作用。母亲似乎对这个行为发布过命令，比如一个手势，还停留在记忆的天空，但手里拿的是什么呢，或者伴随着手势的是一种什么表情，却无论如何都回忆不起来了。

　　这个时候，一个女孩从对面过来了。她骑着一辆自行车，穿着红棉袄，在风中，棉袄的一角还在那里浮动，仿佛秋天里漂在水面的一片枫叶。我继续卖力地推车，而且故意把头低了下去。

　　记忆的天空里总是时空交错，而实际的情形，却应是二三月份的天气。虽说"霜叶红于二月花"，但在我的家乡，二月里是没见过什么花的。倒春寒又来光顾了，路边贴着地皮，应该已经长出了些微鹅黄色的草芽。

　　车子很沉，我已经将棉袄脱了扔在车上了。

　　花格子衬衫，皱巴巴的，下摆束在裤子里，但脚上却穿了一双黑色的布鞋。这个形象已经定格在我的记忆里，弯腰推车的姿势也似乎有些不雅。

　　这或许就是我为什么低下头装着看不见的原因吧？

　　有很多次，我想象着她从我身后走来，于是，我觉得，自己的一切动作便都具有了表演的性质。但她却没有出现。然而这一次，却见她迎面骑着车子过来了，而自己，却自顾自地低下了头。但我知道，她看到了我。这个时候，我很想说句话，但喉咙却似乎被什么堵上了。有那么一刹那，她似乎放慢了速度，但终究没有下车，然而我感觉到了她的目光，似乎还撇了一下嘴，仿佛有些不屑，但又有些调皮。那个酒窝以及酒窝上面的绯红，也就从此印在我的脑海里。

　　然而更清晰的，是她的背影。

　　有那么一次，是在中考的间隙，我们无处可去，就到校园外面的堤上散步。我大胆问她，可记得，我与她，在那个乡间道路上的相遇。

　　当然，并非只有我和她。还有一个女孩，模样倒还记得，却无论如何记不得我和她说话的时候，那个女孩去了哪里。也或者那个女孩就在旁边，但在记忆里却一片空白。我只记得，风吹着她的衣领和她红着的脸，以及她如蜜蜂一般的低语："你也没有跟我说话，可是，我觉得你就在身后看着我呢。"

　　是啊，我已经看了二十多年了，在文字里，在回忆里，在旧地重游的幻影里。

　　我后来写过一些小说，其中的女性总跟她有几分神似；但自己对她背影的描述，却从来没有感到满意过。"一骑红尘"，这是我在古诗里读到的，并且贴合她的红棉袄，但由于她骑车的速度并不快，何况尘土飞扬的意象，总跟这个温柔的记忆不搭界。

　　一个讲故事的人，却沉溺于一些细节，这对于情节的推进，是一个极大的障碍。我觉得自己或不适合写小说。或者，我之所以要写小说，是因为她；小说写不下去，也是因为她。我的小说，就像我与她的故事一样，充满了断裂，不但交会的时候没有一句话，连人走过去了，也没给安排回头的机会。

我常常在这种时候陷入沉思，再一次回到那个原初的场景。

我的记忆里确实有一个清晰的背影，但我却为无法控制她远去的速度而苦恼。红棉袄上的花纹，我似乎还看得见，但转念一想，却又觉得不合常情。当然，还有其他一些装饰性的东西，比如车后架上的一个篮子以及篮子被什么东西盖住的情形，都是我随意加上的。还有一些其他的颜色，出现在我的回忆中，但自己却又不敢相信就是真的。

于是我在文字里放她走了，而现实的她，也早已不知行踪。就在那年中考之后，我就再也没有见过她。或许那一天午间的谈话，就是要为我与她的邂逅做一个总结。

我觉得这样的故事有些不够浪漫。老实说，自己在很长的文字生涯中，刻意制造了不少浪漫的场景，然而，我总是缺席的，因为她已经消失在视线之外。

她走了，只将背影留下。

或许能够抓住一些什么，我就想，一个人想象着另一个人从身后射来的目光，这也许已经说明了很多。可是自己，却为什么，在当时，就没有发现她离去的背影里所包含的羞赧呢？

9. 永远的愧疚

在《骄傲的皮匠》这篇小说的开始部分，王安忆介绍了近代以来上海某个社区的发展历程。在城市的近郊，外国人开了墓园，周边就有了一些小店铺卖鲜花、蜡烛、十字架一类的东西。外国人墓地的外围，中国人也相跟着埋进来，于是有了卖寿衣、花圈以及榆木香之类的店铺。但当这些死人生意正红火的时候，这些墓地上，却要建造房屋了。于是给这些死人搬家，让活人住进来。那些原来在这里做死人生意的人，就转了行，回头又做起活人的生意了。

这些做活人生意的人中有一个皮匠，有幸成为小说中的主要人物。我看过小说的开头，还没好好探究一下这个皮匠的命运的时候，就突然地想起我的一个同学，因为他后来也成了一个皮匠，而我总觉得自己似乎对他怀着永远的愧疚。

那还是上初中的时候，我这个同学就在我的座位近邻。他叫黄福铎，方脸，小眼，薄嘴唇，耳朵似乎是透明的。他的穿着打扮，我几乎已经忘记了，但他的自行车的样子，我却记得，破破烂烂的，前梁那里装了一个花布兜。

我与他本来并没什么过节，但也算不上有什么友谊，只不过因为同时与班上另外一个同学要好的缘故，也就整日里一起吃饭，吃饭的时候再扯上一些闲话。他有个习惯，总是要反驳我。比如有一回，我说毛泽东从小就想当大政治家，他就偏说错了，应该是从小就想做一个人民教师，他说人家一点政治野心都没有。我不知道那时我是否已经看过这位伟人童蒙时写过的一首诗，如果是现在的话，我大概可以引经据典，说就凭"春来我不先开口，哪个虫儿敢出声"，难道不足以证明他冲天的抱负了吗？然而，实际的情形也许是，虽然如今我有了这般的常识，但却根本没有与这位同学辩驳的热情了。

那时候我是少不更事，仅仅凭着不知道从哪里听来的边角料知识，便奉若至宝，非得争个面红耳赤不可，当年与黄福铎同学的争论便是如此。我一旦对我的看法要说个所以然，便受到他信誓旦旦的质疑，而旁边又有一些同学起哄，我就觉得他纯粹与我过不去，这让我觉得很没面子。我于是与他就有了一些隔阂，甚至在话语上有过一些冲突。我对他说，你再这样找我的碴，不会有什么好果子吃的。

这是我随口威胁的话，在我其实只是说说而已。那个时候，因为武侠小说与电影的流行，在我们周围的一些无知少年中开了一些尚武的风气。有些人拉起帮派来了，虽未必像当年的红花会、义和拳一样，歃血社坛，比武排辈，而且高喊什么神圣而愚钝的口号，纠结一帮队伍跟人火拼，但现在想起来，终究还是有点黑社会雏形的。我的一个堂兄便积极参与了这样的活动，而另外一个堂弟，才上初中一年级，却因为在城里上学的缘故，认识了些街头混混，而且在其中有些威望，也俨然一个大哥大了。我没来由地佩服他们，而在与黄福铎发生矛盾的时候，我或许便提到了他们，似乎想给他一种武力上的威慑。

然而我真的只是说说而已。

黄福铎也许并没有当真，所以，有一次他就当众嘲笑我，整天说自己有什么帮派，也没见你动过谁一根汗毛。我有些恼羞成怒了，在周末的时候，我的那个堂弟问起我所在的班级有什么对头，我就说了黄福铎的名字。堂弟说，不妨给他一些颜色看看。结果，也就是第二天傍晚，我们正在校园里蹲在一起吃饭的时候，堂弟来了，他在外面跟我一招手，我过去，他说你给我指一下谁是那个混账家伙。我当时应该是有些紧张的，但因为一时的意气，我还是指了给他看。他说，你不用管了，我的那些哥们儿都在外面等着了。他一出校门，我们就收拾他。

黄福铎吃过晚饭是要去镇上的住处的。我忐忑不安地等待他出了校门，而后不久就看到他捂着耳朵回来了。那是冬天，他的耳朵冻了，本来就常流血的，而这次，我猜想我的堂弟与他的弟兄们一定是用皮带抽在他的耳朵上了。

在瑟瑟寒风中，我的心不由得一紧。

我们几个人围上去，他很痛苦地低着头，别人七嘴八舌地问，他也不怎么回答，而我心乱如麻，心里七上八下的。有个同学的爸爸是学校的老师，所以有一间宿舍，那是我们经常去玩的地方，有时从校外的农田里偷了西瓜之类的东西，我们也会在那里吃得尽兴。黄福铎直接到了那里，我也跟着进去了。我要装得若无其事，又要装得非常关切。但黄福铎让其他同学出去了，他跟我说，你说，是不是你让人干的，你承认也没关系，我不会怎么着你的。我惶恐着，但我坚持说什么也不知道。

后来这事情就悄悄地平息了。黄福铎没有告到学校那里去，也没有告诉班主任。而如果他当时那样做了，我这般勾结社会人员殴打自己的同学，又可能经受不住盘问，说不定就会落得开除学籍的处分。我是暗自庆幸着的，然而他再也不跟我饭前饭后地争执了，却让我感到了无限失落，偶然得了些杂闻趣事，想给同学们炫耀一下子，而那些看起来很友善的同学也渐渐地与我有了距离。不久，不知道出于什么原因，黄福铎辍学了，那些同学也没能再与我打成一片了。我猜想，他们是不理解，我能有什么理由，对一个憨厚老实的人动用所谓的帮派力量。我的堂弟后来也告诉我，面对黄福铎，他们觉得很失望，甚至想不到会有什么理由值得大动干戈。然而不能虚此一行，就推攘了他一下，在他的脸上抽了一皮带，便悻悻然地离开了。

此后，我就再也没有见到过黄福铎，但不知为什么，我却一有机会就打听他的行踪。我听说他继承了父亲的手艺，做了一名乡下的皮匠。然而，当年他耳朵上流下来的血，却让我一直耿耿于怀，不肯饶恕自己当年的糊涂。为了一种无知的虚荣，我想，堂弟们抽在黄福铎脸上的皮带，在许多年之后，更多的是在我少年无知的心上留下了难以弥补的创伤，让我永远地怀着愧疚。

10. 青　涩

他和她，并非传说中的青梅竹马，然而，相识也有很多个年头了。

那时候，在一所乡间中学里，他和她是同学。同在一个班级，前后桌的关系，然而说话却并不多。他留给她的印象是调皮，但多少年过去了，他问她自己是怎么调皮的，她却记不得了。然而他能记得她，是有那么一次，在一个冬天的早晨，严厉的数学老师拿一把很大的三角尺在讲台上比画着，而她却兀自在桌子下面跺脚。

天冷，大家都感觉到了，但没一个人，像她那样沉浸在冷的感觉里，并将自己因为冷做的抵抗，变成"笃笃"的跺脚声。

一声，两声，三声……在他心里，从那时起，钟声一般地，敲走了他二十多年的岁月。

数学老师停下来，没有说话。尺子拿在手里，手悬在半空。那铜铃一般的大眼睛，恶狠狠地瞪着她。如果将老师手里的三角尺换成一截钢鞭，简直就跟过年时候，家家贴在门上的尉迟恭像一样。

所有同学，也都屏声静气的。

然而，她竟还在那里不管不顾。那一声声，仿佛踢在他的板凳上，急在他的心里。于是，整个教室里，他觉得，除了他的咚咚的心跳，便是她跺脚的声音。

他的心跳迎合着她的跺脚。但她并不知道，在很多年后，他很想告诉她，就在那一刻，他紧张得仿佛自己已经成了她的一个同伙。所有目光，不是朝着她的，而是朝着他的。这是他的感觉，于是，他脸红了。

就在脸红心跳的当儿，他觉得自己，应该和她有些故事发生。

然而，什么都没有发生。

她走了，到了一个很远的地方。

那个地方，在他的想象里，应该像梦幻一般美丽。因为她，在他的心里，就是一个美丽的梦幻。那时候的他，常梦想着去遥远的地方。傻傻的，以为远就是好。趴在村东头的官路上，他非常羡慕那些来去匆匆的行人。他曾很想探究那路的尽头是什么，而当他认识了她，他才知道，其实那条路的尽头还是路，她就是从更远的路上走来的，然后，又从来时的路上走了。

天地很宽，宽到各地的说话都不一样，这是他以后才发现的一个事实。但在当时，他只是迷恋她说话的口音。她说话的口音跟众人都不一样，他觉得从外面来的人真好，说话都那么好听。

他于是更加向往外面的世界了。

她叫班上某一个男同学的名字，这个同学跟她一个村，曾在她刚回来的时候一起读过小学。因为口音的特别，似乎关系就有些特别。于是，便有不少人故意模仿她的口音，并且模仿之外，又给编排了一些故事。他心里有些酸酸的，但仿佛为了驱除这隐约的酸涩，很多时候，他就以一种逆反的姿态，故意参与了这些故事的编排与传播。

这，或者便是，她多年以后，还以为他当年很调皮的一个原因吧。

然而，他不希望真的就是这样。

他觉得，她应将她对他的印象，永远地，只停留在他与她的故事上。他是贪心的人，总想将周围的一切，只当作他与她的故事的陪衬。然而时隔多年之后，她的一些回忆，却总牵涉他之外的很多人。

只在一件事情上，他是主角。

就在她临走前的一次课间，他好像是扭过身去跟她撕扯什么。也记不清什么是非了，但结果，她哭了。

这是很出乎他的意料的，然而，志忑着，却不肯向她道歉。

她后来也知道的，很多时候，他只是有一个强硬的姿态，骨子里，却很柔软。

调皮的他，也许惹恼过她不止一次，但印象中的哭，却只有这一次。她趴在桌上，肩膀抖动着。他一时间默不作声，不知如何是好。然而，终于咬咬牙，不再回头了。似有她的同桌，一个长头发的女孩，细声细语地，要他给她道歉，但越是这样，他却越觉得应该将"有理"写在脸上。

他已经不记得事情是如何结束的了，但总之，她的哭声应该早就停止了，他的不安与愧疚，却永远埋在心底了。

与这不安与愧疚的记忆相伴随的，是一个长方形的校园，是校园空地上几棵大白杨，而那中间，有一排红砖的瓦屋。最东头的，是他们的教室。

他记得，在东西的方向上摆满课桌，而那些课桌，都是他们当年自己花钱买下来的。很多年后，她回到老家，一个叔父告诉她，当年的课桌还在呢，而他于是便又怅然地想起，在她哭过之后的下一个星期一，再回头的时候，那张课桌已经不见了。

很多东西，在与不在，只是一种感觉。

没有什么东西会彻底地消失，它只是换了空间，或换了一种形式。但是，在那时，他的心，却一下子就空了。她将桌子也搬走了，他觉得，自己连物是人非的叹息，都不知道该向哪里抒发了。

然而，事隔这么多年，那教室或都拆掉了，但在他心里，不是还留着那一年的那一天因不见她的课桌在那儿而感到的空落吗？

其实，很多情况下，"空"其实就是"在"的意思。

她还"在"那里。

不再是最初靠着窗台跺脚的那个位置了，而是搬到了过道的这一边。从他的正后面，转到了斜后面。就因这斜角，他能在上课的时候，用眼角的余光，瞥到她的一个侧影。

隐约地留下一个印象，她那一天竟哭了很久，以至于下一节课，他偷偷地瞥见，她还一直趴在桌子上没有抬头。曾经他很想回忆那堂课究竟学了哪些内容，却无论如何也想不起来了。他能想起来的，就是她嘤嘤的哭声，似乎从那时一直哭到现在，只不过这哭声所给他的，已不再是最初的局促不安，而是为温馨和浪漫所充满了。

大概是在她不来上课之后的第三天，他的同桌告诉他看到她了。她坐在他们那乡间常见的地排车上，前面有一辆自行车拉着，从那条穿过乡政府所在地的公路上走过。那是她上下学的时候，骑着自行车经常走的路。他也曾与她在这路上遇到，她翻一下眼珠，撇一下嘴，算是打过招呼了。

很多年后，他假装抱怨她曾在路上遇到而不理他，但似乎，那时候的他，连这类似的姿态也没有。尽管他的心里，早已准备好无数的台词。

那是一段怎样美好但却又备受煎熬的少年岁月啊，男孩子的矜持，女孩子的娇羞，不知道现在还有没有。

想象得到，她在那离去的早晨，也这么翻一下眼珠，撇一下嘴，算是给他的同桌打了招呼；而这样想的时候，他心里不免难过，为何那一刻，不是自己从那条街道上穿过呢？

那时候，估计他还不知道"造化弄人"这个词，但他看过很多电影，许多男女主人公分别的场景，总在最后一刻，那个休戚相关的人，即便是迟了一步，终于还是出现在人们面前。只有他，心神不定地站在这样的场景之外。

人的一生，总是有太多意想不到。最令他意想不到的，是因为惹哭了她而换来近乎六七年的，几乎每隔一周便有一次的通信，并因为这通信，而建立了浓得估计一生也化不开的亲情。因为也就在他的同桌讲述着自己的所见时，她的同桌告诉他，其实就在他气哭她的那一天，她已经做好了送给他一个小礼物作为纪念的打算。

失去礼物是一个方面。而得罪了她却再也没有机会弥补，则是更重要的方面。于是，他变得有些失魂落魄。有那么近乎一个月的时间，他天天盼着她有信来，寄给她的同桌，然后他才能知道她的地址，以便给她写一封信过去，以表达自己的永久歉意。

他用文字表达情感的习惯，也许就是那时养成的。

原本以为绝难开口承认的错误，没想到，竟很轻易地就在信里给她作了深刻忏悔。过去了二十多年的光阴，他已经记不清楚在给她的很多封信里说了些什么，但在第一封信里，他一定是给她讲述了气哭她的经过，以及自己何以会犯下那么不可饶恕的罪过。

他请求她的原谅，她很快就原谅了他。

不但如此，她还给他报告了自己新的生活：在遥远的东北边陲，一个以农场命名的小村子里，她又继续了她中断的学业；而他，也给她报告了自己的很多心思。

他在这些心思里，编织着一个美丽的童话。

他终于有了倾诉的对象，她也似乎乐于倾听他的诉说。

于是，往往这封信还没有到达的时候，下一封信便已经急切地投进了邮筒。一封信原本要在路上行走半个多月的时间，而往往还不到一个星期，他便接到了她一封新的信。因为这个，他们相互报告的信息总是有所错位，但没关系，他们总是有足够的热情，将所讲述的一切连缀成一个完整的故事。

他频繁地收到从遥远的东北寄来的信，这一消息，很快就在班里传开了。原来大家都拿她的那个同村的男孩子作为开涮的对象，而现在，连那个男孩子，也开始将矛头对准了他。

他幸福地承受着这一切，但他却似乎羞于在信里，给她报告这一状况。

他担心她的感受，他也拿捏不准她对他的感觉，因为自始至终，他都没有对她说出那个意义重大的字眼。因为这个不说，他的人生错过了很多机会；但也或许因为这个不说，他的内心保留了很多美好的回忆。谁的记忆能没有残缺呢，谁的人生能没有遗憾呢，这是他聊以自慰的话。但是，每当想起不能重来的人生中被不断重构的记忆，他的心里，总有那么一丝酸楚。

他觉得他是自己在心里营构了一个幻觉，而在这个幻觉中，爱情不是琼楼玉宇，无论如何找不到攀缘的梯子，便是俗不可耐。他生怕一个至纯至美的东西，那些曾经编织过的故事，曾经用心考究过的字句，在爱情面前，都会轻易地碎成一地的纸屑。

这也许是他一厢情愿的看法。

但是，他不敢跟她交流这个，也就不能说出那个字眼。结果，有那么一段时间，他和她的通信变得稀少了。似乎相互倾诉的热情，也因为失去了"升华"或者"堕落"的机会而变得有些冷却了。

谁都没给对方更多说明。只是，从事后的推断来看，她那时已开始了恋爱，并且在不久的将来，就要成为别人的新娘了；而他，也已经升入了高中，并隐约地，在新的同学中又发现了一个倾诉的对象。

这个女同学，也是从一个很远的地方转学过来的，本叫什么玲，但因为喜欢台湾的一部电视剧，而改名为汪洋。他于是将自己设想成一条小船，期待着有一天能在她的心海里颠簸。

然而，他还是不能忘怀过去的她。

有时，很矛盾地，他对她给他来信，不加掩饰地表现出强烈的期待。直到有一天，那个女孩看到她的信来了，不再是酸酸地发一句感叹，而是连向他请教问题的热情，也都一并失去了。

这时候，他才觉得内心的天平，已经悄然地向着现实投降了。毕竟她对他来说，在时空上，早已经隔着很远很远的距离。他至今还没有机会用脚步丈量过这段距离，但是，通信的变少，证明了这距离的存在。

距离产生了梦想，梦想给人青涩的感觉，但人总是活在现实里，于是，他想抓住一些就近的东西。然而，等他想要伸手的时候，那一片汪洋里，已经驶入了别人的船。

11. 说"沙发"，记北京

这里所谓"沙发"，并非摆在客厅的那种，而是网络用语，曾经在名人博客的跟帖中常见到的；而今网民们纷纷转战微博或微信，大家流行"点赞"，这用语却难得一见了。一开始不明白，怎么那些第一个在博文后面发帖回复的人就是"坐沙发"呢？而且，似乎很兴奋的样子，像中了彩票头奖一般，并不对文章发表评论，而只在那里炫耀道，"终于坐上沙发了"，或者"等这么久了，沙发舍我其谁"。按此，那些博客上抢到沙发的，兴许算得上"粉丝"的一种荣耀。

人生何处无"粉丝"?

我的父亲,就是毛主席的一个铁杆粉丝。不过,当他这一粉丝观念被形塑时,还不兴粉丝这个词,或者用虔诚的信仰者、热忱的膜拜者、无条件的拥护者、一个不惜牺牲自我的誓死捍卫者等政治化的用语更为合适。他的一个同学,当初的成绩,据说并不如他的,但却因为偶然的机缘而当上红卫兵,20世纪60年代的一天,跑到北京去串联,竟有幸在天安门城楼下亲眼看到毛主席挥手致意的光辉形象。即使在数万群众中只是远远地看,但父亲对这位同学的羡慕,换成现在的网络用语,也当以为他"坐了沙发"了。后来,时间的车轮已经翻开了21世纪的一页,世事和时势也都发生了几番更易,父亲才有机会去北京,但对于他第一要紧的事情,就是到天安门广场的纪念堂瞻仰水晶棺里毛主席的遗体。然而,不仅难再享有昔日红卫兵同学"坐沙发"的荣耀,而且也几乎失去了回村向人显摆一下的资格。因为,这几年,因为外出的便捷,村里已有不少人去过北京,并且此中的一些,也曾去毛主席纪念堂前加入过排队瞻仰的人流。

我就是其中的一个。

那是1994年的事情,一晃,已将近20年了。

那年暑假,我刚参加过高考,填报的志愿全为驻京高校,而一个同村的朋友,恰在北京打工。于是,似乎要对人生搞一次彩排,我就悄悄地坐上了去北京的火车,想预先体验一下首都风情。这一次的北京之行,在我,也是一种"坐沙发"。我从小生长在乡间,直到高三的时候,因为去我们县所属的地级市参加奥林匹克物理竞赛,才第一次坐上公共汽车,那时那个兴奋劲儿,应不亚于名人博客上那些抢到沙发的人。记得我当时忍不住探出头去看路边不断倒退和更新的风景,还被带队的物理老师狠狠地拍了一下脑袋。车子快到市区的时候,同去的同学又很兴奋地指给我说,快看快看,那是铁路呀。事实上,那确实是我第一次看到现实版的铁路。在当时,我们还发了一通感慨,什么时候,就是砸锅卖铁也要到火车上过把瘾。不曾想,这坐火车的瘾,小半年之后,就轻松地实现了。完全没有想象中的惬意,反而是一大群人挤在密不透风的过道里,十几个小时,连个放半边屁股的地方都没找到。有那么几次险些成功了,但屁股刚刚挨上去,就被推着小车卖东西的售货员,给借光借光地叫嚷起来了。这售货员已经来回很多趟了。在这脚和屁股都不知道放哪儿的逼仄的过道里,他的四轮售货车一遍遍地强行进出,所靠的,根本不是嘴里喊出来的客气话,而是那一身铁路制服混合着车轮的威力。事实上,我的脚和腿,都被碰好几次了。所以,我得快速站起来,缩着身子躲避,而这时,眼巴巴看着车上的花生、鸡腿、面包、啤酒什么的,却只有吞咽几口吐沫，强行忍住的份儿。实在忍不住，我就买了一瓶雪碧。这是我第一次喝这种饮料，没想到刚一搭口，就被酸凉的味道狠狠地蜇了一下舌头，而后它从喉管一路下滑的同时却又不断涌起泡沫，弄得我空旷的肚腹竟跟翻江倒海一般。这算让我领教了，在这个世界上，竟然有一种东西看似下行的时候，还会分解出来一个上行的路线。

至今我也还记得下了火车，在站前广场晃悠的情形。我当时有些饿了，就在站前广场的某个摊位上买了一张大饼，然而噎得慌，就狠心走进了一个饭馆。想一想什么最便宜啊，拿着菜谱在那里翻，而候在一侧的服务员，似乎已经感觉到我的犹豫，所以，我翻菜单之时她在给我翻白眼，我不由得紧张和难为情起来，却发现只有米饭一块钱一碗。好了，那就一碗米饭吧。服务员显出很诧异的样子，但也没有说什么，结果米饭送上来，才明白服务员不解的目光，原来那碗只有拳头大，而且最可恨的是，竟然也是干的。

如今的我当然明白，米饭理应是干的。老家那时的我，其实依据的是我老家的经验，将米饭想象成连汤带水的东西了。因为在我老家，所谓的饭，除了对某一餐的统称之外，还有一个意思，就是稀饭的意思。老家那里的作物，以小麦、花生、大豆、红薯和玉米为主，家里的大米，都是偶尔从走街串巷的小贩那里用当地作物按照一定比例换来的。通常情况下，一斤小麦才能换来半斤多的大米，而小麦本身就已很珍惜，所以足见大米的价值，大米几乎从来都是作为调剂和补充的，若谁家用蒸馍的大锅蒸出一碗米饭来，会惹得很多邻居侧目，他们自己，端着饭碗在人群里，也会觉得非常自豪的。即便是做稀饭，大米也难得一见，更多的是用小米，条件好的放个大枣，次一些的放个花生，或者用石臼子将新收获的小麦捣碎做成麦仁，搅和在稀饭锅里。当然，那时候，我在中学的食堂里，是喝过大米熬出来的稀饭的，但往往透过清澈见底的汤，只能在碗底看见数颗臃肿的米粒，哪会想到，它们在首都北京竟会如此干巴巴地抱成团呢！

但我终于还是把那碗米饭吃完了，然后，感受着身后射来的嘲笑的目光。后来，我折回到站前广场上，学着别人的样子，找到一张不知谁丢弃的报纸，铺在印象中特别光洁的地板上，将双手放在脑后，仰面躺上去，竟酣然地睡了起来。醒来时，天光熹微，市声却不知为何竟沉寂了。到处是东倒西歪的人，以我现在的眼光来看，则应像极了国产大片中一场激战刚发生过的场景；但我那时，却恍然如置身于无边无际的荒野，顿时升起一种沦落天涯的感叹。不过，当时的北京已经有公交车了，于是我跑到路边，见有人在一个大牌子下面等，我也就站在那里，一遍遍地搜寻，倒也都是一些在书本上常见的地名，但是，如何才能找到去朋友那里的路途和车次呢，我却茫然得很。过了一会儿，一辆早班车驶来，人们纷纷往上挤，我也就跟着挤了上去。车到哪里？站在最前排，怯怯地问司机，司机是否有些不耐烦，我已经记不清了，然而却记得一个女售票员，一手拿个纸夹子，一手拿个铅笔样的东西，她站在我跟前反问道，你要去哪里啊？我想了想，颐和园。她于是很干脆地回答说不到颐和园，你就到天安门下车再转吧。这也是一个我非常熟悉的地名，而且，从读小学的时候，就对它怀着梦想的。于是，天安门就天安门吧。

刚到天安门，我就看到一群人朝同一个地方飞奔，那情形，跟我们在学校的时候看外边的小流氓打架一样，于是，我也就习惯成自然地奔了上去。到跟前，才知道那里正在举行升国旗仪式。在中学的时候，我们也曾经常常被组织起来参加升旗仪式，但同学们都嘻嘻哈哈你推我攘的，即便是老师大声呵斥，也根本不当回事儿。但是，这天安门，远远地还没到跟前，我却一下子就被那种肃穆和庄严震撼住了。我不是一个会写伟大颂歌的人，再加上时过境迁，很难完整地描述当时的心情，我只记得那么多的人，拿着相机的，背着大包小包的，牵着孩子的手的，都一起向着同一个方向跑去。我被许多人的围观镇住了。也许，那些一边跑，一边叫，又一边举起相机的人，才是我表情格外凝重的原因。我没有相机，我只能用我严肃的目光，用中学生在操场上听校长训话的姿态，望着那直立的旗杆和晨光中冉冉升起的五星红旗。一种现在看来可以用震撼、崇高、敬仰、升华等词来形容的情感，就在内心不由自主地升腾起来。

然而，那一次，我并没有排队去毛主席纪念堂，因为当时，我怀着极大虔敬，看着那些参加过升旗仪式的士兵，并为他们的姿态所吸引，就一路相随着走到金水桥下面，直到他们进入我印象中的某个记不清名字的机构的大门后，才不得已折返回来，在长安大道上又茫然地寻找着公交站牌。我应该是沿着那条宽敞的大街寻找了很久，看着两边辉煌的建筑，我内心也一定产生过迷茫，但是，这些我已经记不清了，毕竟那是二十年前的事了。后来我终于在公主坟附近的某个站牌下找到一辆开往西三旗的公交车，并在下车后沿路打听，终于在近午的时候，找到家肉联厂的大门，而我一个村上的那个朋友，就在这家肉联厂上班。很快就到了工厂用餐的时间，我那个朋友就用自己的工卡，给我额外领了一份他们的工作餐。我至今还记得那个中午在肉联厂的朋友宿舍里吃过的那一顿午餐，是一份排骨外加两个大馒头，因为从小就在家里吃馒头，而那家肉联厂的馒头也没什么显著特征，所以我已经忘记了，但却清楚地记得，那份排骨，白煞煞的，很大块地堆积在搪瓷碗里，给我的视觉造成了强烈的冲击，至今想起，也还不免觉得奢侈。朋友劝我多吃，态度是热切而又大方的。而我当时，的确是很饿了，于是一番不分青红皂白的狼吞虎咽之后，才注意到脑袋周围早已聚拢了一大群苍蝇，它们的块头，从回忆的眼光看过去，竟比那些我刚吐出来的骨头还要硕大，而且颜色又那么黑，真乃平生难得一见。由此，我觉得，伟大祖国的首都北京，其实除了天安门的神圣、威严、崇高之外，还有很多地方，并不见得比我乡下的老家干净和敞亮多少。

第二天大清早，朋友因为请不下假来，就借给我一辆自行车，让我自己骑车到西三旗的公交站，然后车子寄存那里，再乘公交车到北京城里转转。而这里所谓"城里"的说法，很显然是将他自己所待的地方，比作乡下了，而寄存自行车，在我们老家的集市上，也是非常普遍的。所以，在这北京的乡下，吃饭的时候被黑而大的苍蝇围拢；晚上睡觉的时候被蚊虫轰炸；出门上厕所，又是那么一地浊水横流，臭气熏天，提着裤腿，犹豫半天，竟找不到下脚的地方，这应是不足为奇的了。而唯独一场夜雨，在朋友租住的村落外，能看到苍翠的远山，此一点，比之我们鲁西南平原上的老家，让人心旷神怡多了。这心旷神怡的感觉给我留下了很深印象，以至于事隔二十年之后，我再一次到访西三旗，在某个饭店里跟人吃饭，还情不自禁地忆及当年的感受，而一同就餐且家居附近的朋友则说，离山还远得很，怎么可能看得见呢。放眼过去，即便天气爽朗没有雾霾的日子，也只有堵在面前的一片片水泥的森林罢了。

的确，如今从西三旗到圆明园，这一路上早已遍布高档的写字楼和住宅小区，而在其间填充的，则是各种类型的消费娱乐场所。原本我曾骑车经过的一些空旷地带，已经完全找不到踪影了。那天，朋友让我将车寄存在西三旗的公交站，而到了地方之后，我却觉得既是闲逛，骑自行车当然比坐公交要方便且省钱多了，所以，当年从西三旗，七转八拐的，我竟连一个人都没问，就骑行到了天安门广场。记得当年途经清河的时候，还在路边发现了一长溜地摊书肆，一套1973年版的《鲁迅全集》，就是我在返程的时候从那里买下来的。不是很全，但也有十几本，而每一本要价大约两块钱，算下来，也要三十来块的。这对当时的我来说，当然是一笔很大的开销，然而，作为乡村版的文学青年，对鲁迅及其全集，却一直是怀着仰望甚至迷信的态度，所以，使劲咬咬牙，还是买了下来。买下那套书的感受，现在想起来，大致也跟博客上的"坐沙发"一样。

以后，我又买了一套2005年版的《鲁迅全集》，但相比这新版的三两本书合订在一起的样式，我更喜欢的，还是1973年版的简朴和素雅。尤其是它的袖珍版式，除却极个别的，基本上每本书不会超过100页，非常便于携带和翻阅。所以，这么多年来，几乎每次出门，我都会挑出其中一本随身携带。在熟读的同时，也就将当初清河地摊买书的情景给刻印在脑海里了，以至于时隔二十年之后，我因为偶然的机缘坐车从那附近经过，在等候交警疏通车辆的当儿，竟恍然觉得某小区门口一棵歪脖子的老槐树似曾相识。这或者是一种错觉，毕竟吹着车内冷飕飕的空调，望着外面刺眼的阳光，冰火两重天的，很容易就会让人陷入恍如隔世的心境之中。但在那棵老槐树枯瘦的枝干的一处突起上，我竟仿佛看见了一根残留的铁丝，深深地箍进了那突起的中间部位，而当初系在铁丝上的书画册页，它们也是在这午后的阳光里，被慵懒的风随意吹拂着。

很多时候，我将偶然当作自己的命运，而这一观念的形成，很大程度上，跟这第一次的北京之行有关。我已经记不清楚离开清河书摊之后又骑行了多久，经过了哪些地方，才到达北京西郊学院路一带的，但却记得那天上午的阳光很好，因为当我站在马路对面张望中国地质大学校门内的毛泽东塑像时，不得不手搭凉棚，而那塑像所反射的光辉，让我灵光一闪般地确立了往天安门参观毛主席纪念堂的目标。在此之前，我其实是漫无目的的。偌大的北京城，我不知道往哪里去。大街上人来人往，他们似乎都有一个明确的去处，而我却像一个游荡的孤魂一般，双脚虽使劲地踩踏着自行车，但内心却茫然不知所措；一度想找到所报考的学校而不得，又不免有些焦灼不安。正在这时，一位长者从我旁边骑车经过，只见他脑袋近乎谢顶，额头一片光亮，清癯的面孔上架着一副眼镜，这竟让我没来由地觉得他身上有一股仙气，更想当然地认为，他一定是某大学的教授。那时候，我还对大学教授充满一种神秘的想象。倒也并非仙风道骨，白须飘飘，不食人间烟火，但起码应该有一颗智慧的头颅、深邃的目光以及淡定的姿态，而不急不缓地骑车从我身边经过的长者，就恰好拥有象征这一切的审美符号。我想或者跟着他，就会找到所报考的学校。就是这样，我才来到了中国地质大学的门前，并眼看他拐进了右手边的中国矿业大学北京研究生部的校门。研究生部这一"高大上"的名字虽让当时的我浮想联翩，但无论是矿大还是地大，都并非我报考的学校，这不禁让我有些失望。然而其后不到一个月，高考分数下来了，再然后，结果知晓，我没有被所报的学校录取，而是被调剂到了一所地方院校的地质测量专业。所以，回头想想，我那天尾随那位教授的行为，真仿佛一个神启，预示了我的大学与专业必然地会与矿业和地质纠缠在一起。实际上，就在此后的几天，我看到肉联厂打工的朋友的床头有一本路遥的《平凡的世界》，它显然被当作一本励志书来读的，而当我捧着这本皱巴巴的书的时候，也很快就被其中主要人物孙少平的命运遭际所打动。既然孙少平曾因为矿工身份而在火车上遭遇验票员的歧视性对待，他最后又何以义无反顾地做出回到煤矿的选择呢？这是我的疑问。然而这疑问，也在不久后因为收到矿业院校的录取通知书而变成了神秘的启示：难道真有一股力量已经提前决定了我的命运，且又以隐秘的方式不止一次给我作出预告了吗？要知道，我早在初中时就曾听说过这部小说，却何以在这等待高考录取结果的暑假里才读到呢？而我那天既出于茫然又出于好奇，尾随一个骑车的长者，这按说应会有多种可能性的，但结果，他竟拐进中国矿业大学的研究生部，且又在我失望之余而一眼瞥见对面中国地质大学的校门。这种种巧合，就不由得不让我作出唯心的解释。

不过，在当时，我却只是因为地大校门内的毛泽东塑像而记起了此前在天安门广场上遗漏的一个事项，并即刻为茫然失措的自己定下了下一阶段的骑行目标。如今二十年过去，即便凭借手机上的智能地图，我恐怕也很难找到从地质大学到天安门广场的路，但在当时，我好像也并没费多大力气，就于上午 11 时左右出现在广场西侧的大街上了。我骑着自行车在那里晃荡了很久，并不时地停在楼荫里歇息。我应该是在路上买了一张地图，于是就在歇息的时候拿出来看。这中间，有个拎着马扎的老大爷好心地走到我跟前，他用很好听的京腔问我要不要帮忙。见我有些迟疑，他还特别地强调说，他家就在附近。我从他的热心里体验到了一种身为北京人的优越感，正如二十多年之后，我从北京的出租车司机身上体验过的一样。但二十年之后，我会对出租车司机不断炫耀作为北京人的优越感而嗤之以鼻，因为再怎么着，也是我掏钱买你的服务；而二十年之前，作为第一次踏上这首善之区的乡巴佬的我，却对那位老大爷表现出强烈的诚惶诚恐。我其实并不是迷失了方向，我拿出地图来，也不过是因为怕别人觉得我形迹可疑而装个样子。其实我真正的目的，是四处逡巡，想找个存放自行车的地方，因为在我们乡下赶集的时候，或去城里办事的时候，总会把车子存放某处，然后再凭着手中的牌牌，以两毛或五毛的代价将车子牵走。而我的朋友，在我出门的时候，也曾交代我将自行车存放在公交站牌旁边的。然而，在空旷的天安门广场及其周边的街巷，我却找不到一个看管自行车的人，这让我很有些发愁。怎么办呢？看着那么多人排队去参观毛主席纪念堂，而我的车子却找不到存放的地方，那位老大爷又是那么热心，我又不想让他知道我的困难所在，于是，我便随意地问他公主坟在哪儿，而他又颇有耐心地回答我说，公主坟其实并非一个景点，而只是一个地名罢了，至于何以如此呢，他则又一五一十地讲了很多的历史典故。我呢，也确实觉得有些惭愧了，以为还是被人窥破了乡巴佬的本质，但实在的，无论公主坟是否一个景点，我当时并不感兴趣的，而借用毛主席在《矛盾论》里的理论来解释，我的主要矛盾，是想赶快找个存放自行车的地方，以便加入排队的行列，像那些名人博客里的抢沙发者一样，能如愿地进去纪念堂瞻仰毛主席的遗体。

终于，热心的老大爷走了，而我也下定决心，决定将车子就锁在纪念堂周围的栏杆上。我知道，这或者是不合规定的，因为那一圈的护栏上，没有任何东西拴在上面，何况还不时有穿制服的警察或士兵迈着正步从那里经过，他们说不定就会在我排队的当儿将自行车以违反某种规定的理由给砸开锁，把它扔到我永远也不可能找到的地方。想到这点，我心里是一阵发紧的，毕竟车子不是我的，要是丢了的话，即便朋友不让赔，我也会过意不去，说不定都不好意思再待在人家那里了。但我却又抑制不住自己去参拜毛主席遗体的念头，毕竟他在我的心目中，是远比那些博客中的大 V 们，要伟大乃至神圣得多的。于是，我匆匆地将车子在护栏上锁好，又一步三回头地跑去排队，在长长的队列里，也禁不住一次次用想象的眼睛望向远在纪念堂那一侧的自行车。假若它也会思考，且又有眼睛的话，不知道它会否对我怀有怨言，毕竟那肃穆而庄严的广场上，并不是孤零零的它所习惯而且能够安心待下去的地方呀。

我是如愿以偿了，而且在烈日当头却意犹未尽的情况下，排了三次队，进出了毛主席纪念堂三次，但最后，太阳已经正当头顶，我饿了一晌的肚子大肆抗议了，而对锁在栏杆上的自行车的担忧也又来侵袭了。我眼巴巴地望着辽远的队伍的尽头，才终于作罢，而后，我来到锁自行车的地方，它竟还顺从地待在那里，这让我禁不住欣喜若狂。因为，如若不然，说不定刚刚获得升华的我的心灵，一刹那间就会坠入失落的深渊，毕竟，人并不能总活在精神或信仰的世界里的。时隔多年之后，我才知道在我们村那些去过北京的人中，别看许多人住在那里很多年，我竟是唯一一个早晨看见升国旗景象的人；而即使参观纪念堂不稀罕了，但像我那样，将自行车锁在纪念堂的护栏上而三进三出的，迄今为止也只有我一个人。不仅看升国旗我坐了沙发；参观毛主席纪念堂，这沙发也是非我莫属的。在那个过程中，我心情的激动，以及摆出庄重的样子，或者并不仅仅来自升国旗以及参观毛主席纪念堂这件事情本身，而且还来自周围的人的活动，他们都重视这件事情，表现出肃穆的神情，而身临其境的我，也就不由自主地受到感染了。当然，那时候的网络还没如今这么发达，"沙发"之类的用语，也或者还没发明出来，但我当初的心境，应该比之那些迷恋坐沙发的网民有过之而无不及的。要知道，网络上的很多人，在名人博客那里"抢沙发"，却未必真的感动于他们的文章，或者受教于他们的观点，而是为他们的名而去，比之我当年纯真的心灵所受到的感染，他们或者不过是为了沙发而沙发的。

12. 迷失兖州

2001 年二三月间，我去桂林，因为研究生调剂的事情，结果人家让自费，一年六千块钱，弄得我很是失落，算是无功而返了。桂林山水，的确给我视觉上的冲击，毕竟，那是我第一次沿京广线南下跨过长江。当时我所在的山东，虽则麦苗都返了青，柳条上现出鹅黄，随处可见的杨树上，也都拱出了毛茸茸的被我们称为杨巴狗的花，但桂林却是一片炎夏的感觉了。然而，一想到因为自费而不能读书，且在那些山水里我只是一个匆忙的过客，心情就不由得落寞起来。当所有的对于前途的期待都变成了过去式的时候，我就怀着这般的落寞踏上了归途。

车行到兖州的时候，我下了火车，已是夜里三点多钟。春寒料峭，又刚刚下过一场毛毛雨，还很冷，但候车室却不让进，我只好在室外的廊柱下不停地来回走动。这时候，过来一个男子，约莫跟我现在的年龄差不多，他搭讪说，去哪里呢，现在就走，有车在那边等呢。我于是接了话，而他便发挥了极大的游说攻势。理由当然不外乎将半夜三更广场候车的劣势转换成车内等待的优势，而手脚冰凉的我，就不由得有些心动，何况他手指的地方，果然就是汽车站的方向。他一再强调，人差不多了就走，而当是时也，只有四五个空位了。我就跟他走了，他边走边跟我说着闲话，且问，听你口音，不像是邹城的呀。看他拉家常，我也就放松了必要的警惕，很坦诚地告之我是在兖州矿业集团的一家煤矿工作，但老家属于鲁西南，是单县的。现在说单县，很多人或许是想起朱之文，而在当时的兖州，我则强调了单县羊肉汤的名声。而他，一听说我是单县的，就仿佛被打了鸡血一般，猛地拍我一下肩膀，说咱们是老乡呀，我单县郭村的。连一个县的乡镇的名字都说得出来，这老乡应该不假吧，于是，我的防范闸门又自动地降低了几分，而决堤的风险，就在这个时候，悄然地提升了几个档位。

于是，我们就半是轻松半是试探地聊起天来。但是，走过火车站的站前广场而到了汽车站前面的时候，他却要我往北拐，我心里还是打了一个咯噔。我说你们的车呢，他说车就在前面，这里不让停。但沿着大路又走了二三十米的样子，却还是不见什么车的影子，而即便是大路，三更半夜也不见一个行人，我不由得再次犯起了嘀咕。而这时，他又让我往东拐，眼前倒不是那种狭窄小巷子，而是一个宽阔的广场，于是我的紧张，稍稍有些放松，但还是禁不住追问：你们的车呢？一直地追问车呢车呢，却一直不见车的影子，而他却竟都能给我一个大致说得过去的理由，这不能不让事隔多年之后的我，感叹他骗术的高明，以及当初自己对行将逼近的危险的弱智。

任何的人生歧路，大抵不外乎这两种可能。而就迷失兖州这件事而言，我觉得自己弱智的成分应该占了更大的比重。也许我是过于相信"老乡"之类的托词了，何况，即便真的就是老乡，俗语所谓"背后一枪"的可能，不也还是大量存在的吗？枉费了昔日自称文学青年的敏感，枉费了曾经摘抄过的江湖险恶的格言，也枉费了自己一再拜读、品鉴、艳羡乃至模仿的众多关乎人生无处不奇遇的小说。但何尝不是它们，让我对可能的风险，在担忧的同时，也隐隐地存在着某种罗曼蒂克的期待呢。一种类乎堂吉诃德式的、将生活想象成某种文本的审美态度，或应对此负有责任，然而危机和凶险，却在自以为是的理论提升前，从疑虑和猜想而变成了压力巨大的现实。

事实上，就在我们拐过弯走出十几步的样子，我又一次耐不住性子而将有关于车在哪里的问题抛给他的时候，他就用手敷衍了事地指了一下，说就在这院子里。但我没看到什么院子，而是看到了一栋二层的小楼，而这时，他本来一直在前面带路的，却不知怎么回事地绕到了我的身后，说你进去就知道了，屋里好多人等呢。情况显然不妙，于是我就想开溜，但是，身后已经被他堵住。我心里顿时七上八下的，既恼恨自己的大意，又怀着几分侥幸，心想，自己应该不至于就这么简单地坠入了一个圈套吧。于是，我仔细打量，一楼的门面完完全全是一个小饭店的样子，楼上，或许就是包间吧。院子在哪里，怎么还要上楼呢，这是我的问题，而这时，那个所谓的老乡，回答起来已经颇不耐烦了，像是憋着一股气一般地冲我说："傻瓜也知道外面冷，车不发动，也是冷的，大家都先在房间等候，又不是你一个，多着呢。"我知道，这个世界上确实有很多傻瓜，但作为傻瓜之一的我，还是意识到了，这分明是一个谎言。如果人多，我早就该听到动静才是，不可能静得出奇，仿佛警匪片凶杀案的现场一般。然而说话间，我已经在楼梯的下缘，他手往上指，我似乎除了上楼，已经别无选择，于是只好上楼。彼时心跳的声音，简直跟脚踩在楼梯上的回声一样。

张爱玲在一篇小说里，写一个楼梯，说它一节节地通往没有光的所在。而这栋楼，在楼梯间的拐角处，倒是有一个昏暗的灯泡，它让我看清了，楼上就是一间间洞开的房间，空荡荡的，鬼影也没有一个。我这时已知道大事不好，但怎么个不好，却想不出个所以然来。夺路而逃，很可能要付出生命的代价，因为原来的老乡，现在已经成了凶煞，明显的，我不是他的对手，何况他要是身上带有凶器呢？种种不寒而栗的场景，如电影一般在我眼前闪过。考研不成，命丧他乡，这难道就是我的人生结局？少年意气，不说是指点江山吧，但那时候，却还觉得至少能青史留名。如此不明不白就死了，岂不太过窝囊？诚然，任何一个人都会给自己的人生设计出各种各样的出路，但实际的情形，总会在所有这些设想之外，但我心里，却总还是觉得，咸鱼翻身，也许并非没有可能。要知道，不管真假，跟这个"老乡"，也是一无怨二无仇，要我小命的概率，应该几乎为零。所以，事已至此，唯有沉着、冷静、随机应变，不惜牺牲全部的家当，事情就不会没有任何回转的机会。于是，我这样告诫着自己，然后就大着胆子走了上去，并且假装镇定地问："老乡，人都在哪儿呢？"

"啥老乡呀！你进去吧！"

一个恶狠狠的声音在后脑勺上方炸响，并且背后被猛推了一下，刹那间，重心失衡，我跌跌撞撞进了一间小屋。他手把着门，冷冷地说，你在这里等着，我给你叫人去，然后砰的一声，就将门关上了。我过去拉了一下，死的，拎包走到窗前，窗户倒是可以推开，但是二层楼的高度，而且下面就是水泥地，不由得还是让我心里发怵。于是我返身冷静地打量房间，竟除了一张床外，什么都没有。床上倒是有一床被褥，而且有一张床单，我于是就又燃起一点希望，不是有武侠电影上常写被囚的侠客，将床单当作救命的绳索嘛。那么，不会武功的我，如果先将被子扔下去来垫底，或者不至于就摔断腿吧？当然，童话里还有一个小孩子，骑着一把笤帚疙瘩从窗口滑出去，六层楼的高度，竟然也毫发无损。但那不过是哄哄小孩子的把戏，在当时的情况下，我是无论如何，也没有想到这一层可能的。然而，又怕扯床单的时候，那人又突然推门进来，到那时，事情也许越发没有挽回的余地了。

是的，我在当时，在头脑里还在盘算着余地的可能。因为我当时，是有个底线的，就是万不得已，能用钱解决的问题，绝不拿性命开玩笑。而所谓的钱，全部的家当算起来，也不过是三四百元的光景。当时的工资虽然不高，但这也是半个月的收入，咬咬牙，应该没有过不去的火焰山。而另外一个层面，则因为那张床的存在，也让我幻想到了另一种可能。这似乎匪夷所思，但当时当地，我竟也有闲心，推测着这一出惊悚剧，后续该会有什么样的奇异情节。正在我寻思的时候，门被悄然推开了，一个妇人，穿着风衣和高跟鞋，款款地走了过来。我揉揉眼睛，掐掐胳膊，不仅意在肯定这并非什么梦境，而且借此机会，打量了一下她的身材和脸型。模样倒也周正，身段也还行，但就是脸上的脂粉，涂得有些太厚了，结果，她本来想要盖住那些岁月留下的褶子的，却反而将那些未必就怎么明显的褶子给凸显出来了。她冲我一笑，不是不灿烂，不是不魅惑，但我却想起童话故事里的老妖婆。她坐在床上，一只手向我伸着，另一只，原本放在兜里的，也拿了出来，并将手掌慢慢摊开。昏暗的灯光下，我看得清，那是一个用纸包着的东西。

她说，来呀。

我知道这一声"来呀"所包含的意思。毕竟，我那时好歹也算一个文学青年，地摊上也偷偷买过不少明清艳情小说，但我故意装糊涂，说："大姐，你要我做什么？""那人刚才没给你说明白吗？来这里，你说还能干什么呀。"我说："他是让我过来上车，却没想到这里只有一张床。""那就是跟大姐上床啦，你不会连这个也不明白吧。"我说："真的，大姐，我不明白，我哪里能想到上车跟上床是一回事呢。"我听得出来，这位大姐，是东北口音，而且好像，或者应该跟那人并非夫妻。你知道，有些夫妻，就是一个当乌龟，一个当妓女，事先设一个套，然后趁着别人成就好事的当儿，突然闯进来，仿佛别人是恶意给他戴绿帽子一般，软硬兼施，诈取钱物，不留一点儿情面。这些，都是我在小说或电影上看的，而类似的情节，说真的，早在这个妇人进门之前，我就在头脑里预演过一遍了。所以，上床的事，无论如何，我是不能做的，一做，将清白之身毁了不说，也就全然没有退路了。

事隔多年，我仔细回想一下，就在那样的情景之下，我竟还念念不忘全身而退，这心理素质，无论如何，是该超级点赞的。于是我说："大姐，我就一个要坐车的。他说有车，让我过来，我就过来了。上床的事情，我是想也没有想过的。不信你看看，我也不是那种人"。那位被我叫大姐的人，听到这里，竟然笑了一下，说："是男人，都知道上床这回事，什么这种人那种人的，我们都是人。"我说："大姐，人跟人不一样，我这种人，实在不在外面上床的。不信你看，我还是个学生，我是考研究生的，去面试去了，回来就被那人骗到这里来了。"然后我又说："我当时也没想到他会骗我，因为我也不觉得他会骗我，他能骗我什么呢，我又没有钱。""别忽悠大姐了，我啥人没见过，没钱你敢来这里？再说，你说你是学生，我也相信，可你以为学生就是好人？以前的书生赶考，不也到处拈花惹草？"

听到这里，我差点没绷住，想要笑场了，心想这位大姐，即便没有看过"三言二拍"或者《聊斋志异》什么的，但一定听过不少相关的戏文，竟然在这里也旁征博引起来。但毕竟还是身处险境，而她听口气，又是老江湖了，我实在是大意不得的，所以，我是说了又说，为补充言语之不足，甚至手足蹈之，目的只有一个，就是打动她放我出去。实在不能全身而退的话，将票夹子里的钱全部给她就是了。于是，我将自己的背包和钱包全拿出来了，将身份证、准考证和考研成绩单，也统统让她过了目。我估计，大姐见多识广、阅历深厚，却应该没见过这种场景，结果她竟真的被打动了，于是问我："你真的就这么几十块钱？"我说："真的，就这几十块钱，别的一分都没有了。"等了一下，我还说："你给我留个十块钱的路费，剩下的我全不要了，我也不玩，大姐你就让我走吧。"她说："你要是真就这么多钱，想玩也不成，你学生娃子不知这道上的规矩，只要你玩了，没有三五百块钱，你是出不了这个门的。"我点头，唯唯诺诺。她又说："这样吧，我给那人说说，他也不容易，大老远将你骗来，你就给他十块钱，让他放你走吧。"

说话间，她收拾起了准备好的工具，走到门口叫了一声，那乌龟就推门进来了，进来就给我一拳，说装什么装啊。我说："老乡，我真没装。""谁跟你是老乡！"又是一拳，嚷嚷道："老实点，你到底有多少钱？"我说："就这几十块钱，大姐知道的。"然后那位大姐就过来了，将我刚刚给她说过的话，又换个样儿说了一遍，然后从我手里接过十块钱，想要塞到那人手里，谁知那人"啪"的一声打在地上，就骂骂咧咧地下楼去了。这时候，大姐弯腰将钱捡起来，强塞给我说："你走吧，你到车站等车，别再犯傻了。"我说："大姐，我不敢，万一他还在下面截住我怎么办？"大姐想了想，说："这样吧，我送你下去。"然后我就跟在那位大姐的身后下了楼，到了门外，发现那个人，果然还在我刚刚来时的路上，但似乎并没有等我的意思，而是向着车站的方向，大概是要去寻找新的目标。

不过，在当时，我却一下子感到自己的明断，让大姐下来送，这真是不错的一步棋。大姐也看到了那个人，她说："你不要怕，没事的，我送你从这小巷子里出去。"于是，她就领我拐向另一个方向，三五米的光景，果然有个幽深而昏暗的巷子。她站在巷子口，交代我说："你从这里出去几十米就是火车站，路上什么人叫你你都别理，你就在那售票大厅坐着等吧，到五点左右的时候就有车了。"我连声道谢，并在这时，感到一股冷风袭来，而且似有雨点落在脸上，于是禁不住打了一个寒战说："天很冷，大姐，你回吧。"大姐说："没关系，你先走，我这里看着你。"我就走了，但走过去十几步了，回过头去，发现大姐还在，再走十几步再回头，大姐仍站在那里，苍黄的路灯光下，她就在那里，站成了一个剪影。我冲她招招手，大声说："大姐，你真是好人，你回吧，我也走了。"她听见了，冲这边又交代了几声，然后转身离去；而昏暗中的我，禁不住，对着她即将消失的风衣的一角，虔敬地鞠了一躬。大姐，再见；再见，大姐。我暗暗地想，若有机会，我一定折返来回报你的恩情。然而，十多年过去了，我虽也重访过旧地，在那一带的大街上逡巡了许久，但是，却再也没有找见过那位善良的大姐的身影，而在内心里，则又慢慢升腾起另外一种歉疚，因为那一晚，我并没有完全对大姐说实话，除了那钱夹子里的几十块钱之外，我其实还有三百多块钱藏在身上一处虽则私密但却众所周知的所在，如若迫不得已，被动地躺在床上，恐怕不用我的交代，它们肯定会呼啦一下暴露了原形。

13．牙　疼

　　当我把青菜送进嘴里的时候，没记性的舌头想当然地就把它翻到了左边。等我感觉到青菜根与左下面的某个牙齿的接触时，已经追悔莫及了。仿佛很薄的一层地皮，探针轻轻一触，就芝麻开门般唤醒了沉睡的岩浆，一场痛苦的井喷开始了。开始的时候，我还觉得有个中心，而后疼痛沿着辐条向四周扩散，渐渐地到处都是中心，到处都是跳跃的神经，到处都在发射出疼痛的火星，到处都在证明自己不可或缺的重要性，于是一场"星球大战"，就在我的半边脸上打了起来。我想劝解一下，用手捂住它们，怕它们跳出来，然而喷溅的火星集聚起来，能量超出了我的想象。我的手仿佛触了电一样，一阵阵地痉挛，而痉挛快速地传递到全身，我竟不由得把两条腿都绷紧了。

　　这就是传说中的牙疼，我现在是切切实实地经受了。

　　记得，在我还没离家的时候，母亲就曾深受牙疼的折磨。往往也是吃饭的时候，不小心触到了某一颗病牙，母亲就即刻扔了饭碗，一双手捂在腮帮子上，嘴里不断地抽着一阵阵凉气。痛苦在瘦削的脸上迅速集聚，神色也突然黯淡下来，一下子就显得老了许多。平时根本就不知道娇贵自己的母亲，竟被这牙疼不费吹灰之力地降服了吗？我在那里纳闷着，手扶着饭碗，一时不知道如何是好。父亲依旧吸里呼噜地喝着稀饭，看看就要见底了，却不见伸来给添饭的手，就很不耐烦起来，恨恨地说，装，装吧你！于是饭碗递到我眼前，我恍然大悟地哦了一声，赶紧给他盛饭去了。

我们乡下有句俗语，叫作"牙疼不是病，疼起来要了命"，这里强调的当然是牙疼在折磨人上的毫不留情，但又所谓不是病云云，其实反映了乡下人通常对待疾病的方法，只要不是真的要命的病症，断不能自己娇贵自己，去花钱看医生。所以，不单是我母亲在牙疼的时候自己在那里一言不发地强忍着，邻居中有不少人也是这样。我们那里，一家人围坐在饭桌上吃饭的情况，是很稀罕的。我们通常是端了饭碗，一起涌到村街上去，一边吃一边胡乱地谈论着，话题涉及上下五千年，天南到海北，能从谁家灶台上的一只鸡扯到美国总统的床头。说得兴起时，把饭碗往地上一搁，筷子当作了竹板，头一昂，眼一瞪，两条腿一曲一伸，嘴里头噼里啪啦地模仿着乐器抑扬顿挫的声音，算是过门的程序，接着就咿咿呀呀地唱了起来。那声音忽一下高了上去，然后又猛地跌了下来，跌到了谷底，又横着拉平，拉到气若游丝了。乡亲们听得都很专注，在他或她的声音往横里拉的时候，手中的饭碗竟不由自主地平行送出去，身子也尽可能地倾斜着，然而声音却消失不见了，众人忙抬头，见刚才还投入唱词情景中的人，竟捂着腮帮子萎了下去，原来是牙疼使得他或她仿佛一下子成了霜打的茄子一般。

有一回，当街犯牙疼的竟是一个小伙子。

那小伙子是刚刚结婚的吧，于是很多人围了上去，很关切地说，年纪轻轻就牙疼，可是不得了啊。干活要省点力气，不然老婆将来也要埋怨你的。这情形一直留在我脑海里。听他们的话音，似乎牙疼和结婚有点关系的，这就让我有些犯迷糊了。但后来，我看到了鲁迅先生的一篇文章，他说自己有一次也犯了牙疼，让一个长辈知道了，不清不白地教训了一通。他当时也是和我一样地迷糊的，但却很快地从中国的古书里发现，原来人的牙齿，按照中医的理论，是和肾府相通的，而肾府又和人的生殖器官关系密切，所以反过来，如果年纪轻轻就牙疼，说明性行为有些不检点。他于是装着恍然大悟般，接着就说了一通中医的坏话。然而我却不然，我在一阵迷糊之后，反而真有种恍然大悟的感觉，以为我们乡下人的中医观念是有道理的，因为那个年轻人，我是知道的。也许，我对性的好奇心，就是从他那里得了启蒙。也正因为如此，我自从读了鲁迅的文章，且又记起当年所经见过的村人们对于那个年轻人的议论之后，就开始担忧，以为那牙疼的毛病，说不定什么时候要降落在我腮帮子上。

果不出所料，这次就轮到我自己牙疼了。

我首先就想到了鲁迅那篇文章，但无论如何记不起确切的出处了，我能记起的，只是那个小伙子当年被霜打了的样子。那时候，老婆刚刚娶到家里，许多人都在说着他干活的卖力，连上岁数的人都开起他的玩笑。有时候,我看到他老婆,粗粗壮壮的样子,说话也大大咧咧,什么瓜田李下的事情都敢往外一锅端。这就让我不由自主地想起村人们对她的议论,竟不觉自己先脸红起来。想来有她这么大块头的老婆,把男女间的事情看得比吃饭喝水还淡,怎么就会不牙疼起来呢?尤其,在自己牙疼的时候,我就更多了一份对当年那小伙子同情的理解。不过,话又说回来,我虽在那一段时间忙于有关儿子的"希望工程",但何至于此呢?

恰巧在这个时候,我看到一本书,是法国的一位精神分析医生写的,他从心理分析的角度讲,人身上的任何一个器官都是一个可供分析的对象,而作为对象的它们,却总会在不经意的时候,变成了自由行动的主体,用自己逾越常规的行动来激起你痛苦的感受,证明自我的存在。你越是忽略它,不在意它,否定它,以为它不过是一台工作的机器,能不竭地为你提供动力,它就偏要在你最需要它发挥作用的时候"掉链子",或者在什么地方卡住了。他并没有以牙疼作为例子,但既然所有的器官都有这种不肯被忽略的倔强,那么牙齿,也是可以同此一理的了。

这似乎有些故作高深了,其实不过是牙疼而已。倒是贾平凹曾经说过跟这位精神分析医师之所说颇为神似的话,但却形象多了。他说,人身上的各种零部件,平时你感受不到它们的存在,它们好像没有灵性的机器一样,就在那里默默地运转。但事实上不是,它们也是有脾气的,你忽略它们的时间长了,感受到冷落的它们,就会像任性的小孩子一样,冷不防地钻出来,给你捣个乱,添个烦,算是给你提个醒了。而如果你还没有察觉,得了轻慢的它们就会在玩笑的路上越走越远,甚至不惜用自戕的办法,以证明它们的存在,但到了那个地步,你恐怕就跟无法获得小孩子的原谅一样,也无法承受这些身体上的零部件的无声无息和无怨无悔的服务了。

不过,无论那位精神分析医生,还是贾平凹,却都有些想当然了,因为在我看来,牙齿以及其他任何器官,本来就是自由行动的主体,它们虽然未必明白自己工作的意义,但又那么自顾自地工作着,只有在它们的工作出了差错,在哪里卡了壳,它们才成为可供分析的对象。正如我们乡下的社会,并不是受了上层社会的管理才那么生活的,我们本来就是那么生活的,其中的痛苦与欢乐,并不都是外边的人所给予的。当然,我们,正如那牙齿一样,会闹起情绪来,会对自己的劳苦有了厌倦心理,那些自以为担负了社会管理责任的人,于是过来干涉了,而为了使自己的干涉变得不仅理所当然,而且恰到好处,就不得不进行一番自以为是的分析,似乎煞有介事,也似乎头头是道,但结论却是本末倒置的,因为问题不是出在我们身上,是出在分析者的身上,出在外边的人身上。

正如牙疼，不是牙本身出了问题，而是牙齿之外的我们自己。乡下人为牙疼找到的具体根源虽然未必合理，但大方向不错。他们不是在牙齿上找原因，他们首先想到的是作为一个人的生活方式出了问题，是这些东西连累了牙齿。但无论如何，牙疼确实让我有些消受不了了，我决定去看医生，让医生看看我的牙齿。果然，出问题的不是牙齿，而是我刷牙的方式不对，让一些食物的残屑留在了牙齿缝里，自己变质了，牙齿是无辜的，还要努力地和这些变质的食物残屑引来的病菌做斗争。虽说最后的结论不关乎情色，未免是有些大煞风景的了，但这却对我的思维方式提了个醒，让我知道该怎样返回到自己的日常生活，返回到自己的乡土的根源。

14. 购书记

那时候，我们还在南方的一所高校。有一天晚上，从一个朋友家里出来，陪怀孕的老婆在校园转了一圈，说出去称一下体重吧。

老婆笑笑说，你恐怕是又想去书店转转了。

在学校外面的那一排门面中有一家药店，其大厅里有一台测重仪，自老婆怀孕后，就常到那里去称一下。出了那家药店往下走，隔着一个快餐店、一个饰物店，外加几个中小型的超市，就是一个书店。

书店的名字叫淘思林，很别致的名字，其中的一个"淘"字，却特别地领会了爱书人淘书的乐趣。而且在这家书店狭仄的门面里，也确实胡乱地摆满了书，没有很好地分类，也没有足够的书架允许很好地分类。

但这次，我一进去，就发现了几本书，让我眼前一亮。这是一套电影叙事的书，而且作者大多是法国的。我想法国人是叙事学的老祖师，由他们写电影叙事的书，想来也信得过的。此外，我觉得，文学与影视的关系，现在是越来越密切了，似乎要想走向大众，以前倡导的纯文学并不是一条好的路子，而走向影像的世界，也许能获得新生。所以，研究文学，对这种可能的转向也不能不顾及。

然而，这时候，老婆却将了我一军。她说，没有带钱包，怎么买啊？很明显，这不是她突然想到的，她因为也有称体重的想法，所以对我的提议没有反对，而称过体重，她却不愿意陪我在闷热的书店里待着。于是，我悻悻地离开了书店，并且担心着，这书千万不要有人捷足先登啊。

第二天，我吃过晚饭后，照例还要陪老婆在校园里转一圈。转的时候，我突然就想起了昨晚没有买到手的书，于是问老婆："带了钱包没？"得到肯定的答复后，我陪她散步也有了热情和劲头。我们不自觉地就来到校内的一个书报亭前，我站在那里问《收获》来了没有，而她似乎也很快地想起了我之所以关心钱包的原因。

就在我翻阅《收获》杂志的时候，她说起一个博士朋友，她说："人家某博士基本上不买书的，然而人家依然是博士。"意思很明白，我几乎每个月都要花一些钱在买书上，然而我却不是博士。人家博士挣的钱比我的三倍还多，我却以微薄的收入分出一部分来买书，这对她来说，是有些心疼的。

不买书的博士，不见得不是好博士，这道理我应该是明白的。然而，任何时候，任何人也不能说服我的一个意见是，不看书的人，或者只看一些教材之类的书的人，不管你是不是博士，都不能算得上一个知识分子，这毕竟是一个底线。我想，这样的意见，或许有偏执之处，然而，读书与爱书，无论什么时候，都是我坚持的一个分类的标签。

但社会上却采取了另外一种分类的标签，而且，我所在的学校尤其对这一标签有种顶礼膜拜的态度。而我的投入考博，就有不得不对此屈服的意思，因为想要证明自己对这种标签的超越，还必须先服从这标签不可。

我这样在心里与老婆辩论着，也许有着为自己的买书急切地寻找借口的企图，在说服老婆之前，我不得不首先说服自己，然而这却是一个难题，什么知识什么分子啊，连自己的生活都搞成这样了，你还有哪门子清高呢？

光知道买书，会不会看呢？

这是老婆更进一步的质疑，而我自己，其实也常有这样的感慨，并不时地回想起自己大学时候的图书搬运生涯。

那时候，我每次到图书馆，总要抱回一大堆书来，然而却不读，等到快要到期时，又给抱了回去。这样的搬运工习惯，在读大学时，就已经养成了。到现在，这习惯有所收敛了，但却在网络上的学术论坛里，疯狂地下载电子书籍，将它们封存在硬盘里，一年半载都想不起来要去"光顾"。

记得大学时系主任的老婆，在学校的图书馆工作。有一次，据借书的勤奋程度而评价过一个人，说他做学生的时候，是如何的刻苦。这人当时是我的老师，我因不满他管理实习的方式，和他斗了一回气，结果系主任扬言要给开除之类的处分，于是，我偷偷去拜访系主任了。印象中手里还抱着一件什么礼品，惴惴地在楼下徘徊了很久，胳膊都给压酸了，终于鼓足勇气上去了，系主任却不在，我才有了与其老婆的这番对话。

记得说话的当口，他们家的儿子回来了，系主任的老婆将我扔在一边，从冰箱里拿了牛奶命令他务必喝了，这让我羡慕得不行，心想，自己什么时候才能过上这天堂一般的好日子呢。系主任老婆的岗位，就在图书借阅室，我本来经常见到的，然而，她对我没有什么印象，却对那个与我斗气的老师相熟。她说，那个老师做学生的时候，就很爱读书，每次总从她那里借出一大包的书，而且看得很快，每周都去，还还借借，往复不已，就这样坚持了四年啊。最后，"功夫不负有心人"，他如愿以偿考上了研究生。

现在想来，那老师当年或真是一个勤奋的学生。但当时，我却一肚子不以为然，心想我何尝不是如此，像西西弗斯一样，只是一个不知疲倦的搬运工而已。

民国才女凌叔华曾经给多情诗人徐志摩一个贺年卡，沙滩上画了一朵花。聪明绝顶的徐志摩自以为参透了其中的奥妙，以为这是暗示他对她的追求，是徒劳无功的。然而，凌叔华后来的解释，却是一种鼓励，要以爱的坚毅和勇气来创造出一种奇迹。这或者是凌叔华的自我安慰，给徐志摩放弃对她的追求一个满足自己虚荣心的解释。要知道，在徐志摩那里，爱情都是飞蛾扑火的，明知道涨潮的海水即刻就会抹平一切，却执着地"在沙滩上写下无数的相思字"。这种为着想象中的美好而不计后果不切实际的痴狂，或者正与对图书搬运乐此不疲的心理是一样的。

当然，作为图书搬运工的我，也并非完全没有读那些书，只是浮光掠影，而且，总是要逞一目十行的能，却半点没有博闻强记的本领，读了如同没读一样。之所以借了出来，或者因为书名，或者因为作者，或者因为目录，或者因为前言，或者因为后记，或者因为随便翻到的哪一页的哪一段文字，在捧在手里的那一刻，让我怦然心动了。正如多情的诗人妄想揽天下美女入怀一样，我在图书馆中也以为发现了一个大宝藏，东瞅西看，恨不能想出来个整体搬运的法子，都给弄到宿舍的床头柜上。

然而，这样的搬运工作，却也给我带来一点虚荣心的满足。

有一次，已快到毕业实习的时候了，我和班上一个女孩子聊天，她自以为很有才的，经常在校报或电台上发表一些文章，而那天，我竟一口气给她说了百十个作家的名字和作品的名字，并想当然地介绍其中一些情节和故事。要知道，我当时就读的是一所工科院校，我们所读的也是一个与数字和测量仪器打交道的专业，虽然其中也有不少文学爱好者，但毕竟不能像中文系出身的学生那样，只能零散读一些东西，所以我的一番胡侃，也算是从搬运生涯中得来的一些收获。这让她吃惊不已，想来也有一肚子的不以为然，正如我在系主任的老婆面前所表现的一样。以至于，在毕业留言簿上，她竟还给我写下了她的怀疑，说假若今后有什么豆腐块见报，才能让她心服口服。

看了留言，我又不以为然了。

豆腐块？我才不稀罕呢，因为我那时还在做着大作家的梦，我心里想的是将来总有长篇大作的四处流传。在当时，虽然自己不怎么发表东西，但是，却也看不起这位女同学发表在校报上的文章，以为太小儿科了。而我要写就写经典，洋洋洒洒、万言不止的，婉转曲折、荡气回肠的，洞察世事、道尽人生冷暖的，像她这样卿卿我我、哼哼唧唧、瓜田李下、偷鸡摸狗的，我是不愿为、不屑为，也不能为的。

后来在北京再见到那位同学，她已是北京一家研究所的研究员了，自己虽然早已经褪去了文学爱好者的青涩，却还没有忘记当年的不以为然，但对于留言的内容和标准，却记不得了；也似乎因为久居北京的缘故，眼界提高了，她说，你当年不也自称文学才子吗？怎到如今还不见你大作出来呢？

我哪里自称过文学才子，我不过是恬不知耻地在她面前说出过百十个作家的名字和作品而已，而之所以能够说出，也不过是因为做了几年的图书搬运工罢了。如果这样就算是才子的话，那还不到处才子为患了。正如我当年拎了东西到系主任家里去过一样，我是拎着它们，把它们弄到了另外一个地方而已，然后跟人家闲话了几句就出来了，哪里有机会品尝一番呢。呜呼，搬运礼品不知礼品之味道，搬运图书不知图书之内容，这真是一个可怜虫的日子。

所以，这位同学的疑问，颇让我难为情，而这难为情，正如在书店里面对老婆质疑光知道买书而未必读书的时候一样。但尽管如此，我在陪老婆称了体重之后，还是腆着脸走进了书店，不但把昨天看中的那套书买来了，而且，外加了一本叶廷芳编的《卡夫卡短篇小说全集》。我已有卡夫卡的好几套书，然而，我还是被"全集"给吸引住了。买书求全，正如穷学生的时候，搬书求多一样，或都是一种好高骛远的本性所致。而这一本性，一直以来让我深受其害，不然，我或就不至于当初看不起那个大学女同学的豆腐块，而如今也写不出所谓的大部头了。

15. 从天涯来

我在人民广场地铁三出口等张舸。时是周日，上午十点半的光景。

张舸曾是一文学与思想杂志的编辑，远在天涯，而那杂志的名字也就叫《天涯》。我跟她就是在那里认识的，一个很偶然的机会，我去编辑部面试过后，就来上海了，她竟也来了。当然，这是巧合。但先后从天涯海角来到了大上海，也蛮有缘分的。就因为这个，我们决定见上一面，尤其是，她突然决定要北上京城的时候。

我和张舸算不上作者与编辑的关系。

她做编辑的时候，发过我一篇稿子，但那时候，我和她不认识。她曾经因为稿子问题而给我打过电话——我猜想那电话是她打的，因为《天涯》编辑部里，除了主任外就她一位女性。那是在 2004 年吧，我还在广州的暨南大学读研，公交车上很吵，我听不清说的什么，然后到了学校再打过去，一个男士接的，谈的是如何填作者介绍的细节。他问我出过书没有，我当时编著过一本垃圾书，但我觉得编著那书是一件丢人的事情，就说没有。

然后等了一段时间，杂志寄来了。是在一个下午，我正听一个讲座，和人民文学出版社的李建军争论什么。在场的还有杨乃乔和王兆胜。王是山东人，如果攀关系的话，算是老乡了，但之前不认识，之后也没有过多少互动，只是有一年在河南大学，他正在一个会议室里做讲座，我冲他点了一下头，他误以为是熟人，就过来跟我握了一下手。毕竟是大受追捧的文学编辑，见的人多，很难对自己的记忆力有十足的信心，所以，从待人接物的角度，热情大方总比漠然无视让人受用。我拿着杂志给姚新勇老师看，他说不错，他也一直想在《天涯》发文章，却没被看中过。王兆胜翻了一下杂志，低头沉吟似的，也说了句不错。我的虚荣心得到了片刻的满足。

当然，这和张舸无关。

我不知道当时张舸在做什么，我甚至没有留心杂志的版权页上有着她的名字。我只是知道那里的主编，姓李名少君，而之前是蒋子丹，社长则是韩少功。李少君是位活跃的诗人，曾经积极组织南方诗坛的活动。但这些，都是我后来才知道的。那次，我之所以到《天涯》编辑部去，是去面试的。因为之前在网上看到他们的一个招聘公告，而我也一向很向往杂志社编辑的工作，觉得这比之于我在一个地方院校做校办秘书，写一些无聊的稿子，应强似百倍了。于是，将自己的简历发过去，有很长一段时间没有消息，却突然有一天接到一个电话，从海口打过来的，我忙问是谁，得到的回复是，孔见，而且紧接着自嘲似的解释，一孔之见的意思。

孔见的名字我是知道的，他是《天涯》杂志社的社长，因为自从发了文章之后，我就比较多地留心这个杂志，并渐渐喜欢上了上面的一些文章。其中的作者，就有孔见，那文笔很散淡，似乎很有佛心。此后，见了面的时候，也正好发现他的手腕上带了一串佛珠一般的饰物，而等我跟张氚熟悉起来的时候，曾跟她聊起她的社长，将自己的疑惑告知她，她则透露说，孔见老师果真是佛教徒。

那天他是通知我去面试的。

不过我到《天涯》编辑部的时候，已是下班时间，李少君老师就带我径直去了住处。路上有一些闲谈，比如问及刘复生，我说认识的，何况近老乡呢，但却没有见过，只是知道，北大博士毕业，洪子诚的学生。然后到了住地，他将我从车上放下来，做了一些交代，比如如何跟前台接洽，附近哪里有卖饭的之类，就开车走了。

这不免让我心里发凉。

虽然住宿不用掏钱，但已经是吃饭时间，而我又风尘仆仆的，他却不但没有请吃饭的客套，而且直截了当地告之，哪里的饭便宜，哪里的饭好吃。这似跟我所习惯的场合，以及来之前的设想，有着很大的落差。我迢迢路途，过海而来，而且饥肠辘辘，哪怕便饭，或者退而求其次，一句简单的客套，或找个说得过去的借口，也算给我面子上有个交代，毕竟作为东道主。最终，我决定不去《天涯》编辑部上班，一方面可能是比较了待遇，另一方面因为考上了博士，此外顾及老婆怀孕，但更多的，恐怕跟这个细枝末节有很大关系。

或者这可以理解为一种文化冲突？

我后来曾问过张氚。我记不住她的回答了，或者她的回答很含糊，而之所以含糊，或者是怕伤了我的自尊吧。毕竟，待客之道，全世界都是大同小异的，那差别，或不过在于你在对方心目中的地位，而落差则是来自自己所想象的地位与对方所认为的地位之间的不同以及执行标准的各异。一个求职面试的人，在他们，或就是这样才觉得合适，而我的感觉，则跟想当然的自我定位有关。

到了下午，李少君又到楼下等我，然后一起去了《天涯》编辑部，给我找了几本往期的《天涯》杂志，让我先熟悉一下环境，他就去开会了。我一个人在那里晃悠，感觉着办杂志的一个好处，就是同行之间，不仅有杂志的交换，而且有稿件的互助，因为在几家杂志上，我都发现了李少君的诗歌。这或者也是我期望有机会做个文学编辑而不愿在校办里混日子的原因。所以那时候，我看起来在翻阅杂志，实际上是在内心里发表感叹。而正是这个时候，张舸从门外面进来了。

一个女孩，大大的眼睛。

她第一句话，说："哦，你是赵牧吧？"我说："是的。"看来我来编辑部面试的事情，他们内部已经有过充分的讨论。毕竟，编辑部也就那么几个人。然后就聊了起来。聊了些什么呢？几乎全忘记了，好像说起北京的汪晖，我说你们和他是很熟悉的吧？她说不，也就是编辑和作者的关系罢了，他参加过我们的活动，因而也就是见过面而已。我当时就想冒昧地打听一下汪晖来了他们是如何接待的，然而，怕给人八卦的感觉，仅仅是冒了这个念头，就给打住了。

如果不是当时电脑都打开着，而我又不知道为什么问了她的 QQ 和MSN，我也许会成为她的"罢了"和"而已"。我把她加为好友，然后有一句没一句地说着话。其中提到王燕翎，她说她出差了；然后提到孔见，说到他的电话，说到他的一孔之见。接着就和孔见见了面，果然是一个文质彬彬的人，对我的到来表示欢迎，希望我加入。然后，到了下班的时候，他又送我到住处。然后，一样的没有提及吃饭的事，好像各吃各的是他们的一个传统。不过承诺，晚饭后会有一个周姓的财务，给我报销往返的交通费，因为住宿没有掏钱，也就省了这一项程序。并且，孔见又问我，第一次来海口吧，晚间就让周先生带我去市里兜兜风。温婉的谈吐、沉静的语气、海南口音的普通话，我心想，要再来句吃饭的客套，也许就完美了。

当然，在车上的时候，他还跟我聊了聊文坛的情况，我也问了一些《天涯》的运作。他说话和风细雨的本色，一直贯彻始终。记得还聊了刘庆邦，因为他从我话里知道，我一度在煤矿单位工作过的。谈起刘庆邦的印象，以及他的一篇小说，我们的看法竟然相仿。还有另外一个山东的作家，也在煤矿工作的，一并被孔见老师提及，之所以如此，则又是因为他知道我也来自那里。如此种种足见孔见老师的处事，是颇能为对方考虑的。巧的是，孔见所提及的那个作家，不仅跟我来自同一矿务局，而且我们还曾见过面。他叫卢金地，就在那家矿务局工会所办的杂志工作。那杂志叫作《乌金潮》，我在上面发表过一篇小说。有一次，我去找一个编辑李连杰，跟着名功夫明星重名的，但却是一个女的。李连杰不在，坐在那里的，只一个卢金地，我给他看我的一篇小说，他就给坦诚地提了意见。他说开头不好，介绍性语言太多，不符合现代小说的模式，故事的编排也不够精彩。我还问他读什么书，他说胡乱读。如此等等，一番闲言碎语而已，但多少年了，我竟还记得，这是很让人奇怪的，但更奇怪的是，我还记得当时他的桌面上摆着一本《十月》。

　　我简要地给孔见介绍了我与卢金地的认识，而更多的时候，我们在谈他的一篇小说《斗地主》，因为这篇是发表在《天涯》上的，所以，作为社长的孔见，就特别地有感情。作者会敝帚自珍，其实编辑也会。因为这个原因，我就没有全盘说出我对于那篇小说的看法，我觉得故事虽然有意思，但是观念，却是在重复着20世纪80年代以来有关于"文革"、有关于革命的陈词滥调了。所谓的世故，作为一个读书人，大概，只能是在这个层面上，才有所体现吧，毕竟在这个世界上，无端地给人添堵，是不地道的。也因此，从我的角度，觉得那一路跟孔见老师的聊天，算是非常融洽了。车窗外的人流并不汹涌，道路显得宽敞，而侧目望着行道树的枝叶，有一干入云的椰子，有枝叶婆娑的小叶榕，以及树下戴着大斗笠挑着担子的黎族妇女，我禁不住就从心里涌起人在天涯的感叹。而这时，目的地到了，我就下车，但既不对吃饭抱有希望，也就很坦然地彼此招了招手，径直进入宾馆了。

　　晚间的时候，那周先生果然如约而来，并热情地带我在海口市区兜了一圈，彼此也说了一些闲话，诸如《天涯》的过去、现在以及可能的未来等。不过，这些都和那天我在人民路要等的张舸没关系，而之所以如此者，大概的意思，不过是强调，或者说明，我们曾在《天涯》编辑部见到。虽则当时我们的互动最少，但事后的联系却是最多，而这，或因为我们都曾作为北方的游子远在天涯吧。

　　总绕来绕去，这是我的毛病。

　　一个影视剧创作中心的老板，就曾经说我，你的风格太陈旧了，而他们喜欢的是直来直去。青春、搞笑，再加上时尚，是他们的标准。你的文字不是这个路子，他说，说得很坚定。而我当时，不过是因为老师的推荐，刚刚过去拿了作品给他看看。就在我想继续请教的时候，那个看起来像个成功人士的老板，却已经在谈憨豆先生的例子了，而且一边谈一边嘴角就露出了笑，是轻蔑，还是沉醉，我一直没搞清楚。然后听他说说自己的计划，是要搞个中国版的憨豆先生，然后就告辞了。"你应属于20世纪30年代"，他最后回到这个结论，意思是，老朽了，我也默然应承下来。而后把这个话说给张舸听，她很正义地发了一通牢骚，为我抱着极大的不平。

　　这是我和她见面后，转了一圈子，说了许多闲话之后的事情了。记得在人民公园，看许多举着牌牌的父母，他们带着圣徒一般的严肃表情，怀着极大的虔敬给儿女相亲，这让我颇为诧异，但又非常感动，可怜天下父母心，无论在哪里，都是一样的，差别只在表现形式上。在很多地方的公园看大叔大妈打太极，这我当然是熟悉的，虽也从他们的口中知悉他们对儿女婚事的操心，但比起人民公园的这一幕，就很老土了。怪不得人家都说，上海乃是一个盛开在黄浦江边的时尚之都呢。也或正是因为这时尚与老土的对比，让我想起了那位影视制作中心老板的话，而这个话题还没结束，我们已经从市委门口绕过来，穿行在福州路上了。

　　然后我却还想回过头来，说说人民广场等张舸的情形。

　　那天天气晴朗，太阳很大。我拿着一张报纸，坐在地铁三出口的栏杆上。旁边是几个擦鞋的妇女，对面的高楼上有个很大的液晶显示屏，一遍遍地重复着一个房地产的广告，蓝天、白云、草坪、轿车，宽敞的客厅，温馨的卧室，快乐的一家三口，幸福写在脸上。最后画面淡去，跳出一行字：Building for people。

　　这房子真的是为人民而建的吗？

　　我顿时便要发作牢骚家的本性，有心为那些在上海这个大都会里被忽略、被蔑视、被侮辱、被损害的人代言。这时候，一个男的靠近我，嘟噜了一句什么，我也没听清。最初，我还以为他是卖发票或者手机的，所以就不想理他，但是他很执着，又重复了一遍说："你是干什么工种的？"我一愣，恍然大悟，原来他把我当成揽活的民工了。在人民公园门口的栏杆上，也就是陈毅题字的下面，就坐着这样一些人，他们前面有写着泥瓦、装修、管道疏通等字的标牌。

16. 寂寞的自由

　　我似乎有些耐不住寂寞了。于是上网，于是申请了 QQ 号，于是开通了博客，频繁地在网上留下自己的文字，还不时把自己的博客地址发给一些认识或不认识的人。于是有很长一段时间，都不能很好地看纸质图书。

然而，今天我却看到叔本华的一句话，他说："要么是孤独，要么就庸俗。"耐不住寂寞的我实际上正在一分一秒地滑向庸俗。想一想，这是多么可怕的事，庸俗的人，在这个世界最多的物种中也占据了最多的份额。叔本华给我指出了一个可怕的选择。

叔本华这个唯意志主义和现代悲观主义的创始人，一生几乎是在冷遇中度过的。但就在他已垂垂老矣的时候，在1850年，凭借最后一部著作《附录和补遗》，他成为西方学术界的一颗耀眼明星，一个"老迈的头颅已经无力承受月桂花环"的哲学权威。

"真理是可以等待的"，这是叔本华的自信，他的遭遇似乎也在诠释着他的自信。叔本华一生未婚，终日与他为伴的除了书本与纸笔外，就是一条狗。他曾经自称他的智慧遗传自母亲，他的性格遗传自父亲，而他自己呢，却什么也不想遗传给下一代。于是，他选择了一生都不结婚，过一种没有女人和子女的哲学生活。哲学家的生活除了外在的寂寞之外，还有内心对真理的等待与渴求。

也或者，他相信真理一直与他相伴，他在等待真理被大众所承认。

可以想见，他的真理的被承认，只是一种学理上的承认。叔本华说，生活在社交人群中必然要求人们互相迁就。因此，聚会的场面越大，就越容易变得枯燥乏味。一个人只有在自己独处的时候，才可以完全成为自己。他甚至说："谁要是不热爱独处，那他也就不热爱自由。"但现实的很多人都生活在人群中，生活在交往中，生活在言辞的吐沫飞溅中，生活在觥筹交错中，生活在相互的迁就与退让中，因而也就生活在叔本华所深恶痛绝的枯燥乏味中。

"要么是孤独，要么就庸俗。"所以，我们这个世界就是庸俗者的世界，孤独者只有在哲学的理想中沉迷。

生活得像哲学一样，这只是哲学家的理想。哲学家心目中的《人生的智慧》虽然已为许多思辨者所称许，为更多的文字沉迷者所礼赞，但很少有人选择他那样的孤独和寂寞的生活。因为人无疑是社会动物，孤独天然不是多数人的选择，无边的寂寞也远非大众所能承受。《人生的智慧》的确是叔本华作为伟大哲学家一生洞察人世的感悟，但无论如何不能保证他及他的信仰者们从抽象的理论王国回到尘世。他在这本书中写道："我们可以把平庸之辈比之于那些俄罗斯角兽乐器，每只兽乐只能发出一个单音，把所有兽乐恰当地凑在一起才能吹奏音乐。"而在他的心目中，一个有头脑的人却是"一架钢琴"，因为"钢琴本身就是一个小型乐队。同样，这样一个人就是一个微型世界"。他冷冷地指出，人的群居生活可以被视为人与人相互之间的精神取暖，就像人们在寒冷的天气拥挤在一起以身体取暖。然而他所心仪的"自身具有非凡思想热力的人是不需要与别人拥挤在一块的"。

所以，他选择了孤独。

一人一世界。内心的平和与宁静是高贵的财富，它们几乎只有在你一个人的时候才悄悄地拜访。所以，也许真的是"尊贵的气质情感才能孕育出对孤独的喜爱"。爱因斯坦在《我的世界观》中说过："我实在是一个孤独的旅客。我从来就没有全心全意地属于一块土地或一个国家，属于我的朋友甚至我的家庭。在所有这些关系面前，我总是感到有一种莫可名状的距离并且需要回到自己的内心——这种感觉正在与年俱增。"而喜欢与人交往的伏尔泰也不得不承认："在这世上，不值得我们与之交谈的人比比皆是。"

我当然不是伏尔泰，也不是爱因斯坦，更不是叔本华，但我越发觉得自己的寂寞，并且对这只有有着"非凡的思想热力的人"才有权享受的寂寞，表示了厌倦的情绪。

我于是上网，从一个网站到另一个网站，开通了一个又一个博客；我于是百度，各种各样的关键词搜索了一次又一次；我于是申请了QQ号，把许多陌生人加为好友然后又把他们从好友名单里删除；而后，我还不断地把许多网站放进收藏夹却不再第二次光顾；此外，则是经常从网上下载对名字感兴趣的电子书，却几乎从来不打开，正如我百般呵护的自己的藏书，一任蒙尘纳垢。

我也越发觉得自己是一个寂寞的旅客，从北到南，从煤矿到高校，从地下到地上，一路的颠簸与寻找。对于山东老家，我已经成了一个过客。在外的时候想家，而在家的时候恨不得立刻就走。听着完全陌生的语言，看着形容各异的脸蛋，我似乎只能在这个过程中，才体验到自己的存在。我不肯从人群的喧嚣中游离，不敢从酒桌的客套中站起，就只能是在那里奴着颜，婢着膝，弓着腰，赔着笑，生怕被遗忘。但其实，却只有独饮一份孤独的份儿。因为我知道，在那欢宴的场合，其实没有人肯将一个郁郁寡欢的人当回事。大家欢迎我也欢迎；大家祝贺我也祝贺；大家说这次的活动很有意义，我也说有意义；大家说这次学习很有收获，我也说有收获。我就这样在对寂寞的离弃中成了一个唯唯诺诺的人，一个无原则、无是非的人，一个优游网络随喜赔笑的人。

但我就不寂寞了吗？

我只不过是一个对寂寞厌倦却摆脱不了寂寞的人，我只不过是被寂寞围困却不能孕育出对寂寞喜爱的人，我只不过是忍受寂寞却没有寂寞的自由的人。

寂寞的自由，属于那些像叔本华一样有着足够的思想热力的人；对寂寞的喜爱，也只有属于那些有着尊贵的气质情感的人。而我，只能在寂寞中逃向人群，或者网络。在网络里，没有人知道你是一条狗，但有人知道你还有寂寞需要在虚拟的空间中游荡，不必去天涯也不必去海角，就可以一味地游荡。

17. 从小脚说到乳房

那天，我写完了一篇长篇小说的评论，一时之间，突然就想放松一下。于是我就又到各个网站转了一圈，没转出什么心得，倒是给一个博客的主人留了几句言。我一向是个敝帚自珍的人，对自己的文字非常在意，口里说着垃圾，但心里却特别地希望谁能不吝惜自己的唾沫给称赞个两句。所以，这留言，我要贴在后面，学学鲁迅老先生的样子，美其名曰"立此存照"吧。顺便也说一下鲁迅，如果鲁迅那个时代有博客，他肯定就是一个名博，粉丝无数。当然，他不会仅仅贴在这里，他还是要拿出去发表，不发表，他那被传闻的一个月可以买200斤猪肉的稿费，就不知道从哪里来了。他会先发表，然后贴出，然后出书，跟那个戴三个表却又不准联想的兄弟一样。

博客的主人是我的一个朋友，他姓张，曾经在遥远的大陆的最南端，给了我许多的帮助与支持。就在前不久，我们还在一起吃饭聊天，谈中医，谈基督，以至谈小脚，谈得不亦乐乎，而且还辩论了很久，辩得不可开交。尤其是在小脚问题上，我们很认真地抬起杠来。我赞成他的反对小脚，天足运动都开展了一百年了，街上已经全是大脚王兰英了，这还有什么反对不反对的呢？我们争论的焦点是，他说从宋朝到现在，那么多士大夫竟然会赞叹女人的小脚美而且香，真不可思议。他说美，这东西是主观的，就不说了，香，从何说起呢？他说这不是变态是什么呢？我说，不是没有人说不美也不香的吧。他是一个认真的人，而我说话的时候又给他一个郑重其事的表情，所以他有些恼火了，于是他从宋朝说到晚清再到民国，一路说了下去，期间，特别提到那些晚清西洋来的传教士们的成绩。说到后来，他觉得我尚可教化，就送给我一本《圣经》，然后又给我一个评语，说我是一个思想在路上的人。他的意思是我还没找到立足点，没有形成自己牢固的判断。我非常的信服，我确实在路上，马不停蹄的。但有一点，路是有方向的，人走在上面，应该有个目标，但我的目标在哪里呢？却是一个不大不小的问题了。以下是我的留言：

几天前看到你在我博客留言。最近在忙什么呢？好像从博客中没能看到蛛丝马迹。这样的问题，你先问的我，我这里给你说。我最近也没忙什么，依然是杂乱无章地看书，也偶尔在网上胡乱转转，知道了很多东西，新鲜，但也无聊。写的一些垃圾文字，我基本上都发在博客上了。日子就那么过去了，水一样。转眼分别也有一个多月了。基本上没有什么变化，人的一生，就是在看不出变化的变化中，一点点地老去。这说法虽然悲观，然而真实。我最近有一种惶惑感，很强的，想找到一些意义，想做一些自己想做的事情。按说我目前是有这个自由的，但怎么就坐不下来呢？虽然天天坐的时间是最多的，心却没坐下来。我不知道，但还没放弃坐下来做自己事情的努力。

在这里，需要说明的是，其版本与留在那位朋友博客上的稍微有些出入，因为我这个人，对文字有那么一点洁癖，很多情况下，对形式的喜爱要多于内容，所以总是要给自己修饰一下。我也提出自己的一个看法，这个看法我刚刚跟一个朋友辩护过，我的意见是，有时候表达要比思想更重要。这没有什么新鲜的，相反的观点也不新鲜，在这里说出来，只是为了表达一种立场而已。如果立场总是新鲜的，反倒是有问题的了，这谁都看得出来。我刚刚从先锋论坛上出来，那里有个帖子，说了一个当代御笔太监的故事，我这里不公布他的名字，因为我猜想，那个名字恐怕是一个敏感词汇。他就是一个立场变来变去的人，这样地变就被人指责为没有立场了。谁的裤腰粗，谁的权力大，就跟在谁的屁股后面哭哭啼啼，这给他的著名马克思主义战士的形象打了一个很大的折扣。我还看过他的一本评传，是叶永烈写的，薄薄的一本，引文占了大半。叶永烈写红墙系列上了瘾，但写来写去，都是一些依据流行的政治观点说的无用的废话。很多人，现在都很怀念叶永烈写作的科普文章，如《十万个为什么》等，但一个能写出御笔太监的肉麻吹捧的评传的人，他的科普文章，其价值似乎也是很值得怀疑的。科普里面没有政治吗？完全不是这么回事。听说一个叫何祚麻的院士，就曾用毛主席语录写了不少物理论文。他之所以成为院士，就和他的这些语录体论文非常的有关系。

有人说，喜爱文字的形式感，和女人爱好化妆没有什么两样，但我说过反对女人化妆的话吗？但有一点，喜欢修饰，往往反映了一个人内心的恐惧，他或她，有很多的不自信在其间，而对于这种不自信，也害怕被发现，于是就不断地修饰下去。脂粉越来越厚，本来是为了美而修饰的，结果弄出一个鬼脸来，就不但不可取，而且有些可怕了。

说到这里，我又想起一次理发的经历。

天气一热，就觉得头发长，很担心自己的思想穿不透这如许的障碍，理发于是被提上议事日程。早剃头早凉快，这我是早已经知道的，然而，总是拖拖拖，整天里除了吃饭外，几乎就待在宿舍里，却偏偏装出一副日理万机的样子。今天总算有了机会，要出校门外去寄东西了。据说，所出的那个校门，是北门，但我总是以为是东门，于是就想起《诗经》里的话来，"出其东门，有女如云"，所以，表面上是一本正经的样子，心里还是有所期待的。美美共享，看个把眼如云的美女，也不是什么丢人的事情吧。

果不其然，一进邮局的门，就看到两个妹妹，穿着特别有味道，鼻梁上架着眼镜，嘴角微微上翘，又是那么别致的裙子和拖鞋，拖鞋里的一对纤秀的脚，引人无限遐思，我的思绪就跑到了陶渊明的诗里了。他说："愿化丝而为履，同素足以周旋。"说自己为了同你那美丽的脚丫子来做伴，情愿化作丝绸做成鞋子，让你来千踏万踩，心里却美滋滋的。这也够肉麻了吧。其中一个排队在我的后面；而另外一个呢，则不住地看着我身后的那个，笑得甜甜的，那情形，跟对我笑，几乎没什么两样。后来我知道，这两个女孩，是我们学校来自韩国的留学生，于是想，我还是不对她们陶渊明一番了吧，她们和邮局里的工作人员，把汉语都说成哑语了。呵呵，美丽的古诗里的脚丫子，还是挥一挥手，不带走一个"霉菌"，就此作别了吧。

出了邮局，我先去吃饭，然后开始找理发的地方。那是一排沿街的店铺，背后就是我们学校，其中，饭店与洗头房占了大半。我一路找下去，却都是一眼看过去，就知道那些洗头房散发的都是猩红气息。然而，我还一路很专注的，做出要找的样子。果然就有女孩子对我招手了，我看到她们的脸蛋，这使我想起我为什么会突然笔锋一转，由对文字形式喜好的空泛议论，转到理发这回事上了。她们的脸蛋，就是装饰过度了。粉是那么厚的一层，让我不由得怀疑她们那些媚态，是怎么穿透层层云雾发散出诱人气息的。有人说不出墙的红杏不是好红杏，但它要越过脂粉这堵墙，其难度已经超出我的想象了。然而，她们摆出胳膊不是胳膊、大腿不是大腿的姿态，给我发出信号了，我还真不由得脸红肉跳、心惊胆战起来了。

我装着一本正经的样子，把脸扭向一边，但眼角的余光，却还能看到她们招摇的手势和扭动的大腿。那些脂粉重重的脸，在浓艳布景的装饰下，很有种鬼影幢幢的感觉，却也分明传达出了某种色情的信息。我猜想我如果进去的话，也许会产生一种进入化装舞会的幻觉，那是在外国电影中常见的，通常都是由一些无聊的贵妇人操持，用丈夫的钱给他买绿帽子来戴。我坦白地说，她们的这些搔首弄姿，对我是没有杀伤力的，但我还是要装一装自己的清高，怕被她们当作好色之徒。然而，种种迹象表明，我其实在她们眼里，早已经跟好色之徒没什么两样了，她们的经验，或许让她们有能力一下子就从现象抵达本质，发现文明都是伪装，性才是根本的和实际的东西。我也确实有意地摆弄了一下我手中的文稿，那是我刚刚打印出来的长篇小说评论，我似乎想拿它证明我的无辜。

然而，我这样一路证明下去，却开始有种犯罪的感觉，我拿自己的不为所动的姿态，对她们热情的诱惑发出拒绝的信号，但同时我又以这种姿态，享受着她们的勾引。我如果真的是偶然路过，这也没什么可说的，正如大街上的杂耍，白相了也就白相了。但分明地，我是在故意一路寻找下去的，而且，我实际上已经把寻找理发店当作了一种继续寻找的借口。我在给自己一条退路，用来说服自己，并不是为了欣赏她们的勾引而进行这种寻找的，而实际的情形，虽然路过的地方真正的理发店不多，但毕竟不是完全没有，我甚至已经进去了一家理发店，从形式到内容，都是那种真正的理发店。我还看到一个红头发的小伙子，在给一个吸着烟翘着白光光大腿的女郎修理头发，甚至那个女郎也从镜中看到我了，是那种不屑的表情。我自己对自己嘀咕了一声什么，出来了。

于是我就这样带着犯罪的愉悦，一路寻找下去，也一路证明下去。有个女孩子，也是叼着一支烟，正坐在洗头房的长沙发上，穿着开口很低的T恤，一对胖得走了形的乳房似乎按捺不住地要跳出来，而从口中喷出的烟雾，令她的乳房给人一种山中仙境的感觉。她看到我走来之后，招呼得太急切了，臂如长猿，烟雾缭绕的胸前，神女峰犹如倾倒的样子。我知道我是在意淫她了，然而，我的眼睛却仰头望着门楣上的招牌，一副很认真地辨别是否真正的理发店的样子。我把自己寻找意淫快感的动机故作高深地遮掩起来，无偿地接受她们色情勾引的服务，我真不知道自己为什么会无耻到这个地步。当然，换个角度来看，也许并非如此。我付出的，可能是被她们视为好色之徒的代价，她们看起来是一种诱惑的姿态，内心里却也许充满鄙夷。我因此猜想我这种自责，是由眼前这位女郎肥大的乳房引起的，但我更加清楚，刺疼我这意淫神经的，却与那位理发店中女郎不屑的表情不无关系。她和她们也许没什么两样，但她因为处在一个被伦理肯定的空间，所以她把她的不屑明白无误地写在脸上了。

18. 下雪的夜晚

下雪了，已经是那一年冬天的第三场雪了。

晚饭后妻子要去值班，我和儿子同去，结果走到学校西面小操场的时候，我和儿子决定在雪地里跑着玩儿，让妻子一个人去办公室。玩什么呢？儿子提议教我武术，于是我按照他的指示站好，然后出拳，然后踢腿，再然后跟他对打，竟一不小心被他一个扫堂腿给踢在膝盖上，疼得倒抽了一口凉气。

雪地里按手印，儿子说这是规矩，练武之前，必须的。这小子，总是给我定规矩，一拍脑袋一个，霸道得很呢。然后在雪地里写阿拉伯数字，"123456789"，儿子说这是防护罩，九层防护，练武的时候，打在身上就不疼了，很有些玄幻的味道，似乎又跟他看的动画片有关，这个，或者就是所谓的童趣吧。

儿子在雪地里教我滑翔，两手伸开，头往上仰；并且，在示范的时候，他还口中发出呜呜的声音，似乎在开飞机。然而扑通一声，我还不知怎么回事呢，他就仰面摔在地上。我赶紧跑过去，要去拉他起来，谁知道他双手枕在脑后，跷起二郎腿，说他要睡觉了，躺在这里一边做梦一边看星星。我说："这么冷，会冻掉你小子的耳朵的。"但突然又觉得自己的说法真是大煞风景。

也许在儿子的期待里，我的正确的做法是跟他一起躺在雪地上，双手托着脑袋，也跷起二郎腿，说我们一起做梦，一起看星星。然而这是不可能的，他躺在那里是童真；我躺在那里，要是被人看到，不骗你，肯定得被当作傻帽。

一个成年人，总不自觉地从利害的角度考虑问题，而不像小孩子一样，随时随地都能异想天开，而且，想怎样便怎样，尽享着本色的快乐，却不必顾虑，是不是有人觉得你在装模作样。

多大了啊，还在那里装嫩。我不是也常对那些不顾脸上一圈又一圈的核桃纹，却一径地伸出莲花指，摸着下巴颏，嗲声嗲语的老娘儿们，无限鄙夷，发出过诸如此类的不屑的议论吗？

每个人都曾经年轻过，每个人都有将心为青春留驻的权利。那么，我是否该为自己的言论，表达真心的忏悔呢？

但无论如何，跟儿子在雪地里的游戏，让我想起阮玲玉的《神女》，她在家里被儿子教练体操的情形，实在让人觉得温馨。过去了七十多年了，世界发生了很大的变化，但这样一种父子或母子之间在游戏中得来的快乐，却还是照旧。也许，就因为这些微的快乐，人才会不断地被唤起童心，既感到时光的匆匆，又体味岁月的永恒。

将来某一个冬天的下雪的夜晚，也许儿子和他的儿子，也会在某个雪地里做游戏。到那个时候，儿子脑海里会突然闪过一个念头，记起曾经他和他父亲的练武、滑翔及躺在雪地上说看星星吗？

也许他不会想起，因为我在跟他玩时，就没记起父亲是否曾跟我这么玩过。

但无论记得还是忘记，这样的快乐，却总是一代代地传递下去了。正如这气候，我们曾经有多么的恐慌，觉得这地球变暖了，冬天到北方来看雪，已成了一种奢望，但这时节，雪不正是像个仙子一般落下了吗？

19. 厕所在哪里

与朋友走到河南开封某大学的文学院门口，本想进去方便一下的，一个粗壮的老太太冲上来，吼住了我们。她咋咋呼呼的，说干吗的干吗的，我呢，学着她的句式，说方便的方便的，她说不行的不行的，我说怎么就不行呢？于是，她给了一个理由，说正打扫卫生。其实我知道，这是扯谎，但由此见出她的色厉内荏，真要是有足够底气，或者说霸气，是不必给出任何理由的。一旦在拒绝他人时，意识到必须找到一个说得过去的理由，其实，从骨子里说，她或者他，已经暗暗地胆怯了。

不给人方便，是所谓官气；为此而扯谎，是所谓怯懦；而虽怯懦，却不反思自己的言行竟一味拧着脖子继续闹别扭，或可以称之为撒泼的刁民吧。

其实在这开封，遇到刁民，在我，是并不以为奇的。一千多年前，这里曾经是帝都，汴京风华，迷倒众生，而如今却完全像一个破败的乡村集镇。灰蒙蒙的天空下，总是那么一些凌乱的民居。喧嚣的市声中，或还保留了些清明上河图中的烟火气；但局促的街道布局以及同样局促的人的表情，却时不时地让外乡人感到戾气的弥漫。整个氛围，简直可以用猥琐来形容了。

或者一千多年前的那次宋室南迁，已让这个地方失去了所有的元气；而金主的入驻，则又无形地强化了这里的凶蛮之相。漠北胡地的膻腥之气跟曾经天子脚下的势利之气杂交，或就形塑了今日的怪胎，官不像官，民不像民；或者说，官民一体，沆瀣一气，构成了开封的基底。然而，这毕竟是一所高校，难道这文明荟萃的地方，却也找了一帮惯于撒泼的无赖刁民来看门吗？

于是，这很是让我诧异。然而，第二天晚上，这诧异却继续，不过原来的女刁民，变成了不折不扣的幽默帝了。

也是在饭后，也是在夜间，疏影婆娑，凉风习习，我和那位不愿意透露姓名的朋友一起走到校内一幢古色古香的建筑前面。那建筑距离校内同样古色古香的大礼堂不远，广场四周明灭的灯火以及起伏的人声，让这欲行方便的我，不由得再一次地冒充起斯文来了。于是，我拒绝了朋友趁着夜色野地里干活的建议，坚持走进了那古朴厚重、象征着深刻文化内涵的建筑。结果，刚一进门就验证了那朋友的担心，一个精干而又秃顶的老头，一挑门帘，从保卫室冲出来了，干吗的干吗的，他在那里气势汹汹地吆喝，那刁蛮的腔调竟跟昨夜的老太一模一样。

然而，这个脖子似乎有些短的老头，比之腰身水桶一般粗的老太，似乎多了一些幽默的气质。或者他以为自己的言行，就是中国幽默智慧的集大成。他振振有词而又不乏机智地说道，不要以为有楼房的地方就有厕所（我的确这么认为，而且一向是这么做的），这是老建筑，没有厕所的。

或许老建筑是不大时兴将厕所建在室内的，但在这几乎找不到一个公厕的校园里，总不能在平日里让这一整栋楼里的办公人员（包括这个看门的老头在内）都得到别的楼寻找最基础的方便设施吧？为此，我还大致目测了一下，从这个建筑到最近的其他建筑，起码有五十米的距离，而这五十米内的建筑，却也一样是古色古香的。

即便是宋朝的皇宫内苑，也恐怕不能不给人方便吧？要知道，太监虽是被阉割了的，虽去了势，却并不能被堵了循环的通路；至于宫女，我对于她们的身体情形不甚了然，但终归也有需要排解的时候。更何况，这些所谓老建筑，距离汴京风华，已经遥不可及，不过是民国时期的。那时欧风美雨，西学东渐，风气大开，所建的高校屋舍，我也曾在别处多有光顾，供人方便之处，比之当下，岂但不落伍，相反，简直可说是方便得多了。所以，这秃顶短脖的老头，跟前晚的那个老太一样，一定是在用谎言拒绝给人方便。

于是我有些恼火，或许这恼火，跟膀胱不断增加的内压有关，因为尽管是水往低处流的，但一旦下行的通道受阻，这压力，却可能为憋屈的气，提供一条上窜的机会。然而毕竟是在高等学府，何至为一小小不然的方便，而忘了孔夫子传下来的教导，有辱斯文呢？

那么，厕所在哪里呢？

这老头一本正经地说，出了门往右拐，他给比画了一下，说走上十来米，到那个门的地方（他的上半身随着手势转了九十度），再往右拐，就有厕所了。

我猜想他是在糊弄我们。因为之前，他曾经嘟哝了一句，说什么哪里有厕所，漫山地里解决等，而他之所以转过话头，是因为我的一再坚持，触动了他的某个幽默的神经，将压抑的内火给换成机智的谈吐了。

于是我故意装听不清，仍要问，他有些急了，脖子差点变成《功夫》电影里的那个蛤蟆精了。然而，毕竟是在高等学府看门的，所以，只在一瞬间，似乎又心平气和了。他说，出了门往右拐，你看，就到那个门的地方，再往右拐，就有厕所了。哪个门呢？我继续问，似乎这提问，可减少膀胱的压力，但其实我更想激起他的怒气。

一个几乎处在社会金字塔最底层的看门人，或并没有多少行使其微乎其微的权力的机会的，而看两个更没权力的读书人被他戏弄，他的内心，其实，应已有隐秘而快乐的花朵悄悄地怒放了。

然而，我偏要激怒他，并试图查看一下，他将以什么样的智慧，将自己的怒火转化为进一步的奚落。不过，膀胱的压力，却不容我再继续跟他扯下去，而我那个朋友，也明确地用手势和眼神，阻止了我的再一次发问。

于是，我们从那栋建筑里走了出来，直奔那个老头指示的方向而去。果不出所料，那是一片幽暗的树林，一条青石板铺成的小路通往一个光影错落的所在。就在那里，我们的方便既酣畅又淋漓，既猥琐又快意。然而就在那个当儿，我却不由得由看门人的幽默而想起曾被一个亲戚奚落的情形。

那时我正在中学读书。

有一回，我从学校回家，因为骑得太快，自行车的链子被卡住了。怎么办呢？我让同行的同学守在那里，自己骑了他的车子往前面三里多地的村子里借扳手。那个村子是我妈的姥娘家，她的好几个舅父，曾经过年时候见过的，想来从他们家里借个扳手，应该不成问题。果然，一路狂蹬自行车，在挥汗正如雨下的时候，于那村路上遇见了一个。我喊了声舅姥爷，毕恭毕敬的，但他却目光迷离，从头到脚又从脚到头将我审视了两遍，竟终于在我的期待中，漠然下去了。

小时候走亲戚，不知道他是否给过我压岁钱？这的确是完全没有记忆了。但确实的，后来几次路上遇到，有时在妈妈的指引下，有时则独自一个人，叫过他舅姥爷的。何况，这老头，精瘦精瘦的，贼眉鼠目的，跟我还有几分相似。我常因为遗传了这样母系方面的相貌而深以为耻，但这以往自视为耻辱的族徽，现在却被我当作辨认的工具，寄希望于他能因为这相似，而唤醒失去的记忆。

诚然，他在那里思考了片刻，但接下来的话，却让我恍然觉悟到，他并非是从善意的角度寻找辨认的理由，而是在调动着幽默的细胞和搜寻着人生的智慧，以有意给我一个错误的指引。

"你说什么，扳手吗？这个，我没有的，不过我知道谁家里有。"这个精瘦的老头一边一本正经地说，一边转身给我指了一个方向："你看见没，那边有个公路，你从公路那里上去往北走，走不多远，就有两户人家，一个在路西，一个在路东，记住了啊，你去跟他们借，西边那家没有，东边那家有的。"

我诚惶诚恐地接受着他的指引，因为我知道，这个舅姥爷有兄弟五六个，而他们的兄弟又各自有儿子五六个，所以马庄的庄子虽不大，但几乎有一半都是他们孙家的人。想当然地，我以为，他是给我指出了另外一个亲戚。于是，虽有些悻悻然，但还是道了谢，折回到公路上，去找寻那有扳手的亲戚。

结果却让我大失所望。

原来，所谓公路两边各有一家，是很不错的，但却显然并非我所想象的亲戚，而是两家商店。其中，西面的那一家，是卖日杂的；而路东的一家，则是卖五金的。显然，卖日杂的不会有扳手，扳手可能就在路东那家五金店里。但可惜，他们是做这个买卖的，而我，周末时才从学校回家，身上哪里能找得到一分钱呢。

仁爱而黑暗的地母啊，虽早在你的怀里永安了舅姥爷的灵魂，但他那次机智的应答，却还让我一次次地想起。而这如厕经历，则无疑地，是一个契机，毕竟在我们这个以宽厚闻名的国度里，并不乏这等机智的神经。所以，无论在山东的某个乡下，还是在河南的某个学府，它们都会在不经意间被触动，被唤起，被自以为机智地使用着。其结果，是该给人方便时不给人方便，该给人指引时错给人指引，而所以然者何呢？我没有多少心理学的知识，也不曾受过民族志的训练，但揣度着，或许，这其中是有着一种可被称为权力欲的东西在作祟吧。

我那舅姥爷是自不必说了，他一生务农，几乎没见过什么大世面，所有的经验，都脱离不了卑微二字，但他跟那个某大学的看门人一样，一旦得到机会，便不由自主地调动起被压抑的幽默天分。只是很可惜，这幽默通常不是自嘲，而是与我们这个社会的官僚文化共享着类似的权力机制，以戏弄比他更弱的人为乐趣。

当然，这里所谓的"更弱"，很大程度上，并非自以为是，而是基于他们对某些特定场合的判断，而这判断，包含了他们很多的人生智慧。就以那个看门人为例，他偌大年纪，靠那么一个看门的职业为生，处境应不会比我好到哪里去，但在如厕这点上，我却只能是栽在他手里了。事实上，我那个朋友，正在这学校读博的，也曾在几日前的内急时，遇到一个自称铁面无私的看门人，并悻悻然地在他的面前认栽了。

那是在这所学校的出版社的大楼前，他要进去方便，而看楼的叫住他，说不行。怎么就不行呢？这朋友很急，毕竟那是一个大白天，偌大的校园里，美眉如云，人来人往，一个读书人，总不能草坪上撒野吧？然而那老头，梗着脖子，坚持说这是规定，谁来都不行。本来已够盛气凌人的了，那个看门人却还为了加强威慑效果，特别地加了一句，哪怕就是某个大人物来了也不行。

你当然不能相信他这鬼话，但你应明白，他拿准了你不是大人物。你别说是大人物，按照现行的体制下，你哪怕是一个给大人物做秘书的、打杂的、拎包的，甚至于用老百姓的话说，就只一个提鞋的，到那上个厕所，恐怕整个学校领导层都要紧张起来；而站在他那位置的，为免出差错的可能，说不定早已由一个学校的中层干部给顶包了。结果是连他站在那说话的份儿都没有了，还遑论什么让不让进呢？

这就是我们浸淫其中的权力格局。

那些看门人，就在这格局的最底层，然而，他们却也有着他们的权力，控制着一个大门的进出，并以制度或规定为借口，在跟任何有可能影响到他们的人毕恭毕敬的同时；对不能奈何他们的人，极尽所能地，享受着这权力带来的隐秘的快乐。尽管这快乐，他们未必不是不知道，其实，仅仅是一种心理上的补偿而已。

是权力的金字塔格局，决定了身在其中的人们的补偿心理，而这补偿心理的存在，则又强化了权力的金字塔，结果，权力的金字塔结构，就在我们的社会环境中，被一再地生产出来了。所以，当很多人说，我们这个社会的底层，是很痛苦的，是受压抑的，是无可奈何地受各种精神或物质盘剥的。

我的第一个感觉，当然也承认这样一种观察，但同时，却又对这悲天悯人的口气产生怀疑，心想，如他们真这么痛苦的话，恐怕早就活不下去了，不是揭竿而起，就是挥一挥手，即便不想跟徐志摩学，却也是连一片云彩也不能带走地，就跟这个世界诀别了。

然而，实际的情形却是，他们在这种补偿心理的影响下活得有滋有味，在被别人踢着皮球的时候，又不失时机地将别人也当作皮球一般踢。就因为总是有球可踢，种种看起来似很不合理的权力格局，就被延续了下来。

然而，当这球已经踢到别人裤裆那里，以不给要方便的人以起码的方便的机会作为心理补偿的前提时，他们的快意，或许是真实的，但也应该是猥琐的。正如我们在树影的遮蔽下急切地寻求着膀胱的解放一样：总怕有人来，但或许又盼着人来，要是有人来，尽管是什么也没被看到，哪怕他们，只在台阶上拐个弯呢，也似已足以给我们恶作剧的快感了。

这暴露狂的隐秘心理，是否也包含了某种补偿的需要呢？

回过头来想一想，我与那个机智而幽默的舅姥爷相似，或并不仅仅是相貌上的，因为我跟他一样，也有着自以为的聪明和自以为是的劣根性，并尽可能给自己的各种委屈和不满寻找着心理补偿。

比如，将这如厕的窘况，以文字方式给表达出来，上下几十年地宣泄自己的不满，或就是其中的一端。此间，在对各种宵小之辈的心理补偿表达嫌恶时，貌似将权力机制给揭露出来了，但我为此而感到的快意，或在于证明自己并不能自外于这权力机制所造就的恶；而就在我不以自己之恶为恶的同时，权力机制及其恶，又在这书写的悖论中被巩固下来。如此，一篇愤怒的讨伐檄文，始料不及地，不也在很大程度上，完成了对身陷权力机制再生产之一环的自我之恶的暴露？

20. 座中有鸿儒

因为在北京外国语大学培训英语，在艺术研究院工作的老乡张慧瑜就过来请吃饭。大约是在 2008 年之后，我第一次从蔡翔老师那里听到他的名字。当时，蔡翔老师让我写一篇关于汶川地震的文章，我倒也认真地写了，但是，他看了之后不满意，说网上有个叫"匪兵兔子"的写得比我好多了。我于是在百度搜索了这个"匪兵兔子"，很容易就找到了不说，而且知道他的真名就是张慧瑜，于是翻了翻他的文章，竟然隐约发现他与我的老家单县有一些瓜葛。后来才知道，他虽是郓城人，但却因为父亲在我们那里做父母官的缘故而在单县完成了中学的学业，然后一举考上了北京大学。然而这中间却没有什么联系，直到2010年夏天，我在豆瓣网看到北大举行一个学术会议，其议题很让我感兴趣，而恰又在暑假，能抽得出时间，于是就联系了会议的参加者之一的张慧瑜，然后我们才在北大见了第一次面。就在那次见面中，我近距离地观察了一下这个一脸福相的老乡。确实，他面如圆盘、双耳垂肩，跟我的一副苦相，完全不可同日而语。略有些腼腆的他待人却非常周到和热情。那天晚上，他请我全家吃饭，并捎带上了我在清华读博的小师妹，这番破费让我觉得很难为情。受之有愧，拒之失礼，而若抢着出钱吧，则又似乎有些矫情。

从那之后，便断断续续地联系下来了。

然而见面的次数却并不多。记得好像是2012年夏天在上海参加中国文化论坛的时候，他打算会议结束前先回北京，于是在会场里竟专门找到我道别，这又再一次让我感到他的平易与周到。我以前几乎没跟任何官宦子弟有过接触，何况因为种种媒介的渲染，草根出身的我，似乎对这个群体还充满偏见。但张慧瑜却让我感到意外。他不仅毫无想象中的官二代的趾高气扬，而且简直比以屌丝自命的很多人谦恭有礼多了。他的文章也眼光向下，关注的都是在这个社会上遭遇种种不幸的人们，或者至少，跟大众的日常生活有着密切的联系。我轻易不"粉"什么人，非但不"粉"，而且还常常将待人接物上的貌似谦卑，一径转换为文字上的自以为是，然而对于张慧瑜的文章，却由最初得到蔡翔老师推荐之后的疑惑而一下子就转入迷恋。所以，但凡他有什么文章发表，我一般都会找来一睹为快。而他这几年，又确实出手很快，光寄给我的专著，便已有三本，无形中，偏居一隅的我也能有机会，将专业阅读给坚持了下来。如果不是他的文章，我很有可能在这几年里完全偏离专业的轨道，而湮灭于网络上眼花缭乱的新闻，蝇营狗苟于各种小感触了。

这一次来北外学习，张慧瑜拿出很大热情，不仅提供了一些学术论坛的信息，让我有机会倾听众多北京学者的前沿声音；此后不久，又专门来北外看我，开车带我到具有老北京风味的餐馆大快朵颐，并且周到细心地给我儿子捎来了礼物，让我回家的时候带给他。

这一次张慧瑜在请我吃饭的时候，还给我带来几本2014年第4期的

《文艺研究》杂志，其上刊登了我的一篇书评，是评论他的一本著作的。张慧瑜的著作，名为《视觉的现代性：20世纪中国的主体呈现》，此系他2009年北大毕业时的博士论文修改稿。2010年夏天的时候，我曾经读到过其中部分篇章的电子版，而后于2012年书出版的时候，又收到了他的赠书，读毕之后，就有评介一番的想法，但苦于当时手头上正参编一部教材的部分章节，所以就放下了。2013年10月，听《文艺研究》杂志的陈剑澜老师说，他们的新栏目——"书与批评"需要一些稿子，如果有计划的话，可以给他们投稿，而我即刻就将讨论张慧瑜这本书的想法，报告给了陈老师。陈老师说，他认识慧瑜，觉得他的文章不错，跟我也算同龄的学者了，如能相互辩难一下，应挺有意思，于是叫我写来看看。我于是动笔，大概用了一个月的时间，完成了15 000字左右，而后因栏目篇幅所限，在编辑张颖老师的帮助下删减到11 000字左右，并被告知发表日期。而这次，正好张慧瑜来之前就特意绕到杂志社要了样刊带来，这很让人高兴。毕竟所评的原著，在我觉得是一本好书；而所发刊物，在学界也得到普遍认可。所以，我们就很自然地在吃饭的时候，将话题转入陈剑澜老师，并说不妨趁在北京学习的机会，邀陈老师一起聊聊天，作为后学，也好顺便表达下获他提携的谢意了。

于是就有了2014年6月23日晚间，与陈剑澜等老师在西三旗附近的"鱼滋鱼味"一同吃饭聊天的机会。对于陈剑澜老师，虽然我们一直以电子邮件的形式相互联系，但见面却还只是第二次。第一次是在2010年12月的海南师范大学参加当代文学研究会年会的时候，当时也就打了几个照面，并没太多机会跟他互动，但被告知了手机号码和电子邮箱，于是，逢年过节就发个祝福的短信或邮件。眨眼间，三年时间过去了，这一次的相见，他先坐在那里，我一时竟没能认出来，等他伸过手来，我才恍然，真是让人觉得抱歉，也许是因为陈老师越活越年轻的缘故吧。想这么跟他报告一下，但觉得不熟，这样说了，似有些对老师不敬，所以，嗫嚅地坐在那里，半天找不到适当的话题，好在当时带去的一本书救了场。我将书从包里拿出来，在请求"多多批评"的当儿，也顺便表达了能在《文艺研究》上发文的谢意。我说："写得不好，多蒙您关照。"陈老师一本正经地纠正："你别谦虚，写得很好，不好我们杂志能给你发吗？"于是大家相视一笑，让人一下子就体会到他的睿智与风趣，并因此而活跃了气氛，给我减少了不少压力。我发现，在欢宴的场合，一个人过于拘谨，可能会影响到别人的发挥，而个人的寡言，也会让饭局里的其他人觉得累。而这，恰好又是我这不善交际的人最易犯的毛病，但陈老师却也能理解。所以，在酒后他也郑重跟我谈了一会儿学术，把我当作青年才俊，我当然明白其中包含的勉励，但他作势与我拥抱，却着实让我感动不已，然生性腼腆，不由得害羞地后退小半步，脸还没贴着他的脖子，就匆忙分开了，极大地浪费了他对我这小辈的热情。

座中的金宁老师，中央戏剧学院 1986 年的毕业生，年龄刚好比我大了一轮，他在《文艺研究》主要负责艺术史的稿子，但专长却在摄影。我和他算是第二次见面，第一次是在他的办公室，就是我跟张慧瑜到艺术研究院参加青年论坛的那次，顺便想找一下陈老师，结果在他门口一冒头，问了声陈老师在吗，他说不在，我们就走了。酒桌上说起来，他说这对话太不具备可记忆性了，于是话题又回到他所谓的脸盲症，也就是不认人，无论跟谁，似乎人生总是如初见，这情况跟我的单词盲有类似，看一遍不认识，再看一遍，还是不认识。就此，他和陈老师相互补充了一些小故事，佐证的、拆台的、调侃的，比如某一天某美女什么的，荤素搭配，老少咸宜，正是此类插科打诨，活跃了酒场气氛。而后又说起摄影，他很有些真知灼见，我就斗胆问了句，如何解释您的脸盲症和摄影对形象的敏感之间的关系。他笑了笑，你这个问题很有理论深度，有些像专家访谈，不过我尝试回答一下。我又有些难为情了，但他的回答，却让我肃然起敬，因为他说，这是记忆与捕捉之间的差异，不擅长记忆的人，未必不长于对形象的捕捉，摄影靠的就是瞬间对光影的捕捉能力：光与影、明与暗、爱与恨，或真的就只在那瞬间的震颤，而记忆却总在时间的长河里经受考验，如此一来，呈现出来的，已经大大地变形走样了。

对这个话题，李云雷很感兴趣，因为作为批评家和诗人的他，这一两年里，似乎迷上摄影了，在微信朋友圈里，我经常盗用他的摄影作品。跟他认识也算是有好多年了。第一次大约是在上海，当时上海大学文学院组织了一次纪念共和国文学 60 年的研讨会，他作为应邀代表去参加，而我则由于在那里读书的关系去凑个热闹。此后在一些其他场合，也有过一些碰头，但交谈似乎都不怎么多。他也是山东人，文章写得漂亮不说，喝酒也很厉害，牛栏山的二锅头，估计一瓶下去都没问题，但那晚他却选择喝啤酒。尽管如此，酒不过几杯，脸也一样地红了，看来白酒和啤酒，在他那里的效力，并无太多分野。毕竟，都是酒嘛。据观察，他的性格，似也有些内向，且不苟言笑，这或是敏而多思者的共性吧。在微信朋友圈里，他几乎天天会发上一组森林公园的照片。因为有摄影专家在场，他便以谦卑的身段请教了一些摄影问题，并拿出手机，让一桌的人看他的作品。那一阵我出去接了一个电话，就失去了这么一个同喜的机会。而当我回来的时候，金老师正在跟他说着什么，我没听清前面的话，但最后金老师却在强调艺术要回到技艺的原则，还举了一个木匠之于木头的例子。金老师说得很投入，云雷听得也很认真。这时候，陈剑澜老师却插入一句，说你扯了那么多废话，归结起来就一条，就是云雷的摄影根本一钱不值。这当然是玩笑话，而且他们之间很熟，喝酒的过程中，连上厕所，几次三番，都一起去，用他们自己的玩笑话说，简直就是一对"好基友"。

但即便如此，李云雷似乎也还是深受打击，本来已经喝红的脸更红了。然而陈老师穷追猛打，不过，对象开始转向金老师。他的说法是，你就是心太软，才扯那么多没用的，叫我的话，就狠狠打击，不能让那些业余爱好者抱着成为摄影家的幻想。我记不住陈老师的原话，也怕转述出现纰漏，但我想，他的意思大概就是说金老师的拐弯抹角太乡愿了。于是，两位老师又在那里插科打诨了一番。我想，这不过是借艺术之名，来给酒桌上增加一些谈资而已，至于刚才的判断，其实他们都不当真的。但从云雷的反应来看，显然还是有些在意了。他一遍遍地说自己就是个玩儿，而陈老师似乎丝毫没给台阶下的意思，他说："说你照得不行的时候，你就说自己是玩儿；说你行的时候，你就膨胀起来艺术家的幻觉。"看得出，云雷有些尴尬了，就提议，陈老师啥都别说了，咱俩还是一起去厕所吧，于是，大家就在"好基友"的笑谑中转移了话题。不得不说，云雷是个实在人，陈老师有意调侃几下，他便招架不住了。但尽管都是酒桌上的闲谈，金老师有关艺术要向技艺回归的看法倒是值得肯定。记得我曾在一本介绍塞尚的书中看到一句类似的评述，就是有人问塞尚，你那个印象主义的画风，不就是胡涂乱抹嘛，谁不会呢。塞尚在很多情况下的议论都是高深莫测让人不知所云的，但这一次他的回答却简洁明了：没有一定的技艺作为支撑的涂抹，恐怕连小孩子的涂鸦都不如。从这里，我或可以猜想到，金老师其实是很严肃地跟云雷讨论摄影艺术问题，而陈老师则是为了酒桌上轻松气氛的营造，将这个严肃的话题，用他特有的机智给全盘解构了。

座中的徐刚，一个1981年出生的小伙，看起来似乎有些沉默。我和他的交情，应该说很有几个年头了。那时博客还流行，我们便互相加了关注，也说不清谁先谁后了。约莫是他的研究，涉及后革命话题，而我也喜欢相关议题，这恐怕就是相识的前提。再后来，我们就又加了QQ好友，有那么一段时间，就有一搭没一搭地聊着天。记得当时他还在北大读博，而后，我便知道他去了艺术研究院。我的那本谈后革命的书出版时，还曾寄给他，并让他转给张慧瑜一本。到今年春上见到慧瑜，我问起徐刚的情形，才知他已调到社科院文学所了。在张慧瑜的评述里，徐刚的这一选择是弃暗投明了；而在我，却并没看出其中的差别，毕竟，相比我的小地方小学校，这两个地方都算得上最为核心的官方智囊机构，能在其中任一地方谋个饭碗，都是很多人梦寐以求的，而徐刚却来去自如，这不能不算是能力超强的一个证明了。

大约是在"五一"的时候，他从张慧瑜那里知道我来北京，就给我发短信说有机会聚聚，而我因放假回家耽搁了。回来后，天气又一天天热了起来，这就助长了我宅男的脾气，也贪图于单纯宁静的生活，失去了出门访友的热心。当然，我也考虑到他们都很忙，毕竟帝京虽好，居之不易啊。大家都处在事业的上升期，其实并没多少闲暇，所以，我也就不想将自己的访问，作为他们额外的负担，于是见面的事就一再搁浅了。我的想法是，反正还有几个月待在北京，想见，总会有机会，大不了临走前，我亲自去社科院拜访，正好那里还有一个何吉贤老师。我都计划好了，无论如何，要借这侨居北京的日子晤得一面的。不曾想，四个月的学习马上就要结束了，虽则整个过程觉得漫长，但等它结束的日子临近时，却又觉得实在太过于短暂了。于是，生出紧迫感来，而恰好慧瑜电话来，说是已约好陈剑澜老师，于是我们一致提议，将何吉贤与徐刚两位老师也一起约来。没想到何老师的儿子第二天要中考，结果就徐刚一个人来了。如此说来，我和徐刚，这一次其实是网友间的见面了，然印象却非常之好。他的谦和与沉静，是我难以追慕的品德；而他的学术，则是我一生都恐难以望其项背。所以，临近学习结束时，见到了他，并能荣幸地跟诸仰慕和钦佩的师朋同桌吃饭，对我而言则更值得铭记。要知道，那一晚，除我之外，可是举座皆鸿儒呢。

21. 记忆与遗忘

很久没去新浪博客了，如今重去，我发现自己的日志已在 2013 年 2 月 17 日定格，到如今得有一年半的光景了。有个朋友，去年年底的时候问我："怎么回事，放弃了这个阵地了吗？"后面是紧跟着的三个问号。看起来很是不解，甚至包含某种焦虑，而我却到今天才看到。这个朋友是我的一个同道，2010 年左右的时候认识，2012 年 10 月的时候复旦开会才见第一面。大约是有人介绍我，他哥伦布发现新大陆似的，"原来赵牧就是你呀"，跑过来跟我握手，一个东北大汉的块头，竟然把我的手都给抓疼了。后来互留了电话,但是,我们却还是多在新浪博客里交流,而我随着阵地的转移,竟慢慢疏忽了这个朋友。天下之大,有时却又很小,这个朋友跟我的另外一个朋友竟然也认识。另外的朋友好像并没有博客,而我是跟她在另外一个网络论坛上认识的。她去那个论坛是因为怀旧,曾经在那里,她认识了她的一任男朋友,但很可惜后来分手了。我去那个论坛无旧可怀,仅仅是一个打酱油的,而我那个博客里的朋友,则曾在某个中学教书。他们经历上有过交叉,但后来她留在那里,他却走了,到了另外一个单位,某个大学的附中,当了校长。

新浪博客上,我还有一些朋友,有的的确淡了联系;有的,却也在我转移阵地时,跟我一起去了新的空间;有的仅是线上的互动;有的则在线下也见了面。说起来,这些缘分,都是值得珍惜的,但因为我对于新浪博客的疏远,与有些朋友也变得生分了。山西大学的王春林老师就是我在新浪博客认识的,有那么一段时间互动非常频繁,而2012年年底在江苏师大开会时才第一次见面。那一次见面时,有他的一个女粉丝在场,这个女粉丝也是一名教授,而且非常美,曾经我们在博客上也有过一些联系。会议期间跟王春林教授的互动并不是很多,这个可能跟我不怎么擅长口头交流有关。当然,还另有一个原因,是一个新的朋友的互动,这个朋友倒不是新浪认识的,但却彼此也看过新浪的博客。看博客和看本人的区别,在这个新朋友身上体现得非常明显。这个朋友文笔非常细腻,但本人,却一脸络腮胡子,跟梁山泊上聚义的李逵差不多。他和我有着相似的经历,那就是都曾在煤矿工作过,不过他在煤矿从事的是教书行业,而我则是典型的矿工的身份,每个月都要下十来个井的。他叫张厚刚,跟我的一个师兄是同学,而这个师兄的一个中学时期的老师靳新来也来参加这个会议了。于是,在这个会议上,我们三个的互动,是较为频繁的,而跟王春林老师,就只是打过几个照面而已。但这并不影响我们后来网上的交流,只是因为我对于博客的疏远,才渐渐与王春林老师失去了联系。至于那个美女教授张艳梅,则更是难得说上一两句话了,毕竟她是王老师的粉丝,我们只是聚拢在王老师的周围而已。

汶川大地震的时候,大抵是我在新浪上写博客最为频繁的时候,而在这个过程中,我认识了一个北京电影学院的教授,她是德国留学回来的,学养很深厚。我博士毕业的时候,她还很热心地帮我联系工作,而后又对我的博士论文产生兴趣,于是我将它网传过去,她就给了我很多点评,尤其那个当儿,她的母亲还在医院住着,她就乘间隙在我论文上圈圈点点。这本来让我非常感动的,但是,她却不太同意我的一些观点,而我又直截了当地跟她去商榷,结果,她似乎就有些懈怠下去。而后,她的博客也不见更新了,我们之间的互动，也就渐次消失了。后来有次机会去北外学习几个月，我本想去拜访一下的，何况那里又有一个新结识的博士校友，也可以顺便见个面的，但是，却因为自己的疏懒，乃至社交的畏惧，而错过了。

还有一个社科院考古学的研究员，也是我新浪博客上认识的。记得一度网上曹操墓的真假问题被炒得火热，而那个时候，我已认识她很有一段时间了。于是就在博客里问她，而没想到，她的同事中，就有曹操墓的实际发掘者。她虽是搞考古的，但我们的交流，却并没有围绕考古而展开。我喜欢她文风的轻松和调皮，而她则不知道是因为什么来到我的博客的。她本来是学理工科的，在清华大学读的本科，应是非常聪慧的；然而研究生阶段便转了专业，到北京大学的考古系去了。也许她的两个专业之间有一定关联，但我觉得她更多的，还是像一个资深的文艺女青年。后来微博红火的时候，我们似乎也有过互动，但是我太讨厌新浪微博的界面，以及众多的垃圾信息，所以也就没怎么经营自己的微博，而后新浪博客也被我疏远了，于是这个朋友，也就少了联系。而今天，我偶然地回到博客，却发现她还继续写着。其中几篇，就谈及她在清华和北大的求学经历，并且附上了当年的照片，也对青春的流逝表达了深切的惋惜。一副落花流水春去也的样子，让我不胜欷歔。毕竟一种所谓的中年心态，也正慢慢侵袭着我善感的心头。不过她文中提及的一件趣事，却又让我禁不住笑出声来：某一年的某一天，她的某个闺蜜去某宿舍楼下打公共电话，已是傍晚时分，而且又是在一楼，光线就有些暗，那闺蜜看见一排男生站在那里，面朝着墙壁，她觉得那会儿电话亭的生意实在太好了，于是就默默地在那里等，结果一个男生转过身来，她赶紧凑上去，却将那个男生吓了一跳，而她回过神来，也不由得花容失色，原来那根本不是什么电话亭，而是她迈着女神一般轻盈的步伐，不知怎么就站到了男厕所的便池前了。

赵思运，曾经的校园诗人，如今的大学教授，儒雅风流，急公好义，应属于山东人的最佳典范，而今漂到杭州，在一家传媒学院为稻粱谋的同时也坚守着青春的激情和公正的理想。虽然他和我是很近的老乡，但我们的认识，也是通过新浪博客，至今好几年了。我大概是在龚奎林的博客上看到他的链接的，然后进去串了一下门，发现竟然是郓城的，那可是出梁山英雄的地方，而他的诗歌，却写得或风趣调侃，或细腻柔情，评论文章也秉持公正且充满热情，于是留言，于是互动，于是就建立了网上的联系。而网下的联系，则始于我找工作的时候。我曾经给他透露，想要找一个解决爱人工作的地方，并且为此，可能要申请提前毕业，于是他就很当回事，给我推荐了他当时正在任职的学校，并且将学校主要领导的联系方式也告知了我，而通过我后来跟这个领导的交流，发现他也已经从赵老师那里得悉了我的一些情况，并且很给美言了一番。然而后来那个学校我也没去，而是去了爱人老家的学校。然而又觉得不如意，于是心生悔意，当我将这个意思流露给他的时候，他又帮我在杭州联系了学校，然而却又因为我的种种顾虑，而将本来圆满的事情画了一个不圆满的句号。这中间，我几次去杭州，他都热心地接待，比如有一次我在西湖边开会，他从下沙那边赶过来，我们在饭馆里喝酒聊天，直到很晚，他不得不打的回去。再后来，凡我到下沙那边面试或开会，他都热情地招待，让我无限感慨，这好人都让他当了，我情何以堪呢？

有一个小"萝莉"，新浪博客上认识的时候，还是一个大三的本科生，而今已经在同济大学读了两年研究生了。我在这里之所以写出了这么多的新浪因缘，其实是跟我昨天去新浪整理旧文有关，而其中一篇文章下面，有她的一则点评，网名似乎熟悉，但却记不得了，于是点开她的博客，文章风格也似曾相识的感觉，但还是想不起来。于是就多看了几篇，发现某篇的文章后面，有我的一个学生的留言，关于考研调剂什么的，才让我恍然大悟，原来是她呢。而她，其实早已经跟我一样转战 QQ 了，并且对话互动非常频繁，这一年的春天她去台湾访学，也还给我扫描了五本旅台马华作家的作品，而此前我去同济开会，她也曾全程接待和陪同。那么我曾给她做过什么呢，大抵不过是嘱咐她研究生面试的时候，将写在博客上的文章都打印出来以镇住参加面试的老师，起码让他们第一印象觉得，这是一个非常勤奋而有才的学生。关于这一点，其实也是我自己经历过的经验，当初考上海大学博士的时候，我便事先将自己写的一些东西寄给了王鸿生老师，而他则又在面试的时候，热情洋溢地晃着我寄给他的材料，在那里对我进行了一番表扬，让我觉得，写的好坏其实是一方面，只要自己在持续不断地写，总归能给老师留下勤奋的印象。事实上，吾道不孤，有我这番伎俩的，其实大有人在，我昨天读蔡翔老师给一个学生写的序言，其中，提及最初的印象，竟然就是她面试时候留下的一叠 A4 纸上写的诗歌和散文习作。

新浪博客上还有一些朋友，是我主动联系的，比如天津某出版社的编辑李知鱼。我是因为读鲁迅日记，而发现一个名叫宫竹心的人，一度出现的频率非常高，于是就百度了这个人的资料，而其中，就有李知鱼的一篇日志，提到了他的一本书，我就对这本书有了兴趣，于是就博客里留言询问了一些情况，没想到这个叫李知鱼的编辑，便加了我的 QQ，并将那本书的电子版给传了过来。而后，我在研读这本书的当儿，写下了一篇探究宫竹心与鲁迅交往的文章，投给了《西南大学学报》。没想到，那里的编辑韩老师一直关注宫竹心，却并没有宫竹心的这本出版于 20 世纪 30 年代后期的著作，于是他对我那篇文章感兴趣的同时也对那本书表现出更多的热情，我就又将那书的电子版传给了韩老师。结果我的文章就在《西南大学学报》上发表了，而后，却很少再有跟李知鱼编辑的互动，韩老师也说过今后有什么文章尽管投给他的。但是，我的对于宫竹心的感兴趣，也只在于他与鲁迅的交集，至于他以后的成为新派武侠小说大家的发展，并无太多探究的热情，所以，《西南大学学报》那边的武侠小说研究专栏，也就没有再投过什么文章。但不管怎样，正是因为李知鱼老师的热心，才让我有机会深入探究了一段鲁迅的人际交往史，这对于我来讲，当然是一个非常值得铭记的收获，而对于由这收获而应该送上的感激，李知鱼老师却并没有什么兴致，真又让我的感激，更深了一层。

也是久不上新浪博客了，所以才会激发出这么多记忆的浪花，而又不得不承认，其实很多记忆，已经模糊了，比如有个老师，在她的博客里，总是会出现一些如同绘画的制图作品，显是从事理工科的老师，但又非常有文艺范儿，我们在博客的互动，大概也是在汶川大地震期间，而后也就彼此在博客文章下面留些言，虽则频繁，但却并没网下的交流。隐约记得，她或是南京某理工院校的老师，其他就不甚了了。而此外，还有一个名叫夏正娟的朋友也是博客里认识的，她大概想要考我的博导葛红兵老师的博士而从新浪加了我为 QQ 好友，但后来考试不顺，她就去了吉林大学。再后来，我在某次学术会议与会人员名单上看到她的名字，本来以为可以见上一面的，她却又因别的事情冲突了。如今她博士或已经毕业了，但彼此的联系，却几乎不怎么有了。当然，也有一些本是先认识的，然后又在新浪博客上互动的。比如我的一个师兄张鹏，我一入葛门便认识了他，而他那时还是个网盲，一腔表达的热情无处抒发，就只能借助传统纸质笔记本，写了一本又一本的，其实跟窝在心里没有多大区别的。于是他就爱找我聊天，尤其在他有什么奇思妙想而没有听众的时候，他就给我打电话，然后我们就在上大的校园里一圈又一圈地散步。他的专业是生态美学，然而每次散步，他几乎都要在上大的校园里撒尿，树下、草丛或者湖边，几乎在留下他激情四射的言论的同时，都伴有尿液悄然泼洒，尤其是他竟还能给之作出生态上的理论阐释，如此可见，生态理论中该有多少是忽悠自己也忽悠别人的成分。不过，我后来给他介绍了博客的好处，他于是就申请了新浪博客，而且玩得不亦乐乎，但有那么一段时间，每有一些心得，就会即刻电话我去他的博客拜读，并期待我从租住地到校园里听他阔论一番。也许正因为这个共同经历，即便我们都离开了上大后还会在博客上有一些互动，其中在一首小诗中，他就坐在马扎上将我和他之间的时空距离给丈量了一番，这让我颇为感激，于是转到了自己的博客，然后我昨天再去的时候，竟然发现，那一首小诗的下面，竟有一个同在北外学习的同学的留言，原来她竟已到访过我的博客，而且从留言进入她的博客，又发现她其实在那里的经营也很有一段时间了。

这禁不住让我感叹，原来你也在这里。

因为自己的疏懒，不仅荒芜了新浪博客，而且疏远了通过新浪博客认识的许多朋友，这在我无论如何都是一项重大的损失。毕竟有缘相识，本来就是很难得的；而有缘却不珍惜和用心维护，就是错待了上天的某种恩典。有一种说法，人的一生，在交际方面，其实就是黑瞎子掰棒子的过程，走一路掰一路，但也丢了一路，最后拿在手中的，也就是就近的几个。这不能说完全没有道理，毕竟，人是境遇化的动物，必须在特定的情景中交往特定的人群，而经常是此前某个阶段很谈得来的朋友，却因为社会生活情景的不同而变得无话可说。不过，无话可说也未必一定是疏远，而是某种情感的沉淀，因为有些东西已不必用语言来表达了。记得张爱玲曾经有篇小短文，题目叫作《爱》，写一个小女孩，在某个春天的傍晚，站在她家的门后，遇到一个邻家男孩，彼此问了一句，你也在这里呢，然后就各自分开了。可以说感情的交流，淡到几乎没有。然而，在时间的无涯荒野中，不早也不晚，你就在那里，于是，一种永恒就产生了。跟那个后来被拐的小女孩类似，我离开了新浪博客，而那些在博客上认识的朋友，有的就是某个春日的傍晚，怯怯地或闲散地，走过来打了一声招呼的人，然后我们便从此天涯了。但不管怎么样，每当闲下来的时候，我想起来那些傍晚，那个新浪博客，那些散淡的招呼，心底就会泛起一种温暖，而或正是这些温暖的感觉，才让我在这个静寂的夏日，写下了如许关于新浪博客的回忆。

第二辑

谈鸡论鸭

　　如果把社会生活中的议题比作撒给鸡鸭的食物，鸡一嘴，鸭一嘴，但鸡鸭却有很大不同，鸡总看着别的鸡嘴里，而鸭只看准自己的嘴里。评论家当有一种鸭的精神，但是，我们这个时代鸡嘴太多，鸭嘴太少，太多的人期待别处的热闹，因而，海阔天空的评论似很喧嚣，但我们的判断却非常糟糕。

1. 老萨的生死

一直关注老萨的新闻，那一天，他死了，被绞死的。

据说，萨达姆死前有很多慷慨激昂的语言，也高叫了几声口号，并且有一种勇者的风范，拒绝带上头套。然而，他很快就死了。在绞刑架上的尸体只是按照自然规律，条件反射地扭曲了几下，随后就被装进裹尸袋。在裹尸袋被系上口之前，他被照了相，以一种屈辱的姿势，传遍了网络，传遍了世界，正如他被捕的时候一样的狼狈，正如他在狱中穿着三角裤被曝光时一样。

我看到了那些照片，不知怎么，我的心被触动了。我想不出什么合适的字眼来形容我的心情，我只是久久地看着那些照片，表情似乎很木然。

同情吗？释然吗？仇恨吗？

这些似乎都距离我太远。毕竟有关于伊拉克，我所知甚少；有关于伊拉克战争，我也只是看过一些媒体报道；有关于他的暴政，倒是有一些图片可以佐证，但所见到的画面，其中出现的，都是他的两个儿子，据说在对一个背叛他的人施行非人道的鞭刑；关于他藏有大规模杀伤性化学武器，虽则成了一场死伤了那么多人的战争的导火索，但是，几年下来差不多成了一个笑话了。

也许，对于老萨的罪难可赎，我们都有认识，毕竟自从他被抓住之后，大家心里都有一个预期；以暴制暴，以恶对恶，在西方的民主观念中，似乎早已经成为众矢之的，但他们所践行的，却仍然是他们所反对的一切。然而，我们很多的人，却对于他的下台、被捕以及处死，抱有太多不可思议的感情，这其中有惊讶的成分，有不解的成分，有同情的成分，也有像我一样内心复杂的、难以把握的成分。

但对于更多人的死亡呢？我们似乎很麻木。

我们其实不用列举数字，关于那场战争，无论是美军还是伊方，无论是军人还是平民，无论是支持还是反对萨达姆的，都有太多的人死掉了。但对于我们而言，他们的死，却似乎只能充当一个数字，这个数字是关于人道主义灾难的，无论账算在谁的头上，他们充其量只是一个数字而已。

我们中的很多人，只关心萨达姆，他的生死牵动了无数人，每天的新闻报道似乎也都是在说，因为他又有多少人死去了。

即便他从地洞里被抓出来了，被关进美国人的监狱里，等待伊拉克的新政府审判了，发生在那一片古老土地上的杀戮，却还是没有止歇的意思。然而，我们中的很多人，也更倾向于将账算在他的头上，甚至于直截了当地表示，早一点判了萨达姆的死刑，也许暴力的袭击就会早一点停歇下去。

现在老萨死了，死在绞刑架下。

无论死得屈辱还是死得壮烈，无论有多少人的议论和关注，无论有多少人的声援或反对，他都是像个人一样地，挣扎了几下，扭曲了几下，然后一切生命的体征消失了，他从一个活人变成了一具遗体。

他是死掉了。死掉的他，照片被拍摄了下来，迅速传遍了世界，而无论那些照片是在给人某种证明，还是发出某种威慑，但最为核心的要素就是，萨达姆死掉了，一个盘踞中东多年的暴君，从此彻底走进了历史。

似乎老萨不该如此，他不应该如此的不堪一击，他应该有超乎我们想象的表现，能够绝处逢生，能够像拉登一样，成为我们心中的一个阴影、一个幽灵。

正如一些武侠小说，无数人都死了，说死就死了，死得一钱不值，死得没名没分，死的莫名其妙，却偏偏有那么一两个英雄，或者某个最主要的坏蛋，他的生命中总是会出现奇迹。我们似乎希望老萨就是这么一个人，无论英雄还是坏蛋，总能出乎我们的意料，甚至自然的法则对他也不起什么作用。

这让我们很过瘾。凡觉得过瘾的，没有一个英雄与侠客；但这些贩夫走卒，尽管活得如草芥一般，却永远地只是将关心指向英雄与侠客的生死。非但英雄与侠客，皇帝与嫔妃也一向是他们关心的对象。1924 年，冯玉祥将退位已久的宣统赶出了故宫，市井的闲人，哪怕是三餐难以为继的，却都在那里怀着极大的担忧，一遍遍地问"皇帝何在，太妃安否"。

也许对于萨达姆，我们也怀着这样的担忧。所以，当美国地面部队以迅雷不及掩耳之势攻陷巴格达的时候，我们根本不关心有多少人死掉，有多少人投降，而只是想知道，萨达姆去了哪里。等到萨达姆被从一个地洞里搜出来的时候，按理应该舒了口气了，但我们却又关心起他随后可能面临的审判了。即便是被判了绞刑了，一张即将行刑的照片就摆在我们的面前了，却还有人期待着可能发生的奇迹。

然而，他只是一个人，一个总是和我们的想象过不去的人，他对不起我们赋予他的神秘，甚至在绞刑架上，他竟然也很快就死了。

他捉弄着我们。

我们期待传奇，他偏偏不给我们这满足，说死就死了。那绞刑架上的绳索，竟然比老萨还要传奇吗？多么丑陋的绳索啊，多么豪气的萨达姆，然而，他敌不过它，它毫不费力地就结束了一个时代，结束了一个幻觉，结束了一个摆脱自然法则的梦想。

是的，他只是一个人，而在他的手下，死去的人应该说有很多很多，因为他直接或间接死去的人，更加不计其数，比如他被处死后，引起的连环爆炸。

一个人的死与无数人的死，却阻挡不了人们把同情的天平往老萨那边倾斜。同样是生命，同样是死亡，然而，人们的态度却有这么大的不同。

也许这是一种奴隶意识的表现吧。

人们对待死亡的态度，是不公平的，正如这社会有着很多的不公平一样。许多人的死，是匿名的死；而某些人的死，如萨达姆的死，却是一种进入历史的死。传统的刑不上大夫的老例，也许依然在左右着我们。

也许这是一种对生死的自然法则的恐惧。他，萨达姆·侯赛因，一个曾经的总统，一个不可一世的枭雄，如果有真主的话，似乎也应该特别宽容他的罪过，修改生死的法则。然而没有，什么都没有，他，叫他死就死了。在死刑面前，他那么无助，那么无奈，一身的豪迈，一世的霸气，叫他死，他就死了。正如以前他让别人死，别人似乎很听话的，叫死就死了一样。

我同样不期待萨达姆的死亡，我不期待"用他的死，来证明我们的高尚，证明我们无罪——那一切的罪都是他造成的——如果是那样的话，我们的罪不是被救赎了，而是更深了"。这是葛红兵老师的观点，我是在他的博客上看到的。这是对以恶制恶的反对，而葛老师所说的我们，有一种泛人类的意思，我觉得还是更加具体一些，把这罪名归到那些掌握着别人命运的人的头上吧。我觉得，处死他，是一种惩罚，也是一种罪过。他的罪，是他的；我们的罪，是我们的。

当萨达姆被判处绞刑的时候，我们办公室一位老者义愤填膺，说最该死的是布什，接着他举了布什的很多罪状，把伊拉克平民的伤亡什么的，都算到他的头上——我以为，这是对的。布什确实有责任，或者罪过，然而布什的罪，是布什的，不能因为布什的罪而抵消萨达姆的罪。各人的罪是各人的，不能因为别人的罪过而减少自己的罪过。但问题是，没有了萨达姆的伊拉克会好吗？对此，我不想听那些公知们的回答，因为他们总是振振有词，但所传播的，只是美国能够给世界带来民主和自由的福音云云。而我们，因为轻信和盲从，不是一次又一次地上当了吗？

2. 冒充教授，我的错误在哪里

我的错误在哪里？我的一篇论文发表在一家大学的学报上了，在作者介绍栏里，我被当成了教授。而事实上，我那时才不过一个年龄偏大些的硕士研究生。这不是编辑的失误，是我投稿时故意这样介绍的。

我为什么撒谎？

这说来话长，但归根结底，还不是为了能不交钱就把论文顺利发出来。

学校有规定，毕业前如不在核心期刊上发表两篇论文，就没有资格参加答辩，不参加答辩自然也就不能顺利毕业。然而，我把历时半年完成的一篇论文先后投给两家核心期刊，用稿通知还没有收到，催款单却很快就给寄过来了。千字二百，六千多字，把零头省掉，一千二，好家伙，足足我三个多月的生活费。天底下的乌鸦难道真的一般黑？我才不信邪呢，就又把稿子寄了出去，这一回，我的字竟比前两次都金贵了，一千五；而且难为了编辑一番苦心，承诺一旦交钱，就有发票开过来。

我倒也能理解人家编辑的难处，核心期刊就那么几家，僧多粥少，况且写文章的比买期刊的还多。所以，写文章拿稿费这种先前以为天经地义的事情，就只能掉了个个儿，换作编辑伸手向我要钱了。

这也不值得大惊小怪。

谁叫咱既不是当红的学术明星，能给人家带来经济收益；也不是公认的学术权威，能给人家提升学术身价。所以若不给，文稿就只能当成垃圾扔掉。但理解归理解，没有钱，论文怎么发，还是个不得不面对的问题。权宜的办法也不是没有，教授的职称或许管用。而今虽然教授多如牛毛，但总还没沦落到无法装点门面的地步。何况学术期刊的等级森严，核心里面还有权威与否的分别，所以也并不是每家核心期刊都能获得明星或权威的垂青。权威学者的文章拿到权威期刊去发，这才称得上门当户对。我于是就铤而走险，同时也抱着恶作剧的心态，把论文又投向第一家向我要钱的学报。结果论文竟发出来了，但发是发出来了，我的麻烦却还在后边呢。

首先是因为我得陇望蜀，希望学校能够给予一定的奖励。奖励的办法是学校规定的，说是教师发表论文，可以根据刊物的级别换取不同的积分，而积分就是钱呢。我鬼迷心窍地拿着那期发有论文的学报向学校要钱，但有关人员说，教师名单里没有这个人呀。我说教师名单里是没有这个人，但学生名单却有这个人的，是我故意把自己说成是教授的。既然学校出台奖励政策，是为了提高学校的学术声望，那么我这么做，就已经达到了学校所要的目的，将来参与学术评比，我这篇论文就是其中理所当然的一分子，为什么就不能奖励我呢？教授发论文不但不用交钱，还能得到金钱的奖励；而我们这些不名一文的穷学生，发论文交钱，交了钱却也得不到补偿，究竟是何道理？我情绪有些激动，那位负责人于是也很恼火，他说怎么没有补偿，没补偿你能参加毕业论文答辩吗？

碰了这么一鼻子灰，我不得已求其次，总该算我参加毕业答辩的资格证明吧。然而负责学位管理的老师却说，发表论文的是教授不是在读的研究生，既然你没有教授职称，就不能证明这是你写的文章，天底下同名同姓的多了，你可不能拿与你同名的教授的论文冒充你的成果啊！我说天底下同名同姓的是不少，但是学校的教授里不是没有叫我这个名字的嘛，再者我这里还有那家学报寄来的样刊，而且还把寄样刊的信封都拿来了呢！那位老师看了我拿来的证据，恶作剧一般地笑着说，你看上面明明写着是某某教授收，你这不是偷拆别人的信件吗？我知道这是玩笑。虽然他是承认了论文的确出自我手，但他接着说，你的论文能不能被当作参加答辩的资格，这里暂且不论，但你这种狐假虎威的做法，却是非常不诚实的。你要么对论文的质量不够自信，要么论文确实水平不高，你才不得不借助教授的职称来唬人，你要不是把自己说成是教授，哪个编辑肯发你这样的烂文章？

我赶快承认自己的文章烂，我知道能用这种语重心长的口气说教，或许说明我的处境已博得他的同情。既然所有的政策法规都是人定的，具体执行也要依靠有血有肉的人，所以为了一线生机，为了不至于前功尽弃，我虽然对他的推理不以为然，但除了点头称是，我已别无选择。为了发表论文，我已经违心地说了谎话，三叩九拜的大礼都施了，还差这最后的一番啰唆嘛，所以我现在只能把谎话进行到底，向这位真理在握的老师勇敢地承认自己的狐假虎威。然而真实的想法却是：哪里是我不自信呢，我可是非常自信才敢冒充教授身份的。至于论文的质量，难道会因为作者职称的不同而改变吗？

但在现实面前，我还不得不承认，论文的质量的确不是由它自身来决定的。

我是教授，论文就能顺利发表，不但发表，还能拿到若干金钱的奖励；我不是教授，论文就可能发表不了，而即使发表，也得向发表的期刊交纳对我来说数目不菲的金钱。一个得钱、一个交钱，一个正向地实现价值、一个反向地输出价值，在这正反得失之间，论文本身除了充当价值交换的符号，究竟起了多少实际的作用？

本来是抱着恶作剧心态的谎言，却部分地实现了论文的价值，剩下的那些价值受到了阻碍，我也只有以违心的谦卑来积极地争取。这样一来，我的确以丧失诸如诚实、真诚、原则以及理想等为代价的，但当这些东西在我们学术研究或者学术建制里只是华而不实的标签时，一方面是人们在口头上信誓旦旦地坚持，另一方面却又在行动上明火执仗地违背。就是说，对它们的违反成了常态，而对它们的坚持则成了例外，那么，它们本身是否就已经成了不切实际的想象和人为的桎梏呢？

所以，在这对错不明的学术语境中，作为不名一文的穷学生，面对着不发论文就不能毕业，想发论文却无处找钱的难题，不得已而假借了教授的名头，我还真不知道自己究竟错在哪里。

3. 自由与考博的悖论

"对不起安尼和各位网友，我报名考博了！"

这是我在 2005 年于一个著名的论坛上发的帖子，我是在调侃我的一个叫安尼的网友以及他的帖子的。如今那个论坛已经不存在了，然而，我却鬼使神差地把自己这个帖子复制了下来。看一看，很是有一番感慨。

安尼是我的一个网友，我与他就是在那个网络论坛上认识的。他或许是个"斑竹"吧，反正发帖特别积极，所以看得出，他很有热情；而且，我觉得他也是那种对什么事情都有自己的看法与主见的人。然而他却突然发出一个帖子，说大家都不要考研究生了，他罗列了很多理由，但我记不清楚了，也许是对教育体制的不满，或者以为考研究生是对自由人生的浪费，很不划算。当然，更主要的，他认为既然心存不满，却还要去考试，就是躬行着自己所反对的一切，是一种自甘堕落的行为，这是很为他所不屑的。

他大概是看过鲁迅先生的小说《在酒楼上》，其中鲁迅就对那个主人公吕纬甫下了一个判断，说躬行着自己当年所反对的一切。在这里，安尼也引用了过来。然而，安尼却没能理解鲁迅先生心中的无奈，因为吕纬甫也许就是他的自况。鲁迅在辛亥革命之后做了教育部的一个小职员，当时的教育部虽然名义上属于"中华民国"，却"城头变幻大王旗"，一会儿在袁世凯的羽翼下，一会儿在北洋军阀政府的领导中，尤其是有很长一段时间，教育总长就是一直与鲁迅闹别扭的章士钊。这自然有悖于鲁迅对辛亥革命的期待。要知道，他就是辛亥革命中的一分子。然而他也一直在教育部工作着，做了"佥事"，据有关专家考证，相当于现在的一个处长，抄古碑，只是打发寂寞时光的一个业余的消遣罢了。而且，即使他后来有机会到几个大学去兼课了，却也对章士钊借机免掉自己的职位感到不满。为稻粱而谋，是鲁迅的悲哀，所以，他把所感到的这种悲哀转化到小说中的人物身上了。

一般我们说到不肯为稻粱谋的典型，往往会想起陶渊明，想起他挂印而去的"不为五斗米折腰"的故事。这在传统的文人群体中，一方面，他这种不与世俗同流合污的精神气质，简直就是一个高不可攀的象征；另一方面，却也成了官场失意而不得不退隐时的榜样。因此，他们哪怕对官位非常恋栈，但却不得已而罢官的时候，就把自己说成是陶渊明，弄两首其在归隐期间的诗歌，挂在所谓"草堂"或者"陋室"的中堂，自我标榜着，自我安慰着，也自我崇高着。倒是黄庭坚比较实在，他的《冲雪宿新寨》一诗的五六句中，原作"俗学近知回首晚，病身全觉折腰难"，用的就是陶渊明的典故，表达的是那种不得已而混迹官场，想去学习陶渊明而不得的无奈。这很为王安石所赞赏，说"黄某非风尘俗吏"，可是他后来把那两句诗改作了"小吏有时须束带，故人颇问不休官"，自然，这与黄庭坚对诗歌的雕琢有关，然而比起原来的句子，却包含了更多标榜在里面了。因为原来的只是无以回首的无奈，这在"故人颇问不休官"中也有体现，却特别地强调自己不时地在腰间束上厚厚的带子，以防自己不得已而弯腰了。也就是，身在官场，却也秉承了陶渊明的精神，实在比陶渊明还高明了。

我的调侃安尼网友的帖子，说自己要考博了，却没有黄庭坚那般自视甚高，因为我取的是他没有改动前的那首诗歌的立场。当然，我在给安尼跟帖子的时候，实在地说，并没有想到黄庭坚的那两句诗。我对研究生教育以及当前的学术体制，也有很多的不满，然而，我看到安尼的帖子的时候已经研究生毕业，属于那种"俗学近知回首晚"的情形了。而且，非但回首已晚，还不得不继续考下去。理由就在我的帖子中：

今天看到安尼的公告，我很无奈，因为我已经报名考博了。容我先说一下不得不考博的理由：

（1）我今年硕士毕业，在大学做行政工作。社会上有一种流行的看法，说高校的教师才是人才，而行政却是人人都会干的工作，只不过有知识有追求的人不去干罢了。但我毕竟还是有追求的，我对自己的要求不能满足于"是个人就行"！

（2）我要转到教学部门去，必须要有博士学位。这一点，找工作的时候就有体会了。我在读硕士研究生期间，论文也发了不少，而且都是没有交过版面费的那种。我把所有的论文复印出来，花了我好多的银子，再把它们寄出去，银子又花了好大一笔，然而，呵呵，我不说结果了，因为您很清楚，我去行政了。这中间，在招聘会上，许多学校的人事官员拒收了我的简历，我说我的简历很厚，很有内容啊，他们说，厚有什么用，我们只要看看你的封面就可以了，你的条件不符合，我们要的是博士。这中间，有几位收到我简历的中文系领导给我打电话了，他们说，你学问做得还可以。第一个给我打电话的老师，让我激动了半天，但他接着说，可惜我们要的是博士。第二个老师再这样开场白的时候，我还有所期待，但第三个、第四个、第五个，或者还有第六个吧，都是这样的开场白，使得我一听到这样的开场白，头就大了。是啊，他们都要博士啊！我甚至恼怒了，既然你们要博士，还给我电话干吗呢？

（3）博士毕业，我所在的学校目前还解决家属工作。这是最为现实的理由了。我老婆在我读硕士的时候，放弃老家的工作跟我到了广州，现在，她又放弃了广州的工作跟我来到了这里，谁知道这里工作不好找，学校安排的临时工才几百元一个月。而我的邻居，有三个都是博士毕业分过来的，他们家属的工作问题，学校都给解决了。我不考博，对得起老婆吗？当然，对不起老婆，也就是对不起自己，我还是一个有情有义的男人啊！

（4）我退出考试，报名费没有人给退。这个理由也很现实啊，当然，这就没有必要多加解释了。不过，有人会说，你去考了，也许花更多的钱，而且，也不见得有结果。呵呵，这个问题，我也考虑了，没有办法，我只有努力再努力了。

所以，我在这里发个帖子，就准备告别世纪中国论坛一段时间了。理由是：我爱自由言论，我更爱考博。

在帖子的最后，我说"我爱自由言论，我更爱考博"，其实根本不是这样的。比起考博来，自由言论更加是我的所爱，然而我却不得不考博，考博本身就是不自由的选择。为什么呢？是因为研究生这几年的大量扩招导致学历迅速贬值，我当年考的时候，硕士学位还是到高校教书的通行证，而如今却变成了连进去做辅导员都难上加难了。不去高校，读研究生的这三年，无论你学到了多少的东西，但与本科生相比却一点优势都没有。要做事情，也完全不需要研究生的学历，而且人家没有在学校读研究生的，工作经验要比你丰富，何必要你呢？我知道，目前我们社会上流行着一种观点，那就是学历高不见得水平高，这个我是承认的，但所谓检验水平高低的标准，却不管你所学的是什么，统一的以能否创造市场价值来衡量了，这是不对的。因为有些专业，按照一个正常的国家管理逻辑的话，是不应该全部面向市场开放的。这就是当前盛行的逻辑，研究生怎么样，文凭换不来钱，活该你读了那么多年的死书。但既然读了那么多年书了，流逝的岁月是不可追回了，既成的学历以及处理世事的态度、立场、方法，也退不回去了，就只能继续把书读下去，因为硕士上面还有一个博士，而社会偏又告诉你，那个博士的学位还管用，于是，尽管道路是越来越窄了，却不得不一直走下去。

当然，我的帖子的语言充满了对安尼网友那个拒绝考研的倡议的调侃，现在想起来就有些不够磊落了，因为他其实不但有着不让人与不合理的考试制度合作的意图；而且还看透了一步步的考试，也许是一种欺骗，比如读研已经失去了很多，而继续考博，失去的可能更多。我现在的处境，确实使我意识到了这一点。比如帖子中，我说的都是事实，但有一点却为我所始料不及，那就是，我原本期待着考博之后学校解决爱人工作的，但现在我考上博士了，却不但没有解决爱人工作，反倒把自己原来的工作也给丢掉了。所以，我现在真的应该对安尼网友表示歉意的，但是那个论坛早已经不存在了，而安尼也随着这个论坛消失在我的视线之外了。不过，这个网名所代表的那个人，却应该还与我一样生活在"自由与考博"不能兼得的现实中，所以我的懊悔，或许他能感觉得到，并且如在那个论坛见到我的帖子一样给予积极的回应。

4. 师之责，酒之罪

那日的《中国青年报》上，以"一个女大学生的非正常死亡"为题，对青岛某学生跟老师出去吃饭而不小心在如厕时坠亡的悲剧进行了深度报道。虽然报道非常客观，但该报道被广泛转载之后而收到的网络留言，却纷纷谴责那些带学生出去吃饭的老师，觉得其中应有什么猫腻，甚至有人猜测他们故意将学生灌醉以图谋不轨。我的直觉，老师大抵不会下作到这个地步，毕竟，不是某一个老师单独带一个女学生出去。所以，将矛头指向他们，或者有种乱抓替罪羊的意味。

要知道，该校刚刚举行过 20 周年庆典活动，几个老师皆是行政人员，而跟他们一起出去吃饭的，又是几个学生干部。所以，他们出去吃饭的行为，显然带有某种庆祝的意味。大学里普通的负责行政的老师吩咐学生干活，美其名曰给他们"创造锻炼的机会"，其实就是一种帮忙，但通常他们又没有物质奖励的权力。于是，为了弥补亏欠，请这些学生吃饭，大抵就成了一个恰如其分的选择。

像这样的情况，也许很多学校都存在。

我所在的学校，就常有院里的领导，在组织过什么集体活动之后将出去吃饭当作一种奖励。其中有一次，我因为刚刚义务参加一场考研动员会而耽误了吃饭，恰好学院里组织学生参加了一场红歌比赛，于是在几个负责此事的老师请这几个参赛学生吃饭的时候，也邀请了我一同前往。在这次饭局上，老师生怕学生们吃得不好，或者喝得不痛快，还特别地为学生多要了几瓶啤酒，学生们的情绪也非常高涨，不断地从隔壁桌过来给老师们敬酒。我自己是不怎么喝酒的，但分明地感觉到，他们相互之间，斗起酒来，也是分外豪爽，并因此而获得我们这边桌上的老师们的惊叹和钦佩。

所以，悲剧的发生，很大程度上是一种意外，最可能承担责任的，是那家他们吃饭的酒店。

很有可能的，是那家酒店档次太低，不是什么高档酒楼，赔付能力差，失事学生家属便无奈地将孩子就读的学校作为了控诉对象。理由似乎也很能说得过去，就是作为学校老师不好好教书育人，怎么竟带学生出去喝酒呢？但这样的理由如果推演下去，是不是也可以转化为：作为学生干吗不好好读书，怎么能出去吃饭呢？

其实，谁都知道，无论在学校教书的，还是在学校读书的，跟书本打交道，只是他们学校生活的一个方面，他们其他方面的生活，跟其他人没有什么两样。自然，也就免不了会有外出吃饭，或者喝酒这样的活动。

甚至于，很大程度上，在现在的大学校园里，有一种趋势就是，学生们对社团活动的热情，已经远远超过了对于读书的兴趣。

我在上课时便有些男女学生不时向我请假，说是有什么活动被要求去参加。实话说，我对此是有很大不满的，但毕竟人各有志，不同的人生也有不同的精彩。所以，我一般都能够容忍，唯在心里有所腹议的，则是那些将活动安排在上课时间的老师们。热心社团活动，对于将来的人生不见得就是坏事，而认真读书也未必就是好事。毕竟人总是要跟人而不是跟书打交道。

那个不幸坠亡的女孩，应该就是一个热心社团活动的人，因此，她才会不断地向家人炫耀，说自己做了什么学生会的宣传部长。她的家长在以此为骄傲的同时，未必不知道，自己家的女儿既然担当了学生会的宣传部长，其在校园里的生活，也就远不可能只有读书那么单纯了。但是在出事后，却谴责那些老师不是教书育人而是聚众喝酒，实话说，这对那些老师真是一个不公正的谴责。像这样，哪里还有老师敢请学生吃饭呢？推而广之，请任何人吃饭都不敢了。

想想自己也曾因为得到过学生的帮助而请过几个学生吃饭，按照这样的逻辑，岂不让人后怕？尤其是当媒体将焦点指向学校时，这些弱势的老师不但成了人们对当前教育体制表达不满的出气筒，还很有可能被当作替罪羊。事实上，大众网上已经传来请学生出去吃饭的老师被学校开除的最新消息。当然，这几个老师也并非完全无责，比如，在敬酒上，是不是有太过于热情的地方呢？所以，如果谴责的话，我觉得，首先应该谴责他们浸染于其中的山东酒风。

说到酒风，我作为一个籍贯山东又曾在山东工作过的人，对此深有体会。向你敬酒，仿佛不喝干就是对对方不尊重。对于喝酒，我非常讨厌，尤其讨厌的，是那种不依不饶地劝酒。不过，话说回来，他们的极力劝酒，其实也包含了厚道与热情的成分，生怕你喝得不够尽兴而觉得受了冷落，但只是方式方法上有些古板与老旧罢了。

我不喜欢饮酒，可谓由来已久也。虽然也偶尔出入酒肉之席，但所好者，不过与友人谈天论地，盼能领悟他人之神采，也可一逞愚者千虑之得，窃以为是最为尽兴者也。然同席未必都是知音，故每逢以劝酒或逼酒为乐之人，往往郁郁而难展欢颜，即令美食在前，佳人在侧，也顿觉寡然无味也。

酒本无罪，罪在人心。

想当年，我父亲甚喜饮酒，又不识人心之诈，往往劝之即饮，饮之辄醉，故常街卧而不知，殆及日暮西山，始摇摇而归。母亲负气在室，撞门之声犹如山响，却扭头别向，恨恨然，佯装不知。罅隙因之而生，乡邻亦蜂拥而至，间有一女者，乃我小学之友也，竟有嬉笑之色，令我不禁暗生恨意。事隔多年，父已戒酒，我已弱冠，而彼已怀春，竟有示爱与我之心。

我坚拒之，理由之一者，乃其曾为看客之流也。

若干年前，我曾随团游览江南。羁留常州之时，正是仲秋月圆之夜，适有当地人设宴以贺。席间，有一鲁地同来之人，竟胁长者之尊，逼酒与我，我一时失却温婉平和之态，怒而掷杯，转身离席而去。沿京杭大运河之岸边错落小径东行，玉兔正落我怀，而愤然之气，则荡然无存焉。猛抬头，瞿秋白之故居已在眼前。

觅渡，觅渡，渡何处？

徒然记起瞿秋白这首诗时，我已至大陆最南端的湛江一年有余了，而当头之圆月，宛如旧时相识也。然而，这里可是我多年的所觅之处？如不是，我将渡何处？

愁心明月，何枝可攀？

然解忧之杜康，却犹如止渴之鸩，每使我欢颜顿作颓色，郁郁乎难有慷慨之气。醉去三年，犹有警醒之时，而南柯胜景，终究虚幻，朝露之思，白发之叹，何益我心？是故，酒之为味，唯好之者醉之也，而岌岌之如我者，何等甘醇，唯有苦字萦绕于心也。

知我者，莫罪我，亦莫醉我也。如是，方为朋友者，不然，以我之鲁直，愚顽有余而油滑不足，则恐难免罅隙也，岂不悲也乎？

其实，我找不到既能不驳对方面子，又能使自己免除喝酒痛苦的办法。

酒何味，让人痴迷至此，实在让我不解。

如对方敬酒，是怕你喝得不尽兴而觉得轻慢，这个，我觉得是很能理解的，毕竟中国的酒文化，已延续了一两千年，不是某个人定的规矩。但我觉得如果被敬酒的人坚持不喝也就罢了，何必让人为难？

前几天去吃一个同事的满月酒，他生了一个儿子，当然是很高兴的，而从内心里，我也想表达自己的祝贺之心。大家在一起，相处倒也不错，但他在酒桌上执意让我喝酒，我能理解他的诚意，只是对于他的方式，我甚为不满。当然，我也不能驳他的面子。

这就颇让人为难：高兴事也成了一个巨大的负担。

对于这个同事，我当然能够理解，但我更不满的，是这样一些人，似乎让人喝酒成了显示权威的一种方式。或年长，或位高，竟成了有些人酒桌上发飙的原因。在我眼里，人都应是平等的，年纪大并不具有瞎指挥的权力。树老成精，人老成疯，对于年长的人，我是尊敬的，但却又特瞧不起为老不尊的人。至于那种小人得志者，给我显摆什么只给某校长或者某部长喝醉过酒的，我不骗你，只能让我效阮籍之颦，用一双"白眼"，冷冷地瞅瞅何以在地下爬了一条"鸡虫"。

不过，正如我的一个朋友所言，不好酒的我，即使学得阮籍的"白眼看鸡虫"，却学不会他的海量。所以，抛开青岛那个某学生醉酒而坠楼的悲

剧，回到关于酒风的议论，我还是只能说，在我举杯难以下咽的时候仍然逼
我喝酒的人，即使不是我的敌人，也不可能成为我的朋友。我总不能因为喝
与不喝而跟你闹得不愉快，但如果你看我偷偷将酒倒掉，最好你就识趣一
点，别在那里叽叽歪歪，仿佛只有你像驴眼一般的尖，我也就阿弥陀佛谢天
谢地了。

5. 朱学勤：何出天谴之语

我相信连续一周来，全国大多数人都在关注汶川大地震的新闻。这已经
不是让人置身事外的新闻，灾难似乎也不是远在千里之外。我们每个人都参
与其中，毫不迟疑地献出了久被藏匿的爱心。在紧张的救灾过程中，在各种
渠道传来的灾区消息中，自然会有一些杂音，然而总会有一种更强大、更紧
迫的力量，驱使我们把这些杂音消除掉。现在不是争论的时候，不是那些喜
欢清议的知识分子打口水仗的时候。甚至，对那些死难者，以及尚在生死线
上挣扎的灾区人民来说，一切的言语都是多余的、苍白的，甚至矫情的。我
们只有行动，用行动来表达自己的慈悲。所以，我一直没有写什么，哪怕是
仅仅记下自己连日来的心情的文字也没有。然而，在今晚，在举国共赴国难
的当口，我却被告知一向尊敬的朱学勤教授，竟然用"天谴"这样的词汇
来解释一个巨大的灾难，引来网上的一片骂声。在这骂声中，我觉得有必要
思考一下，朱学勤教授何以出此"天谴"之语？

"天谴"，在传统的中国文化语境中，是一个非常恶毒的诅咒。总是一
些无力者，在受了极大的侮辱与损害的时候，才会对那些自己认为罪大恶极
的人，用这样的词汇表达一种刻骨仇恨。而且，因为"天谴"这词汇太过
于文绉绉了，书面味道比较浓，目不识丁的小人物即使所受的侮辱与损害无
以复加，也只会用"老天爷饶不了你的"之类的说辞。所以，"天谴"是知
识分子对被侮辱与被损害的小人物代言时的用语。恶毒，而又文绉绉，这恰
恰是愤世嫉俗而又为民请命的知识分子最喜欢的说话方式。

愤世嫉俗与为民请命，恰恰是朱学勤教授的自我身份认同。我们可以从
这次针对汶川地震的发言中检查一下他所愤的"世"与所嫉的"俗"究竟

为何。他的原话不长，不妨在此照录如下：

"这就是天谴吗？死难者并非作孽者。这不是天谴，为什么又要在佛诞日将大地震裂？爱中华者，当为中华哀。华南雪灾，山东车祸，四川地震，赤县喧嚣该清醒了。圣火应该停一停，国旗也该降一降，就为黎民百姓降一次吧。他们不是伟人，只是遗骸；遗骸千万，只是无言。"

这是朱学勤教授的一贯语风：情绪激烈，注重修辞。但若透过这激烈的情绪与华丽的修辞，其实不难看出他对于这突如其来的大地震的震惊；对于它所造成的人间悲剧的痛苦；对于其中的死难者，那些无辜而受灾害的四川人民，也与我们一样抱着深深的同情，也即所谓"爱中华者，当为中华哀"是也。然而，他更多的还有不满。他以为今年以来的华南雪灾、山东车祸，与当前的四川地震等这些灾难，与"赤县喧嚣"有关。我这里不敢妄加推断朱学勤教授的具体所指，但从上下文来看，前一阵子的奥运圣火的传递所造成的"赤县喧嚣"，似乎是其一端。

我们都能感受到的是，地震前有关奥运圣火的连篇累牍的报道，以及与圣火传递有关的民族主义情绪，抢占了一切新闻的制高点。天下事，并不会因为超强度地关注此一点，而彼处的一切就都不存在了。恰恰相反，那些被遮蔽的或许会因为这种无端的忽视而肆无忌惮地滋生。看不见的就是不存在的，这是我们一向所严格批判的唯心主义。但很多情况下，我们很想用吸引眼球的办法，把人们诱导成这样的唯心主义者。奥运圣火的传递，似乎就被额外地加载了这样的任务。我们被铺天盖地的传递新闻挟持着，似乎以为神州大地上只这一件事情值得我们去关注，为之摇旗呐喊，如醉如痴。即使不能亲临现场，也要在电视屏幕前手舞足蹈，在各地奥运倒计时的钟表下神情恍惚。奥运几乎成了所有人必须赶赴的人生中最重要的约会一般。

强势的媒体宣传在塑造着我们的欲望。如此世道，如此人心，或许可以解释朱学勤教授的出离愤怒。然而，一场突如其来的大地震，让数万四川同胞与奥运失约了。正是对奥运牵肠挂肚的时候，灾难突然降临了。这样巨大的灾难唤起了我们的爱心。我们一下子陷入悲痛之中，而且眼泪没有擦干，就积极地投入了抗震救灾的行动中。整整一周过去了，还有多少人去关注那继续传递的圣火？相比我们前段时间在圣火传递中表现的喧嚣，我们在巨大的灾难面前沉静了许多。

虚浮的嘉年华会，终究抵不过物伤其类的悲悯情怀。

朱学勤教授言辞激烈的背后，对生命的悲悯却也浓得化不开。但用"天谴"来指称这场大地震，似乎有让无辜的死难者代"赤县喧嚣"领罪的嫌疑。这话说得就有些过了。而且拿"天意"不惜拂逆"佛祖"而降罪与民，那就真不知是谁的罪孽如此深重，会导致如此不分青红皂白的滥罚？毕竟奥运会的召开凝聚了我们一百年的民族想象。用圣火传递来凝聚人心，并非完全没有根据。也许是因为在如此巨大的死难面前悲愤难以自已吧，乐于为民请命的朱学勤教授忙不迭地把苍天与佛祖都请来了，把儒道释集结到一块，以表达自己对一切卑微的生命的尊重。但在这点上，与"为中华哀"的"爱中华者"，是有着最大公约数的，而这个公约数不是为我们的政府的"国难日"举措兑现了吗？所以，还是那句老话，国难当头，不是争论的时候。不但如此，在共赴国难的道路上，多一些对不同表达方式的宽容，或许才是我们所应该采取的态度。

6. 话说灾难旅行者

灾难旅行者的说法，汶川大地震的时候，曾经在网络评论中看到过。当时，一个身在四川地震灾区的人，在他的博客中愤愤地说，有那么一些人，三三两两，架一辆小车，扯一条横幅，装上几箱矿泉水和一大堆花花绿绿募捐来的衣服，走走停停，在一些倒塌的房屋前，在哭哭啼啼的人群中，甚至在一些扭曲变形的遇难者身边，配上悲伤的表情，摆出同情的姿态，拍上几张照片，录上几段视频，然后，呼啦啦地奔赴下一个站点。即使划拉几块石头，搬动几处砖块，似乎也不过是为了配合影像记录的需要。所以，名义上是来救灾的，但其实却不过是借志愿者名号，做了一回"灾难旅行者"而已。

与那位身处地震灾区的博客主人不同，我对于这些所谓的灾难旅行者，有一种暧昧不明的态度。汶川大地震，远在几千里之外，然而我，或者还有你，却能感同身受，仿佛一切的坍塌，一切的奔逃，一切的挣扎，一切的哭喊与眼泪，都栩栩如在眼前，这已经不仅仅是电视机所能或者所愿传达给我们的了。电视新闻以及其他传统媒体中的画面与故事，似乎已不能满足我们进一步探究的热情，不但如此，我们还对于它们通过裁剪与拼贴的方式所讲述的一切产生了深刻的怀疑与厌倦。在好奇心的驱使下，我们期待更多的所谓"真相"，似乎它们只能存在于电视台的摄像机与传统媒体的文字背后。

救援是否真的那么有力，伤亡数字有否隐瞒，以及楼房的坍塌、山体的滑坡、灾民的表情、死难场面的血腥等，仿佛都遭受了电视与传统媒体的不公正对待。我们总想当然地认为它们为了传达某种意识形态动机，迫不得已地采取了压制不同声音与画面的手段。在此情况下，我们开始对一种所谓的现场感满怀期待。而这种现场感的获得，则很大程度上得益于这些拥有了数码相机及网络传播等现代化工具的灾难旅行者。尽管我们不是不明白所谓全知全能的现场视角只是一种神话，因为即使真的到了现场，也不可能看到灾难或者救援的全部。但是，无数灾难旅行者发送回来的相片与视频，它们之间的互补与印证，还是部分弥补了这种缺陷，哪怕仅仅是在心理上满足了我们的某些想象。

事实上，只要留心各大网络论坛，我们就会发现，很多帖子都会刻意打上"报纸与电视上绝对见不到的画面"的字样。这种吸引眼球的方式背后，蕴藏着某种不信任的情绪，并且从所发图片来看，还有一种暴露血腥的欲望。但正是这些残酷的画面，与传统媒体的叙述一起包围着我们，进一步激发了我们藏匿已久的爱心与慈悲。因为在这信息膨胀的时代，包括照片在内的各种画面提供了快捷地理解灾难的方式，也为记住它们提供了方便的形式。如果我们持续关注地震新闻并频繁地浏览各大网络论坛，那么，这时候我们每个人的心里应该都储藏着几百幅照片、几十段视频以及几个特别感人的地震故事，它们不断地唤起我们的各种创伤记忆，粗暴地撕裂我们曾经麻木的灵魂。从这个意义上说，那些来自灾难旅行者的画面与故事，非但不一定与传统媒体的宣传意图相冲突；相反，还在某种程度上补充了传统媒体难以完成的功能。它把许多不方便纳入地震与救援这统一性叙事的现场的褶皱，给进一步呈现了出来，既满足我们的窥视欲，又勾起我们的同情心。我们就是在这种对他人痛苦的近乎残酷的审视中，自觉自愿地参与到"一方有难，八方支援"的行动中。

但正如那位愤怒的博主所指出的，这些往来穿梭于地震灾区的灾难旅行者，与现场的惨烈、紧张是多么的不协调。毕竟灾难旅行者与那些传统媒体的记者不同，记者的岗位与职责就是灾情的搜寻者、发布者、叙述者，尽管记者的不良表现也为很多人所诟病，但他们背后却有着身份政治的话语支持。而这些灾难旅行者，如果不打着志愿者的旗号的话，就有点师出无门了，而一旦打上了这样的旗号，却又有点欺世盗名的嫌疑。不可否认，当这些灾难旅行者面对这一切的时候，他们的内心也会不由自主地涌起震惊与悲痛，甚至很大程度上他们就是冲着这样的震惊与悲痛去的。但他们似乎太执着于呈现这一切了，不但想要把所看到的一切传递给他人，而且强行炫示自我与之建构起来的联系：英勇无畏的志愿者，悲天悯人的援助者，灾区信息的传递者，以及这一必然进入历史叙述的事件的亲历者。这就有了把灾难戏剧化与审美化的嫌疑。

比这种戏剧化与审美化更加恶俗的是自我崇高化，而且利用媒体的力量把这种自我崇高化强行秀在公众面前。也许，每个人在灾难面前都会有这样的冲动，但并不是每个人都有秀在镁光灯前的机会。这就不能不说说那些先后赶赴地震灾区的明星了。最初的时候，听说李连杰积极加入了抢救幸存者的行列，而且对此，除了一些好事者的报道之外，他基本上都处在镁光灯之外。镁光灯之外的李连杰，凭着一身的好武功，即使不能帮上多大的忙，但至少不会添乱吧。但那些后去的明星呢？我的一个朋友在博客中写道："且不说韩某某出了车祸的消息让人心里添堵了，单就那些刘某某握着灾区大爷的手眼泛泪花，李某某一身光鲜硬搂着一小朋友录个片花，以及陈某某不惜扰乱学校教学秩序而召集受灾班级的孩子录制节目等新闻，已足够叫人腻歪的了。"

要知道，传统媒体所能够传递给公众的信息是有限的，这些明星的赈灾新闻，固然会在"粉丝"群中产生一定的示范效果，但他们身在地震灾区的娱乐化的存在，却无疑减少了真正的灾难呈现出来的机会。即使是那些积极奋战在抗震抢险第一线的人民子弟兵，也因为抢占了太多的电视镜头而引发了一通牢骚，又何况这些与危险与献身绝缘的所谓义演呢？毕竟，地震是一场巨大的灾难，我们应该搭建的是针对无数死难者的祭台，而如此频繁的明星灾难秀，实在有把祭台变成滑稽可笑的戏台的倾向。这种担心不是多余的，事实上，已经有最新的消息传来，说记录此次地震的电视剧已经在汶川地震现场开机，而且，竟然已有一百一十多位知名明星踊跃报名参演了。

把正在发生的悲剧设想成必将进入历史叙述的事件，是很多人，尤其是那些从书本到书本的知识分子想象地震与建构自我幻象的方式。我的一个朋友，前几天曾经问我去不去四川，他要寻求一个同伴。哪怕去了什么也不做，或者什么也做不了，也不能缺席于这样一件很可能意义重大的历史事件。并且，对于我的否定的回答和怀疑的态度，他反问道，为什么知识分子总是缺席重大的历史现场？我于是想，抱着这样的想法去做一个所谓的志愿者，结果一定会变成一个更加可恼与可怜的灾难旅行者，因为人们对第一时间获得消息的期待已经退场，嘉年华式的悲情已经让位于冷漠的怀疑。所以可以料想的是，他们去了，照几张相片，拍几段视频，写几篇日记或者文章，然后回来，然后等待灾难成为历史，再然后自己成了一个幸运的见证者，撰写回忆或者接受采访。仿佛一棵成精的老树，在自我陷入枯萎的时候，只需细数年轮便能传递无数往日鲜活的消息。

然而，灾难一定会被历史叙述吗？在灾难的制造上，老天爷的拿手好戏是毫不惧怕悲剧情节的重复，而我们人类的看家本领则是选择性地遗忘。所以，灾难既不可能被我们抛在身后，也未必一定会进入历史叙述的视野。在刚刚过去的 20 世纪，或者仅仅新世纪开始的这短短几年，较之这次汶川大地震更惨烈的灾难一点也不少，但被我们记住的才有多少？仅就地震而言，如今谁还记得 1920 年的海原大地震？它的地震强度达到 8.5 级，造成了 23 万多人的死亡。但据说，直到地震发生 26 天后，甘肃督军张广建才向全国发出赈灾呼吁，结果却没有一个政府官员亲临灾区。于是有人感叹，那时候的中国，正值 1919 年的余波荡漾，1921 年的蓄势待发，那些生活在北京、上海、广州的知识分子都全神贯注于书写宏大的历史，海原大地震不过舞台上吊灯的几分钟晃动而已。然而就是如今这"而已"之类的感叹，也并非要还原灾难本身，而只不过将之纳入与乾隆年间一次发生在相近区域的地震的比较叙述中，以阐明所谓自由民主并不必然地代表着对生命的尊重。因为海原大地震发生的时候，我们已经有了一个所谓民选的国会，宪政也已成为众多知识分子的议题，但政府赈灾的速度却远远比不上乾隆所处的前工业的威权时代。所以，灾难的记取还是遗忘，叙述还是拒绝，往往与灾难本身无关，人们不过出于某种机缘打捞其中散失的意义罢了。既然如此，我那位朋友所谓重大历史现场的判断，以及缺席或在场的担忧，恐怕只能是一种以现在预支将来的文本化的幻觉了。

而且，将来的历史难道真的因为他曾在场就会将他叙述进去吗？作为一场灾难的见证者就必然会成为历史叙述的参与者吗？这的确是一个问题。然而，这又根本不是问题。任何事情一旦进入叙述，无论这种叙述是文字的，还是影像的，都必然会经过一个选择过滤的程序。哪些人物或细节被选取而哪些又被遗弃，都取决于其背后的意识形态动机。汶川大地震以来的影像或者文字叙述，其实已经是一个绝佳的例证。为什么一开始就总是追踪着某些领导人的行动线索的镜头？为什么房倒屋塌、飞沙走石的残酷景象总是一闪而过，代之而起的却是子弟兵的迅速行动与各地的纷纷募捐？为什么在众多的现场画面中缺少了倒与未倒的建筑之间的对比以及相应的说明？为什么瓦砾中的幸存者总是那么几个熟悉的身影，而且随着时间的推移，这些身影似乎已经被简化为富有象征意味的符号，更广大的流离失所与哭天抢地的灾民却慢慢地淡出了人们的视线？即使同为灾难旅行者，那些媒体的记者可以名正言顺，那些大腕明星可以大肆抢占镁光灯，而有志愿者之名却忙于在废墟前留影的人，为要引起注意，只能把自己的文字与影像发布到各个网络论坛。这其中三六九等的划分，充分反映了既定的权力格局。我那位期待往灾区走一遭的朋友，即使对明星们为了摆几个姿势竟能扰乱学生的课堂而心怀不满，但他的牢骚又能有几人得闻？现实尚且如此，又何能指望历史的机会公正？

7. 告别"直八"时代

台湾已故作家柏杨曾转述过孔子的一个故事，说孔子当年和一班弟子困守陈蔡时，因衣食不足而一个个面有菜色，就教弟子仲由去讨吃的。好不容易找到一家包子店，掌柜的说："我写一个字，你若认识，我就免费招待。"仲由心想，我乃圣人门徒，别说一个字，就是十个字，又岂有不认识的道理？于是满口应承了下来。掌柜的写了一个"真"字。仲由说："这连三岁娃娃都知道，怎好意思拿来考我，不就是一个'真'吗？"没料想掌柜的大怒："明明白痴，竟敢口出狂言，冒充孔门弟子，小子们，快给我乱棒打出。"仲由狼狈而逃，回去后告之孔子，孔子说："我去看看。"掌柜的仍写一个"真"字，孔子说："这是'直八'呀。"掌柜的大惊失色，忙说果然名不虚传，学问真了不得。酒足饭饱后，仲由悄悄问："明明是一个'真'字，怎就变成'直八'了？"孔老夫子叹口气说："你懂个什么啊，现在是一切认不得'真'的时代，如果你一定要认'真'，那就只有活活饿死了。"

我没有认真读过《论语》，所以搞不清楚，这故事是否为柏杨先生所杜撰，但他的意思我是明白的，说中国传统的"酱缸文化"总有一种马马虎虎、差不多就行的做事风格，而在这传统里浸泡太久，凡事就认不起真来。柏杨先生对传统，尤其是其中的儒家文化，一向没有好感，所以将这"认不得真"的形象，搁在了孔子的头上，以为他是为一时的口腹之利而放弃原则的坏典型。或者，在这"国学热"甚嚣尘上的时候，会有较真的学者经过一番严格的考证，来洗掉这盆泼到孔子头上的脏水。然而，在我，却不去管它，而是真心地希望，与其让早已掉入"酱缸文化"而"认不得真"的孔夫子霸占着"大圣先师"的牌位，还不如换上惨遭乱棒打出的孔门弟子仲由来占领我们的讲台。

　　然而事实上，我们这个时代依然流行着孔夫子式的世故和乡愿的气息。在我没有正式成为一名教师之前，我就听到许多这样的议论，说现在学生成了老师的衣食父母，谁都能得罪就是别得罪学生，跟学生过不去，就是跟自己的饭碗和职称过不去。所以，与其认真地备课，想方设法地给学生传输知识，还不如挖空心思逗他们开心，而开心的目的不是什么寓教于乐，而是想着如何将这一门课程应付过去。

　　我的一个师兄，道行本来也是很深的，读书期间在几个学校代课。说好了要给我在一个地方介绍教职的，但过了没几天，他竟先被人家辞退了。原因是有一次他终于对学生发了火，而那个公然在课堂上和女朋友嬉闹的男学生就冲到讲台上，和我这位终究没有乡愿到底的师兄发生了肢体冲突。尽管有很多学生为我这师兄抱不平，但学校还是坚持辞退了他，理由大约是兼课的教师好找，但是现在肯出学费的学生，却是难以招到的。所以，当师兄很为自己鸣冤的时候，身边就有一个孔夫子一样的人说了一句话："事情搞到这个地步，全都是太认真的缘故。"

　　不但在我们这些兼课族中，认不得真的经总被念叨，各路媒体也有不少负面的新闻，教我们在认真面前发了怵。比如某年曾在网上引起广泛争议的"杨不管"的故事。这位"杨不管"之所以获得如此雅号，原因是他正上课的课堂上发生了一起学生斗殴致死的案件，而经过调查，有证据表明他虽当场发出警告，但在警告无效的情况下，就放任了。即使其中一个同学因发生休克而被送往医院的情况下，他也坚持把课上完了。事情发生在安徽某地的某个中学，而在网上一些批判这位教师的声音之外，还有记者强调了杨老师之所以"不管"是有原因的：除了不爱管、管不住之外，还有就是不敢管。就在半年前，同样在这所中学，一名学生用菜刀砍断了班主任的四根手指，原因竟是前一天下午该学生迟到后被老师批评，以致这事虽已过去了半年却仍让老师们心悸。

　　学生们何以变得如此霸道？

　　这自然是一个复杂的社会问题。但若因此而随波逐流，像孔夫子那样"认不得真"，将社会的问题推回到社会中去，就像一些记者所做的那样，"教师在遇到类似事件时究竟该不该管学生、如何管、管到什么程度，心里没谱，缺乏标准"而不敢承担一点教书育人的责任，这实在是和教师的职业道德相违背的。其实，记者所问的，根本不是问题，我国的《教师法》已明确规定，教师要"关心、爱护全体学生"，要"制止有害于学生的行为和其他侵犯学生合法权益的行为"。要不然，当学生的生命安全受到威胁时，老师无动于衷当冷漠的"看客"，如何能让学生有安全感？毕竟，我们得承认，偌大一个班级之中，虚心好学的学生终究还是占了多数的。

很显然，"批评教育"当为"关心"和"爱护"的题中应有之义。所以，最近教育部出台的《中小学班主任工作规定》中"班主任在日常教育教学管理中，有采取适当方式对学生进行批评教育的权利"之说，引起了广泛的质疑，甚至于无情的嘲弄。一方面，人们倾向于认为，除非重新回到狂批"臭老九"的年代，否则教师对学生履行批评教育的权利是不需要教育部明文授权的。所以，这一特别规定几乎无异于明确规定歌星有权唱歌、画家有权画画、设计师有权设计、司机有权开车，而作为空姐，自然也是有权坐飞机一般，岂不纯属画蛇添足之举吗？

但这规定背后总还是有一些原因的。

至少我们可以从中读到这样一些潜台词，也就是在中国当下的一些中小学校，班主任（更别说其他老师）已失去或者部分失去了批评教育学生的权利。何以出现这种局面？理由似乎并不难找，比如学生的权利意识提高了，网络曝光的"坏老师"多了，班主任两头受气所以多一事不如少一事，怕遭学生报复等。然而，至为重要的一点，我以为，和我曾经兼课的那些各类不入流的高校一样，很多中小学也陷入了生源争夺战中了。我曾经了解过山东老家中小学的一些情况，其中生源向教学质量较高地方的流动，已经使得我曾经入读的镇上一所中学门前冷落车马稀了。为此，每年暑假，负责招生的校长就不得不四处活动，而给老师的要求则是，必须保证自己所在的班级不能出现中途转学、退学的情况。这种既求生源又求生存的现状，往积极的方面说，是学生在选择学校的主动性、独立性方面增强了；往消极方面说，则使教师在一定程度上失去了批评学生的权利。

当教育成为稻粱谋和生意经，那么，社会上所盛行的消费文化和功利主义，就必然影响到学校教书育人的神圣性，而素有人类文明的工程师美誉的教师也忙乱其中，进退失据，身在讲台却神游天外，除了传授生硬的知识外，似乎已不知人文精神为何物了。久而久之，既然已放弃了课堂纪律和道德教诲，"其身正，不令而行；其身不正，虽令不从"，也就失去了批评教育学生的正当性了。可见，德育在某种程度上的失守，所导致的教师不敢或不愿管学生的怪现象，有着复杂的社会政治、经济、文化因素的影响。但是也不能不说，我们的大到教育制度设计小到教师本人的犬儒，都是应该承担一部分责任的。这其中堪称反面典型的，我想应该有因汶川大地震而出名的"范跑跑"。

汶川大地震成就了"范跑跑"的骂名，这是灾难的副产品。我们知道，大地震的灾难让我们产生一种感同身受和物伤其类的悲悯，而这些悲悯，又唤起我们在市场化的拜物教中久被藏匿的爱心与慈悲。地震不再仅仅是汶川的地震，悲痛也不仅仅是灾区的悲痛，我们都以为自己就身在其中。然而，这个时候，那个范姓的教师跑出来了，说了很多明摆着要挑战我们敏感而脆弱的道德神经的话。在人们都被灾情唤起内心藏匿的崇高的时候，他利用其作为地震灾区的教师的身份，以貌似精神分析的方式故意作践自己，同时又贴上人性的标签。他不是不明白，当人们都满怀悲痛的时候，自己发表这样的见解会遭遇什么，但他要的就是这个，而且非要把话说绝，突出他与别人的道德落差。于是期待中的声讨就来了，于是在人们的唾沫星子中他出名了，于是就有人主张给他宽容与同情了。但真正的问题既不是职责的问题，也不是宽容的问题，而是他利用教师与学生之间的道德伦理所嫁接出的一个点击率问题。

的确，大地震到来时，要不要保护自己的学生，要不要给他们一个提醒，对教师的身份而言，这是大是大非的问题。人们对范跑跑的指责就基于这个道德立场。教师不仅是传授知识的，而且还应成为道德的楷模。在这点上，师生之间实际构成一种伦理上的信托关系，其中，教师这个身份，决定了你已不再仅仅是一个自由的个人。因为作为你的学生，他们不仅相信你所说的，而且相信你所做的，而关键时刻，教师自顾逃命，就成为一种道德欺骗。事实上，一开始"范跑跑"对学生说"别动"，然后感觉事情不妙，就自己一个人跑了出去，结果他那个班的学生果真是最后才跑出来的，就说明这种道德契约的存在与道德欺骗的已然发生。

我这里无意拿"范跑跑"说事，他的自我实现的行为艺术，只是一个引子。我作为一名刚刚正式站上大学讲台的教师，真心希望的是，作为教师的我们，再也不要用功利主义来侵蚀教师和学生之间本已脆弱不堪的道德契约了。作为教师，我们应该坚决地告别"直八"时代，用心维护与学生之间的道德信任，以陶行知所谓"学高为师，德高为范"要求自己，既不能像"范跑跑"一般以个性或人性来挑战师道尊严，也不应像"杨不管"那样，放逐自己为师者的责任和义务。我们，作为教师，无论是将这一职业神圣化，以为是太阳底下最光辉的职业，还是将它看作是养家糊口的良心活，我们都不应该向社会流俗低头，简单地把学生推向社会；更不能随便给自己找一个借口，便放逐了自己本应承担的责任。不然，我们只能让我们在这个"认不得真"的"酱缸文化"里继续受到浸染，老师们不敢坚持原则，不能择善固执，学生们则麻木不仁，将无知当无畏，如此循环下去，恐怕"真"字就要永远被读作"直八"了。

8."三八节"有感

那一天，有位朋友问我上课情况，我说很可能周二下午的课因为适逢
"三八妇女节"的缘故而停掉。按照惯例，这一天全校的女教职工和女学生
下午要放假，我虽然是男教师，但总不能只给班上的男同学上课吧。所以，
正如那位朋友调侃的一般，我这是沾了女同志的光了。

我也欣慰地接受了"沾光"之说，而所谓"沾光"者，则显然是将给
学生上课当成了一个负担。这其中隐秘的心理，当然值得大加分析一番，比
如既然将教书作为一个负担，但如果突然有人宣布你从此不要来上课了，面
对这下课通知，想来一定不是现在的窃喜而是充满前路茫茫的焦虑了。按照
这个思路，反观当初的女权主义理论，她们最初的时候，也是要争取女性跟
男性同等的工作权利，而如今这权利，应该说已经争取得差不多了，尽管有
的时候，比如女大学生找工作，可能还遇到一些所谓就业歧视之类的。而一
旦拥有了工作的权利，一个同样迫切的问题也就被提上议事日程，那就是休
假的权利。"三八节"的放假，也许就是从这个角度作出的考量。

所谓的女权主义在西方的兴起，很大程度上，是跟资本主义的某种共
谋：一种冠冕堂皇的工作权利，实际上是资本主义工商业发展的需要，也即
资本家需要女性从家务劳动和手工作坊里走出来，为他们的生产、流通及消
费各个环节提供服务，但却要让女权主义者们自己嚷嚷出来，好像是她们自
己非要工作，而不是这个资本主义工商社会的发展需要她们出来跟男人一样
流血流汗的。

当然，工作是一种需要，但女权主义站出来之前，女性也从来就不是闲
着的。

在中国传统的农耕社会，不也有着男耕女织的家庭生产的安排方式吗？
事实上，男耕女织在某种程度上不过是一种诗意安排，而真正的情形，却很
可能是女人不仅充当"织女"，而且也要下田耕种及操持其他用以养家糊口
的营生。她们一直在辛苦地工作着，只是不可避免地有着内外之别：因为天
生的一些因素，除非迫不得已，抛头露面的工作，相对较多的，还是男性劳

力占了主体。资本主义工商业的发展，之所以如马克思所说它每个毛孔里都流着血和肮脏的东西，其中之一，便是因为利润最大化的需求，将这传统农耕社会即有的"迫不得已"扩大化了。它将所有人，都赶上了大工业生产的流水线。而女权主义者，则又急不可待地给其中的残暴与罪恶，涂上了一层绯红的胭脂，似乎争先恐后从家里跑出来是她们自己的意愿，殊不料，其实跟资本逻辑成了共谋。有时候，男人们也会帮腔，易卜生就是其中之一，他的《傀儡家庭》，便给一个名叫娜拉的女人的离家出走找到了很多理由。

所有理由当然都是冠冕堂皇的。比如要独立、要自主，不愿意做花瓶、做摆设、做男人的附庸，也不愿意看一切人的脸色，如此等等，不一而足。但说的都是事实吗？或者所罗列的这种发生在娜拉身上的一切具有普遍性吗？要知道，要造前一个时代的反，最常做的一件事情，便是先制造一些有关它的负面舆论，并且其中一大伎俩，便是将各种各样的是非都加诸它的头上，给它来一个总体性的评价，而一旦这个总体性评价成为公众广泛接受和不断重复的"陈词滥调"，那么，旧时代的终结和新纪元的开创，就指日可待了。

从某种程度上来说，所谓西方的"黑暗的中世纪"就是这么来的，而当西方的坚船利炮打开了晚清的国门，那些知名的贤达们在遭遇了这"三千年未有之变局"而不得已睁开了眼睛看世界的时候，也就幡然醒悟一般创造了"漫长的封建社会"的说法，来跟西方的"黑暗的中世纪"比附了。近年来，西方的历史和人类学者开始反思"黑暗的中世纪"这一概括的准确性；而中国的学者，也不再对"封建社会"的说法深信不疑了。但有关于中国妇女在漫长的封建社会里遭受非人的奴役和伤害的刻板印象，却似乎已经在很多人的脑海里根深蒂固，不可更易了。

然而事实并非如此。

我们当然可以举出女性受压迫的例子，而相反的例子不也是俯拾皆是吗？在某种程度上，由慈禧太后给中国最后一个所谓的"封建王朝"画下句号，这实在是一个令女权主义者尴尬的隐喻。然而，睁眼向洋的知识分子们似乎不以为意，他们或者她们在眼花缭乱的西洋镜面前连进大观园的刘姥姥都不如，除了羡慕之外，便只有自惭形秽外加自我批评检讨的份儿了。为资本主义工商业发展背书的易卜生升格为"主义"，娜拉，于是就成了昂首阔步的女英雄。除了清醒的鲁迅问了一句"娜拉走后怎样"之外，没有人敢于质疑——难道娜拉非走不可吗？

曾经看过一本小说《魔法》，其中的女主人公是个妓女，暗无天日的皮肉生涯让她苦不堪言，于是便思谋从良的计划，但是老鸨不但将她偷偷攒下来的钱抢了去，还命人暴打了她一顿。几次对抗的结果是她受到了更加惨无人道的暴打，而一旦伤稍微有些好转，她就不得不再去接客。似乎逃走才是唯一的选择，最后她也果真这样做了，而且谢天谢地，竟意想不到地摆脱了老鸨布下的天罗地网。老鸨伤透了脑筋，因为之前没有一个人能如此成功地挑战她的权威；不但如此，生意还因此受到影响，有些嫖客竟几次三番地点名购买这个可怜的女孩子的服务。

一个侍女在给老鸨梳头的时候宣称会一种"魔法"，可以保证那个逃之夭夭的妓女乖乖地回来继续接受奴役。小说接下来对这个侍女的魔法进行了一番细致的描述，比如搜集逃跑的妓女留下的脚趾甲之类的线索。这让生活在一个理性社会之中的读者看来，自然是颇有些荒诞不经的，然而就在老鸨似乎再也无法忍受嫖客的无理要求而思谋给那个逃跑的妓女寻找一个替身时，她竟然自己回来了。

究竟是否魔法起作用了呢？

从褴褛的衣衫、憔悴的面容、枯槁的身体上，我们显然能够清楚地意识到，真正让这个成功出逃的妓女不得已而回来的，是外面的社会并没有给她提供生存下去的机会。这个故事或者可以说与鲁迅提出了一个同样的问题，但问题是，妓院显然不能用来隐喻"漫长的封建社会"中妇女的命运，尽管对于很多人来说，为了论证"娜拉"出走的必要性，将历史的丰富性抽离出来而简单地给一个罪名，这是最为便捷的事情。结果，的确是很有一些妇女走出家庭了，而且这个社会所给予她们的优待，要远比《魔法》中的妓女好多了，但她们的命运便因此而有大的改变吗？早在七十年前，丁玲在她发表的《三八节有感》中劈头就问："妇女"这两个字，将在什么时代才不被重视，不需要特别提出呢？事实的情况是，七十年过去了，我们还在为"三八节"做文章、发演讲，"每年在这一天的时候，几乎全世界的地方都开着会，检阅着她们的队伍"。

丁玲的逻辑是显而易见的，越是"妇女"这两个字眼总是不断被提及，则越证明她们还没有改变被侮辱与损害的命运。但她所期待于妇女的呢，也不过是企望她们不要为家庭生活所累，坚持在种种非议中能有所作为，从而摆脱"落后"的命运。她的企望当然是积极向上的，也是在女权主义思想中颇有代表性的，并且符合革命的知识女性的追求，但在很大程度上是以外在的事功作为了评价妇女进步与落后的标准。因为提倡男女平等，社会主义革命和生产建设的各条战线上一度都活动着妇女的身影。当我还在矿业院校读书的时候，便有老师告诉我们说，"文革"期间，全国很多煤矿都组建了自己的"三八采煤队"，这真是一件荒唐至极的事。

　　我当时还觉得老师的话有些费解，但当我后来在煤矿工作一段时间之后，才明白原来采煤这个工作真不是女同志所能承受的。其不但对体力是一个巨大的消耗，而且采煤工作面高达四十多摄氏度的高温，也有着让她们难以承受的尴尬：男性采煤工人在工作面上几乎一丝不挂。除非男女同志分开作业，或者视而不见，不然，恐怕一切都像回到了原始丛林的境地。有一次，印度的一个女部长坚持要到我所在的煤矿采煤工作面去看看，而据一位陪同的翻译人员回来说，她竟在半分多钟的错愕后，忍不住惊呼道：他们腰里头那些晃来晃去的东西会不会影响安全呢？

　　这故事有些八卦。故事的传播者显然一方面在强调印度女部长的女性身份，另一方面却又在嘲讽她不够女性化的表现，而这两者之间的错位，则暗暗隐含了猥亵的成分。但无论如何，我们可以从中体会到将一种男女平等的观点强硬地执行下去，其实未必符合女性自身的利益。有些生理性的差异，被一律地抹杀之后，现在已经被视为荒唐了，但我们在很多地方却依然坚持着荒唐的做法。比如，丁玲所批评的一种意见，即认为做家务、带孩子、做贤妻良母也是一种工作，却未必不是一部分妇女的正当要求。但我们的制度设计，却缺少这种必要的弹性，我们总是习惯于一个确定无疑的思路，要么甲，要么乙，那些过渡地带，经常被有意无意地忽视了。

　　或者这就是现代性的悖论。

　　自从资本主义大工业时代开始，它因为对利润的无止境的追求，便把妇女一起裹挟到流水线上了，而所有的女权主义或者女性主义便都在这样的路径依赖下寻求自身利益的表达。其结果，现代社会的制度设计，就再也不可能重新考虑将妇女留在家里的可能了。她们必须出来工作，不然便不仅仅是一个"落后"的帽子问题，而是一个涉及自身经济与情感安全的问题了。但是，对于利润的诉求，也不得不面对劳动力再生产的问题，而妇女天然地要在这个方面付出更多，所以女权主义者既要呼吁妇女工作的权利，又要呼吁妇女获得更多休息的权利。而儿童的成长，也成了问题的一个方面：既然妇女出来工作了，又不能提供更多的假期来给拿薪水的女工，那么只能让得不到母亲照顾的孩子们进入幼儿园，让一帮没有生育经验的女孩子来代行母亲的看护小孩子的职责。

　　在这种情况下，原先所追求的工作的权利，的确是成了最广泛的信念；但同时，将假期作为一种对妇女特别的照顾的诉求也愈发显示了它的合理性。面对这样的悖论，我们当然无法回到那个曾经被诅咒过的过去，那在很多人的心目中，还依然是一个无边黑暗的地狱。实际上，我们可能做得到的，只是进行一些捉襟见肘的修补。其中一点，便是在学校这一个领域来说，因为三八节而给女老师和女学生放假了；几乎没有办法不让男老师也沾沾光。但问题是，再过两三个月，儿童节就要来了，幼儿园要给小孩子们放假；但父母呢，却没有一个充分的理由丢掉不得不干的工作去陪护他们。

9. 日常生活中的红色记忆

同一个办公室的几个同事都去开会了，只有我和一位老师留守，我们就在一起扯了几句闲话，不知怎么就扯到了清华大学。这老师突然说，他母亲曾经在清华园里读过两年书。那是在 1962 年的时候，国家因为"大跃进"等政策上的失误，导致了前所未有的经济困难，于是学校有关方面找到这老师的母亲，说，全国人民现在吃饭都成问题，你这地主阶级的后代，怎么还有闲心在这里读书。于是学校把她劝退，分配到了新疆，加入了西部油田的大会战队伍。

关于这个油田的会战，我知道的不多，这老师也只说，在那个会战的集体里，有来自全国各地的人，他们因为各种原因来到祖国的大西北，无论真心还是假意，也无论是否有宏大的历史叙事一再宣称的理想主义，只在服务于国家建设方面是一致的。具体的目标，据这老师说，是要打通新疆和西藏的石油管线，这似乎能与杨志军的一篇小说构成互文关系。那题为《环湖崩溃》的小说有着强烈的魔幻现实主义味道，说有那么一帮人，突然接到命令去修建一条通往喜马拉雅山的石油管道。在小说中，这被处理成一个荒诞的目标，然而，他们都投入了进去，其中有些人，还永远地沉睡在了通往喜马拉雅山的半道上，就如同那些虔诚的朝圣的人，倒在了去往麦加的路上一样，在死神的嘴角，总有那么一抹理想就要实现的光辉。后来，这条管道，无论在小说里，还是在这老师的叙述里，都没有修成。小说里是如何写的，我已记不清楚了，只隐约觉得，好像是那些发布命令的人，忘记了自己曾经发布的命令了，所以，也就没有了收回命令的可能。于是，这帮人只好前仆后继地干下去，最后管道没有挖到喜马拉雅山上，却挖到了一个大湖的下面，其后果，是可想而知了。

相较于小说的戏剧性，这老师的叙述简约多了。他说，因为国家和苏联方面的关系突然紧张，这样的油田管道计划不得不搁浅了。他在这两者之间建立了一种因果上的联系，然而，国家间关系的紧张是如何影响到一项经济工程的，这老师没有说，我也不知其详。但总之，这些人如同当年突然被聚集起来一样，也突然如撒豆一样星散到全国各地，例如他家就到了湖北的江汉油田。

刚才说了，这老师的母亲成分不好，大学没有读完就被分派到那么一个集体中。但无论如何，她算得上一个知识分子，而那些人毕竟有子女需要读书识字，于是，她成了子弟学校的教师。似乎在一开始的日子里，她并没有因为成分而受到多大冲击，因为这老师说了，大家来自五湖四海，地方性力量不多，彼此都是异乡人，关系不复杂，又是一个工业生产的集体，所以，阶级斗争意识也都不那么强。但毕竟又是特殊的年代，政治活动的一些形式上的东西，也不可避免。这不，无产阶级的工人宣传队来了，并要开会，传达中央的"文化革命"精神，这老师的母亲就坐在了讲台的下面。

我们知道，这老师的母亲是一个知识分子，而且做着教师，所以，很正常地，她就有做笔记的习惯。这一天，台上正讲一个反对毛主席思想的坏典型，照例是长篇大论的了，她就跟着记了很多的内容，一页又一页，然而在记到最后一页的时候，突然有人叫她去办一件事情，她就把本子随手放在桌子上，离开了。她身边的一个学生，很好奇地凑上去看老师都记了些什么，结果很令他感到意外，原来那最后一页上，只有"反对毛主席思想"这几个字在上面。他把本子交了上去，有关人员就去查了她的老底，果然发现她曾是地主家的小姐，于是，她就成了现行反革命。

在他母亲被定性为反革命的过程中，还涉及一件罪状，与这老师的童年生活发生了联系。那时候，这老师还是个小孩子，他的母亲给他做了一件大氅，是用来抵御大西北刺骨的寒风的。因为他总是穿着东奔西跑，免不了要有一些汗渍在上面，而小孩子在一起玩耍的时候，有淘气的曾经撒上一点童子尿，也不是没有可能，时间久了，总不免要留下腌臢的印痕。于是，草草洗了一下，里子朝外，在院中的一根绳上迎风招展，似乎在向着来查母亲底细的人表示欢迎。然而，他们却从这欢迎中，不但嗅出了没洗净的童子尿的气息，而且也嗅出了反革命的政治内涵。原来，经他们指出，那大氅的里子竟是一块红绸布。一方面，绸子是一种奢侈品，只有地主老财才用得起；另一方面，也更为主要的是，红色乃革命的象征，而在全国人民对革命怀着无限的忠诚时，这老师的母亲不但不把这上等的红绸捐给国家去作国旗，却给儿子做了类似尿布的东西。

当然，像这样的记忆，其实不仅出现在日常生活中，而且自"文革"

结束以来，就广泛地存在于小说或者影视作品的叙述中。很大程度上，这是因为我们生活在一个所谓的"后革命时代"，曾经笼罩一切的革命及其红色标识，的确已经离我们远去，市场化和全球化的浪潮迫使它们出现了向历史陈迹转换的趋势，那些高音喇叭中的革命颂歌已经被我们各种私密的交谈甚至各种情色的互动掩盖了。但有关他们的故事，却正在被不断地复制和演绎。然而，我们却并没驶进一个意识形态的开阔地带，而不停地打捞其现实意义的活动也没有停止。有证据表明，各种革命的或红色的记忆作为一种话语资源，还有相当大的利用价值，无论政治的、经济的、文化的，还是心理的。而有关这位老师的母亲的记忆，正如那些广泛出现在反思或伤痕小说中的故事一样，很大程度上，就迎合了一种反思"文革"灾难的需要。在如今，这样的反思，已经泛化成了被不断重复的陈词滥调，竟至于从控诉变成了一种嘉年华般的炫耀与展示了。

20世纪80年代中后期我读中学的时候，校园里曾流行着一本手抄本的情色小说《少女之心》，我还在一个同学的笔记本上读到过，但我当时并不知道，这本小说其实早在"文革"时期就已经在当时的青少年中非常流行了。这篇小说又名《曼娜回忆录》，以少女的敏感、大胆而又越轨的笔触，赤裸裸地描述了一男二女之间的性关系。即便是放在当下，它也应该归入被查禁之列的，然而在近年的一些文化人的回忆中，它的私下传播，却成了"文革"禁锢知识和人性的罪证了。朱大可，这位辞采飞扬、文风犀利的评论家，就曾在一篇采访中不无调侃地说，他在1974年拿到这本书的时候，即刻套上了"毛选的书皮"，以为"这样会安全些"。虽然不能对这样的回忆进行证实或证伪，但作为一种修辞，这一行为却让我想起了办公室那位老师红色的"尿布"，以为它们共同的作用，就是揭示那个时代的荒唐。

更加荒唐的是任晓雯的一篇小说。这篇小说讲述的是"文革"时期红卫兵的故事，它的名字直截了当地被取为《曼娜回忆录》。小说中的两个人物，吴娟和乐鹏程，他们是中学同学，同学们之间一度盛传他俩的恋爱绯闻，她也曾经因为被称为"乐吴氏"而气得大哭，"但逐渐地，只是扭捏笑笑，呸好事者一口，甚至故意卖破绽，让人家往这方面逗她"。乐鹏程虽有些不乐意，但却被这些玩笑启蒙了性意识。有一次在体育课上，铁杆的摩擦，还让他腿间支起一顶"小帐篷"。"文革"开始后，乐鹏程因父辈的"臭老九"身份被抄了家，"翻出一只银镯子，两双绣花鞋，和一些钞票"。银镯和钞票倒没什么，"绣花鞋"却是青春期的他沉迷情色幻想的象征。仿佛秘密被当众戳穿一样，乐鹏程从此见了造反派就害怕，而吴娟此时恰好成了造反派小头目，她刚开始还是在大街上拦住他，掏出红宝书，读完语录，道:"乐鹏程同志,我要对你进行思想教育。"于是登堂入室,大咧咧往床边一坐:"乐鹏程同志,让我们一起学习'老三篇'。"很快两人就在"彩灯把蓝色的大海照亮,幸福的喜讯传遍了万里海疆。海军战士见到了毛主席,颗颗红心像葵花向您开放"的革命歌声中引发了情色冲动。每次都是吴娟主动,而且事毕她就情不自禁地在墙上大肆书写革命标语,如"横扫牛鬼蛇神"一类的。乐鹏程却总有些心不在焉,甚至,有时他身体上的某个部位也不听使唤。于是吴娟拿出一本从造反派队长那搞来的手抄本,就是《曼娜回忆录》,她给他高声朗读,如最初给他读"老三篇"一样。

这显然比办公室那位老师的故事活色生香多了,崇高的革命教义被置换成人的食色本性,其中本该强调的政治迫害的内容,则演化成了一对青年男女的性经验史。像这样从情色经验的角度重述革命政治神圣时刻的写作手法,其实在文艺作品中早已蔚为大观了。比如在电视剧《激情燃烧的岁月》中,石光荣与褚琴的相遇,被安排在了解放军进城的一个光辉时刻。这个时刻在以往总是与宏大叙事和伟大人物联系在一起的,但电视剧中所集中展示的,却是石光荣对于褚琴的贪婪的目光。齐泽克曾阐释过的好莱坞电影《红色》,其中,十月革命紧接在一对恋人的关系危机后发生:正在对情绪激昂的群众发表革命演讲的男主人公比提,遭遇到了女主人公基顿凝视的目光,这时,"两人交换了充满欲望的眼神,群众的吼声成为情人之间重新迸发激情的隐喻"。好莱坞对革命的揶揄在《激情燃烧的岁月》中得到了回响:鱼贯而入的军队,欢呼雀跃的人群,却不再仅仅象征着一场战争的胜利,而且还暗示了一场情色角逐的开始。

从办公室那位老师的叙述,到众多文艺作品中的情色演绎,我们或者能够看到那个时代更为复杂的面向,它似乎已经超越了非黑即白的逻辑,而试图通过触及人性的暗礁来还原历史的真相,但所谓的真相云云,其实只是一种虚妄。不可否认,原生态的历史的确曾经存在过,但却从来都在人们来不及把握与分析的时候就迫不及待地随风飘逝,只留下一个充满记忆与诱惑的背影。"此情可待成追忆,只是当时已惘然。"李商隐针对逝去的爱情的感慨,却给记忆及其叙述的动因提供了解释。玛瑞安·赫布森曾将记忆的历史比拟为从过去打来的电话,我们必须大体在当下的社会认知框架内对之作出答复,也就是,"我们怎样回电话,回电话时相互之间有多大差别,反映出我们现在的处境与创造性"。只有通过如同打电话一般的转述、剪辑、想象等叙述形式,记忆和历史有益于当下的意义才得以生成。所以,记忆和历史无论是以实录形式存在于文献的记载之中,还是以演义形式存在于小说文本之中,还是以历史陈列馆里的文物形式存在于人们的观摩与解说员的讲解之中，它们都会不无例外地失去原生态的形貌。如此，无论就那位老师的叙述，还是各种文艺作品的演绎，其实都跟那个红色时代的真相没有太多关系。而真正有关系的，不过是我们在这个过程中形成的社会历史记忆的框架。在这个过程中，它们表现出来的复杂和多义，不过是因为我们这个后革命时代的社会历史认知框架更加多元与含混罢了。

10. 当孝心被疑为杀手

看到上海海事大学研究生杨元元自杀的新闻，以及网上井喷一般的跟帖，很多人禁不住感叹，我们已经置身于一个孙立平所谓的"断裂"社会，社会各阶层之间的流动的可能，几乎被封死了，知识已不再是鲤鱼跳龙门的捷径。或者，对于杨元元而言，知识非但不是改变命运的捷径，反倒成了终结生命的助推手。她的感叹，已经足以说明一个贫困生曾经对知识抱有很多的幻想，正是这幻想的破灭，让她作出了令人叹息和哀婉的决定。假若她无知无识，没有花过那么多钱，没有读过那么多年书，没对读书抱有那么多幻想，没遭遇教育投入与产出不成比例的尴尬，她只是一个浪迹繁华都市的打工妹，或者她还能苟且。但知识给她幻想，并因此而有强烈的自尊，在繁华与冷漠的背后，她于是独自叹息着贫困的悲哀，然后选择了死，这个最无力、最消极的抵抗方式。

如果说杨元元不仅死于贫困，而且死于冷漠。那么，又如何才能解释网上数十亿字的跟帖呢？无可否认，其中的很大一部分，是对杨元元的离去表达同情的，可是这同情显然无益于已舍弃了这冷漠的世界的杨元元。而对于她的母亲，我想悲哀笼罩中的她，是无心也无力看这一类文字的，因为无论你如何的妙笔生花，你都不会将死去的杨元元写活过来。所以说白了，这都是一种看客心态。齐泽克曾经讲述过一个故事，说一个东欧人向一个西方记者爆料，称一个民主人士在专制政府的监狱里遭受酷刑和病痛的折磨，差不多就要崩溃了。这位记者一向是以报道东欧的民主运动著称的，然而，他的回答却令这位爆料人大跌眼镜，他说等他死了你再跟我说吧，像这么一个没有影响力的民主人士的不幸，不死是没有新闻价值的。作为贫困生的杨元元，她的新闻价值，也唯有她选择以这么决绝的方式离开后，才有可能被发掘出来。

何况随着事态的发展，已有许多人将矛头指向杨元元的母亲了。他们认为，杨元元之所以选择了死亡，很大一部分原因是因为母亲对她的过分依赖。据说，伟大的母爱，应给子女一份属于自己的天空，而她的母亲因为爱她，因为曾给她生命及受教育的机会，便企图从她那里获得回报，哪怕自己还很年轻，却完全仰赖女儿，像寄生生物一样附着在她身上。母亲没给女儿一个坚实的翅膀，而女儿远还没成长为"老鹰"，却不得不竭尽全力地携着母亲，飞越冷漠的天空。结果不堪重负，倒在地上了。

客观地讲，这些说法是有一定道理的。假设没有母亲的拖累，杨元元的生活可能会很阳光，前途也会充满锦绣，这个我们大可不必怀疑。但谁又能生活在社会关系的真空中呢？对于富家子弟来说，父母及其关系网络会对自己的人生发生莫大的影响；而穷人家的孩子也一样。不同的是，一个往前拉，一个往后拖。将这情况推向极致，便是前者平步青云；而后者，则如杨元元一般死于非命。但若因此而将非议的矛头指向杨元元的母亲，我觉得这是极为不负责任的逻辑。

起码的一点，我们应该好好地了解一下杨元元母亲的状况。是的，她的年龄可能不够老，还没到我们通常所谓的应该安享清福，需要子女床前服侍的风烛残年，但我们不能因此推断她应该离开女儿自谋生路。她应该是有原因的。这或者因为她自身的素质，比如身体上是否有不适，较早地失去了自己养活自己的能力？比如观念是否有点狭隘，以为女儿已经大学毕业应该承担起养活她的责任了？或者更多的可能是，她也想谋一份工作，但处处求职碰了壁，就不得不暂时寄居在女儿那里，母女相依，以求抱团取暖的效果，谁也不能说没这个可能。你没看到那些"武功高强"的城管如何对流动摊贩滥施淫威吗？你没看见那些下岗女工流浪街头找不到事情做吗？谁敢说她不是被城管人员的"文治武功"吓破了胆呢？

只有自己拥有一片天空的母亲，才可以轻而易举地给儿女一个天空。贫困而没有见过世面的母亲，除了女儿，她似乎想不到还有其他依靠。即使退一步讲，她的确观念狭隘，非要给如履薄冰的女儿增加一份负担，就应让站着说话不腰疼的人指手画脚吗？一个人无法选择自己的出身，女儿如此，母亲也如此，谁又能够例外呢？既如此，她所生活的环境决定了她不能像那些颇具现代思想的人那样，以博大的胸怀，牺牲自己，给女儿一个天空。如果你非要责备她，便必须向一个文化共同体开战，而为此，将贫贱甚至无知的她作为靶子，似乎太过残忍了。

　　真的贫困，是走投无路的。或者在别人看来一目了然的事情，在具体的当事人看来，却很有可能是天就要塌下来了。我们不能随便嘲笑那些杞人忧天的人，也不要轻易质疑或者责备杨元元及其母亲。那些要求杨元元的母亲自谋生路、自食其力的论断，似乎有些像古代某个皇帝说的那样：何不食肉糜？假如杨元元还活着，那些自以为很有心理疏导经验的人，当然不妨去做做她的工作，也顺便给她母亲提个醒。这或真的能给她们一种豁然开朗的感觉，并也许从此便看到另外一个天空。但杨元元死了，而她的母亲则正感受着揪心的悲痛，甚至追悔莫及。何必再往人家伤口上撒盐呢？可悲的是，只有死亡，杨元元才能成为新闻，她的死成为争相谈论的话题。看起来大家都很热心，但其实，骨子里却透出了我们这个社会的冷漠。

　　再说了，难道孝心有错吗？我是农村出来的，家里应也属于贫困的行列，所以我很能理解贫贱家庭的父母对考上大学的子女的期待。他们可能落伍了，仍想当然地以为考上大学便吃了公家饭，或者至少鲤鱼跳龙门，再也不用吃苦受罪了。养儿防老、积谷防饥，这在他们看来是天经地义的。世代传下来的观念，在我们这个日新月异的社会，似很有变革的必要，但我们却不能无视一个教育的现实：因为高等教育市场化的改革，一个贫困家庭为了供养大学生，欠一屁股债而遭亲朋的白眼的现象是很普遍的。穷人的亲朋也往往是穷人，没一家开银行的，所以，面对供养孩子的家庭，他们避之唯恐不及，在此情形下，家长对"出息的孩子"的期待就特别殷切。即便不要你反哺，起码应将为供养你读书而欠下来的债务清偿一下吧？

　　我记得十几年前因考上大学而去一个自以为关系不错的邻居家借钱，为此，母亲还从果树上摘了一袋子苹果。苹果留下了，说了很多感激的话，但提到钱，答复却是，钱在他这里，是活的，钱能生钱，而一借到我手里就死了。我悻然离去，却并不怀恨在心，各人自有难处，他是做生意的，手里必须有活动资金。但也从此理解了，父母供我读书多么不易。因为当时父亲因当建筑工受了伤，躺在床上不能起来，不然，也不会让我出面借钱的。我自己呢，从那一次碰了软钉子之后，就再也不肯张嘴了。因十几年前这借钱的经历，是能够让人体会到其中的挫折与屈辱的。还好，我那时毕业还能分配一份工作，此后几年虽混得不好，但始终还能给家里一点接济。父母虽没明确表达对我的依赖，我也能体谅他们的难处。现在不一样了，一切推向社会，这就迫使贫贱而非师出名校的大学生体会到多重压力：本来就跟城市或经济条件较好的家庭出来的人不在一个起跑线上，一毕业就面临失业或打零工的命运，而因袭的观念又逼迫他们承担更多责任。然而，能因此怀疑个人应尽的孝道吗？当孝心被疑为杀手，责任当然也可放弃。这结果岂不是太可怕了。而事实上，高等教育产业化及其投入和产出之间的巨大鸿沟，就是奉行这一逻辑的结果之一。

11. 黑色幽默与剩余快感

小时候，有个电影很有名，叫作《自古英雄出少年》，一连在我们那一带放了好几个月。我们也都很喜欢，从这村跑到那村去看，然而消息总不准确，满头大汗地跑去了，却不料人家那里根本没有流动乡村电影队的影子，甚至人家村上的很多年轻人，还跑到另外的村子去看了呢。于是，我们借用电影名字的句式，给我们这帮人的行为一个溢美的称呼，叫"自古英雄白跑路"。

现在，我们的例会，一般是安排在每周五，但也不是每次都召开的，所以，按照行规，安排时间是要在系里的小黑板上通知的。如果哪一周会议不开的话，便会在小黑板上通知，但吊诡的是，小黑板就在会议室下面，跑到小黑板那里，看到不开会的通知，其实就跟看电影摸黑跑到别的村子的情形差不多了。可惜我们已不再是少年了，而且在这网络化的时代，通讯差不多已经是无孔不入了，却还在延续着白跑路的过去时光。即使这样白跑路的情形并不太多，这规定跟我们所处的时代而言，也算不得特别黑色幽默，但可惜的是，我们却再也没有乐此不疲的心情了。

何况开会哪有看电影好玩呢。

记得张炜在他的《九月寓言》中曾用如诗的语言，描述了一群夜色中"融入野地"的青年在填满了肚皮的地瓜干灼热的刺激下似乎永不停歇地奔跑吵闹的情形，给贫乏而静寂的乡村增添了无限的热闹；而这热闹的场景，自是觉得无比真实生动的。但是，以它们为背景，我则不由得想起了曾经的那一队队流窜在故乡田野上的"夜行军"。通常的情况是，不知从哪里风闻了乡村流动电影放映队的行踪，便早早地盼着晚饭的到来，但还没扒上几口，便听见街上不断有吆喝的声音，于是将啃了一半的窝窝头往怀里一揣，急急地就应了一声，人已到了篱墙的外面，任父母怎么叫骂，都不管用了。我们斗志昂扬，我们激情澎湃，我们浩浩荡荡，我们大呼小叫，惊扰了一地的月色和蛙鸣，向着数里地外的村落中的电影场出发了。

《自古英雄出少年》使得我们的"夜行军"增加了一种舞枪弄棒的氛围。

本来，《少林寺》已经让乡村的流动电影变得"鸡犬不宁"了，但那热闹更多是属于比我们一大拨的人群，他们根本看不上我们这些豆芽菜，更何况他们似乎可以骑上自行车，到几十里外的村上看电影外加骚扰那里的漂亮女孩子。这其中有多少英雄救美及狗血喷头，实在不是我能说得清的。而我们靠着两条腿，一般只能在方圆五六公里的地方活动，而且看电影便是看电影，行动似乎跟目的是合一的，我们很少会惹出看电影以外的什么头破血流和风流韵事。然而，一旦电影里有什么风流的场景，我们却也谈起来饶有兴味，不过更多的，还是模仿其中人物的豪侠仗义，隐隐地企盼能有一种无形的外力将自己从平地拔到空中，好好地享受一下别人赞叹的目光。或许正是出于这个原因，《自古英雄出少年》中的那群舞枪弄棒的小孩，机智而又勇敢地出入龙潭虎穴的故事，便极大地迎合了我们的期待。

然而，"大丈夫"却不在此列。

"大丈夫"在影片中闹了不少笑话。我们照例是笑得前仰后合，但却对他给我们带来的快乐毫不领情。在每次观影之后的嬉闹中，谁要是不幸被指出与他的相像来，一句"男子汉大丈夫，说不出来就不出来"的名言，就变成了加在身上的耻辱。有一回，我和几个小伙伴正在去地里割草的路上，不远处，班上一个女同学迎面走来，其中一个伙伴将我和那女同学扯在一起，但却以电影中"大丈夫"的形式，让我一下子恼羞成怒，一把抓过箕子中的铲子，向着他脑袋上便扔了过去。或许是我情急之中扔偏了，或许是他机灵地歪了一下头，总之，除了头皮上一道深深的划痕外，并没有酿成什么恶果。但从此，我与这小伙伴便不再说话。时间过了这么久了，当然没什么仇恨了，但习惯却成了一种定式，即使偶尔回到老家，见了面，也难得交谈上一两句了。

凡事容易冲动而不顾及后果，这似乎便是我的性格。

这自然颇让我碰了不少壁，于是想起当年看过的《自古英雄出少年》这部电影，觉得其中看起来很窝囊的"大丈夫"，实在应该成为我学习的楷模才对。在我们这个以"和谐"作为至高无上的目标的社会里，领导希望的是顺从，同事期待的是打哈哈，而真性情或者说乱出头，即使不被视为大逆不道，也往往没有什么好果子吃。"大丈夫"一遇到危险便趴下，危险一过，他却第一个站起来，不但站起来，而且宣称一直站着。被老婆吓得躲到床底下，却以一句"男子汉大丈夫，说不出来就不出来"给自己解围。这该多好啊，既保住实惠，还维护了虚荣，即使在别人的嬉笑中遭遇尴尬，但"说不出来就不出来"，却可以被期待性地理解为自我解嘲的黑色幽默。

我们就被期望活在这自我解嘲的黑色幽默中。

齐泽克曾经讲过一个发生在中世纪俄罗斯的笑话。那时候，俄罗斯还处在蒙古的铁骑之下。有一次，有个蒙古骑兵遇到一个俄罗斯农夫和他的妻子，那个骑兵不仅要跟农夫的妻子性交，而且为了加深对他的侮辱，还命令农夫扶着他的卵蛋。事后骑兵绝尘而去，农夫却禁不住笑了起来，理由是："我并没有真扶住他的卵蛋，现在他那玩意儿上全是尘土和污泥。"这样一种被齐泽克称为"快感的剩余"，在某种程度上，就存在于所谓的"自我解嘲的黑色幽默"中。比如对那些无聊的例会，就有人得意扬扬地议论道："别看他台上舌吐莲花，谁听呢，我只管打我的呼噜。"

很多时候，我们就是剩余快感的奉行者。

开会时"打呼噜"，当然是一种快乐，却是一种"剩余"的快乐。这种快乐的产生正包含了快乐的对立面，也就是，开会已经被当作了痛苦的事情，但通过一种奇妙的转换，这痛苦于是就产生了剩余的快乐，即所谓的苦中作乐。完全不能指望这种痛苦中的快乐挑战任何既有的权威，它只不过是发展了一种奴才思维，只希望能从主人那里窃取一点剩余的快感的满足。

从这个意义上说，当年我们那帮小伙伴实在是少不更事，完全误解了电影《自古英雄出少年》的意识形态意味，因为它并非是嘲笑"大丈夫"的，而是对成年世界中流行的"大丈夫法则"的自我解嘲。在此基础上，尴尬与痛苦得到缓解和释放，而社会的既有规则会持续下去，一切便都进入"今天天气哈哈哈"的和谐境地了。

12. 关于教师节

教师节来了，在这秋之已至的时候。连绵的阴雨，天凉了许多，但开窗望去，一树树的叶子却特别地青翠欲滴，一点肃杀的气息都没有。我是做了教师了，但这节日到来之际，情绪却不惊也不喜，平平常常，看眼前雨滴，或路上行人，有那么一点渺茫，但却终于守住了内心。小感慨，或者，小忧伤，多少次蠢蠢欲动于指尖，然而，我却很不想再给我们这泱泱文字大国增加多余的负荷了，何况，也早过了看花谢心惊、听猫叫难过的年龄了。回首多少事，不就是生死两茫茫或者聚散两依依嘛。没什么大不了的。然而为了给自己一个对许多曾经帮助过自己的老师送去祝福的理由，却又禁不住再一次坐在了电脑前，随便地敲打出一篇文字来。

我现在学生的数量，是远比我的老师的数量多多了。这当然是数学的常识，然而我却因此觉得，某些曾经对我颇多教谕乃至恩典的老师，相比他们数目庞大的学生，我记得他，他就一定记得我吗？如此，便也懒得发一个短信，或者一封邮件了。不过一些好听的字眼的排列组合而已，多没劲，那些老师本来就是以文字为业的，还在乎你这些言不及物的废话吗？要送就送别墅跟宝马。然而我没发财，发不了、送不起就跟老师们玩文字游戏，恶心不恶心啊。有一段时间，我甚至连电话也懒得给父母打，因为说来说去，就是那么几句话，又不是我突然发达了，要接他们享福，或给他们寄钱。

当然，联通或者移动公司不希望人人都像我有这般想法。据说，他们早已经雇请了专人给一年到头大大小小的节日编好了祝福语，只待你莲花指一点，他那厢的钱罐子里就哗啦啦响起来了。这自然是一种老土的想象，葛朗台也已跨入虚拟货币的时代了。如此，不妨设想，这两家机构或者也聘请专人看着液晶屏幕，有个矩形的数据表，也跟发了高烧一般地，嗖嗖地窜上去。

我便有几个学生上了这样的当。正吃饭呢，手机铃声响了，一条很长很长的短信，我不得不放下筷子来给它翻页。翻完了，还要考虑这从别处贩来的机智调皮究竟有多少代表了他或她的真心，然后再给一个回复，极尽礼貌而周全地写上自己的祝福。但这祝福比之刚收到的，实在大失文采，大概是因为神经细胞分了很多精力去对付刚刚入肚的饭菜。而即使不是这样，我这编辑短信发过去是要花钱的，哪能比得上那些被雇请的人的投入啊。当然，更可能更直接的解释，便是我根本就没有玩弄文字于指尖的能力。

这里，却不得不提一下我的一个学生，教师节的前几天便跟我说送我一个小礼物，而现在这礼物就在我的电脑屏幕前。它是一个仙人球，据说是能吸收辐射的，而那位细心的学生因此想到了我喜欢熬夜，或者还有沧桑而憔悴的面容。我对此怀着深深的感激，但直到现在，我才想起这个仙人球跟教师节的联系；而此前，是一直在想，我是否曾给她什么帮助或者将可能会给她什么帮助的。当初她送我这礼物的时候，我便想问，可惜自己总觉得难以开口，仿佛一旦礼物跟实际联系起来，便有些俗。但实际呢，我这般重视物质的实用价值而缺少务虚的精神，才真是大俗的表现。

值此，就又想起去年大约也是这个时候，我在上海教过的一个学生还给我寄来了一个精致的皮包，如今上课便是经常带着的；而在此之前呢，我的在上海的老师，也送过我一个皮包，现在正装着我的手提电脑。还有呢，去年还有一个班的学生送我一个水杯，惜乎它已经被我儿子打碎了——一般有什么东西坏了，而我又记不起究竟它为何坏了的时候，我的一个习惯，便是栽赃给三岁多的儿子，反正他喜欢乱动我的东西，因为如今他还没有发展出给自己辩护的能力。

这些都是跟教师节联系起来的物证。已消失的水杯且不说了，对两个皮包，我却有十足的愧疚在里面。第一个，我曾教过那学生商务法律，而自己对于法律却外行得很，只能是现学现卖，看过几页书，加上自己的理解，便一路讲了下去。有一回，她给我打来长途电话，原因是她的钱包在超市里丢了，收银员事后才提醒她某个曾站在身后的人是经常光顾的惯偷，她于是跟超市方面发生了争吵，并决意想从我这里寻求法律的支持。她电话打来的时候，我正在系资料室里翻一本小说，面对这样的法律咨询，我不由得感到尴尬，表面上装得胸有成竹地说下去，背后却不知怎么地，似乎有数不清的芒刺狠狠地扎过来。我不知道在场的我现在所在的中文系的教师们，是否听清了我那恬不知耻的话，而一旦听清了，他们是否诧异于我何以还是一个法律专家？事实上，是当初电大胡乱招人也胡乱找人，而为了生计的我，便由我的一个师兄给介绍去了。

第二个，涉及我的导师。我曾经答应跟他合作一本书，出版社那里已经签了合同，而我却迟迟拿不出书稿。结果，到教师节了，我都不敢给他短信或者邮件了。也或者，如果我这时候书已经写成了，我可能根本就不会写这篇小杂感了。我就是因为不敢给他送去节日的祝福，而不得不费心劳神地论证种种务虚的祝福的无益。事实上，难道不是如此吗？假若书写出来了，我一个大附件发过去，哪怕是一句话不说，也比我现在的千言万语，令他快慰得多多了。

然而，也并非提倡一种物质主义。

尤其是对我的学生而言，我更不希望他们破费给我送礼物，而所谓别墅抑或宝马之类，不过一种调侃罢了。原因是，前段时间，网上突然有人问我一个老师的电话，并且自称是那位老师多年前的一个学生，现在发财了，想跟老师联系一下。我知道这老师并不穷，然而如果发了财的学生能送他一辆宝马或别墅，应该不至于大为光火吧，于是我就将号码给了他。结果却莫名其妙，晚上我在给老师写邮件的时候，还问起有没有给他带去麻烦，而写完邮件便写这篇小文了，于是就跟着调侃了一下，如此而已。毕竟，能发财的学生一向是少数，而发了财还能记得老师的，更是少之又少。而我的这些学生呢，却大部分都还在继续读书的阶段，要引起这般的误会，那实在就是大罪过了。

其实，别说学生清贫了，就是教师，何尝不是如此呢。中国的情形，一向是给哪一类人安排了节日，这一类人便基本上还是弱势群体，这是常识了。记得很久之前，我一个初中的老师讲过一个故事，说某一年的教师节，教育局长给教师们训话，一开始是恭祝节日快乐之类的，然而却很快地转向了告诫，尽是不如何便将如何之类的警告。尤其是说到民办教师，这位局长大人还用了一个歇后语说，民办教师，那更是脚面上支锅说蹭就蹭的。我忘记了那位讲故事的老师是如何结尾的了，似乎他也没讲清楚在场的那些民办教师的神情，究竟是群情激奋呢还是满面羞惭，是仰天一笑出门去还是闷声不语低下头。但依我现在的经验想来，恐怕是后者的可能性大，一家老小的，不指望那些工资还指望能有朝一日转正呢，小不忍则乱大谋的古训还能不记得吗？

这就是我印象中的教师节，陈芝麻烂谷子，杂七又杂八，但不知是否说服自己可以不给有恩于自己的老师送去祝福呢？不能。人啊，说一套做一套的事情，实在太多了。都是生活在一个社会共同体里，难不成要提溜着自己的头发到太空里吗？呜呼，想起鲁迅说过，"中国人的性情是总喜欢调和，折中的。譬如你说，这屋子太暗，在这里开一个窗，大家一定不允许的。但如果你主张拆掉屋顶，他们就会来调和，愿意开窗了。没有更激烈的主张，他们总连平和的改革也不敢行"。而我所谓教师节不发短信的主张，便是激进的；而看到短信或电邮之类的，却还忍不住高兴，便是调和了。

13. 网络性游戏：虚拟的交换，想象的满足

出乎意料的是，网络竟为挖掘人们的私密生活提供了如此便捷的途径。如果依旧把网络比作信息高速公路的话，令人尴尬的是，在这条路上穿梭往来的，竟然是成群结队的性情男女。他们赤裸着身体，并且毫无羞怯之心地做着各种放荡的动作。当然，在想象中，这样的动作有着特定的接收对象，也就是说，在这条隐喻性的公路的两端，是成对的真实男女，他们对着电脑

屏幕以及旁边的视频镜头一边搔首弄姿，一边享受着想象的高潮。这或者就是传说中的视频性交景观了。并不是所有人都能看到这样的景观。这些成对男女，他们也以全身心地投入姿态证明，在忘我的相互凝视中，在想象的视野中，在虚拟的网络世界里，只有他们有机会分享这如醉如痴的快感。屏幕上只有对方的身体；而现实世界中，门窗已经紧闭，窗帘已经拉上。但显然地，那些往来穿梭的身体，肯定逃不过一些敏锐毒辣的旁观的眼睛，因为与那些成对的男女沉浸其中的虚拟幻觉不同，这些眼睛服从的是一种现代理性逻辑，仅仅把网络看作由电子芯片、线路以及编程语言组成的，能在所有的变幻多样的电子信息起点与终点之间自由转换的信息系统。

即使没有这些精通网络技术的人的眼睛，我想还会有另外一双洞察一切的眼睛看到这一切的。按照西方的文化观念来说，它来自上帝；而对于我们东方人来说，则应该是每个人心中都会有的绝对的神灵。在电影《性福大师》中，印度青年舞蹈教师拉姆怀着成为好莱坞明星的梦想来到美国，却不料成为一个临时的三级片演员，但在众目睽睽之下，他的性机能出现了罢工现象。他的搭档莎罗娜告诉他说，总有人在看的，即使这一切发生在绝对隐秘的个人空间中。这个人就是上帝，不过不是为了寻找刺激。所以莎罗娜诱导他说，就当剧组人员根本不存在。但拉姆仍然是硬不起来，他很无奈地说他没有办法不想到上帝。然而，在网络上的性爱游戏里，想不到上帝或者其他神灵存在的男女，却大有人在。

这并不局限于网络视频那些一来一往的挑逗性的聊天中。比如博客，它最初的广为人知，竟然是因为一个女人大胆地炫耀自己的性爱经历。她就是木子美，一个来自广州某知名杂志的小资写手，情啦，爱啦，以及男女苟且之事啦，在她的笔下一概如水一般自然地流出。虽然颓废，却有一种难以抗拒的唯美的气息。然而，当时却没有几个人知道她。让她声名大噪的原因是她把自己的性爱故事记录在以"遗情书"为名的博客上，尤其是大胆地公布了与一些知名男士床笫交欢的细节。此后，网络上风行的博客女写手中又有竹影青瞳、流氓燕、舞女木木，她们的出彩不但得益于出格的性情描写，而且利益于所配有的各种角度的半裸或全裸的照片，虽然看起来很美很艺术，但正如一位西方的艺术史家所指出的那样，一切的裸体艺术都是假借艺术之名行诲淫之实。她们无论文字的唯美还是裸照的艺术，传递出来的都是非常肉欲的信息。比如流氓燕，最先在一些文学网站中，还穿着"雨燕单飞"的"马甲"，写一些伤怀的文字。写得还很美，感情还很真，一个无力女子孤身天涯的无奈，一个单亲母亲对家中小女的爱。当然，也有一些带情挂色的，似乎有意告知男人的性荷尔蒙对女人容颜姣好的重要，却都从容自若、一丝不苟、认认真真。但其点击率的大幅上涨，却因为她在天涯论坛上不但公布了自己的裸照，而且大爆曾经做妓女的经历，宣告"除了金钱与淫乱，一切对我都不重要"，证明了唯美与放纵在网上并没有远隔着天涯。而同样宣淫的舞女木木竟然吸引了美国《纽约时报》的注意，在这家报纸网站上的新闻中，有"网名为舞女木木的女共产党员正引领着中国的网络性革命"一说。如此措辞，犹如扒光了近现代中国历史上所有女烈士们大义凛然勇于赴死的宣传画上的衣服，但其勾人魂魄的地方，也不外乎一幅幅将面目给隐去的半裸照。不可否认，这些半裸照颇有几分动人之处，尤其是那涂上蔻丹的天足，让人觉得传统中国迷恋三寸金莲真有些不可理喻。相比这些人，芙蓉姐姐及其后被戏称为"芙蓉大妈"的丰乳肥臀，则基本上是依靠肥胖的大腿、粗壮的胳膊、膨胀的乳房、水桶样的腰身以及夸张扭摆的动作勾引起老男人们潜在的性幻想。由于这样的幻想太缺乏文学或艺术的修辞，犹如乡村里黑灯瞎火的仓促房事一样。

所有这些网络知名女"性"，都在性事上做足了文章，充分调动了男人如贾宝玉一般擅长意淫的天性。这很有些让那些在传统的 A 片和色情图片中沉迷的男人大惑不解了。一个女人对自己床第间的私事，总该用些遮掩的手段吧，何以要广告天下呢？在我的老家，有一邻家的女孩作风是相当前卫的。有一次，在一个初夏的傍晚，她竟协助村上的一个男孩把外村一个女孩放倒在麦秸垛里了。据说，在整个过程中，她还亲自做了示范，以证明风月上的事情不过如此而已。然而事态的发展却远远超出了她的意料，外村女孩的父母报了官，她被抓了起来。一时间，风声鹤唳，竟吓得我们村上的许多男子，东藏西躲，晚上连觉都不敢回家去睡。"丢人啊！"每当外村人好奇地来问究竟，总有几个老头把脑瓜顶在一起，捻着并没有山羊胡子的下巴，一连声地长吁短叹。而在这纷扰之中，在我们那一带骂街可是出了名的风骚女孩的母亲，在寻常时节，只要有个风吹草动，她都能从村西跳到村东，这一次竟窝在家里大气不出了。而这些网络女性反其道而行之，竟都纷纷声名大噪，掀起一阵阵意淫的风暴。

也许这是一个眼球经济的时代，她们的意图中最明显的一条，是吸引点击率以获得世俗的利益；而潜在的意图则不妨视作自我性欲的一种想象性满足，与所期待的男性反应一样，她们自身也会禁不住春情荡漾。齐泽克曾别开生面地解读过电影《朦胧的欲望》，其中的女主角通过一系列荒诞的行为，一再拖延与自己年迈的情人性结合的时间。比如当那个老男人终于把她搞上床后，却意外地在她睡衣下发现了一件有多个纽扣的老式内衣，费尽九牛二虎之力也解不开。而这些女人也是如此，她们的把戏在于要么是把照片搞得乍隐还现，要么把性事描写得云山雾罩，以至于心怀期待的男士望眼欲穿却不得要领。其实，她们的拖延如电影中女主角的一样都包含了性的隐喻：电影中的女主角担心老迈的情人性能力衰退而无限延宕性结合的机会，这延宕本身就是其在想象中获得满足的过程；而她们也是通过延宕男人们的浏览与阅读的期待，率先保证了自己性满足的时间长度。

这种延宕的互动或许正是她们与色情聊天室或者视频性爱的区别之一。而色情聊天室与视频性爱的区别，则一方面体现在以营利为目的并随便弹出广告窗的策略上，这是一种强制性的行为。曾经网上广泛流传的"很黄很暴力"的故事，估计就反映了这种木马病毒一般的窗口弹出设置。这仿佛是把色情传单强行塞入小女孩的书包一样，是一种不道德的蛮横行为，它本质上不是性，而是一种对性的诱导犯罪。视频性爱虽然有时候也会遭遇不期而至的请求，但大多数的主动权还是掌握在双方的手里——虽然这种掌控只不过是建立在理性的假设之上的。另一方面，色情聊天室是一种聚众的淫秽演出，其方式与那些活跃在论坛或博客中的女性类似，只是更加直截了当，为沉迷于此间的人们提供实时性伴侣，而且根据要求展示虚拟的性伴侣身体，这就导致了风骚与色情的严格分野。而视频性爱则是一种双方的互动，类似真的性爱；并且之前在网络聊天中的话语挑逗，也与真实性爱中的私密前戏具有相似的功能。只不过这一切都产生于一个虚拟的场景。

在这种情况下，沉浸在虚拟现实中的男女，已经失去了与真实的直接联系。尽管他们的语言可以尽情地发挥挑逗的功能，他们的身体也能在各自的电脑屏幕前形成互动，产生本能的反应，但究其根本，双方面对的却不过是以电子信号与编程语言为传递中介的影像。在感官刺激中，他们的身体什么都做了，但却什么都没做。不过，难道不正是这个沟壑，这种与直接体验的距离，给网络挑逗与性爱增加了性刺激吗？要知道，有很多人并不是仅仅在缺少真实性伙伴的情况下使用这些网络色情装置的；而且，有的时候，很多人使用它们的目的在于激发真正的性活动。或者双方会因此而减少与真实行动相联系的责任焦虑，但也或者这种虚拟的性爱让男性产生一种对阉割的恐惧，让女性产生一种不贞的羞耻，而且毫无疑问，犹如手淫后的负罪感一样，更会让他们共同产生一种堕落的依赖心理。

是的，依赖心理。最近已经有相关的研究表明，在网络的虚拟空间中，正不断增加着网络色情成瘾的人。据说他们中间，不乏学历或者地位非常高的律师、医生、教师、企业管理者与政府官员，平时看起来都那么衣冠楚楚、文质彬彬，谁也料不到他们竟会在电脑屏幕前脱去一切伪装，毫不犹豫地放纵起自己内心最为隐秘的性幻想。在他们那里，网络已成为不折不扣的

"性玩具"。网络色情成瘾的并不都是男性，如若不然，网络视频性爱就缺少了必要的对象。事实上，也有许多对生活感到乏味或不满的女性网络色情成瘾。与男性主要在色情站点浏览图片或视频不同的是，女性更多的是以情色聊天的方式满足交流的需要。

在这种情况下，越来越多的人倾向于认为，这种"虚拟的"或者"电脑化的"性爱或者带来了与过去的根本决裂。因为在这样一种性关系中，与一个"真实的他者"实际性接触正在种种虚拟的想象性满足的进攻下节节败退，而各种色情描写，春宫图画，直至这种电脑网络中的"虚拟性爱"唯一的凭借就是一个"虚拟的他者"：写在纸上的文字和图画，或者网络上传输的电脑数据等。当避孕成为所谓真实性爱的常规选择的时候，这种"虚拟性爱"的合法性更是显而易见的了，而所谓"真实性爱"中的"他者"，难道不变成可有可无的吗？然而，对这个问题，齐泽克给出了一个拉康式的回答。他说，首先我们要来揭穿据称可能的"真实的性爱"的神话："真实"性行为（有血有肉的性伙伴的行为）的结构已经具有与生俱来的虚幻性，他者的"真实"身体只是作为我们虚幻投射的一种支持。这便是拉康提出的"不存在性关系"的命题的确切意义。换言之，在"虚拟的性"中，我们在视频上所见到的各种刺激物，"并不是对真实性爱的一种畸形的扭曲，它只不过是将真实性爱内在的虚幻结构变得明晰了"。

但无论男女，长此以往，眼球似乎包容了整个身体，机体的其他部分则越来越蜕化为接受行动指令的机器。所以，正如齐泽克所指出的那样，彻底的主体化（自我向电脑屏幕的窗口削弱）与彻底的客体化（内在的身体节奏屈从于外部的机械刺激）相重合，身体在浑然不觉中严重透支，自我意识也变得含混不清，性也仅仅成了大脑和手指的机械反射，因为无限的性信息的浸染，失去了必要的盲点，视野就被削弱为平坦的表面，反而对性视而不见了。结果，身体混同进虚拟的网络空间，性成了一种单纯的视觉幻象，这实在是一件异常悲哀而又始料不及的事情。

14. 我的考试观

在一些老师同行的观念中，考试犹如照妖镜，有没有好好学习，一经考试便可以照出原形。所以，他们对待考试的态度特别严肃，也期望别的老师能跟他们一样，通过考试而在学生中区分先进落后，辨析高俊低丑，划出三六九等，对此马虎不得，游戏不得，好好先生不得。

然而，我却不这么认为。

我知道人是分等级的，但能力不是凭考试分辨出来的。即使我不是完全否定考试所具有的甄别能力，但起码有些质疑。尤其是那些偏重思维而疏于记忆的东西，我觉得一场考试，对它所能起到的作用，实在是微乎其微。即使考试真的可以发挥一定的作用——比如比一比谁的记性好一点——但我以为更多的作用是体现在管理上。我觉得那些太过于看重考试的老师，估计是中了管理者的毒，因为硬性地在一群学生中区分出优劣来，那是他们喜欢的事情，可以借此塑造自己的权威，决定对其中的一部分实行奖惩措施。老师们总对管理者充满腹议，但其实骨子里却跟他们完全一样了。

说白了，脑袋里跑的都是别人的火车。

记得东西多一点，未必是坏事。比如英语单词，你记住了，阅读相关文献的时候，你便不用瞎猜胡蒙了；比如古典诗词，你记住了，文人雅集的时候，你尽可以去放心地掉书袋子了；比如名人轶事，你记住了，无聊地相互扯谈的时候，你借着巧舌如簧便尽可以成为关注的中心了，因为世俗的人群中，喜欢周立波、小沈阳的，是远比喜欢尼采、叔本华的要多得多。当然，你如果是一个码字的，记住的东西多，或者能让你的文章蓬荜生辉。我不知道这个词语我用得恰当与否，我记得它常被一些人或真诚或虚假地挂在嘴上，用来给那些造访者脸上贴金，而且说的时候便知道，这一层金光是早晚还要回到自己那儿的：蓬荜云云是假话，借光别人，并炫耀于人，才是真的。但我这里用这个词，想要表达的意思大概是，那文章其实跟破草房一样，四壁里没有一样有价值的东西，但妖艳的辞藻堆砌上去，便顿时光芒四射了；然而却软塌塌的，没有热度、没有体温，跟烂泥坑里的蚯蚓一般。所以，说是光，却既不能让人感到温暖也不能让人脱一层皮。

但若因为众人称赞博闻强记，便将考试当作记忆力的检校仪，实在大可不必。

这会助长学生临时突击的坏毛病，而且往往以自己这种突击力而感到自豪，全然忘记了任何一门学问，都是靠平时一点一滴的积累，才能慢慢形成自己的见解。我便做过类似的傻事。当初我学地质，整个学期，那些陈列在实验室里的各种颜色、质地的石头都不认识我，然而考前一星期我却能将各种石头的物理属性如数家珍。我一度为此沾沾自喜，同学们也艳羡称奇，但考试过后，对那些石头，依然是它不认识我，我不认识它。我只不过是临时背下了有关这些石头的描述而已，而这些描述，到现在也全部忘却了。我的一个同学临考前为了比拼记忆力，床前的脸盆里盛着满满的凉水，他要不时地将头钻进去，以克服不断袭来的困意；而我也就是从那个时候，才养成了"夜猫子"的坏习惯。

当然，如果考试的内容偏向于考察思维及表达能力、逻辑推理分析能力、动手解决实际问题的能力，或可另当别论。我高中的时候参加过一次奥林匹克物理竞赛，事实上，虽然并没有让带书进考场，但很多题目的题干上就提供了教材上基础性的相关知识。在出题人的观念里，并没有将记住那些教科书上的理论教条看得十分重要，关键是一个人的抽象思维能力能否在这些教条的基础上作进一步的理论演绎，或者将之应用到对具体问题的解决中去。如果这些教条真的使用非常频繁，多用几次自然就会记住；而如果用得少，手边有一本工具书便足以应付了。

但很多人想当然地以为考试就是要考知识点，考现成的教条，所以将记忆作为前提。而事实上，不客气地说，有这类观念的老师不是好的有创造力的老师；而深受这一观念毒害的学生，考得再好，也只有掉书袋子的份儿。我以为，记忆力是天生的，一个人记忆力好当然是好事，但大多数人的记忆力是中间水平，拿这中间水平的记忆力去比拼，成就不会好到哪里去的。但思维能力是可以锻炼的，如果肯动脑子，你学问上成不了大家，但还马马虎虎地可以应付一些实际问题。我当然不是否定记忆一些东西的重要，但我更相信无论记忆还是思维，都依赖于平日的训练；而目前的考试，却似乎给人一种误导，以为可以临时地比拼一下记忆力。

所以，既然要考试，那就考一些多动脑子的东西。然而，现行的管理制度，是要求考生过关的；而对于老师的出题，也要求必须有客观题型，且总题量不能少于多少。那么与人为善的我，就给学生们提供了一定数量的复习题。我的一个愿望或者是让学生通过考试意识到临时突击是没有用处的。我不想单纯地考他们的记忆力，而是想考他们的见识。谁都知道，见识的养成，不是一朝一夕的事情。所以，我给他们透露一点考试内容，并明确地告诉他们，看似仅仅是一个客观的知识点，其实很多方面并非不证自明的。教科书上的东西并不完全可靠，更遑论那些百度来的大杂烩了。所以，客观部分，如哪部作品的作者是谁，书本上都能找到答案；而主观部分，我一再告诫他们熟悉教材上的相关内容，然后动动脑子，用自己的语言表达自己的见解。也许因为对他们能否听得进去并没多大把握吧，我还使用了恫吓的语言，我说假设考卷上出现的表述与书本十分一致，我会给判零分。

但事实上，我很少这么绝情。我是通人情世故的，我理解学生的苦衷。活在现有的教育体制下，分数还对应着很多实际的东西，比如不及格的话重修或者补考，还要给学校交一部分钱；而所谓的产业化政策下，如果考得分数高一点，或许能多挣奖学金，相应地，也就相当于被少盘剥了一些学费。

我上了那么多年学，考过无数的试，但至今特别感念的是我大学时候的一个老师。他考前将题目一次次地给我们抄在黑板上，每次都变换数据，让我们自己去推导不同结论；而考后，一个同学死活不会，他竟多次将电话打到宿舍，让那个学生到他家里再拿一份试卷重做，实在不行，他又跑到宿舍，拿起粉笔在地上给他演算，且最终还是放他一马，没抓他不及格。他说不及格要补考，五块钱呢，将近两天的饭钱。现在在考试上较真的老师，有没有这份爱心呢？

或者考试自觉不自觉地沦为管理者的工具罢了。

一个问题有没有准备，回答的情况显然是不一样的。这是一个老师的疑问，而我当然也知道这一点。但即使都有准备，对一个开放问题的回答，也应该会是千姿百态的，除非是背诵了现成的所谓"答案"。或许就是据此，我给学生提供复习题目时就遭到了其他教师的质疑。甚至他们说，现在的学生实在难以揣摩，你给他们提供了复习题目，那些平时不用功的学生自然高兴，但平时较努力的学生可能会不高兴，以为自己的才能不能显示出来了，说不定就会告状到学校那里。我直言，像这样自以为是的学生或许有，但他或她肯定是和好学生沾不上边的。我就有那么一份自信，即使将题目全部告诉他们也一样能分出三六九等，而且这样的区分，其实并不比一点复习资料都不提供时所产生的误差大。

许多重大的议题，大家可以争论上千年，我提前几天告诉他们考试的大致内容，能有什么要紧呢？哥德巴赫猜想就放在那里，有本事你去解答好了。

如果你证明了哥德巴赫猜想，保管没人追究是谁透题给你的。我所提供的问题，当然不能跟哥德巴赫猜想相比，要不然我就成哥德巴赫了。但起码教材上没有百分之百正确的答案，而且我明确地告诉他们，完全照抄教材，是不可能得高分的。不是我要否定教材，而是我想引出他们反弹琵琶的热情。习惯从众所周知的反面去思考问题，在别人习焉不察的地方有所发现，这是很多人都提倡的原则，我想锻炼一下他们在这方面的能力，应该没有什么错。

然而，学生们不争气。

他们似乎自以为回答得很好，半小时就要交卷了。实际的情形怎么样呢？我还没工夫批改试卷，但我大致浏览了一下，心想如果不是那些客观题的部分，肯定会有大面积的不及格。不要以为题目给了他们，他们就能上天了。提供一定的复习题，只是给他们一个沙盘演绎的机会；而真刀实枪地叫板的时候，主动权当然还是掌握在我手里。然而就有老师不解，以为我太过纵容他们了；领导也不高兴，以为违反了规定。但事实上，我们的规定已经不堪到了什么地步？

学生们需要一个成长的过程，而那些指责我的老师们却已经变得脑子僵化了。我理解有些老师的好意，是怕我会在管理者那里落下麻烦，而那不自觉地流露出的管理者思维，却使我挺觉得悲哀的。我想，在这样的老师的调教下，那些还多少具有一些可塑性的学生恐怕也会很快坠入思维僵化者一族了。

15． 衣服与自我

哪天早晨若想给儿子换件别样的衣服，总让他妈妈很犯愁，因为，他似乎就认准了一样。别的衣服强行给他试穿，他不是嫌大就是怨小，这件丑，那件难看，翻腾来翻腾去。他妈妈于是生气了，吼他说，就你挑挑拣拣的，你看人家谁谁，给什么穿什么。儿子也不知道从哪里来的逻辑，不假思索地反驳："人家是猪脑子，不知道好歹，你也羡慕，你不想叫你儿子也变成猪吧？"

这样的母子对话，尤其是儿子的伶牙俐齿，给我最初的感觉，就是小孩子如此没大没小地跟妈妈顶嘴不好；但同时我也强烈地意识到，儿子已经在渐渐培养自我的主见了，尽管这样的主见，是以跟他妈妈对抗的形式出现的。

曾经，因为看动画片，儿子也跟我这么伶牙俐齿地对抗过。那天我正坐在电脑前，儿子跑过来，坐在我腿上就划拉起来键盘，问他做什么，他说要看《萌学园》。我知道这是一部很弱智的国产货，就不同意，说："别老那么弱智，不能看个高级点的嘛。"他问什么片高级，我回答了几个美国动画片名。他摇摇头说："你认为高级的，我认为是低级的，你认为低级的，我却认为是高级的，因为咱俩不一样。""有什么不一样?"我说。儿子这时就跟我急了起来，说："你是大人我是小孩，要是一样的话，那你干吗不对我叫爸?"

面对如此顽劣的对抗，我当然是非常气恼的，但前提，确实是我的逻辑先出了问题，大人和小孩怎么会一样呢。但为了维护作为父亲的尊严，我还是往他屁股上拍了几下，把他给赶跑了。与此同时，我则禁不住感叹自己的口拙舌笨，别说是他这个童稚的年龄，就是最喜欢跟人斗嘴的中学时代，遇到本该反唇相讥的时刻，也从没这么机敏过。即便是以后工作了，在领导或同事那里受了窝囊气，却总是当场不知道如何将自己的观点表达出来，而只是事后想起来，但是说的时机已经过了，就只能再给自己心里添一层堵，白白地又郁闷很长一段时间。

另外一些社交或者会议的场合，也是如此。本来对于别人的话题，很有一些共鸣或者歧见，但总是在心里盘算着合适的字词，也许写是可以写出来的，说呢，却一时不知道从何说起，也就因此给人留下了木讷的印象，白白地放过了一些很重要的学术讨论的机会。很多人，因为反应灵敏、言辞犀利，在一些社交或会议场合，夺得了话语先机，而后对于事业的发展、交际的拓展，都产生了极大的促进。所以，口齿伶俐，不但能对别人的话题作出迅捷的回复，而且能善于发现他人的疏漏，独辟蹊径，见缝插针，成就一番辩才，无论如何，都是我虽不能至，却心向往之的。而且不但心向往之，还有心将自己未能实现的目标，寄希望于儿子呢。

然而这都是题外话，关于那天穿衣的事情，我虽也认为儿子不应顶撞妈妈，但对于他妈妈拿别的孩子作比这一点，却还禁不住有话要说。

在希腊神话中，有一个大盗叫普罗克拉斯，他习惯于把过路的游客绑到一张床上，如果其身长超过了床的长度，他就将超出的部分砍掉；如果不到，则死拉硬拽地将其拉长到床的长度。我觉得，儿子的妈妈在对待儿子的缺点上，有些像普罗克拉斯大盗。当孩子比别的孩子更有优越性的时候，任何一个当妈的当然都不会去除那些超越的部分，但问题是，谁家的孩子都不可能总是比别家的孩子强。所以，在自己不满意时，就拿别人家的孩子来作比，强求一致，怪不得儿子要如此强烈地反驳。

每个人的人生里都有榜样，这个不假，但我觉得这个榜样应该由他或她自己来选取。尤其是就穿衣而言，儿子有自己的标准，其实是一种成长的标志。出于客观环境的限制，或者时间紧迫的要求，当然不能全部顺着他的意思，但拿别人家的孩子不挑拣衣服去恐吓他或者威胁他，伤他的自尊，却也是非常错误的。

当然，对衣服横挑鼻子竖挑眼也不对。但前提是他本来是有一样喜欢穿的衣服，那个衣服呢，价钱未必贵，式样也未必新，然而他就是爱穿，穿上身就不舍得换，似乎是穿出了习惯，穿出了某种心理依赖。只是他妈妈又爱干净，所以每隔几天就给他洗了并赶紧在洗衣机里甩干，然后再晾一个晚上等他一早穿。但也并不是每次都能干透，所以，才会有换衣服起争论的情况发生。

其实这样的情形，我小时候也发生过，而且难保我妈妈，就不曾有过类似的举动。何必从一个成年人的角度要求小孩子呢，况且作出这要求的时候，竟有时也会为了维护自我的权威而有意无意地忘掉了自己小时候也曾经有过的经历。这样的心理，是否也值得深入反思并加以警醒呢？

有一年的春节，我平日里穿惯的那件衣服，已经相当旧了，再在大年初一的时候穿出去就不符合乡村的习惯了。毕竟图个开心和吉利，大家也都希望自己穿衣戴帽，新年新气象。但是那时节，家里是很穷的，另外给我买件新的，又没那个闲钱。于是巧妇难为无米之炊的妈妈，就拿自己的一件条绒布的衫子给我改了褂子。本来那件绒布衫子，也还有八成新的，但臂腕，抑或别的什么地方磨破了。若在平时，补上一补，当然还可以再穿的，但就是因为我没有新衣服，她也就只好割爱而给我改成了新衣，预备着新年的时候，给我换上。穷也好，富也好，不都得开开心心过年的嘛。

然而我的表现，却让大家不开心。已经是大年三十的下午了，大家忙过年的工作，也都收尾了，而我却怄气跑到了村街上，在一群闲人中抗拒着妈妈的劝说，而且抓住我那穿惯了的破衣裳的一角，使劲地拧呀拧的。我的本意，当然是怕妈妈给我强行脱下这旧衣，而换上我并不喜欢的所谓的新衣服，但不曾想，那旧衣服实在是太旧了，竟然被我拧成了布条条，茫然地拿在手里，跟村上的老头子们卷的纸烟一般。于是，看热闹的闲人，就一阵哄笑，把我都笑恼了，然而又只能嚷着嘴不说话，只管眼睛里放出火，狠命地瞪着他们。

妈妈没有辙，而且失去了耐心，就将衣服往我身上一丢，气咻咻地走了。于是那些围观的妇女，热心而且多事的，就涌上来一起劝说，说这新衣服，跟新买的一样，挺好的啦，俺家的谁谁想穿，都还穿不上呢。这当然也是好意，然而分明又是谎言，因为我是知道的，她们提到的几个小孩子中，有的所穿的，纯粹是新买的衣服，那式样、那颜色、那材质，都仿佛会自己夸耀自己，叫谁不眼馋呢？然而她们竟说没有我的好，除了讽刺还有别的什么意思呢？所以，我就更加气恼，百般听不进她们的话，只管用冒火的眼睛狠狠剜她们。

不过，说句实在话，自打妈妈一走，我心里就七上八下了。我自那个时候起，开始强烈地担忧着她的伤心，并且惴惴地想，她回到家里，是不是在那里垂泪呢？爸爸要是回来，她会不会告诉他呢？若爸爸打牌输了，乱发脾气，不仅对我大打出手，而且迁怒于她，埋怨她教子无方呢？甚至于，她要是想不开而寻了短见呢？如此这般想着的时候，我就更加不耐烦听那些闲人的劝解了，我觉得他们除了废话连篇之外，就是成心看人笑话了。然而怄气，却是有惯性的，于是，捧着那件衣裳，我丢也不是，穿也不是，憋在那里不走吧，只能让更多的人看笑话，而走吧，却又很有些不好意思。

从这一点上，可见出我并非不同情妈妈的辛苦，但我之所以跑出来，是因为她的言辞伤了我的小小的自尊。当时，我不想穿那改造的裤子，原因是觉得它是黑的，而我一向不喜欢黑颜色。这点，我觉得妈妈应该知道，然而，她竟不知道，或者是虽知道，却给忽略了，也或者假装不知道，但无论如何，我都觉得受了冷落，所以我在怄气的时候，就偏偏不将这样的心思说出来。我的不说，显然跟我的性格有关；然而妈妈的不高兴，却将事情引向了另外一个极端，她说："这不穿，那不穿，你有本事别在这个家呀，给有钱人家当儿子去多好呀。"

我觉得这才是关键。明摆着的，我不可能是别人家的儿子，无论家里穷富，都没有办法改变这个事实。而妈妈却拿这样的话来激我，仿佛将我当成了一个嫌贫爱富的主儿，这就让我心里受到了极大的伤害。要知道，那时候，我已经上小学一年级了，虽然成文的书还看不下来，但却在收音机里听过不少评书，乡村的野场子上看过不少戏曲，"狗不嫌家贫，儿不嫌母丑"这样的古训，我也还是知道的。然而妈妈，却以为我的怄气，是因为做着改变门庭的美梦，岂不是瞧扁我了吗？

事隔三十多年了，我依然很认同自己当年的腹议，所以，在那个早晨，我听着老婆训斥儿子的时候，也沿用了与我妈妈类似的逻辑，就很觉得不妥。她怎么能够随便拿别人的儿子来要求我们自己的儿子呢？这是我心里涌上来的第一个感觉，至于说道理，我想，尽管我还不清楚儿子的心思细腻到何种程度，但从他的激烈反应，我就知道，她妈妈不但没有达到说服的目的，反而是增加了强烈的逆反。别人家的孩子当然有很优秀的地方，但是自家的儿子也有显而易见的优点，怎么能随便拿别人家所谓的长处，来对比自家的短处呢。所以，儿子说"别人家的儿子是猪，你也让我当猪呀"，虽则难听了一些，自负了一些，想当然了一些，但我还是认为他的反驳有理。

遇到妈妈教训子女的方式像普罗克拉斯大盗一般，这时节，适当地顶撞上一两句，也未尝不可。要知道，既要人不唯上，又让人不犯上，哪有那么容易平衡的事情呢。而作为小孩子，即时地将自己的不满大声地说出来，总比像当年的我那样窝在心里，好上不知多少倍了。三十多年前那个只管怄气的我，既让妈妈不明就里，也让外面的闲人白白地看了笑话，甚至于，还可能在内心里造成阴影，以至于到了成人的世界里，也不会或不敢表达自己的意见了。这样悲催的事情，怎么能再在儿子的身上重复呢？何况，在我的观念里，一个孩子，爱妈妈是应该的，尊重长辈是应该的，但比起妈妈的面子和长辈的虚荣来，我觉得更为重要的是孩子更应该得到尊重的自我。从小就培养自我意识，并且在遇到难题或者选择的时候，内心里总是服从自我的原则，这样的孩子，我觉得，不仅值得肯定，而且在他们自己也是有福的。

所以，爱妈妈，但更爱自主，这是我给儿子的希冀。

我真的不希望他将来成为一个唯唯诺诺的人，一个没有主见的人，一个听别人指挥仰别人鼻息的人。

这个世界上有很多顺民，除了在上级或者其他各种类型的权贵面前点头哈腰之外，他们过得也是优哉游哉的，好不舒服，以至于以为自己已经成了一个掌握人生真谛并且对这人生游刃有余的哲理家了。但是，相比他们，我宁愿自己儿子多碰几回壁，也不希望他活得不讲是非，活得没有骨气。人嘛，毕竟都是两条腿走路的，怎么可能像个哈巴狗一样，四条腿趴在地上呢。

16. 文化大师的委屈

老婆爱看电视，我爱逛网，本来是井水不犯河水，相安无事的。然而，这两天她总跑过来跟我发牢骚，电视上怎么老出来那个姓余的？我说那么多频道，还能让他给占完了？老婆很不满地说，可是他在那里杵着，妨碍我看比赛啊。我知道，她是不满于一位"无所不知"的文化大师的卖弄了。因为有了他的存在，老婆把央视的青年歌手比赛视为鸡肋，觉得食之无味而又弃之可惜，这倒也是不容争辩的事实。不过，既然很多人对那位大师当比赛文化评委表示不满，为什么央视却对他情有独钟呢？

我知道她说的是余秋雨。

自从一个叫余杰的小伙子拿他开了刀，追问他何以不忏悔以来，这些年，余秋雨就没消停过。拿他开涮的队伍不断扩大，刨根问底，翻他老账，果然就发现他那些曾经一纸风行的文章中有不少文过饰非的地方；而他经常到央视歌手大奖赛客串评委，也无端得罪了一批平素还算喜欢他作品的读者，认为他吹毛求疵、指手画脚一副小男人模样着实令人难以忍受。但余秋雨也因此名声大震起来，从一个散文作者摇身一变成了文化大师了，像当年的原始股一样炙手可热。然而，余秋雨却又得了便宜卖乖，不断将怨气撒向媒体，大喊"媒体对我不公正"。真的不公正吗？如果没有媒体的见风使舵和煽风点火，你能一本接一本地出书吗？当然，你既然从媒体的追逐中得了好处，媒体打听你的一些糗事以供大家伙娱乐，又何尝不可？

然而他却因此而宣布封笔了，时间很巧妙地选在他的新一本记忆文学正要推出的时候。自命为文化大师的余秋雨，当然是很聪明的，而聪明的他肯定料想到他的封笔之言，肯定会招来媒体接二连三的评论。到时候，他的《借我一生》不论写得怎么样，经他这么一诈唬，发行量就已经有了保证。

事实上，从《文化苦旅》到《行者无疆》再到《一声叹息》，他总是会制造一些书本以外的新闻引起媒体的关注。大众传媒时代的文学，本来拼的就是注意力。假如说《文化苦旅》中许多文化思想尚有吸引读者与作者一起感动和一起激昂的功能的话，那么，到了《行者无疆》中那干瘪无力的议论已经让人感觉到余秋雨"夕阳无限好，只是近黄昏"了。如此让人看了全身都要瘫软的书，他偏要叫嚷出越来越大的嗓门。

既然余大师诈唬着要封笔了，我们何不放他一马？

曾经我在一篇日志中发出这样的疑问，但我也猜测，这或者就是他要的效果。当然，我想象不到他的退出能为谁带来喜悦和收获，媒体、报刊和批评家总会找到猎物，少了余大师的文坛或许会冷清一些，但没有了余大师他们也不会寂寞。我猜，在这个名利场上，用不了几天就会有丑态毕露的文人冲上前来，所以，就不要老是拿他说事儿了，让我们的耳刮子暂时清净几天不好吗？

其实，门道也恰恰就在这里。

没有媒体拿他说事儿，何以会有收视率保证，何以引起大家对他一本又一本"封笔之作"的关注呢？现代传媒时代，其实不满就是关注，关注了才有不满，但既然已经关注了，电视的收视率已经上去了，书的销量也上去了，再来不满，再有牢骚，再有骂娘，除了吸引那些没有看到大师出洋相的人更大的好奇心之外，恐怕不但对央视、出版社及他本人毫发无损，而且还会带来更为可观的利益。

这年头，点击率就是经济呢。

正如博客的流行，木子美啦，流氓燕啦，都摆出一副我是妓女我怕谁的姿态，点击率竟一路飙升；再看那些留言，也是骂声一片，却似乎只有助纣为虐的份儿了。

所以，我虽然也早已在网上听到了一片欷歔之声，但却不愿加入其中。当然，我也知道自己人微言轻，即使加入，也掀不起任何波澜。余大师既然敢于在如雨的吐沫中翘起他的兰花指，对古今中外的文化说三道四，那么，我还是节省一些自己的口水吧。而且，据中医讲，口水者，津也，津失无度，是有伤脾胃的。

再说了，文化大师念错一两个字的读音又有什么大不了的，我自己不也经常口出白字吗？在我上中小学的时候，课本经常要在一首古诗的某个字上加个注释，说是古音该当如何如何读。这样看来，大师不会读古音，可以引为我的同道，因为直到现在，我还对当年因为念错字而惩罚我的语文老师耿耿于怀，而且无论如何也忘不了他从讲台上掷过来的粉笔子弹所给我带来的屈辱。何况当年的语文老师也总对出现在名家文章中的错别字给出通融的解释，意思是错的不是名家而是我们；那么余秋雨先生的文章据说也收入现在的中小学课本了，他用错几个字，念错几个音，又何必少见多怪呢？

那位大师也认为有些犯不着。

"多大的事儿嘛，也值得炮轰。"很多人从话音里，听出了他的委屈。例如，曾有人提及一个黄段子，说一对乡下男女跑到炮兵营地的靶场去偷腥，孰料半中间头顶上突然炮声大作，那农夫也很是委屈，说的竟是大师一样的话——"多大的事儿嘛，也值得炮轰。"偷腥和念错一个字的读音，其实都没什么大不了的，关键是场合不对。也就是，偷腥不该偷到靶场，念错字不该念到炫耀自己文化大师身份的时候。

文化大师者，当然是对古今中外的文化的来龙去脉都了如指掌的人。从那位大师前后的表现来看，他不但是给自己这样定位的，而且他也总是想让人知道，他对各种文化的理解和把握是无远弗届的。似乎，对什么问题，他都能扯上文化；似乎，对什么文化，他都能发表见解。文字既是文化的记录者，又是文化发生变化的反映之一，例如字音的变化，经历过无数代的世事沧桑，自然会有不少的变化。这种变化，对文化大师来说，难道不是文化的一种表现形式吗？

如果作为青年歌手比赛的文化评委，文化大师来出题："仁者乐山"中的"乐"该怎么读。那些歌手十有八九要犯与他同样的错误。这么一来，他再摆出大师的阵势，给一五一十地讲解一番，或者提出取消多音字的建议，纵令看到此情景的人再大发牢骚，但对他来说，倒也不失文化大师的派头。可惜他的建议，是在遭了炮轰之后的事。

茴香豆的"茴"字有几种写法？这是百年前孔乙己先生的问题，似乎是非常可笑和愚蠢的。但提出这个问题的孔乙己先生如果不是站在小酒馆的柜台前而是坐在央视的青年歌手评委席上，接受提问的不再是一个小伙计而变成那些梦想着通过一场比赛而鱼跃龙门的歌手们，这个问题很有可能就成了文化的象征。愚钝如我的小民，只有高山仰止的份儿，但如果做了评委的孔乙己先生也像那位大师一样，在写错了字后，再来声色俱厉地建议取消异体字，就难免不让人放肆地相跟着欷歔几声了。

17. 大葱的两种吃法及其他

那一天，同事给小孩办满月酒，本地人谓之为喜面。我去凑份子，在送上真心祝福的同时，自然也得了美餐一顿的机会。桌上的饭菜照例是颇为丰盛的，坐中诸人，不管认识不认识的，大家都能有一搭没一搭地说着客套话，而吃相大抵算得上斯文。至于在赞叹厨艺的同时，冲着自己心仪的某样吃食施展出筷子的神技，这样的事情，倒也都表现得心照不宣。

我所心仪的，是那一碟牛肉中做伴的几根大葱段。这边的餐桌上，牛肉是司空见惯的，粉嫩可人的大葱段，也并非难得一见，但是这两者同时出现，且相看两不厌，却真是机会难得。

果然牛肉有人夹，但那葱段，却除我之外鲜有人吃。据此，大概可以推知，只有我一个山东人。煎饼卷大葱，在很多媒介宣传以及大家的口耳相传中，似乎已经成了山东人的一种身份标志。

本地人也并非不吃葱，但是他们的吃法，却跟我们山东人大异其趣：生吃大葱，是山东人的喜好，此所谓煎饼卷大葱是也。当然，齐鲁大地，风俗各异，我们那里地处豫鲁的交界地带，其实并没有煎饼，但就着馒头吃大葱，也是一种别样的风景。相对照的，则是本地人的熟吃，炒菜的时候先爆香葱花，是不用说了，对于我所心爱的水饺，里面竟然可以只放肉与葱。

大葱是一种香料，有人说辣，有人说冲，也有人说臭，而包到水饺里煮熟，尽管是不辣不冲不臭了，但却有一种令人作呕的怪味。

最初遇到这种吃法的时间，距离现在已经十多年了，但那种难以下咽的感觉，却一直在记忆中存留到现在。

人的口味不同，再美的美食，也有人会觉得难以下咽，这个道理，我当然是明白的。而那个所谓的"令人作呕"，我也知道，不过一个主观性说辞。所以，本应该强调"作呕"的究竟是哪些人，但说话的却特别喜欢将"人"泛化，非要将自己的一己之思或私，推广到所有人身上，以为所陈述的，乃一个普遍的真理，不接受，便是与腐臭为伍。

而若这个人独断一些，或者就会到了他以为"作呕"你便不能亲近的地步，否则你也就变得令他以及他想象的一切人作呕了。

我一向以为自己是个"民主"的人，但是，对于水饺里放大葱这件事，却也表现得非常独断，不但自己家里不允许放，即便逢年过节的，也就是本地人所谓吃水饺以"改善"生活的时候，看到那些从大街上拎了成捆的大葱回来的，也不自觉地嫌恶起来：傻傻的，何至于要将葱放在水饺里煮熟了吃呢？

当然，我的意见大多是腹议，并不至于傻到冲到人家跟前，前七国后五胡的，给讲解一番所谓的知识或者道理。毕竟买菜的一般都是女人，夹缠得太久，被人家的男人看到，即便不是饱以老拳，也是给你几个白眼，再哼哈上几声，实在也无趣得很呢。

所以，躲远些是我唯一的选择，似乎稍有不慎，便不是魔鬼上身，就是想起他们大啖包了大葱的水饺的情景，而变得浑身不自在起来。

但其实，我也并没有什么有关于大葱不能熟吃的知识或者道理，所有的，不过是自己顽固的饮食习惯而已。非但如此，我的一切书本上得来的知识，或者生活中熟悉的道理，却都指向我的态度的反面：食物的气味，更多的是主观感受，说香说臭，各有各的道理，就看你对这个食物，有着怎样的味觉的记忆罢了。

不过细说起来，人类总应该是从生吃过渡到熟食的。所以，熟吃大葱，或者从文化进化的阶段来讲，恐怕比之生吃还要处在一个更高的阶段。

山东人一向以为自己很有文化，所以，在大葱的两种吃法上，并不会以这进化论作为反思的基础。反倒是，以为自己是孔圣人老家来的人，依然自顾自地拿习惯当规矩给不同文化语境的人大肆宣讲。

我爸爸便是如此。他如果对哪个地方的风俗人情有所不满，就常有一个说辞，说这还是孔夫子没走到的地方。言外之意，很明显，是说那个地方，还有待像他这样的山东人，拿着圣人的说教前去开化。

但事实上，且不说父亲对于大葱的态度吧，就说他所自豪的山东人，其实大半跟孔圣人的乡党已大为不同了。这个不同，并非简单的世易时移的缘故，而是在人种基因上：历史上的多次大变动，已经将土生的山东人给赶走或杀绝了；现在活在那里的，不是从外地迁徙过去的，便是跟那些野蛮的北方游牧部落杂交的结果。

《杨思温燕山逢故人》是一篇取自宋元话本的小说，其中写到当时属于胡地的燕山的元宵景象，便有一句"小番鬟边挑大蒜，岐婆头上戴生葱"的描述，种种不屑之情非但跃然纸上，而且对于当地人的生吃大蒜和生葱，百般鄙夷，以为燕山市井，纵然学得东京汴梁所有的元日"制造"，但只闻闻他们口鼻中的气味，便大煞风景了。

由此可见，那些赵宋的遗老们的大中原文化心态，不只表现在对昔日东京梦华的想象与追忆上，而且在小小吃食上，也都是一副沾沾自喜的嘴脸。

但想起来这个典故，倒也并不是给东京梦华招魂，而是猜想，或在那个时候的赵宋遗老眼里，大葱的熟吃恰是文明的象征，而生吃反倒成了蛮夷们野蛮落后的证明。而那时的山东已成了这些来自塞外蛮夷的天下，他们的生吃大葱的习惯，也许从那个时候起，就在齐鲁大地上传播并一代代地巩固下来了。

然而我如今却要用自己从蛮夷那里得来的生吃大葱的习惯，来对种种的熟吃，表达自己的不解，岂不可笑也哉？

不可笑，但也不可敬。

我并不觉得当年赵宋的遗老们的态度就是对的，而对于自己的态度，我觉得当然也有反思的必要，但根本的在于这两种态度，我发现，竟全都没有涉及哪一种吃法更有营养的价值的判断。也就是，科学主义的话语并没有在这里出现，我们所有的，只是一种不自知的文化主义立场。

几乎所有的文化主义立场，都是以自我为本位的，总是没来由地觉得自己代表的就是普遍适用的真理，并且迫不及待地要推广这真理。所以，不同的文化相遇时，才会不断有误解发生，而又固执己见，于是便有冲突、杀戮、流血和战争。

很多时候，文化传播的不是福音；相反，文化之间的冲突与战争，却很大程度上，成为我们这个世界上不得安宁的主要原因。

当然，世界的局势，开火或者和谈，也不是我等能操得上心的；但是有关于大葱的两种吃法，却实在关乎我这个小家庭的和谐，毕竟我的爱人，就是这豫籍的本地人。善解人意的她虽不想明目张胆地挑战我的味觉，却也自有她的习惯，并且对我的习惯悄悄地进行着蚕食与改造工作。

谁叫我是一个懒人呢。

所以，如果我坚持认为大葱的熟吃，是一种令人作呕的行为，则恐怕我在家里，也将变成一个"令人作呕"的人。因为我们的儿子已经在他妈妈的潜移默化的影响之下，看见我生吃大葱，不是掩住口鼻，便是二话不说，径自夺门而去。

18. 黑匣子，黑匣子

一有飞机失事，似乎寻找黑匣子就成了最重要的问题。这不但是技术层面的问题，而且是关乎公众注意力的问题。说黑匣子比失事人员的生命还重要，这似乎有些不够人道；但奇怪的是，所有的报道，却都把人的注意力往黑匣子上引。那其中似乎有着极大的秘密，而只要被找到，什么问题都会迎刃而解。然而事实是，一旦黑匣子被找到，一切的疑问与好奇，却都戛然而止了。媒体不再报道，飞机失事被画上了休止符。以后的事情，又被还原成技术层面的问题、专家的问题，黑匣子里究竟藏有什么秘密，也不再是人们关心以及关心得了的了。

我们再一次遭遇被黑匣子挟持的新闻事件，是有关参与汶川大地震灾区救援的直升机失事的报道。当失事的直升机还没被找到的时候，媒体就在关心黑匣子了。现在黑匣子已被找到，这个新闻下面却鲜有积极跟帖了。这件事情的耐人寻味之处，就是人们对于失事人员的哀悼与赞美，也随着黑匣子的被找到而消停下来。似乎黑匣子找到了，他们的亡灵也就得到了最大的安慰，至于如何安慰的，人们并没有进一步探究的热情，就像没有热情探究黑匣子里究竟藏有什么秘密一样。毕竟生活还在继续，新的新闻也不断地被制造出来，人们的兴奋点到这个节骨眼上，也该转移了。

说到兴奋点的转移，从人们对这次汶川大地震的关注程度的变化看得最为清楚。灾难刚刚袭来时，因为各种媒介的即时介入，人们的注意力都被抓住了。就连前段时间在国外闹得沸沸扬扬的圣火传递，这时候虽然已经到了国内，却无论如何都让人打不起精神了。这些注意力迅速转化为物伤其类的悲情，悲情又转化为爱心，全国性的捐助活动也随即展开。仿佛一切如同抢救瓦砾和碎石下的生命一样，都必须争分夺秒才有意义。这时候，灾难现场的细节被人们热切期待。但有一段时间，因为交通，因为天气，因为复杂的地质条件，这期待一再被各种媒介悬置，每个人都想知道，每个人似乎都不能知道，就跟失事飞机的黑匣子总是不能被找到一样。

然而，随着灾难现场一点点地被呈现，悲情也从高潮回落。爱心变得迟疑，各种负面新闻纷至沓来，怀疑主义甚嚣尘上。人们开始探究红十字会的善款克扣问题，开始问责倒塌校舍的豆腐渣问题，开始批评官员殴打志愿者的作风问题。似乎也都很义愤，都很执着，非要有关部门给个说法。结果说法来了，说善款不会克扣；说校舍倒塌原因复杂，至今没发现豆腐渣，有了绝不姑息；说殴打志愿者的新闻存在误报，但打人者已经悔过，被打者已经谅解等。然后媒体不再跟进，人们的兴趣已经转移，没有多少人对这些说法追根究底了。跟黑匣子已经找到一样，好像关心其中的内幕，已经不是我们的事情了。个别较真的，也觉得那些内幕不是我们所能关心的了。

这难道就是黑匣子定律？

柏杨先生曾经批判我们有着两千多年的"酱缸传统"，在这个传统中浸泡太久了，凡事都认不得真了。但认不得真的人不是对什么都不关心，他们关心的是故事，越精彩越有兴致。于是媒体就只好在讲故事上下功夫，在其中精确地掌握分寸：哪些地方需要铺垫，哪些地方需要留白，哪些地方需要设置悬念。无非是告诉你精彩就在后面，让你有兴致看下去。精彩就是所谓信息的黑匣子吧，但其中有什么，他们也未必知道，不想知道，或者没办法知道。不过，这对他们都无关紧要，他们要的是故事，要的是扣人心弦，要的就是玩得你心惊肉跳，然后你买单，他们却转头他顾，寻找新的热点了。

这等不良的媒体风格，其实并非中国传统使然，在世界其他国家或民族的文化中，也好不到哪里去，因为它更多地联系着人们普遍具有的追新逐奇的本性。齐泽克曾经讲述过一个故事，其中提及巨变之前东欧某些社会主义国家的政治犯，被判处监禁的他们因为疾病的折磨而变得虚弱不堪；而他们的一个朋友，历尽千辛万苦抵达了西方自由主义的世界，因为天真的信仰，也因为从政治犯那里得来的印象，令他对于西方世界的媒体所具有的人道主义精神深信不疑。所以，他找到那些关注民主和自由的媒体，希望媒体能够对他那些在死亡边缘挣扎的朋友的处境给予关注。

一位曾因频繁报道东欧的反政府运动而获得极大名声的记者负责接待了他这个对西方世界怀抱美好梦想的人，但是，记者在提问过程中所表现出来的冷漠，却让他的梦想碎了一地。记者说，你那些饱受折磨的朋友的处境，我们其实已有了解，但是，你能否给我报告一下，他们之中，可有哪些人在世界范围内具有自由主义战士的名声。他回答没有，因为新闻封锁，他们的所作所为并不为外界所知。那个记者继续发问，他们所参与的事件中可有什么事件具有轰动效应。他又回答没有，而且原因也是国内的新闻封锁，他们在国内彻底失去了发声的机会。这时候，那位记者就摇了摇头，作出无能为力的表情。而他急了，大声说他们现在的确希望得到帮助，不然，他们恐怕真的只有死路一条了。记者说，那就等他们死了之后你再来找我吧，因为对于一群默默无名的人，或者只有非正常的死亡，才有那么一点新闻价值。

原来单纯的自由和民主的理念，并不能促使西方的媒体对于那些挣扎在生死线上的东欧斗士给予人道主义的关注，因为他们没有足够的新闻价值。唯有非正常死亡，才略备被关注的可能，但这对于他们而言，除了昙花一现的身后名声，还能有什么实质意义呢？从中，我们或者看清了西方新闻的伪善面目，并对之感到义愤填膺，但别忘了，他们做的是新闻而不是慈善，他们要的是买家的消费而不是革命的号角。所以，齐泽克评论道，与其责备他们的言行不一，倒不如反思一下对他们一厢情愿的错认。至于为什么错认，或者关系着东欧政治犯们对于西方的理想主义想象；而为什么会收获失望，则应该反躬自问一下，即便在自己的民众中间，不也是仅仅对于媒体上灾难性、剧烈性、突发性的事件，才会偶尔投去兴奋而好奇的一瞥吗？

所以，责任并不全在媒体，而在于阴暗的人性。有什么样的受众就有什么样的媒体，反过来也一样。经过这般媒体叙事的锻炼，看新闻如同看大戏。即使面对汶川地震这样的大灾难，也莫不如此。如同失事飞机的黑匣子已经找到了，新闻退场，一切回归技术层面；如今恢复生产的灾区，也退回到日常生活领域，似乎没有什么故事可以期待了。大戏谢幕了，观众如水一般散去，尚没有流尽的眼泪粘在脸上，残余的欷歔哽在喉管里，迟缓的脚步随在人流中。但在媒体的舞台上没了故事，不等于生活中没了流血与残酷，只是悲情过后，已经没谁再有驻足观赏的兴致了。

19. 钉子户：改造的隐喻

　　因为要找城市与厕所的信息，想写一篇《厕所在哪里》的文章，无意间发现一则钉子户的材料。在豆瓣网上，有人发了一个帖子，借用霍尔的观点，指出"钉子户是语义空间上的阶级斗争"。霍尔是英国著名的文化研究学者，他的《编码/解码》已经被推举为大众文化研究的典范，其语义空间的含义，大概是说我们使用的语言都是统治阶级精心打造的，一切的命名背后都是意识形态或支持或打压的动机。帖子的发表者举了大家比较熟悉而这几年又比较流行的"恐怖分子"的例子，指出对于恐怖分子的称呼，其实是源自恐怖分子的存在威胁了统治阶级的既得利益，而钉子户的命名则与此有"异曲同工"之妙。

　　我看过不少钉子户的材料，这样的材料网络上很多；而在现实中，也会经常碰到，用不着专门去找的，它时不时地就会自动冒出来，而且都是图文并茂。在气宇轩昂的高层写字楼中间，孤零零地戳着那么一座破败的民房，三层或者两层的，风雨剥蚀，摇摇欲坠，无限沧桑尽在其中；而就在众目睽睽之下，慌里慌张爬上一个表情怪异的人，挥舞着以血写就的标语的白布，在背后华丽时尚的写字楼的衬托下，显得十分生硬与扎眼。这就很"自然"地给我们一种螳臂当车的感觉。

　　这个表情怪异的人就是所谓的钉子户。而和他或她对立的，则是那些没有出现在画面中的开发商了。开发商是一个偏正词组，处于主导地位的是"开发"这个动词及其所隐含的经济意义。与开发商这类人相联系的是开发区，与开发区相联系的是现代化与经济繁荣。所以，开发，我们的主导舆论都认为是好事；不开发，就永远是落后的，而落后就要挨打。这样的教条我们已经被灌输多年了。因此，我们似乎都应该对那些带着钱来开发我们的开发商夹道欢迎才是。

我们说开发商没有出现在有关钉子户的新闻画面中，那么他们在哪里呢？在这个城市当政者的办公室中，或者，被那些当政者陪着待在豪华的大酒店中静候佳音，会有人出面给摆平一切开发的障碍的。因为这牵扯到当地的经济指标，而经济指标背后又关联着其职位的升降、宦海的浮沉，不由得他们不卖力。这是显在层面的，而隐含的就是对开发这一经济理念持赞成态度的人，比如那些摄影者，他们的画面呈现方式就说明了这一切：现代化的高层写字楼与低矮破旧的民房的对比背后，昭然若揭的就是开发商与钉子户的对立。

与开发商所象征的经济发展、城市改造、文明进步相反，钉子户成了改革开放及现代化道路上的障碍物。钉子之谓，试图把一切都钉在原处的意思。在除旧布新的社会工程中，拔钉子自然是一项繁难的工作；与之相联系的，也不外乎废墟上的残余，腐朽而破落，但却不肯为新的东西腾挪出空间。开发区好建，唯钉子难拔，这种情况下，所谓"钉子户"就被赋予了逆历史潮流而动的顽固形象，那些被现代化的高层建筑映照得无比寒酸的老房子，就成了其身份的最佳隐喻。

与他们破旧的房子需要拆迁一样，那些钉子户也需要被改造。对于改造这个词语，我们也许并不陌生，在20世纪50年代的农业合作化运动中，也有不少小说写到其间的钉子户，他们对于党和国家的政策表现出一定的"误解"和"抵触"。而这时候，总会有一些政治正确的工作组人员出面，通过政策宣讲、行动感化、远景诱导等方式，促使其在思想行动上得到彻底的改造。毛泽东思想与共产主义被视为当时最佳的改造武器，而且其改造还有一个基本前提，那就是这钉子户应当在阶级出身上符合需要被改造的条件，本当属于人民内部的一分子的，却需要提高觉悟而已。如今革命话语已经落花流水春去也，所以与开发商对立的钉子户的改造必须另辟蹊径。

千万不要把给予经济补偿当作改造工程的一部分。经济社会嘛，补偿是必须的，也是国家政策所认可的，所以这已经变得有点天经地义了。但钉子之所以难拔，是因为开发商所承诺的与钉子户所要求的之间有难以协商的差距。一个想少出，一个想多要，这也很容易理解。但问题是在谈判的过程中，开发商及其支持者动用话语的权力，给这些期待更多补偿的动迁者一个钉子户的命名；而相反，把自己与经济发展、城市改造、文明进步这样宏大的追求等同起来。一个成了蝇营狗苟的小市民，另一个成了社会改造的献身者。经过如此一番苦心孤诣的设定后，再利用自身所占有的大众媒体资源不断强化这种区分。例如，发帖人就举了电视剧《奋斗》的例子，其中，杨晓芸的母亲被刻画成一个十足的小市民，在拆迁中表现出一种无赖的作风；而开发商却表现得彬彬有礼，不断地作出让步。如此一来，钉子户就被钉在顽固守旧并且贪图便宜的羞辱柱上了，而要改变自己的形象，似乎唯有与开发商合作。这样的循循善诱背后，是一条被改造的道路。

　　然而，如此解读开发商对大众媒体的利用，却可能忽略了霍尔对人们在解码大众媒体信息时的能动作用的论述。我们通常认为大众媒体文化是商业社会的组成部分，作为一种虚假意识，本质上属于资本关系的再生产。《奋斗》中塑造的小市民与开发商的形象，就试图再生产出这种开发商与钉子户之间的高下之分。但霍尔指出，大众可能以一种全然相反的方式去解码大众媒体文化的信息。证之以开发商与钉子户的区分与塑造，或者那些钉子户及其同情者会认为："那文质彬彬的样子都是装的，钉子户怎么了，小市民怎么了，你开发商可以拿我的地皮挣钱，我为什么就不能获得自己应得的补偿？"这一来，没准是更加强化了个人权利神圣不容侵犯的信念。

　　事实上，曾经有一段时间，媒体上不乏对于钉子户的正面肯定。有一个流传甚广的欧洲谚语，就是"风可以进，雨可以进，但国王不可以进"。据说它的原始出处，是在老威廉·皮特1763年的一次国会演讲中，原话翻译成汉语是："即使最穷的人，在他的小屋里也能够对抗国王的权威。屋子可能很破旧，屋顶可能摇摇欲坠；风可以吹进这所房子，雨可以淋进这所房子，但是国王不能踏进这所房子，他的千军万马也不敢跨过这间破房子的门槛。"这从法理上，显然暗示了私人财产神圣不可侵犯的意思。所以，当物权法刚刚制定的时候，它就被当作神圣的教条，在我们的一些媒体上广泛传播。而后，房地产大肆发展，各地都在积极进行造城运动，于是强拆事件此起彼伏，而"钉子户"用各种极端的方法，抵抗各种暴力拆迁。一些人也就写文章，给这个西谚编撰了不少煞有介事的故事，并且绘声绘色地描述了国王与穷人之间的对抗。

　　结果当然是毫无例外，貌似君临天下所向无敌的国王竟在一无所长却唯有一间破屋外加几分倔脾气的穷人面前作出让步。含沙射影的意思非常明显，而且讲述中，不无揶揄地强调，这个钉子户，只有私人物权的观念，而一点也不把"市政规划"和"国家形象"放在眼里，但却并不害怕"强拆"，也没谁对他断水断电，也犯不着往自己身上浇上汽油等。如此一来，"钉子户"就仿佛私人财产神圣不可侵犯的象征；而法律的尊严，也在皇帝或国王的碰壁中得以彰显。然而，随着强拆事件的越发普遍，被戴上暴力抗法帽子的"钉子户"越来越处于劣势，在媒体上，则又出现了另外一种趋势，不去强调这则西谚及其故事背后的法理，而是开始怀疑其历史的真实性了。于是，一种"帮闲"的腔调，就逐渐流行起来。正是在这个前提下，"钉子户"，作为一种需要改造的隐喻，就被当作一种主导性的观念强行推广开来。

20. 关于猫狗、辩论及其他

从根本上讲，人是很难被说服的，除非他或她愿意相信。哪怕是偏见，只要他或她相信了，就很难被从头脑中驱赶出去。我相信这个世界上有巧舌如簧的人，但他们所做的，一定是说服人的工作吗？或者他们只是将别人想得明白但却说不明白的东西，用富有感染力的语言给表达出来罢了。何况有些人，只是说得好听而已。道理上，其实在骨子里，我以为是谁也不服谁的。不可否认，这世界上是有共识存在的；但在共识之外，却是无边无际的非理性的空间，其间，所谓的道理，很大程度上是私理。在共识之内你讲什么道理，一般来说，不会遇到太多的阻力；但是，在各自的私密领地，其实只有惺惺相惜或者彼此排斥。如果谁试图在这个地方，实施说服的努力，恐怕难免不会碰壁，而碰壁之后还要坚持，则说不定朋友也会陌路的。

这样的经验，我曾经有过。

比如我有个小师妹，近来她不仅对我的性别偏见提出抗议，而且有关猫狗的议论，本来是八竿子跟她打不着的，她也跑过来跟我争执了一番。这可能基于她对于我的友谊，而且关联着她个性中的较真。读书期间，跟她的来往还是比较多的，印象最深的，就是她的执着。当时我们都在一个老师的指导下做马来西亚华文文学研究，而关于这个课题，一个最大的特点，就是资料难找。我呢，似乎在同门之中最先掌握了网络技术，所以搜寻了不少有关的电子材料；她则在老师那里知道了这一点，入学没多久，就缠着我要。记得有一次，她问我有否钟怡雯的一篇文章，而我答应了给她复印的，结果我却因为住在校外，且又杂事缠身的缘故，一连两周没能到学校里去，她便短信之外，电话催了很多次。当然，说这些，并没怪罪的意思，因为她之前写了文章而想让老师指导，也是电话打个不断。对此，那个老师在聚会的时候，便不止一次拿来做了学习要有主动性的例子。此后毕业了，我到了湛江的一所地方院校而她则继续就读的时候还保持着联系，以至于半年后，她请假租房子到清华大学一心考博了，还不时地给我鼓劲，让我也去考汪晖老师的博士。这中间，她还给我寄来了复习的资料；而我的确是应考了，期间的住宿，也还是她老公帮忙给解决的。记得考试期间她老公请吃饭，还谈及她性格的急躁，她似乎挺不服气的，两下就要起争执，而我则在其中做了和事佬。

就是这么一个小师妹，不仅学术上互动，而且现实中互助，应算难得的好友了。但她之与我辩论，却从细微分歧，而各自走向极端，竟而至于连累了多年的友谊。

事情的起因，或是我有关海外华文文学研究的评述，因为引述了某个老师对海外华文文学研究的非议，使得她有些不满，且以为我也是这一观点的拥趸。但在那一波讨论中，我们似乎都还没走向极端，毕竟我们跟随过同一位老师，而她对这老师及其所执掌的中国世界华文文学学会的维护，于公于私我都应该跟她是站在同一个阵营的。但从那之后，我发现，在一些问题上，我和这位朋友的观点并不总那么一致。不过好在，我早已经脱离海外华文文学研究，在人事和情理的维护上，已没有多少发言机会，与她的交集也就少了起来。至于生活上，我当然还是对她充满感念。那一年考博的准备时间，她老公所给予的照顾令我至今难忘；而此后携妇将雏去北京开会和游览，也都没少给她添麻烦；更不用说那年到广州，她还邀集了研究生时的同好一块吃饭聊天。斯情斯景，每每想起，都甚为温暖。

然而有一天，我因为发表了一番对猫狗的偏见，她就跟我辩论了起来，而且由猫狗而女权，又由女权而法西斯，最后竟不能见容于我，将我从 QQ 好友和微信朋友圈中一并删除了。这让我纳罕而且伤心，不就是养猫养狗的事嘛，何至于此呢？难道多年情谊，还抵不上几个摇头摆尾的家伙？不过我终不至于摇尾乞怜，如我一向厌恶的猫狗然。所以，高挂免战牌，独享小忧伤，虽是我一向劝慰自己要珍惜友谊，但既然开弓没有回头箭，我是断不会因此而改变看法的。

其实关于猫狗的看法，我也没必要太过重复。我当时只不过是因为看了一篇小说，其中有个女主人公，大学毕业好多年了，生活在一个竞争激烈的大都会，却因为怯懦而不肯出去找一份力所能及的工作，只能仰赖老公那一个月几千块的工资，住在每个月需要还上两千多贷款的市郊毛坯房子里。这在我看来，已经是很奇葩了；而更奇葩的是，她竟还在家里收留了四个流浪猫，宝贝一般地豢养起来。我于是在复述小说故事的时候，就在括号里加注了对养猫养狗的不满。这当然是我一向的态度。我觉得，人应该对动物有慈悲之心，但首先也要顾好自己的生活，因为所谓的慈悲，不过是推己及人，又由人而物的。这一观念的源头就应该是这么一种顺序，它在现实的操作层面上也应该如此。但有些宠幸动物的人却可能将这个给搞颠倒了，并且振振有词，试图颠覆人类中心主义的桎梏。很明显，他们首先是作为人，才会发出这样的叫嚣，所以，这叫嚣本身，也是人类中心主义的。当然，我还可以从现实的经验出发，罗列种种猫狗主义者的不端，比如晚间小区里散步的时候，冷不防黑暗中窜出一个四脚的动物，这自然让我禁不住心里一紧；而就在还没躲开的时候，又听到一个女性发嗲地唤她的宝贝，我还以为是哪个小孩子受了跟我一样的惊吓，却不料她所谓的宝贝就是我所受惊吓的来源。凡此种种，虽然不能推导出一种反对动物中心主义的公理，但于私，却完全可以衍生出不爱猫狗的偏见。而我，很大程度上，也只是这偏见的持有者，且并没有雄心将之推而广之。

当我将这样的偏见加塞在我对于小说《毛坯夫妻》的评述中的时候，这位朋友就跟我较起了真。

她并非以猫狗作为核心，因为她自己，其实并不是一个宠爱猫狗的人。但她觉得有必要作为一种人生态度，来郑重地对待与猫狗为伴的行为，因为它所代表的闲散，或者可以用来对抗那些一味强调"进取"的意识形态。这样的观点其实我也并不反对，虽然我对小说中那个女主人公的不思进取，表达了某种不满；但这不满，却是因为以竞争、财富、差异为标准的环境而发的。我们就生活在这样的环境之中，单纯强调个人对这环境的逃避，奉行所谓的鸵鸟主义，正如小说中的女主人公的没心没肺、装傻充愣一样，是根本不能解决问题的。我们可以强调生活要慢下来，但前提是你得能置身在快的环境之外；而事实上，小说中的女主人公却做不到这一点，因为她的慢是以老公的快为代价的。她并不以为这种慢是一种幸福，而只是感觉到无能为力罢了，所以，她就用种种办法麻痹自己，在散漫的表象下，她其实并不快乐。这都是关于那篇小说的看法，而我的朋友并没读过它，她只是接着我的话做了一些引申。对此，我也没有异议，但她却一再以宠幸猫狗为例，就极大地触动了我。我于是隔了几天之后，专门就讨厌猫狗而写了一段话，大意是，我的讨厌猫狗和另一些人的宠幸猫狗之间，其实都是偏见，而我因为种种私人的原因，是不愿意对此作出改变的，正如他们也不肯改变宠幸猫狗一样，非要将他们的偏见强加在我的头上，这是不公平的。如果上纲上线的话，甚至都可以用欺人太甚来形容。

事后回想起来，这显然是将一件事说成另外一件事了，不但与那篇小说无关，与慢的生活态度无关，甚至与宠幸猫狗与否无关，有关的，只是我想表明一种态度，就是不希望有人将豢养猫狗的好处拿来与我所认为的坏处来做对比。非要让我理解猫狗的可爱，却也不能回避猫狗的可憎，爱猫狗的人和憎猫狗的人，其实都是各取了一端。所以，说到底是立场的不同，是没办法相互说服的。然而，我那朋友的回应，却也将一件事说成了另外一件事，她以为我是一遇到相反的意见，就恼羞成怒，并由此而下判定曰，我的很多言行其实是跟希特勒无异的。

这已经没有办法将问题讨论下去了，但我们却都还保持了说话的惯性，在各自维护自我的观点上又走了很远，以至她终于践行了诺言，将我"拉黑"了。而我虽然一再宣称，以猫狗为友的就不是我的朋友，但却偷偷给这宣称加了一个从权的条件，就是只要你不在我的面前公然宣称自己爱猫狗胜过爱我这个朋友就是了。我又不是什么东厂或什么锦衣卫的，既没能力也没兴趣去追查你的态度的真假，所要的只是一种自我安慰而已，所以并没因为猫狗而删除过任何的好友。

当然，在骨子里，我的确是不喜欢别人试图说服我。很多时候，我很固执己见，即便是知道，这个己见，在别人那里就是偏见。人生就是由很多偏见组成的，我不认为这个世界上还有绝对的真理。你站在跟我相反的立场上讲的道理，哪怕在你看来天花乱坠，在我看来可能也只是一腔废话。立场问题不能辩论，否则，只能各自走向极端。比如看小说，如果我说这个小说不好，我说出了一二三；然后你说这里写得很好，然后你也说出一二三；我或许就可以试着从你的角度看看，但不喜欢跟不好是完全不同的概念，如果我说我不喜欢这类小说，你说这类小说多好，这明摆着的就是添堵。喜欢还是不喜欢，没辩论的空间；好与不好，倒是必须各自提出理由的。关于猫狗，我是不喜欢，而不是说它们不好。谁都知道狗会看家，猫会抓老鼠，然后你说你喜欢它，这都是可以的，但是你不能因此而让我改变不喜欢的立场。总之，强迫别人喜欢猫狗，我觉得是一种恶，这种恶比之讨厌别人喜欢猫狗的偏见，乃是恶之又恶的。

很多事，实在没辩论的必要。我老婆也跟这朋友熟识，她就曾出来调停，并将争论比喻为小孩子的闹着玩，你一拳我一脚的，闹着闹着，就变成真的了。所以，她的建议是凡事都要遵守限度，别因无关自己的事较真而伤了和气。这其实也是我以往一再告诫自己的，也就是在共识之内，遵从社会的公德，倡导公正和自由的理念；但在共识之外，则只能是坚持自己以为正确的，厌恶自己所厌恶的，不做无谓的辩论。如果说理，只在共识范围内展开就行了；至于私见，其实最好能各自有所坚持。即便改变也无所谓，比如我之前或强调进取，但过几年，我可能觉得人应该无为。这都是没关系的，因为人本就是因环境而自我调整的，但却不能在强调进取的时候，也来讲无为的道理；或者无为的时候，又要大谈特谈进取的必要。可以理解他人，但自己不能乡愿，对什么都来和稀泥。无为和进取都有必要，关键是你自己站在什么角度上。如若不然，各自都给称许，我觉得这样的人，充其量只是一个老滑头而已。

21. 为谁辩护

从网上看到王彬彬教授批评汪晖学风的文章，跟风写了一篇文章讨论王彬彬的学风。发在博客上，竟被广泛转到网络上的各大论坛，并且各处颇有一些片言只语的回应。我并不为引起关注而骄傲，也不为竞相转摘而心怀感激，更不为某些出言不逊而有丁点儿的恼怒，我知道这不过是因为搭了名人的顺风车而已。一切都不是因我而来，也不会因我而去。

事实上，就有人怀疑我作为"汪粉"的主体性，说要"扯点边角料，文中有句话，颇有趣味"，而将"像汪晖这样在我心目中顶尖的学者也'剽窃'的话，自己仍孜孜以求的学术梦还有什么意义可言呢"摘抄出来，反问："作者为什么连站着思考都做不到？"其潜台词，则如另一则回应所言："这是并非心口一致、价值中立，而是通过贬低王彬彬，进而达到为汪晖教授辩护的目的。"

也就是，作为汪粉先跪下来，成了给汪晖作辩护的前提。

这的确"颇有趣味"。

汪晖是我崇拜的，王彬彬是我不喜的。虽然这是得罪人的话，我在文中却也没有刻意隐瞒，至于是否作为汪粉跪下来，我将会慢慢道来。但这里首先要明确的是，我这不过是寂寞人作寂寞文，而若说"辩护"，也只是给自己目前心态和处境的一个微不足道的辩护，也就是阐述自己对学术研究既热情又懈怠、既自信又茫然的原因。

实话说，总是寂寞为文，有谁不希望得到提携呢？曾和一位同学在书店翻阅王元化的《九十年代日记》，发现很多地方谈及许多人对他的拜访及交流，因为相谈甚欢的缘故吧，他也就在很多方面给予了提携。而结果呢，这份名单中，有很多已成了学术界的大腕，而在当时，不能说籍籍无名，但影响力绝对和今天有着天壤之别。记得《世说新语》提到晋时的钟会，说他刚写完了一篇文章，揣在怀里去见当时的名士嵇康，闲扯了半天却始终揣在怀里不敢拿出来，竟至出门的时候，从门外隔墙扔进去就一溜烟跑了。

很多的评家，据此指责钟会的沽名钓誉，然而我却觉得他的可爱，因为千年之下，我们不还在有意无意地重复着钟会的故事吗？只不过有的尚不如钟会那般扭扭捏捏罢了。

"用之如虎，弃之如鼠"，这是对知识分子的一个评判，据说出自汉朝时的东方朔，但也有人附会到秦相李斯身上，竟觉得恰如其分。而我看到这句话，却是前不久在朱永嘉先生的博客上。如联系他的生平情况，这应该也算是感慨系之吧？因为刚刚查证钟会的记载，意外发现其与钟毓的轶事，说是这兄弟俩有一次被魏文帝曹丕召见，钟毓一脸的汗，曹丕问缘故，对曰："战战惶惶，汗出如浆。"钟会却不然，问之，则曰："战战栗栗，汗不敢出。"可见无论汗出与否，都与惊惧有关，何以如此？还不是当朝天子拥有让他们成为吟啸朝野的老虎抑或厕间觅食的鼠辈的权力。

处境如斯，还谈什么知识分子的主体性呢？

尤其眼见得学术界诸多乱象，我对知识分子的主体性更是抱着深深的怀疑，而这其中自然掺杂了我太多的悲愤。整个学术评价体系，早已经与学术从业者具体而微的生存处境密切地联系起来，要生存得好一点，就要不断在学术 GDP 上添砖加瓦，而对文章质量完全不管不顾，一切交由所谓的 CSS-CI 或各类核心来论定。

在此前提下，学术期刊又助纣为虐，要么为了转载而只认大腕名家，要么为了钱什么垃圾货色都敢发。正所谓，一面将学术祭上神坛，一面却又以学术为幌子来做生财有道的生意。

事实上呢，有许多学术科研机构的从业者，虽然顶着学者的名号，却有很多也是将学术作为生意来做的。

有的人发达了，也可以跟官员权贵或房产大鳄一般呼风唤雨撒豆成兵；不济的，也可以评个职称搞个课题，每月多拿不少银子，只不过，这些银子里有很大一部分要拿出来，跟各种各样的学术贩子坐地分赃而已。

我的几个同学就曾对我的坚持不交版面费不以为然。有的说，某某某，每年拿数万元进行学术公关，不几年就成某校有学术带头人之尊的硕导，照此速度，前途真不可限量云云。我不能给予反驳，不但如此，而且对比之下，我不折不扣成了蚍蜉撼大树的不识时务者。有的则说，不要以为那些交版面费的人傻，谁心里都有算盘，而既然交了版面费可能换来更多的回报，怎么还能有那么多的牢骚和不平呢？空手套白狼，哪有那么多的好事呢？

在这样的道理中，我似乎极类于总想着吃请而自己一毛不拔的宵小之辈。

在当时，我总会默默地以鲁迅当年给许广平的信里一句话给自己打气，其语曰："世界岂真如此吗？我还要反抗，试他一试。"然而，如今我却越来越多地陷入自我怀疑。我因为顾念家属工作而到了名不见经传的学校任教，来之前，导师便曾一再为我担忧，极力阐扬留在大城市名学校的好处，以及小城市不出名学校的劣势；而我的一个经常一起畅谈的同学，也同病相怜地说，恐怕到了那些地方，不但可能一辈子没有出头露面的机会了，连发文章也会面临颇多的难题。说得我心有戚戚焉，半信半疑起来。初来乍到，果然便有一番领教，不仅以前发的文章全部不能拿来评职称，而且，务必有所谓省级以上课题才有参评的资格。这当然不是针对我的，大城市名学校也未必就没有花样繁多的土政策，但如我的那位同学所言，作者一览中填上差学校的名字，不论发表文章还是申报课题，都很可能连看都不看就被扔进垃圾篓的。所以，仅发文章就有不少变数，何况申报课题这类谁都知道猫腻丛生的事情。我于是懈怠，然后焦虑，既没了自信，也少了热情，但又不能不顾及自己的生存处境的好坏，所以生了妥协的心。要知道为解决爱人工作而到小地方便是跟社会妥协的结果，而既然膝盖已经软了，何不一跪到底呢？

但不敢光明正大地骂娘，却也不能阻止不哼不哈的腹议，而且根据自己以往的经验，终还不至于将学术想象得一片烂污，相信在整个被污染的大环境中，至少还有坚持了道义与责任的学人的存在。事实上，自己过去与现在，总还有零星的文章发表，且并非因为和编辑有什么私人关系的缘故，这便足以不让自己完全地由对体制的不满而自轻自贱的。任何时代和领域，都会有人因为世俗和投机而完全不顾及操守，既如此，何必去计较他们而让自己失去了方向呢？

所以，我觉得，这个时候，给自己找一个行为的标杆，或者说能使自己保持一份锐气而继续冲锋向前的旗帜，是很有必要的。谁又能完全否定这个世界确确实实存在榜样的力量呢？何况人是群居的动物，总要生活在各种关系中，即使这些关系在很多情况下是自己实现主体性的桎梏，但自己的主体性却必然因为这种种关系而彰显。

这在某种程度上可以作为我何以将汪晖作为自己学术楷模之一的理由。

选什么人作为自己的楷模，或者相应地，将什么人作为自己不与为伍的对象，不是跪着还是站着的问题，而是恰恰事关自我的主体性的，即使这个主体性，在强大无比的力量面前，可能只存在"汗出如浆"和"汗不敢出"的区别。所以，直截了当地说，我将汪晖作为自己学术上的楷模，是因为他在研究中对 20 世纪中国革命历史及其叙事的同情之理解；而不喜王彬彬，则是因为他处处时时似不假思索地以人道主义或人性论的陈词滥调对那段历史及其叙事进行激烈的批评，而那些批评不过是时代大合唱的一部分而已。汪晖的同情之理解让我看到革命之所以发生，不是因为某个或某群人的头脑发热，也不完全地是因为他们中的某些人处心积虑为成就个人功名，而不惜将广大黎民推入火坑；即使是，为什么就有那么多的人前赴后继地跟从？

弱者的反抗，以及想象未来的勇气，怎么能够以一道非人道反人性的圣谕而一笔抹杀呢？似乎唯有在这个基础上，才能看到革命的阴暗面实际比目前所广为诟病的学术界惨烈多了，因为那是一不小心便要人头落地的，所以才会有对革命的反思与警醒。但不能因为这反思与警醒，便将其之所以成其所是的历史及人性的根由全部地污名化。

尽管如此，也不会构成我为"剽窃"辩护的理由。而且需要申明，我也不会因为王彬彬的学术立场而对他有任何非议。每个人都有选择立场的自由。何况他是我的师辈，虽然"吾爱吾师，吾更爱真理"这话比较时髦，但从根本上，我更多地服膺尊师敬老的传统，更何况在当前复杂的学界，我和谁都八不靠，没必要给自己招惹是非。王彬彬撰文批评汪晖的学风，甚至涉嫌"剽窃"这一事关学术道德底线的问题，首先让我感到一种悲哀，也即是"像汪晖这样在我心目中顶尖的学者也'剽窃'的话，自己仍孜孜以求的学术梦还有什么意义可言呢"？我的悲哀不是为汪晖而发，抄袭与否，那是该由他自己澄清或者承认的；我悲哀的是，在我眼见了学术界那么多的烂污时，好不容易发现了一个榜样，却竟也涉嫌"剽窃"，自己又何必将学术当回事呢？一条河流，菜叶、工业废料、黑水甚至腐肉横流了，我却想跨到里面去净化和安妥自己的灵魂，这不是很无知、很虚妄、很不自重的吗？要么为了评职称花钱发一些论文；要么以这样的精力去寻一些虽烂污却也坦诚烂污的行当冒险一番；要么就安于现状，挣一份虽然少但却勉强能维持生计的工资，即使在学术上"不思进取"，不还可以在教书育人这一朴素的工作上投注精力吗？

然而不甘。

"我不想一下子就将自己推向绝境，不想一下子就因别人的判断就真的绝望起来"，而且对自己能否成功转型也心存疑窦。读了那么多年的书了，对外面百舸争流的世界已经徒有羡鱼的份了，而突然有人宣布，连自己经过大量甄别而发现的学术榜样，比自己先前所感到失望的学者不过是五十步笑百步，这足以让人产生绝望情绪。正是怀着这份忧惧与不甘，才让我在读王彬彬的文章时对照了汪晖的原文，并发现很多并不十分符合事实的指证。我为这些发现而窃喜，不为别人而为自己。尤其是，当我读的那会儿，有许多同学好友就说，汪晖剽窃可是板上钉钉的事情了，因为他直接将"梁启超"换成了"鲁迅"，这不是抄袭是什么？但恰恰在这一点上我发现了王彬彬的断章取义。我想我必须记录一下自己由怀抱着微弱的希望而在学术上寂寞地奔突而一下子坠入无底深渊的凄惶无助，再由这凄惶无助而转到发现所谓"剽窃"不过是似是而非的谎言而感到的不满甚至愤怒这一整个变化过程，于是才有了博客文章《汪晖与王彬彬：谁的学风问题？》。

毫无疑问，这文章有一些臆测的地方。但我觉得一个抱有与人为善的心态的人，最大可能是向着这些臆测求索而不是向着最为恶意的地方怀疑。即使怀疑了，却也不能故意隐藏别人已经标明的引注，并迫不及待地得出看起来正义凛然但却尖酸刻薄的结论。我之所以不去论述其他地方，一是因为更多地已经做了这样的事情，二是觉得这揭批最能迷惑不看原著者的地方已经足以说明问题，三是因为这篇文章本身并非为汪晖辩护。我是为自己写的，为自己因此而引起的内心波动而留下的记录。这对我意义重大，所以我就不顾人际关系的复杂而写下了自己的感受。所以，再次重复一下，包括这一次，实在不过是寂寞人作寂寞文，而若说"辩护"，也只是给自己目前的心态和处境的一个微不足道的辩护，也就是阐述自己对学术研究既热情又懈怠、既自信又茫然的原因。

22. 世纪末：想象与追忆

2009 年的初冬时节，我翻看旧杂志，在 1999 年第 3 期的《外国文艺》上读到俄罗斯作家奥列格·巴普洛夫的短篇小说《世纪之末》。小说的副标题是"大众故事"，很显然这应该是他系列写作的一部分。故事发生在莫斯科的一家医院，时间是圣诞节的晚上，一个冻僵的酒鬼被送了过来，而这晚上为挣双份工资才加班的医生、护士以及警卫人员，都喝得醉醺醺的，一边捧着酒瓶子跳舞一边高声叫骂。病人先被胡乱地推进候诊室，然后又晾在消毒室，而且因为他浑身发出的臭气实在难闻，警卫们还把消毒室的窗子打开了。"房间里很冷，而且又耽搁了很长时间，因此连那个塑料袋子似乎也冻僵了"，于是，他逐渐地没了挣扎与呻吟。

小说在描写医护人员敷衍了事方面下足了功夫，而等到所有铺垫完成，一个在候诊室旁的长椅上打盹的清洁女工终于看不下去了，她费尽力气把这个醉鬼弄进了浴缸，耐心而又难为情地给他清洗，尽管知道这个还很年轻的人已经停止了呼吸。最后，尸体在太平间里莫名其妙地失踪，这家医院的主任医生辞退了那些渎职的警卫，"让他们听从命运的安排"，一切便又回复了所谓的常态。

曾经在我们的 20 世纪 80 年代被赋予无数美好意象的"世纪之末"，却在俄罗斯的作家笔下发生如此冷血而恐怖的"大众故事"，不由得让我感慨万千。

如今时光早已越过了 2000 年。

当年的很多想象并没有如期而至。或者长久的期待，会有净化心灵的作用，但正如小说中所描写的那样，普通人的冷酷与温情、悲欢与生死，并不会特别减少。似乎没什么值得留恋的，但也不必费心诅咒。那个时刻，没有因为被赋予了伟大的意义而多作片刻的停留。太阳照常升起，生活仍在继续。倒是现在的我们，或者因为太多的牢骚和不满，而几乎完全失去了想象未来的能力。然而，对于当初深入人心的"奔向 2000"的宣传，恐怕还不会完全忘却。

我就记得它曾作为考题，出现在我小学升初中的考试中。因为前面的试题提供了"奔向 2000"的现成材料，作为讨巧的办法，我于是将它与那份试卷中要求描写"朝阳"的看图作文联系起来了。但细究起来，满怀青春的豪情向着冉冉升起的朝阳走去，岂不正是"奔向 2000"的宣传画所极力向我们传达的意象？

那天，是父亲骑自行车送我到中学所在的镇子上参加考试的。我坐在自行车前梁上，而车后座上的半口袋小麦，则是父亲顺路带到镇子上去卖的。当时小学升初中的考试在新小麦收割前举行，很多人家的陈粮早已吃完，所以这个时候的集市上，小麦应该是很宝贵而且抢手的。但是，当太阳偏西，考试结束的我跑到集市上找到父亲的时候，他却还蹲在那里，勾着头守着他的口袋。我就和父亲一起蹲在那里。

"馒头，热的，快来买啊，一个顶俩！"

或者我的记忆出了问题，接下来的场景发生了置换：正一筹莫展地蹲在街头的我听到了这么一句轻快的叫卖声。我清楚地记得，父亲冲那叫卖的喊了一嗓子，但地点却不再是小镇的街头，而是县城某个人来人往的大街。所卖的东西，也由小麦变成了花生。父亲叫那人快点走吧，小孩子不懂事，别再磨蹭着勾他的馋虫了。然而那叫卖的汉子却停下了，他似乎会错了意思，很快活地将车子一支，动手去掀车后座上麦草编织的筐子。随即从地上站起的我，在记忆中，则成了六七岁的光景。瘦小的身躯，破烂的衣衫，脏兮兮的如巴掌一般大的脸上挂着清水鼻涕。

父亲那天终于给我买了"一个顶俩"的白面馒头。在随后的若干年里，父亲经常说起我当时的兴奋。"娘，爸今儿个给我买了蒸馍，一个顶俩的！"每当这时候，母亲就在旁边模仿起我大声向她报告的童音。这似乎成了他们所能忆起来的我的儿时趣事之一。而在我的记忆里，却是最初不肯买馒头的父亲，一边用眼睛求那汉子快走，一边安慰我说等卖过花生再给我买，而且不买一个，买两个，买好多。

"不不不，我就要一个顶俩的！"

我这里表现出的倔强，或许因为当时肚子确实饿了，但也或许更多的，是因为对于父亲的许诺的不信任。现在想来，这对父亲是不公平的，因为父亲所许诺的，不过是卖完余下的半袋花生的光景便可以检验，我竟一点等待的耐心都没有；然而对于"奔向2000"以及实现"四个现代化"这等要耗掉一代人青春的愿景，我却在以后的很长时间里怀着虔诚的信仰。

在我参加完小学升初中的考试的遥远的下午，"奔向2000"已经灌输进了我的大脑。当时，尽管肚子也很饿了，但已经约略懂事的我，却一声不吭地与父亲一起蹲在那里，期待过往的行人能够买去我们的半口袋小麦，然后我们才能用刚换来的钱去买一口袋的玉米。我想，到了2000年的时候，既然小康社会已经实现，那么，我们家里应该也可以一年到头都能吃上小麦馒头，而再也不用皱着眉头吞咽涩得喉咙发麻的玉米饼子了。

我这朴素的念想，到了1998年的时候，却被很多人悄然置换成了太多的浪漫。就要大学毕业了，宿舍里的卧谈会，无形增加了一些离愁别绪。然而并不感伤，我们都对未来充满没来由的信心。毕竟赶在大学扩招之前，虽然实行双向选择了，但我们那一届的毕业生，好歹学校还能给提供一个单位。所以我们的话题，基本还是围绕女孩子展开。躺在我斜下铺的兄弟当时正在热恋中，曾经有一次，我们开他女朋友的玩笑，他很不高兴，他说我和她都到这个份儿上了，你们说话，应该注意分寸。什么份儿上了？我们都起哄，他却红着脸不应我们的腔。然而过了一会儿我们谈起2000年的时候，他却突然插话说，2000 年，是千禧年，到时候一定生个千禧宝贝，就在 2000 年的 1 月 1 日零点。我们一下子便都笑了起来，笑得上下铺的床都晃动起来。半晌，其中一个说，既然要生个千禧宝贝，你现在就动手是不是太早了一点？

我们的玩笑无疑是时代风气的折射。回想那时的报刊，也开始风行在新闻报道之外煞费苦心地策划吸引眼球的娱乐话题了。"奔向 2000"这一口号所蕴含的物质丰裕的想象，倒似乎成了不成文的禁忌，那个"翻两番"的预言，没有多少人乐于提及了。相反，西方一些有关千禧年的话题，却不仅吸引了媒体的竞相追逐，而且不良的商家，包括医院、学校和旅行社之类，也都在打千禧年的主意了。

果然，到了 2000 年真的就要来到的那段时间，与谁共度千年一遇的神圣时刻，似成了各路媒体最为热心炒作的话题。我当年的女朋友如今孩子的妈妈从河南坐火车到我工作的煤矿上，显然也是受到了这番蛊惑。与她同一车厢的是几位大学生，是特意赶到泰山之巅看新千年日出的。当她在 1999 年的最后一晚告诉我那些大学生的计划时，我嘲笑他们没有主见，新世纪的太阳不还是太阳嘛，这完全是为不良媒体和商家合谋的宣传所左右了；然而我自己，却为了做一场跨越千年的爱，而不得不随着挂钟上秒针的嘀嗒声一再小心地调整运动的节奏。

第三辑

说文解字

　　一个字词，从舌尖溜出；一段文字，从眼前飘过。然后，就在各种声音和文字的洪流中湮灭了。它们何以没在你的头脑中多一些盘旋，没在你的心灵多一些震颤，而只是充当了语词世界的陌生人，轻飘飘地过去，不留一些情感或思想的痕迹呢？这背后或者有一些秘密，但是，在这匆忙而又目的不明的旅途中，更多的人选择了拒斥。毕竟很多情况下，说出就忘，过眼就逝，或是一种最佳的观光客心态。

1. 梦境从何处开始

在上海的时候，有一次，有幸和作家沈善增老师一起吃饭，其间，他谈起自己 20 世纪 80 年代主持上海作协青创班的经历。20 世纪 80 年代，曾有过一段文学精神高扬的时期，有很多年轻的作者，因为一篇小说而一夜成名天下闻。也因此，那个时代的文学青年特别多，他们一拨拨地参与这样那样的活动，举办各种各样的活动，参与这样那样的团体，恰同学少年，生龙活虎，指点江山，激扬文字，那种舍我其谁的精神，虽则是文学的，但却给人一种治国平天下的感觉。

上海作协的青创班就是应了这种形势而开办的。席间，在对 20 世纪 80 年代的文学大环境进行一番讲述之后，陷入纷繁往事回忆之中的沈善增老师如是说。当时，全国各地类似的创作研讨班非常多，举办的人，虽然把它当作了一项文学的事业，一心一意想要培养出几个伟大或知名的作家；然而，却也不自觉地反映出市场的规律，所谓有需求才有市场是也。沈善增老师主持的青创班，据他说要求还是蛮严的。这个"严"体现在对参与人员的遴选上，不是谁想去听课就可以去的，要拿出作品来。都是青年，而且都很有文学素养的样子，但没有作品的文学青年难以跨进沈老师青创班的门槛。

在沈老师的回忆中，孙甘露算得上他青创班的骄傲。用他的话说，孙甘露以及其他什么人就是从他的青创班出来的。他同时提到了几个名字，我都没有记住，也许这几个名字是跟几部曾经风光的作品联系在一起，但因为我的阅读经验中没有相关记忆，所以我和另外一位听众，就只对孙甘露表示出了倾听和讨论的兴趣。

早在孙甘露还陆续有小说问世的时候，也就是说，他还没成为一种先锋记忆的时候，我就已经喜欢上他了。那是在 20 世纪 90 年代中后期，所谓的"先锋派"都还年轻，都还激进，都还不断有新的作品出来，但却差不多已经成为大学中文系课堂上的 80 年代文学的标本，被命名，被研究，被叙述，失去了水分，进入了历史，没有了生命。那些中文系的学生，一提起孙甘露，可能一下子就能想到他的"语言实验"；正如提到马原，很自然地会想到他的什么叙事圈套一样；而我，一个学工科的人，对于这些潮起潮落，却一点都不知情。孙甘露那时已经出版了长篇小说《呼吸》，但我却只看到他的《访问梦境》。这部作品摆在新华书店的书架子上，属于一套丛书，我先是被书名吸引，然后被目录振奋，心想，竟有这样给小说起名字的。更主要的，其中有一篇《忆秦娥》，似乎不久前就在《收获》抑或别的什么地方读到过。我当时就在书店里翻了起来，那些华美而丰腴的文字啊，感觉真的很好，那些梦幻一样的场景啊，似乎充满情色的隐喻。像月，像水，像雾，意象幽暗，充满感伤。于是我把这本书果断地买了下来。一读再读，就这么十几年过去了。

然而，在当年的青创班中，据沈善增老师说，孙甘露几乎属于那种基本上没有作品的文学青年。他当时的本职工作，现在大家都知道了，是一个邮递员。这没有什么，余华当年还是一个小县城里的牙医呢。20 世纪 80 年代，在人们的幻觉中，是一个丑小鸭随时都有可能变成白天鹅的年代。其中，文学似乎是实现这一戏剧性变化的最富有想象力的途径。就在与沈善增老师的这次谈话中，他也表示自己当初之所以走上文学创作的道路，也是出于对改变自身处境的考虑。也许正因此，让他来主持上海作协的青创班，是最为合适不过的了。他说，孙甘露当时基本上没有什么作品问世。算是发表过几首诗歌吧，但给他一个诗人的头衔，似乎已经包含着褒奖的意思了；而小说，则只在浙江没多少名气的《三月》上发表过两篇超短篇的东西。他之所以能来参加这个青创班，主要得力于《上海文学》的编辑杨晓敏的推荐。沈善增老师说，杨晓敏先生看过孙甘露的稿件，觉得他有很好的艺术感觉，语言非常唯美，但总觉得与大家认可的小说大相径庭。可就在这次青创班上，沈善增老师在给学员们布置写作任务的时候，却偏偏强调艺术感觉，让他们顺着自己的路子，想怎么写就怎么写。

孙甘露于是就写了《访问梦境》。

这是一篇给孙甘露带来极大声誉的小说，但小说的发表却颇有一番周折。小说作为作业被交上去之后，一下子就得到了沈善增老师的认可。沈善曾老师深深地被它华丽的语言，转换的场景，梦游一般的人物吸引住了。于是，他把它推荐给杨晓敏先生看，杨也非常赞叹，但能否发在《上海文学》呢？杨先生却做不了主。沈老师说，杨先生的顾虑主要是怕过不了主编周介人先生的关，因为在她看来，周先生当时比较推崇现实主义的作品，对于现代主义多少有些抵制情绪；而且，当时恰好周介人出差在外。沈善增老师于是又拿给《收获》的编辑程永新看，程看后，问了一个问题，你说这作品好，那么，你就说说好在哪里吧。

我没有听清楚沈善增老师的回答。但我想，对文学作品的评价，也许每一个时代都存在着一种所谓的"知识共同体"的问题。很多人认知一部作品的好坏，往往不是从自己的感觉出发，而是从时代共通的审美标准出发：凡是符合惯例的、可被规范的、能用现成的批评术语给以分析和解读的，就是好的；否则，就是坏的，就不能被这个时代的大多数人所接纳和欣赏。甚至，有很多时候，人们的审美感觉也是被规范和被塑造的，即使强调从真诚的感觉出发，但一个人的感觉却是无数人的感觉。为什么要有先锋呢？先锋就是要唤醒被同化的感觉的，而且在先锋小荷才露尖尖角的时候，它还没有进入人的理性领域。所以，程永新的问题是个难题，它的好，还不能被言说。

说不出的感觉，无法形容的美，是给予先锋唯一的恰如其分的评语。

遭遇了这么一连串的碰壁，沈善增老师反而愈发想把《访问梦境》推出去了。我和沈老师是初次接触，但我一下子就看出来，他是一个非常热心肠的人。他这样的热心肠，表现在他对孙甘露这篇小说不遗余力的推荐上，折射出的是他对于文学的热忱，有一种强烈的美美与共的愿望在里面。恰好时任《北京文学》副主编的李陀来上海演讲，沈善增老师就给杨晓敏先生说，你把这篇小说带给他看看吧。杨先生还有些不好意思，因为日程安排紧，李陀下午在上海作协演讲后，住一晚，第二天就要赶回北京。看着人家风尘仆仆的样子，杨先生有些不忍心。然而沈老师坚持，于是就给李陀看了。李陀回到北京之后，很快就打来电话说，这么好的小说，你们《上海文学》不发，我们《北京文学》可就发了。这时候，周介人也出差回来了，杨晓敏就把《访问梦境》给他看，并把前后的情形讲给他听，没料到周介人非常爽快，说："发，好小说我们干吗不发要让给别人。"

这大致就是沈善增老师版本的《访问梦境》出炉记。似乎就从这里，孙甘露就告别了他的邮递员职业生涯，开始了他的梦境一般的专业作家的旅程。多年以后，孙甘露追忆自己的文学道路，也高度肯定《访问梦境》对他创作人生的积极意义。但是对于这梦境是如何开始的细节，他自己的记忆却与沈善增略有不同。比如，他在一篇谈论自己与《上海文学》的渊源兼怀念已故的周介人的文章中写道：

　　因为《上海文学》和杨晓敏老师的推荐，我有幸参加了上海作家协会举办的青年创作讲习班。也正是在这个班上写作的中篇小说《访问梦境》，因为周介人先生和杨晓敏老师的一再坚持，最终在《上海文学》上发表了。

我后来听说，这篇小说当时由李陀先生推荐给复刊不久的《中国作家》，已经送了印刷厂。

在这里，孙甘露对于参加青创班以及写作《访问梦境》的情形，记述与沈善增老师应该说是大致不差，沈善增老师也强调说出了杨晓敏对孙甘露的推崇，但对于作品如何才在《上海文学》发表出来的过程，却有些语焉不详。这当然情有可原，因为他是一个作者，尤其当年他还是一个完全没有名气的作者，对于作品发表的内幕，他不可能完全了解。他或许只是耳闻过作品发表过程中存在一些曲折而已。因为文章是说自己与《上海文学》的渊源的，又涉及对周介人的怀念，所以，说作品的发表是因为当时的主编周介人的坚持，这也实在合乎人情之常。他也提到李陀，却与沈善增老师所谓的李陀要求发表在自己做副主编的《北京文学》上不同，他这里说的是《中国作家》，而且富有戏剧性地提到"已经送了印刷厂"，这似乎只有当事人李陀才能把真相甄别出来了。当然，没有这个必要，事隔那么多年，记忆出错的事情是难免的，要不出错才奇怪呢。孙甘露似乎也没有探讨真相的认真劲儿，他或许会觉得这样做是很无聊的。

相比之下，沈善增老师的讲述更加生动细致一些。他说的更像一个亲历的故事。从两种叙述的对比中，我们会发现，一部作品的发表，其实，包含了很多不为作者所知的许多人的辛勤劳动。这些劳动被当事人讲述起来，我们这些听众如果只把它当作文坛掌故来了解，这真是一种悲哀。有一句俗话，编辑就是为他人作嫁衣，印证在这里，果然不虚。然而我们如果能从故事中发现一种美美与共的文学精神，或许有助于我们理解 20 世纪 80 年代文学之所以蓬勃发展的部分原因。因此，我们说，孙甘露的《访问梦境》的发表是一种 20 世纪 80 年代文学生态的隐喻：没有包容开放的文学理想的存在，就没有理想的文学出现。这在发表作为文学传播主要途径的情况下，应该说是一个相对的真理。

不知道是否因为文学生态发生变化的缘故，孙甘露 20 世纪 90 年代中后期之后，就慢慢地不写小说了。他写了一些随笔，谈上海的酒吧与文人，也开始把玩起西洋音乐来。除了一些随笔集，比如《上海流水》什么的，据说他也写了一些电影剧本。他似乎忘记了小说，我似乎也慢慢把他给忘记了。听说他并没有真的忘记小说，我刚刚搜索到他的一个访谈，那还是在 2004 年发表的，他谈到自己正在创作的一部长篇，叫作《少女群像》，想先在杂志上发表一些片断，然后结集什么的。时间已经过去很久了，但我却只看到他的谈话，没再看到小说。也许小说真的发表了，只是，在这信息过剩的时代，文学都边缘化了，还每年生产那么多的长篇小说，人们的注意力过于涣散，而终于没有引起反响吧。

2. 张中行与杨沫：一个道德叙事的生成

张中行老先生驾鹤西去的时候，我曾在网上看到不少纪念他的文字。似乎为了吸引读者眼球，很自然地，要引出他和杨沫一些情感上的是非，尽管这些陈年旧事早已不是什么秘密。杨沫的出名是因为一本小说，那是大家都知道的《青春之歌》，而且知道那部小说有些自传的味道，写的是她自己的青春和自己的歌，其中有她的爱、有她的情、有她的挫折与不满、有她的失落与不幸，尤其是在一个大时代的背景下，她还在一个知识分子爱人的启蒙下参加了革命。然而，那个给她启蒙的人却太"知识分子"了，在革命的洪流前，自顾自地退缩了。这个退缩的人，这个在革命的"大是大非"面前暴露出知识分子劣根性的人，这个名字叫作余永泽的人，据说就有着她的第一个恋人的影子。而这个恋人就是 20 世纪 90 年代以来以《负暄琐话》、《负暄续话》、《流年碎影》以及《顺生论》等一系列随笔集而知名的学者张中行先生。

这已经是一个公开的秘密了。

然而把余永泽和张中行等同起来的秘密，在流行给知识分子贴标签的时代里，却是足以给张中行带来极大麻烦的。一个游移于革命之外，并在紧闭的门窗后对群情激愤的革命队伍投以怀疑目光的人，想来那些曾被林道静所感染的革命小将们是不会给其什么好果子吃的。所幸那个时候，杨沫的《青春之歌》也被黑了，成了对革命青春肆意歪曲的靡靡之歌。余永泽被人遗忘了，杨沫被当作小资产阶级的鼓手而被批判了。据说有那么一次，张中行被找去揭发杨沫的"罪行"，可他却下了一个让那些别有用心的人大跌眼镜的判断："她直爽、热情，有济世救民的理想，并且有求其实现的魄力。"等到张中行的随笔一纸风行，这公开的秘密重新引起人们的兴致，总希望他能适当地表现出些微的不满或更多不以为然来。张中行先生如果不拒绝，那么，他只有在两种答案中选择一个，这是他面对喋喋不休的媒体所必须做的选择。这也给他提供了再次表明态度的机会，很多人对此可是万分期待的。但他面对喋喋不休的提问仍十分坦然："人家写的是小说，又不是历史回忆录，何必当真呢！就是把余永泽的名字改成张中行，那也是小说，我也不会出面解释的。"杨沫大为惊讶，也甚是感激。而相关的报道，也让惊讶与感激足以达到这样的叙事目的：张中行先生以德报怨，杨沫女士却不免以小人之心度君子之腹了。一些自以为高明的人就煞有介事地总结道："在周围人都认为他要对心爱的却远离了的女人表达激愤时，而他却淡然地展示了宽容。"此后又用"而"字作为转折："新的时代流行起没有原则的宽容，而他却执拗地表达了自己内心的原则。"之所以有对这一转折的叙述，是因为张中行先生与杨沫女士的最后交恶。据说这起因于杨沫的回忆性散文——《我一生中的三个爱人》。在那之前的张中行对杨沫从来不出微词。那个"文革"中的轶事是一个有力的例证，而在 20 世纪 90 年代以后的一次记者采访中，张中行竟还说"人生最重要的是男女之情，就是对老人来说，最重要的还是男女之情"。

然而，在杨沫的《我一生中的三个爱人》中，张中行却比余永泽还要自私与冷漠：十七八岁的杨沫怀孕后，张竟变得非常之无情和冷酷，什么都不再管她，任她自生自灭。杨倒也刚强，没一句怨言，凭着变卖了已故爹妈的土地获得的一点钱把孩子生了下来，放在乡下让人带养，没有麻烦张一点点。之后，因为杨的"多情和软弱"，竟又跟张重归于好，又在一起同居了五年。在孩子四岁时候，两个人接到孩子病了的信去看孩子，却只看到孩子病死的尸体了。结果杨是一阵狂哭，而张却无动于衷。

此后，自然还有一些其他是非，都被杨沫点点滴滴写了进去。有人因此开始怀疑起张中行的品性："我相信，这些都是真的。所以我不明白，那个追忆张中行的朋友凭什么说张中行一直深情于杨沫？这样的人能有深情吗？"也有人觉得杨沫的文章里有很大的怨气："作为妇人，再革命，对待情感也是长发三千，缘愁而长。我倒不觉得她是多么的有志气，或是理性，相反，深阁怨妇的口吻跃然纸上。"还有人说杨沫多为自己粉饰，因为"这种两人之间的事，凡把对方说得丑恶的说法，几乎不可能是真的，只能显出言者自己的不诚实。因为事实不可能这么一边倒，自己完全无辜，对方十恶不赦"。但无论如何，张中行这次动了真气，对杨沫从此断了情意，竟至连杨的子女邀他去参加葬礼也不肯了。"新的时代流行起没有原则的宽容，而他却执拗地表达了自己内心的原则"，此语正是由此而发，似以此证明以德报怨的张中行，并非一味退让的乡愿，而是有所坚持的。且正是这坚持，他才总能在时代的大潮中守住自己的内心。

到这里，张中行与杨沫，一个道德的叙事已经生成。

一个是被革命的洪流席卷而去的女人，在革命叙事的语法里，杨沫通过摆脱作为知识分子的软弱和退缩，既在革命的群体中分享了胜利的果实，也成就了个人的声名；一个是悄悄地退回自己的书房，用穿着长衫的细白的胳膊一遍遍地关住自己门窗的男人，在革命叙事的语法里，对怀疑精神的固守不但成为自私和冷漠的代名词，而且被"进步"的时代所抛弃。然而，革命终于成为历史，人们对革命的反思成了新的时代主题。革命是一场集体主义的盲动，它带来太多的罪恶和血腥，不但把知识分子本当具有的自主性剿灭了，而且扼杀了起码的人之为人的本性，这成了非常流行的论断。是给"余永泽"们翻案的时候了，许多人的心里发出了这样热切的呼唤；是给"林道静"们洗脑的时候了，许多人的嘴里喊出了这样激烈的口号。于是，那个坚持知识分子本位的男人，被赋予了道德优先权；而那个为革命献身的女人，却被革命扭曲了灵魂。杨沫活在一个革命的"幻觉"和"欺骗"里，她不仅在革命时代迷失自我，而且在后革命时代的回忆中，因为放不下过往的虚名而变得"歇斯底里"起来。相比之下，张中行就被叙述成知识分子岗位的坚守者、大彻大悟的智者、不被时代风潮裹挟而安于书斋生活的真学者，"将近百年的风雨沧桑，任由嬉笑怒骂，他一直活在自己营造的荒江野老屋中"。即便是给他革命时代的种种退缩，寻找一个底线，他在《顺生论》里有关"利生"和"避死"的议论就被搬了过来，"甚至需要无耻、不要脸才能活，修养到了也可以做。只要良心不亏，要想办法活着。这不是什么软弱，只有小民活好了，这个社会也就安定了"。这种"小民哲学"，已经不再是对于时代激流中种种苟且的辩解，而竟变成了对抗狂妄的、高调的大我的新的意识形态。

"祭起张先生，到底是什么意思呢？"

这是毛尖在一篇题为《革命夫妻》的文章中发出的疑问，而在其中，她也意识到从革命到后革命，一种新的道德叙事的大网已全面铺开，新的二元对立构成了张中行与杨沫这一道德叙事的逻辑链条。张中行与杨沫的一个上升一个下滑，大抵可以作为时代变迁的一个注脚。结果两个人的是非恩怨其实只是一个由头，而实质则是对革命话语的改写，是对知识分子身份的新的认同。"G 大调的青春之歌早就没人唱了，全是小小小民"，以往被贬斥在革命门槛之外的所谓知识分子的软弱和游移，已变成对世事的清醒，对人情的练达，对独立思想和自由品格的钟爱，对本位的坚守以及对信念的执着。如此，相比那些被革命教条所扭曲的人，他们有血有肉、有情有爱、有仁有义，他们并非狂热和盲目的机器，而是守住自我本位的真正的人。

也许正是由于存在着这样一层道德叙事的逻辑，张中行和杨沫，他们历尽劫难，却没有执手言欢；他们遍尝坎坷，却没有修成正果。河北的香河，是他们两条人生轨迹搭靠在一起的地方，但在那一偶然的交汇之后，便各自转身而去，留下渐行渐远的背影。如果不是杨沫的《青春之歌》曾经一纸风行，如果不是张中行的《负暄琐话》等随笔一出再出，他们二人不会有如此之多的纠缠进入公众视线，也不会留下这么一个有张力的人文话题。然而这些为所谓人文话题而兴奋的人们，在这种非要辨别是非的叙事中真的表现出一种人文关怀了吗？不过是充当了时代变迁的解说员罢了。

3. 鲁迅及其八卦

鲁迅是中国现代文学的开创者，或者至少是其中之一，这已经是常识了，但是竟然在很多中文的考卷中还有让谈鲁迅的开创意义的考题。的确，这已经是一个说得过烂的话题，借用艾柯的一个术语来说，也就是早已被"过度阐释"了。

但所有的阐释，却不是用来注解毛泽东的判断，把鲁迅看作一个新文学的革命者；而是回到"五四"，在感时忧国的新文学传统里，把鲁迅看作一个热情的启蒙主义者。也另外有一种时髦，是挥舞起批判的大棒，以为正是鲁迅在后来的文学教育中长期独霸的地位，导致了如今文坛上"骂"的流行，所谓流毒甚深，害人不浅。然而，在这里，如果不得不继续这个话题，我却愿意回到他的作品，与其说发现不如说质疑鲁迅在现代文学的开创意义，是如何被各个历史时期的人们不断"开创"的。

鲁迅是新文化运动的参与者，但同时也是一个深刻的怀疑者，这在他的《呐喊·自序》中说得明白。他说，假如有那么一个铁屋子，断无毁坏的希望，而里面的一群人，正在从昏睡中进入死灭，却有一个稍微清醒的人，非要呐喊那么一声，实在是非常残酷的行为。他把这样的比喻说给钱玄同来听。钱玄同，这位在新文化运动中表现得更加激进的人，正是鲁迅所说的呐喊者，很自然地提出了他的反驳意见。他说，这一声清醒的呐喊，或者就能唤醒更多人起来，因而，就不能说没有毁坏这铁屋子的希望。于是乎，在十字路口徘徊或者观望的鲁迅，受了这个希望的诱惑，报着"为人生，并且要改良这人生"的目的，开始了他的"听将令"的创作；也于是，鲁迅凭借着他的被茅盾评为"不但主题上深刻，而且格式上特别"的现代白话小说，成了新文坛上的领军人物之一。他的立意"为人生"的文学，因为有着辛亥革命之后的创伤记忆，就比其他感时忧国的作品，显露了更多悲观的调子。然而，他犹疑的目光，却更多地被昂扬激进的时代潮流忽略了。人们更多地注意到他在《狂人日记》中那一声"救救孩子"的呐喊，却没留心从叙事顺序来看，这呐喊，其实已被后来回归庸常状态的"狂人"所自我否定了。他的那些追随者，如王鲁彦、台静农、彭家煌，同样在城市的街头回望着遥远的乡土，然而他们带着诊治欲望的目光，却远比鲁迅显得自信多了。

倒是年轻而激进的创造社的诸君子，较早地发现和批判了鲁迅作品中"彷徨"以至"落伍"的特征。那时候，新文学已经发展了将近十个年头，鲁迅作为文坛领袖的地位，也已经相当稳固了。而创造社的郭沫若、郁达夫、成仿吾等，虽然也通过办刊物、写新诗和出版小说获得了很大声誉，但其中的多数，却仍寂寂无名。然而出名的欲望，却异常地强烈，于是迫切地想寻找一个新的突破，呼唤一种新的主义，倡导一种新的潮流，来把寂寞的自己推向前台，做一个时代的弄潮儿。这时候，世界性的左翼运动正风起云涌，而中国的社会革命却正坠入低谷，文坛上确实有一种低迷徘徊的氛围。在这种情形下，他们就不无冒险地举起了"革命文学"的大旗，以一种线性的进化观，把"文学革命"打发到历史的陈迹中。而鲁迅，一个专注于揭示老中国病苦的文学革命的代表，他们认为也当随着"死去的阿Q时代"一起死去才好。

然而鲁迅却没有被这指点江山的气概吓倒。他或许有着一种矛盾的心态，既迫切地期待对这古老的中国有一个彻底的改造，又怀疑这样的改造不能成功。所以对于这些看起来似乎义无反顾的宣言，总能弹出一些反调。他于是进行反击，指出这些玩弄着"为革命而文学"的创造社君子认识社会的"朦胧"。但反击的结果，是他自己也终因为"醉眼"，而被拖入到20世纪30年代左翼文学的阵营在不停地辩驳与争议中，衍生出一条"鲁迅风"的杂文脉络。批判的热情使他卷入了各种争端；而犹疑的目光，却又使他始终不能坚定地站到某一个队伍中。他的彷徨不但贯彻在他的早期小说以及散文的创作中，也贯彻在他的社会批评的杂文中。可以说，他的太清醒又太犹疑，无论如何都说明他在中国现代文学史中是一个独异的存在。然而，无论他的推崇者还是反对者，都从其一端，发现了他的开创性意义，并且将这自以为的观念强加到鲁迅的头上，这自然也影响到文学史的走向。换句话说，意义是附加到他的头上的，但确实也开创了中国现当代文学史的某些发展路径。

鲁迅原名周树人，这是文学史上的常识。凡是有初中以上文化的人，无论学业好坏，一般这一点都还记得。有关此，我曾经做过一些调查。我在许多学校教过大学语文和现当代文学精品欣赏类的课程，讲到鲁迅的时候，我一般这样开场：对于鲁迅，我们应该是十分熟悉的了。没有一个人反对，他们在台下嘤嘤一片，于是我问他的原名，想以此把七嘴八舌的声音聚拢起来。果然很奏效，他们的声音非常和谐，一点杂音没有，而且特别响亮，欲将屋顶掀翻。

拿这样的问题问学生当然很弱智。为了显示自己比学生知道得多，我通常还会问起他的那个著名的弟弟的名字。竟然也没有不知道的。我于是常常把他们名字写到黑板上，然后讲讲他们两人的八卦，比如鲁迅曾被诬告偷看弟媳妇洗澡之类。这是为师者的悲哀。但似乎唯有如此，才能博得他们的一笑。在现在流行的教育评价体制下，老师为了讨好学生，都不得不把孔圣人的牌位扔在一边，而请来东方朔之类的搞怪高手做自己的榜样。由此，就不难理解小沈阳何以备受青睐了。不过，这是题外话，这里且打住，还是接着鲁迅与他二弟的故事。

就是有一回，实在抖不出什么笑料了，我看黑板上两个人的名字，便信口开河地说，名字决定人的命运，从周氏兄弟的名字我们就可以知道他们的下场都不会太好：周树人嘛，教人如何如何的，自然是讨人嫌；周作人嘛，因为知道做人难，做个好人更难，想来想去，干脆去作了汉奸。

这样在人名上开发八卦的伎俩，一方面是有当前恶俗文化流行的前提，一方面当然也离不开周氏兄弟广为人知的语境。曾经阅鲁迅历年的日记，记得他在厦门时有一次去中国银行取汇款，收款的人是"鲁迅"，他却顺手填上了"周树人"三个字，那里的职员并非做着文学梦的青年，也没有我们现在的常识，于是他说让鲁迅亲自来。纠缠了很久，直到商务印书馆方面出来作保才作罢。鲁迅很少在日记发表感慨，所以，我们很难知道他当时的感受。即使有点怏怏然，但应还不至于像著名的李敖的女儿那般凌厉。她在淘宝网上相中一套连衣裙，非要"送本自己签名书籍换150元折扣"，谁知卖家不买账，她竟机关炮一般做了一番自我介绍："我是李文博士（Dr. Hedy W. Lee），美籍华裔，英语教授，作家，礼仪专家，演讲人，嘉宾主持人，维权者，监督人，名媛和城市不文明现象批评者，著名作家李敖的长女……"

泼妇成名，就是这般光景。

鲁迅要是像李文这样不知自己多粗多长，他还不得把自己当时已出版了的《呐喊》、《彷徨》、《坟》以及所有刊载过自己文章的报纸杂志一股脑儿扔到银行职员的头上？

隔行如隔山，其实不仅指专业技术层面。一个行当的明星，未必是其他行当的翘楚。李文的那一大堆头衔和几本破书，在淘宝网的服装小贩看来，别说要换高档的连衣裙，恐怕连个劣质乳罩都不值。其实在我又何尝不是如此。我的书柜已经满了，桌子和地板上也堆了很多的书，但没有一本是李敖先生这位活宝女儿的。我曾经有一次代表某学术组织给百岁的巴金发贺电，邮局的职员是知道巴金先生的大名的，一下子就变得热情无比了；然而，我暗自期待的他能减免部分费用的事情，却终于没有发生。很多时候，所谓的名人，其实也就是我们都知道他们，但他们跟我们的日常生活是很远的。涉及经济账的时候，很可能，我们只是感叹归感叹，经济归经济的。所以，不要太把自己当根葱，这个世界上，如徐志摩在一首诗说的，"你有你的，我有我的方向"。可以设想，假如我把有关周氏兄弟名字的玩笑拿到如今的乡野去说道一番，收获的一定是鄙夷的白眼。我的一位家在绍兴边上的同学，就曾经告诉我他父亲就根本不知鲁迅及他的兄弟。可悲的是，我们竟以知道他们并以他们的名字为学问，不断地在讲台上出售吐沫星子。

4. 何谓电影，如何讲史

那是在2012年9月5日，乃新学期上课的第一天，我讲的是"中国电影史"。已教过三届学生，算是轻车熟路了。照例是导论，也就是介绍一下课程性质和内容什么的。何谓电影，如何讲史，是首先面对的问题。有关电影的性质，我没什么高头讲章，我只说电影它既是艺术也是商品。没有人不知道看电影要花钱，而且有一些人花钱也要看。看电影是要花钱的，因为电影不是想怎么演就怎么演，而是先得往里面烧钱；而花钱也要看，这就凸显了电影的文化产业属性，并且逼迫着电影有意思，能吸引人，给你快乐，让你消遣。

当然，也可能是因为没事可干。

比如，我们可以设想一对恋人，大街上溜达累了，就来点小浪漫去了电影院。恰好演的是《山楂树之恋》，两个人便升华了一次。看人家多好，纯柏拉图的，竟以为手往被窝里一伸就可以怀孕，也太装嫩了吧，又很不屑了。但要换作《泰坦尼克号》呢，两个人又纯情了一回。却不料，原来杰克和罗丝，其实搞的类似婚外恋，何况这样的婚外恋看似刺激，但其实如果他们都有幸活下来，以后的日子也会一样乏味。切不要以为电影总是表现传奇、呈现激情，传奇之外、激情之后的庸常乏味的日子，也是它的表现对象。《革命之路》所呈现的就是这些，而有意思的是，其中百无聊赖的男女主角，他们的扮演者跟《泰坦尼克号》中的杰克和罗丝是一样的。

当然，不进电影院也未必意味着不花钱，手机上网看电影，是要计算流量的。即便你自己没花钱，那些视频网站靠电影而投放的广告，也是一笔不小的收入。所以，电影有艺术品位也有商品铜臭。至于政治、文化、市场、票房，当然是题中应有之义了。曹操兴师讨伐东吴，号称八十万大军，其实是吹牛。而那些所谓的票房，或者还有投资，跟这个很有些相似。之所以提到曹操，是因为我所在的地方曾经是魏都，旁边几处所谓风景，比如潘妃墓，比如华佗墓，比如夏侯渊墓，便跟他有些瓜葛。可惜他本人的墓不在这里，要不然，我所在的地方，前几年也该出名了。

还有艺术与资本的矛盾。我举了张伟平跟张艺谋闹掰的例子。我说这几年张艺谋的电影广受批评，但黑锅未必都要他一个人来背。比如《三枪拍案惊奇》，据说张艺谋非常排斥某位演员，穿着围裙，跟个假娘们儿一般，但张伟平却非要让他来"献丑"，这就是资本与艺术的冲突。好在这位演员并没给这资本大鳄换取想象中的利润。当然，这是我耳食的新闻，我并不知道那部片子他们到底赚了多少钱。如果真的赚了钱，我想我们这个社会上想赚钱的，干脆全跑去泰国学习人妖表演算了。

再就是历史。

直白地说，历史就是曾经发生过的事。你昨天喝了一场小酒，跟哪个女孩子压了一回马路，或者你跑到大街上耍流氓挨了一顿揍，或者你冒充英雄救了一个美人，的确属于已经发生的事情，在你，确实是历史。然而我不骗你，除了将来你可能写进回忆录，却百分之八九十的，你别指望能写进国家的历史教科书。

更重要的是，即便写进了历史教科书，却可能跟你记忆中的完全不是一回事了。所以，重要的不是曾经发生过什么事情，重要的是这个事情怎么样被叙述。对于这个常识，我也说了不少废话。我还举了胡适的例子，我觉得他们应该都知道这个人，我就没再多做介绍，而是直接引述了他的一句话，

"历史就是任人打扮的小姑娘"。这么一个小女孩，是没有自己的审美观的，你给她扎个马尾巴，戴个蝴蝶结，你对她说漂亮，她就以为漂亮了。有关历史的叙述，你这么修饰一番，给那些不经事的学生说，这就是真的，这就是好的，他们也就信以为真了。

前段时间去济南开会，临下车时，我问这车是不是到了终点，旁边的小伙子，很精神、很帅气的，便给我来了这么一句："必须的！"到会场报到，发现这小伙子也尾随而至，他说："咦，我们在车上见过的。"我现学现用："必须的"，并且模仿了他的语气。

怎么就是"必须的"呢？问他们，却不知所以然。

历史是任人打扮的小姑娘，这个不假，关键是看谁来打扮。但同时，我又强调，站在国家的角度，当然各种说法都有道理，但站在小老百姓立场，却充满悖谬：符合国家利益的，却未必符合百姓利益。就那么一间破草屋，你在那里吟咏，说风可以进，水可以进，就是某某不可以进，结果，开发商雇用的拆迁队一脚将你踹开了。此外，我还提到国民教育科，但我却无意借此表达一种政治观念，而是想说明，很多情况下，历史其实已经化身为宣传了。

总之，历史的重点不是真相而是叙述。我所教的中国电影史，也就不可能完全客观地呈现出一百多年来电影发展的真相，而是就这个发展的过程提供一种叙述。我觉得这个说法有些抽象了，或者说有些学究了，于是赶紧换了一种直白的说法，意谓在今后的中国电影史的讲述中会有所侧重，有的电影事件我可能会浓墨重彩，而有的我可能一笔带过。尽管明眼人都会看得出来，我的意思其实远不止这么多。

我们都知道，电影中总会有一些闪回镜头。我今天的第一堂课，便也不断地采用了这个手段，就是在解释"何谓电影，如何讲述"这个核心的时候，我插入了不少有关课堂纪律的废话。三个班级的合堂，满满当当一屋子人，某个男生跟某个女生咬咬耳朵，可能都会演化成雷霆般的轰鸣，让置身讲台的我，恍若体会到了"遥看瀑布挂前川"的意境。

我还借机再次宣扬自己的逃课理论：不逃课的学生不是好学生。我不是不知道，这话片面、偏执，而且有些故弄玄虚。但其实我的目的很明确：别来那么多人，吵得慌。借来一个冠冕堂皇的谬论，其实只是为了一个很自私的目的，像这样的办法并不是我发明的，我这里也只是活学活用而已。所以，说到逃课，我总要给出一些说得过去的理由。我告诉学生，只要觉得自己不上课比上课学的更多，你们尽管逃课就是了。我自己便曾是一个逃课大王。早晨随着人群去教室，老师讲得兴起，我后面溜之乎也。到新华书店或图书馆乱翻书，这是我经常的选择，但也有去街上乱逛看美女的时候。

但我隐瞒了最后一点，为什么呢，因为我这是在讲述自己的历史。不是说过嘛，历史就是叙述，而叙述总是有所夸张、有所掩饰的。谁不想强调一下伟大光明的过去。正如若问我当年为何没考上北大之类，我不是一样也会给你们编织很多或浪漫或悲伤的故事吗？比如因爱上一个女孩子而和情敌火拼，但更靠谱的，却可能爱是爱上了，人家却并不爱我。甚至，有可能不但不爱我，还伙同她男朋友，就在临近高考的时候，将我的复习书，全部扔进下水道了。

所以，在讲述了自己光辉的历史之后，我警告他们，要想有质量地逃课，别干偷鸡摸狗的勾当。这个时候，我突然低级趣味了一些，想起网上看到的一个新闻，一个小日本，将上海的地铁当成 AV 的片场了，于是我随口加了一句，千万不要到公交车上偷拍女孩子的裙底风光。

所谓"有质量地逃课"，我借用的是台湾大学校长的话。他曾在新生见面会上，要求他的学生说，要逃课，就要逃得有质量。比如，他说，如果你们觉得在台大的课堂上学的不如在海外的课堂上学的多，那么我给你们假期，你就飞到海外，到哈佛或者牛津的课堂上听课就是了。我觉得台大校长的说法可能是真诚的，而我却有些糊弄人。因为我知道，班上这些同学的逃课，多半不过是回宿舍睡觉或打网游罢了。

5. 为细节辩护

这两天我和吴组缃的《菉竹山房》较上劲了。我是最近才读到它的，读了之后，觉得很好，是真的很好。虽然语言是生涩的，但感觉是敏锐的，叙述的视觉是独特的。立意虽然有些随大流，但表现是新鲜的。一句话，我喜欢。我为了证明我的喜欢，却不能用这么干瘪的语言。都是一些判断，没有感受的判断是没有生命力的。我于是试图理解小说的一些细节，我一向觉得小说的好坏，关键在于细节，从这里才能看到小说的故事是从自己的经验出发的，还是从空想出发的。小说不能没有想象，但想象是宏观的，且不说它本身也来源自生活经验；而要把宏观的想象图景填充上五彩的颜色，没有细节是不行的。细节是给人感受的，是把自己的感受拿来与大家分享的，你自己都没有感动，你怎么想要别人为你的故事而感动呢？

王安忆说，她特别喜欢文字，有一种迷恋，她的小说有很多是文字的炫技。其实，文字也是来自生活的经验，有些人的文字和自己的感受力结合得好，就漂亮；而漂亮的文字也总是联系到一些细节，它不可能是粗枝大叶的叙述，而是体察入微的描写。立意把小说写成叙述性的，也不会感动人。因为故事没有多少区别，情啊、恨啊、性啊，再有就是一些物质的东西，就完了。你写的故事，别人大致都经历过，没吃过猪肉还没见过猪走吗？或者反过来说，没见过猪走还没吃过猪肉吗？这世间就这么两种人，所以，你休想将你想象出来的故事拿来骗人。你之所以能骗人，是因为你有了细微的观察，你对故事一些细部的东西，能很好地表现出来。不是所有经历过或者想象过那些故事的人都能观察到这些细微的地方，而有的即使观察到了，却又不见得能表现出来。而这就靠优秀的小说家来完成了。

人们不是从小说家那里发现别人的，这种窥视欲望是最低级的，他最大的动机是发现自己。有很多人看过小说之后，往往会说，他或她写的这些，我都经历过、体验过，但我自己是写不出来的，人家写出来了，所以人家是小说家，而我只能当读者。这样的读者是有自知之明的，也是高明的。相反，有的人会说，既然小说里写的都是我经历过的事情，我还干吗要去读呢？我父亲就是这样的，他曾经住在我那里，说要我给他推荐一本书来，我说你看看路遥吧，写农村"文革"期间的生活的。我之所以如此说，是想通过他的阅读来印证我的感受，他是从那个时代过来的，参与了其中的一些事情。但父亲说既然是写"文革"的，我干吗还要读他的。我觉得父亲是想要读传奇的，他以为这世间有很多新鲜的事情，这新鲜才是他所想要了解的。所以，我只能拿几本金庸的武侠小说给他看。尽管如此，我还是坚信，只要父亲真的读了路遥以及其他写"文革"中农村生活的小说，他就会真心喜欢上的。是他的偏见与自信，使得他与自己最为切近的文字错过了。难道金庸的武侠小说中的故事完全外在于他的生活吗？也不是的，他是在阅读中，靠想象经历那些情节。读者按照自己的想象阅读武侠小说，感动的是自己的感动，而就是这些，也不能没有细节的。

我为小说的细节做了这么多的辩护，其实并没有说出多少新鲜的东西。我觉得这个世界上新鲜的东西已经很少了。漂亮的、有深度的话，别人都说过了，自以为靠着脑瓜子一转悠就能搞出一个前所未有的东西来的，就未免太幼稚了。只有持这种幼稚想法的人才会认为自己的故事是无人重复过的，如果真是这样，他只能从人类的群体中去除自己，他的感受不是人的感受。

当然，真是这样的话，他的故事也不可能有读者。同样，那些自以为前无古人又后无来者的思想家所提供的，也不可能是大家都不知道的东西。我或许知识有限，你或者缺少自信，但总有一个他者，是知道，或者表述过的。是的，总会有的。这个世界上，没有谁是永远高高在上的。所以，我说的只是一种立场。既然是立场，就不可能不和其他人有广泛的交集，我总不能反对一切，我总会找到自己的同盟者，我们站在一起，我们反对我们反对的一切，而我们自然也有自己所拥护的东西。为反对而反对，是没有生命力的，我甚至怀疑有没有为反对而反对的立场，或许这不过是他的对手在理屈词穷或者缺少耐心的时候随便赐给他的一个封号。

小说应有从感受出发的细节这一立场，在我们的批评家中，是有知音的，甚至没有几个人会公开地反对这一立场。但具体的做法中，我敢肯定地说，有很多人却违背了自己所认可的这一点。他们把这个当作了寄托，想从中有所获得，而不是把它当作信念，因为如果是这样的话，那就应该为这个信念付出。这里有个区别。把什么当作寄托的人，总是伸着手从别人怀里拿东西；而把什么当作信念的，却总是把怀里的东西掏出来。也就是说，有信念意味着你为某个更高的东西献身，有寄托意味着某个更高的东西为你服务。对于某一个立场而言，只有少数人是有信念的，而多数人却只是有寄托的。当然，也有把它当作垃圾而觉得不值得一提的。我们知道，在整个社会政治经济生活中，要多数人有信念不仅没可能，恐怕也没必要。非让多数人有信念的话，整个社会就发高烧了。"文革"中对革命的神圣化，对共产主义的鼓吹，就是企图让所有人过有信念的生活，结果就搬起石头砸了自己的脚。对细节的强调也如此，我相信即使所有人都不反对细节，但其中肯定大部分把它当作不敢公开叫板的原则，于是就把自己作为批评家的名望寄托在这种人云亦云的大流中。说同样话的人很多，我只能在少数人中发现知音。

然而今天，我在没有说这样的话的人中，发现了知音。她不是一个批评家，她甚至自称是一个基本不写也不读东西的人；但她的读后感，却实践了从感受从细节出发的原则。我知道她的宣言是有谦虚成分的。但我知道，她的专业确实不是中文，她学造船的。我们应该知道，船之所以能在水里披风斩浪，是因为它的结构符合了流体力学的一些定律；而这些定律，不是谁凭空发明的，而是人们从生活经验中发现的。造船如此，读作品也应如此。从生活中来，到生活中去，小说和船一样，都是生活的一部分。所以，当她把她阅读《筱竹山房》的感受通过 QQ 传递给我时，我很高兴和振奋。这并不是因为我和她是好朋友就爱屋及乌了，不是的；而是因为她从自己的感受出发，与我的立场是一致的。她没有意识到这其中包含着这么一个立场问题，她只是读到小说之后有了自己的想法，或结合自己的经验有了一种想法，而当我要她把这想法说出来时，她直觉地形成了文字。她的想法没弗洛伊德，没象征结构，没征候分析，所以她没把其中的二姑姑当作一个"恶毒妇"。不懂弗洛伊德未必不能进行心理分析。实际上，弗洛伊德如小说家一样，把别人感受到而没有说出的东西说出来了。所以，我觉得这位朋友是从自己的角度来感受二姑姑的感受的，以同情之心来理解别人，或许是对弗洛伊德最大的尊重。

关于房子，且看这位朋友怎么说的："孤独的人就怕宽敞的空间，可二姑姑必得住在阴森敞大的大屋里，于是壁虎、蝙蝠、燕子就都成了做伴的对象。赋予它们以灵性，和它们说说话，聊聊天。这一切在外人看来都是诡异的。可又有谁能真的体会这其中的悲哀？"这就够了啊，小说的作者不是弗洛伊德，也不是诸葛孔明，不是非要用心地设置机关。他有一些想法，他有个故事要讲，他所感动的、所欣喜的、所同情的、所厌恶的，他也要你同他一样地感动、欣喜、同情以至厌恶，这是小说家的一点点企图，你如果把它放在一边而满脑子男女生殖器，岂不是太对不起他？

6. 小说的后革命阅读

湖北作家涂怀章写了一篇小说，名为《人殃》，写的是一个发生在距今并不遥远的"文革"年代的大学校园故事，非关风花雪月，而是一群被摆放在政治与权力平台上的知识分子的人性纠葛。结果有许多人，以为在影射自己，很受伤，于是把作者告到法院，而法院竟然也给治以诽谤罪。武汉作家协会甚为不满，联名抗议，事情闹得满城风雨、沸沸扬扬，还不知道该当如何收场；这边湖南作家协会竟有"文人武斗"的消息传来，说该会副主席何立伟率一光头文身男子冲入《文学界》杂志社，把同为副主席的王开林痛殴一顿，原因是前者认为后者所写的一篇小说，不但"抹黑"了自己，而且"妖魔化"了整个湖南文坛。王开林感到冤枉，他辩解说自己所写乃小说，而非报告文学，所反映的，不过是当今文坛普遍存在的问题。事情的原委究竟如何，似乎关心的人不是太多，但作为一个事件，却着实让媒体热闹了一番。

于是有为"对号入座"者感到不满的人士，想到了一桩当代文学上的公案，说杨沫的《青春之歌》写到一个叫作余永泽的知识分子，他曾给林道静以革命的启蒙，自己却在革命大潮前退缩了，而这个人据说就影射了杨沫自己昔日的恋人张中行先生。但胸怀宽广的张中行却在许多场合坚持宣称，人家写的是小说。

将以上这两件事情并置，似乎就是为了让人很自然地得出结论：小说是艺术，它来源于生活而高于生活，这是应该作为一种常识来认识并且作为一种法则来遵守的。因此，张中行先生才是胸怀宽广的读者，也就是说，一个"正确"的读者。而那些热衷于"对号入座"的人，不但有些吹毛求疵，而且庸人自扰了。

然而，这却只是一个有关小说阅读的伦理维度。在模仿论的教条下，人们似乎并不否认小说和生活有一种影射关系，但在如何看待这层影射关系的问题上，却对那些为小说提供原型的人提出了道德上的要求。之所以敢如此肆无忌惮和自以为是，恐怕是因为抱着艺术至上的信条，以为艺术及其从业者都不食人间烟火，对一切的是非有着冷眼旁观的能力，至少一己之私和个人恩怨都入不得其法眼。似乎只有那些不把艺术当作艺术，不把小说当作小说的琐屑之人，才执迷不悟地从小说中、从艺术中寻找自己的影子，并随时准备着与小说和艺术在法庭上讨回公道。

当然，小说也并非和现实没有瓜葛。例如，对于它的意识形态性质，似乎也没有几个人敢于坚决反对。小说为政治服务，小说是革命的螺丝钉，小说为革命的劳苦大众服务，这是小说在很长时间以来无法摆脱的最为紧要的任务。但是，当革命被视作神明的时候，能为之服务的小说自然也被摆上祭坛。所以，人们都是在政治的宏大叙事的层面上理解小说中的人物和故事的，相信它指向一条社会主义的康庄大道，只有摆脱旧有的一切包袱，卸下任何历史的负担，把自己纳入不断前行也不断被叙述的队伍中，才不至于被无情地抛弃，成为群众的叛徒、革命的敌人和现代化的他者。

那时候的人们，似乎并没有影射的概念。小说的人物和现实的人物如果总是被人们无端地臆想为一一对应的关系，要么你是高大全的英雄，被人们学习和膜拜；要么你是奸丑滑的反革命，被人们痛骂和蔑视；要么你是群众中的一员，向着浩浩荡荡的革命队伍投去无限艳羡的目光。那时候的人们，似乎都生活在宏大叙事的氛围中，却又奇异地被一种浪漫的诗歌的意境所淹没。那时候的人们，都纷纷跑到了大街上，身后的没来得及关上的大门自顾自地在风中晃荡，然而，却没有人肯停下来，往门后瞧上一眼。也因此，似乎没有人以为把谁写进小说是一种诽谤。"利用小说反党,是一大发明",尽管有些虚张声势,但却没有说小说被当作了一种诋毁个人的工具。那时候,党是一个庞大的意识形态符码,而被指斥为反党的小说,却不过是反动的阶级制造舆论的工具。

原因很简单,在革命的宏大叙事的语法中,并没有"个人"的存在。个人都在线性的历史链条中,被归属到某一集体的标签下,服务于一定的政治目的。因而,严格意义上的私生活领域是不会出现在小说叙事中的。没有私生活的小说,何来诽谤之辞?然而,纵令是以后的小说中专注于私生活的铺排了,却又被一种新的意识形态动机所贯注。也就是,革命的宏大叙事是对人性与人道的一种剿杀,人的私生活,尤其是与个人的身体有关的情色生活则被纳入到反革命的话语创造之目的中。所有欲望的压抑与释放,所有个性的异化与张扬,无非是为了加强对革命的非人道和反人性的揭露和批判力度。个人在这里总是被策略性地建构起一种本质,成为一系列意义的所指,私生活也已经变成了某种集体主义的意愿,是一杆人性化的旗帜。

没有真正意义上的个人与私生活出现的小说,是连诽谤的资格都没有的。即使小说的作者在某个时候,灵光突然一闪,想起哪个人曾经给他以白眼和恶语,于是捎带着把讽刺的笔转个弯,但目的之宏大,却成了障眼法。而被流行的阅读视角培养的读者,也断不允许有人把小说丛林中的一棵受讥讽的木头来坐实的。只有到了人们摆脱了意识形态,真正回归到个人化的时代,小说成了鸡零狗碎的日常生活之一种的时候,被指认为诽谤才有了适当的群众基础。一方面,小说是在真正地表达自我了;另一方面,读者也真正地为自我阅读了。于是,没有人再把小说看得高高在上了,诽谤和骂人才可能被当作诽谤和骂人来看了。虽然小说的人物也不免要把上海的胳膊和北京的大腿拼凑起来,但若特意夸张出那胳膊的细和大腿的粗,并在细的胳膊和粗的大腿上加上一些特殊的记号,那些细胳膊和粗大腿,要对号入座也不是一件多困难的事情。在历史上,黑幕小说的"黑幕"不也正是在辛亥革命受挫的语境中,在一个个人化的时代里才被人们意识到的吗?

再回头来看一下被冠以"反党"之名的小说《刘志丹》,或许能给我们带来一些启示。

这桩当代文学上的公案,到了"文革"之后,一度被当作政治干预文学的典型。然而,谁又能说得清它有没有政治上的抱负呢?说它反党,有些乱戴帽子的嫌疑,但若说它反对党内某人的某项具体行为,为自己亲近的人抱屈,发一些牢骚,这难道完全没有可能?而即使没有这些,它在为一个人树碑立传的时候,不也相应地降低了主人公对立面的威信吗?更何况恰好这个对立面正位高权重，掌握着一定的左右舆论的工具呢。所以它被冠以反党之名，被革命话语定义为群众的人们，当然也只能顺着这样的意识形态定性来作阐释。后来，据说"文革"之后，《刘志丹》被平反，作者又写了许多续文，把当年想写而没能写的牢骚更加充分地写了出来，似乎是为了出一口恶气。然而，另一派系的人也并没完全失势，于是让人写作了《秦川儿女》这样的小说，来给自己立传了。总之一句话，有时候，小说并不完全是艺术，从小说中读出诽谤，也不是完全不可能的事情。

当然，艺术至上的辩护理由仍被抬出来。但我们应该清楚，在这个后革命的文化多元时代，写小说的人有很多种，既然有的人写小说是为了艺术，自然也有人写小说是为了报复与诽谤，这没有什么奇怪的。当然，为艺术的不一定艺术，为报复的却也不见得就不结出艺术的果子。《金瓶梅》据说其最初就为了讽刺时政而作，甚至《红楼梦》也有人说是影射一场家庭上的政治变故。但是这样的似乎有些不端的用心，却也并不影响他们的艺术成就。阅读小说的人，有时候是不介意写作者的目的的。各人有各人的读法，艺术的名号不是万能的，凡事需要具体分析才是。很多人考证《红楼梦》的本事，也即所谓的索引派，按照唯艺术论的意思，也都全然没有道理了。但人们若能对无数的"红学"索引派表现出足够的宽容，那么谁还有理由否定"秦可卿的后人们"来打一场名誉权的官司？所以，小说并非总那么"艺术"，艺术也并非总那么崇高。所以，从伦理的角度去判定读者的"正确"与否，并非一定是义正词严的。

7. 释"字"说"官"

曾在网上看到一则新闻，应是关乎某个地方官员为某一负面信息辟谣的。具体的内容，我已经记不确切了，但新闻后面的跟帖，却为我所留意，而且竟至于这件事情已经过去很长一段时间了，却还没能忘记。很多时候，我对于网络上的新闻，并不是特别用心去读那些啰里啰唆而又企图面面俱到的主体，而往往是比较关注新闻后面的跟帖。我以为这个，虽则情绪发泄的居多，但是，在调侃、戏谑、夸张、嘲讽、玩笑、滥情之外，却也有片言只语中尽显真知灼见的。比如，针对那个官员的信口开河，有个跟帖评论道：

"'官'字两个口，肉烂嘴不烂，让他们承认错误竟那么难嘛?"如此说文解字之下，当然折射了某种不满的社会情绪，实在值得深究一番的。然而，也许正是因为这官字中的"两个口"，才可理解为何官府自古以来，最擅长的便是不肯"承认错误"。

一般而言，中国自最初的造字以及其后简化，大抵不外乎象形、会意、形声这么几个类型。比如"人"这个字，便大体是从一个沙地上描摹的人形演变而来；而"大"字，多少有些会意的意思，从一个成年人张开手臂而给人造成力大无穷的感觉引申来的；"仁"字呢，则是会意之外，又兼有形声，其中用来表意的是"二"，也就是仁爱之心，至少要在两个人之间才能产生的，但又因为儒家固有的观念，认为"仁"才是做人的根本，所以，在发音上也不肯再作变迁，大抵是口里念出了"仁"字，首先想到自己是个"人"，情不自禁，便宅心仁厚起来吧。

现在通行的汉字经历过 20 世纪 50 年代的简化，有些确实已经很难反映当初仓颉造字时所寄予的观念和想法了。比如"爱"字，自古以来的繁体里，中间是夹个了"心"的，那意思很明显，有心才能相爱，这是基本的前提；而且"心"要隐匿于中间，整天喊在嘴上写在纸上的，恐怕其可信度，是会大打折扣的。现在的简体字，将爱字中间的心给去掉了，所以就有人感叹，简体字时期的爱情，是有口无心的。所以那些诗人，在简体字的时代，不仅开口就是"爱我"，而且下笔就是"我爱"，整个儿一个爱经操盘手，是最该受到怀疑的。而当初造字的人，便大抵怀着这隐秘动机，结果，诗人的"诗"，是"言"字旁边加个"寺"，意思就很像是如果你再在那里多嘴多舌，就罚你到寺庙里做和尚或尼姑去，每天晨钟晚祷阿弥陀佛，或可断送一切的尘念。

当然，我这里是强作解人。

僧尼大抵西汉末年的时候才从印度兵分数路来到中土，而那时我们的仓颉先生，差不多已经成了传说中的人物，而且大抵被神化了。再说，口中诵佛，却未必六根清净。举凡歪嘴的和尚念不了正经的，真是多了去了。比如六世达赖仓央嘉措，当了和尚头，却还是绯闻不断，而且有着不竭的诗情，比如他常在诗中"摇动所有的转经筒"，不过是以"超度"作为幌子，而他真实的目的却是"只为触摸你的指尖"。像这般含蓄而热烈的念想，果然是不负"情僧"的盛名；而出现在明清艳情小说里的那些淫纵的僧尼们，其不堪程度，这里只能学贾平凹的笔法，给打上几个"□□□"了事。

何以明清的艳情小说里，多写和尚的苟且之事呢?

据说这颇有些栽赃的意味。理由是明成祖朱棣怀疑他的侄子建文帝乔装成和尚逃亡到了福建的一座寺庙，在搜查不果的情况下，一把火将寺给烧了。但总得给个理由吧，于是贴出皇榜，说那里名为圣地，却尽收留了一些聚众淫乱之徒。像这样的和尚纵淫的说法，以前绝少听到的，而一旦听到，便乱加附会起来。于是有明一代，但凡艳情，便多以僧尼作为有伤风化的典型。

这才是官家一张口，连当朝皇帝的老祖宗都给连累了。要知道，明朝的朱洪武，早年间就是寺庙里出家的，当了天子之后，虽然忌讳着这段经历，但毕竟在民间是被广为传播的。既然朱棣敢于将不伦之事栽赃给寺庙，而靠书肆谋生的破落知识分子，当然就乐得编造一些僧尼的淫乱故事，既迎合了人们对所谓佛门净地的窥私欲，又隐秘地表达了对皇家合法性来源的腹议。

当然，这不过是一种臆测。要知道，戏曲小说里对道教里的淫乱事迹，也不乏大书特书的例证，而若说这是假正经的读书人对于怪力乱神者的构陷，但那些满腹经纶的秀才们，中了僧侣或道长的蛊惑，又岂独《肉蒲团》里的未央生一个？不过，未央生只关注着男女脐下三寸的地方，是不求上进的，算是儒家的败类，根本上，又何尝不代表了读书人冠冕堂皇的言辞下的另一种隐秘的欲望呢？如此，栽赃于僧尼，或只是一种安全的方式，并借助这方式，宣泄久被压抑的内心情感了。所以，历史的附会法，在这里就遇到了障碍，于是还是回到说文解字上来。

比如现在有伤风化的事情，或者较之明季，有过之而无不及吧。这该当如何解释呢？说法很多，其中之一，就是归之于简化字的推广。因为从繁体的"爱"字中将"心"挖去，以隐喻的方式昭示了一种挣脱心灵重负的男女关系。既然不能安心于庸碌，便心猿意马、心动不已，然而种种始于"动心"的故事，却几乎都逃不出一个死心的结局。于是，爱的"空心化"，就渐次成为我们这个时代的征候。

但这样的解释终究是有点玄。

半个世纪前成立的"文字改革委员会"里，恐怕没有谁会具有如此巫师般的远见，"以一个干净利落的'挖心'手术，预谋了一个浪漫爱情的葬礼"。但有一点，就是整个儿的在从"繁"到"简"的转折中，"官"字却没有发生变化，依然是"宀"下面一个"竖道"管住了两个"口"。或者作出这样的决定，跟对"无心爱情"的预言不同，是根本不需要什么远见的。

这或者也正是耐人寻味之处。

要知道，从古到今，"官"都是要"管"人的，而既然"管"人，却不仅拿着"竹"制的刑具来惩罚和威慑，还要官家内部，彼此严守一些秘密。所以，"官"字下面的竖道，可以理解为一根木棒，必要的时候，即使是一家人也会动之以刑；而更多时候，那应该是一个封口胶，该说的时候说，不该说的时候坚决不能说，或者该这样说的时候，是坚决不能那样说的。

之所以能够做到这一点，显而易见，是上头的"宀"在起作用。

这在帝国时代是一个家天下的隐喻。所有的官员，都类似皇帝的家眷，如果好好地听话干事，就给你两张嘴上下连横地吃喝。对于宫闱秘史，彼此心照不宣，即便不是相互之间串联起来缄默不语，也断不可大大咧咧视作寻常人家一般飞短流长。而如今，这个"宀"到底隐喻着什么，我真不好多说，但起码有它给罩着，是可以轻松地利益共享的。所以，既然老祖宗造字都指明了这点，而且无论繁简，都不曾改易，"肉烂了"，嘴都不能"烂"，哪还能指望有哪个官员"勇于承认错误"呢？

8. 灾难面前，作家所为

女作家

那次青木川余震发生后，一位八十多岁的老人无助地仰天长叹："老天爷，你非得把我打趴下才算完吗？"

我对他说："趴下就趴下吧，咱再慢慢站起来。"

这是从灾区回来的女作家面对记者说出的话。我理解，她试图表达一种乐观主义，面对灾难，鼓励那位八十多岁的老者，要勇敢地面对一切，所谓老天爷让"趴"下了，要有信心再"站"起来。但是，别忘了，望天长叹者，是一个八十多岁的老人，你所谓的"慢慢地站起来"，是不是太残酷了？

"慢慢站起来"的修辞，其实与那些所谓的"我们一定能够战胜困难"，或者"一定能够夺取最后的胜利"，乃一样的逻辑，因此也一样的空泛。骨子里头，还是记忆中"人定胜天"的教条，但已经抽去了理想主义内核，剩下的，只有虚浮的唾沫四溅了。为了鼓舞一种热情，必须依靠对过去的某种意识形态表述的唤起，这实在是一件悲哀的事。本来以为这种唤起是政治家的拿手好戏，想不到作家，而且是女作家，竟然也是如此，这就更加让人感到悲哀了。

那位仰天长叹的八十多岁的老者诚实地表达了他的悲愤，所以，他即使趴下了，我以为他也是站着的。站得无奈，站得屈辱，站得悲愤，却站得倔强。而那位轻易就说出"站起来"的女作家，无论她再说些什么，也无论说得多煽情，有着虚浮的乐观主义作底，我都不能不以为她是趴着的。

男作家

那两次地震，虽然自己与灾区距离较近，但都不怎么在意，也没有特别关注。

现在想起来，这种态度与当时主流意识"一不怕苦，二不怕死"精神在自己头脑中潜在的沉淀无疑有关。那种红卫兵式思维，漠视他人乃至自己的生命。

这是一个男作家在汶川大地震发生之后对三十年前他所经历的两次大地震的回忆。我们知道，拿历史说当下的事，可能不仅仅是作家的习惯，但确实是他们的便利。所以，每当有什么重大社会事件发生的时候，我们总有机会看到他们声情并茂的回忆。而这次，这位男作家回忆的是灾难叩门时其所表现出来的漠然。那时候，他很幸运地摊上了两次大地震，一次是在海城，一次是在唐山；而且更加幸运的是，这两次大地震对他都是有惊无险。

他还饶有兴致地提供了一些细节，说唐山大地震的"那一刻，下夜的老人来叫我，擂着门，显得很紧张，我应了一声，翻过身，竟然又睡着了"。这并不是什么大无畏，或者更确切地说，他只是处在尚未感觉到危险存在的迷糊状态。也许很多死难者，就是在这种半醒半睡的迷糊中遭遇了厄运。我自己就曾有过类似经历，20 世纪 80 年代初，我们那里也发生了一次小地震，我似乎感觉到了有什么东西在晃。这时候，父亲扯着一条腿把我扔出了屋外，我竟然还能继续一觉到天亮。

然而，我们的这位男作家，却将这说成是对"他人乃至自己的生命"的漠视。也许，在他确有漠视的成分，因为他说他那时"对人世看得比较淡"。但他这种"淡"和"漠视"，全是因为那时候流行的"一不怕苦，二不怕死"的红卫兵精神？

这实在有些匪夷所思。我生也晚，对"文革"那段历史不甚了了，但如果说红卫兵精神强调"一不怕苦，二不怕死"，那么这应该是一种不畏艰难、不怕险阻的奋斗精神，一种战天斗地、兼济天下的入世精神，一种不怕牺牲、积极进取的献身精神，又如何会看"淡"人世和"漠视"生命呢？难道"不怕死"等于对生命的漠视？将二者直接画上等号的这位男作家真的会有如此之低的汉语理解水平？

其实，他不过在今昔对比的叙事结构中，说明自己对这次汶川大地震何以会有"感同身受"的能力罢了。无非是三十年的改革开放，人们从西方学来了尊重生命的"普世价值"，能够与"国际接轨"的结果。但在这样的解释框架下，这位作家已经不再是追忆一种过去的体验了，他实际上在诉说一种政治观念；而地震灾难，无论是如今的汶川，还是过去的唐山以及海城，都不过一种话语的由头而已。这实在是一件悲哀的事。本以为这种给灾难穿上政治的马甲，是那些巧舌如簧的政治家的拿手好戏，想不到作家竟然也是如此，这就更加让人感到悲哀了。

作为个人，我宁愿相信在三十年前的大地震中他的漠然是真实的；而在这次的汶川大地震中，他的感同身受，也值得理解和尊重。但何苦要把自己的感受嫁接到一种政治理念上去呢？在过去和现在之间建立一种联系，这本身没有错，尤其是作家，他更想以自己的方式解释一种历史的进程。然而，一旦把自己的感性出卖给一种广泛流行的思潮，这样的文学以及作家，就有些自我作践的意味了。

9. 关于"索隐派"

那是一个下午，临近学期末了，我和教研室的几个老师在一起闲聊，不知怎么就提起了名字与命运的关系。其中有个姓马的老师是河南大学毕业的，于是，他就谈起该校的一位校长的故事。该校长姓靳名德行，而"靳"和"禁"发音相同，于是有人将他的名字与某种禁忌联系在一起，说他不能去德国。他不信邪，偏偏率团到德国访问了，竟真如某些人所料的那样，他在回来的飞机上突发心脏病，临时迫降莫斯科，结果就死在那里了。

为证明此言非虚，我还专门百度了这位靳校长的信息，发现马老师完全没有杜撰，但如此这般地将他的名字与德国之行的禁忌联系起来，却很有可能是一种后来的解释，而那所谓的劝阻，恐怕也是在他死后给附会上去的。

这只是话题之一，紧接着而来的，是有老师又谈到了命相与易经，谈到了河大某个老师对于《易经》的精通；由这个对于《易经》精通的老师又谈到王立群，且由王立群自然也就谈到了中央电视台的《百家讲坛》；而在对于《百家讲坛》的七嘴八舌的议论中，则又无主题变奏到了在那上面索解《红楼梦》的刘心武。也就是这个时候，有个老师对刘心武的"红楼研究"不以为然了。他说，刘心武只在那里说《红楼梦》中的谁谁可能是谁的原型，某某可能是某个历史事件的影射等，真是无知者无畏得很，他竟然不知"索隐派"的东西，其实早已经被批得一塌糊涂了。

于是话题又转向了"索隐派"。

关于"索隐派"，我倒坚持认为，并非全然没有道理。要知道，任何小说的创作，首先都来自现实生活对作者的刺激，而这些刺激，既然充当了因由，那就总会以某种外人习焉不察的方式被写进小说。既然小说是来自真实而又刻意将真事隐去，那么，试图从中寻找现实生活或历史事件的蛛丝马迹并给以适当还原，这就情有可原并且未必不是行之有效的了。西方的文学批评，在新批评出现之前，一直占据主流的作家传记研究，依据的就是这个认识论前提。而中国圣贤所强调的"知人论世"、"人如其文"的观念，也给索隐派的研究提供了理论支撑。

当然，小说中有历史，也有真实，这绝对不假。但是，一个评论家从小说中能否将之恰如其分地还原出来，这倒是值得怀疑的。比如说，参与那天下午谈话的人中，如恰好有个小说家，他很可能会将此次聊天的经验写进作品里。但是如何来具体地处理这个经验，却又大有学问。或者他，以为那个名字禁忌的话题不过是一种迷信的表现，说不定会设置一个虚伪的知识分子一类的人物，满嘴都是科学的名词，并以此很是获得了女学生的青睐，恋爱谈了一场又一场，骨子里却充满怪力乱神的东西，有那么一次，竟由于自己的风流官司躲进了八卦和易经编织的套子里了。又或者，这个作家从此心里种下了禁忌的阴影，所写的故事，似乎也带有魔幻色彩了，笔下都是马孔多小镇上的人物，却并非是一种反讽，而确乎出于他的一种信仰，常常为自己所编织的故事所恐吓了。一个人为自己所讲的故事所吓倒，虽然跟"索隐"的话题无关，但却也是常有的事情。我小时候，就常在村北头的沙河里喂羊的时候给小伙伴们讲恐怖故事，而结果，自己常常以为那就是真的，晚上吓得连解手都不敢出门了；而后，上大学的时候，也因为卧谈会上的一通"野狐禅"，也在半夜里上厕所的时候，疑心黑乎乎的走廊里会有野鬼出没。

然而，假若这些情节被写进了小说，即使是一个亲历了昔日讲故事场景的人，也很难清晰还原，更不用说一个小说家所进行的对这些经验变形的心理动因的探寻了。对于作家传记的熟稔，或者会为这些索隐提供帮助，但是，要知道，一个人的经历，起码可以分为内在的和外在的两个层次，他或许人在此时此地，心却可能在别一个时空里如同幽灵一般出入。所以，要掌握一个人的传记，还要下一番心理分析的功夫；而这个心理分析又有多少准确的成分，倒又成了难解的问题。

可见索隐虽有道理，但若想求索出隐含的真迹，却也并非易事。

不过，有一个"文史互证"法子，兴许可以弥补这类分析的偏差。也就是说，不但要占有作者充分的传记资料，而且要拥有超乎寻常的艺术敏感，能从文本的各种缝隙里找到其背后隐藏的东西。比如我在这几日监考的间隙，断断续续读了勃兰兑斯的《十九世纪的文学主流》这样一本经典的文学史研究著作，其中解读贡斯当的《阿道尔夫》和斯塔尔夫人的《黛尔芬》这两篇小说的章节，所论自然精彩纷呈，而方法上走的便是传记批评的路子。至于从这两篇小说中发现了不少涉及两位作家对于私人生活和爱情观念的影射，则完全可以归入"索隐"一派。然而，不但有趣，而且可信，我想这其中，大抵是因为勃兰兑斯已将"文史互证"的方法，运用到炉火纯青的地步了。

我们知道，贡斯当和斯塔尔夫人是法国大革命时期的政论家，文学创作只是他们的副业；但作为政论家的他们，却都是因文学上的成就而被人记住，并且因为这记住，而不得不一再谈论到他们政治上的各种文章和见解。结果政论和文学，就成为他们人生中不可分割的两个层面。斯塔尔夫人除了《黛尔芬》之外还有一系列谈论文学的著作，而贡斯当这位充满热情亦不乏背叛的政论家，却只有一部名为《阿道尔夫》的长篇小说问世。在这部小说里，阿道尔夫这个人物显然就是作者个人生活的文学化的显现，以至斯塔尔夫人看到这篇小说后，禁不住说："我相信天下的男人中，只有虚荣自负的时候才像阿道尔夫。"很明显，这其中有不少隐情，而且从她与贡斯当曾经保持了十几年的情人关系这一点上来看，不乏存在她为自己辩护的企图，因为贡斯当在小说中对阿道尔夫及其恋人爱莲诺尔的描述，正暴露了她内心深处的隐痛和创伤。

《黛尔芬》和《阿道尔夫》是两部爱情小说，而因为它们的作者都是政治活动家的缘故，在主题层面，它们都无例外地处理为社会的习俗和规矩如何毁掉个人的婚姻幸福。不同的是，前者的主人公是一个已婚的女性，她为了社会责任而放弃了一段美妙的爱情，并在婚姻的痛苦中不断挣扎着寻找新的情感上的出路；而后者的主人公则是一个充满忧郁的男性，他与一位上层的已婚妇女陷入了一场恋爱，但最后却因为无法忍受而不得已选择了离开。

毫无疑问，黛尔芬就是斯塔尔夫人，而阿道尔夫就是贡斯当，他们一个在为自己的离婚辩护，另一个则在为自己的负心寻找解脱。从小说出版的时间来看，斯塔尔夫人于1803年出版《黛尔芬》的时候，无疑对贡斯当不久将与她结婚充满信心，所以，她在小说中对作为贡斯当化身的列本赛不乏赞美之词，对于爱情，也不乏浪漫的想象。而当贡斯当于1806年出版《阿道尔夫》时，他似乎已经下决心离开斯塔尔夫人而和夏绿蒂结婚了，所以，在他笔下，以斯塔尔夫人为原型的爱莲诺尔爱得疯狂、自私且绝望，以至一时半刻都不能允许她的情人离开，但作为男主人公的阿道尔夫，却强烈感觉到自己的自由生活和恋爱的权利受到无端的干扰和侵害：她对他的需要确实满足了他的虚荣心，但他想要的是什么时间愿意来就来，愿意走就走，而不是时钟一敲就得露面。

就这样，浪漫的爱情被自由主义的呼吁替代了。

事实上，斯塔尔夫人后来就被当成了浪漫主义运动的积极推动者；贡斯当呢，则被看作现代自由主义的创始人。却不知，这种分野，却跟他们写作各自的小说时所处的爱情的不同阶段有着绝大的关系。假设斯塔尔夫人在写她的《黛尔芬》时，已经知道贡斯当将她的火热的爱情当作了累赘，或许这不仅将影响到列本赛的艺术形象，而且也可能影响到她对于爱情的信心。同样，如果贡斯当在写作他的《阿道尔夫》时，还处在刚刚认识斯塔尔夫人并且试图展开他的爱情攻势的阶段，那么，他或者就不会有冷酷的心理分析和有关自由与权利的算计了。所以，能从小说中"索"到两人爱情私密的"隐"情，并且由此反观宏大的文学史叙事与私人生活的联系，如此"索隐"，倒也是颇值得玩味的。

10. 小红帽及其他

临睡前儿子非要缠着我给他讲故事。讲什么呢？小红帽吧，我在那里自问自答，而出乎意外，他这次竟没有反对。要知道，这个故事，我从儿子不到一岁时，就反复讲过，一开始还浑然无觉，但讲到后来，翻来覆去，就那么几个情节，他就觉得有些讨厌了。然而，我又不是一个满脑子新鲜故事的人，所以，重复是我不得已的选择；而他，纵然是反抗，但如果还想让我在睡觉前多陪他一会儿，也就只能一边抗议一边接受无力改变的现实了。

也许，他言在此而意在彼，真正的用意并非是要听故事，而不过是让我在他睡觉前多陪他一会儿吧。

小红帽的奶奶住在森林中，这是故事开头的一句话，但我通常将它改造成那个小女孩去某个地方探望她的姥姥。因为我觉得，应该让孩子明白，爷爷奶奶跟他是一家人，不需要用这种走亲戚的方式探望。当然，我不是不知道，儿子的爷爷奶奶，一年中绝大多数时间是住在山东老家的乡下的，他所能见到他们的机会，比之去姥爷姥娘家走亲戚，还要稀少得多。然而，对于谁是亲戚谁是自家人，我却特别顽固地认为有一种区分的必要。

的确，我的观念是相当保守的。

我重男轻女，觉得养女儿是吃亏的，早晚都要成别人家的人，而所谓的出嫁，似乎就是让哪个男人占了便宜。当然，如果上天再赏赐我一个宝贝女儿的话，我也会非常高兴，但我想我的高兴，应该截止到她离开家门的那一刻。儿子，毫无疑问，可以许他信马由缰、天涯驰骋。哪怕跑到美国，住在南北极，只要他能快乐。娶个洋妞，也算是我的势力范围，在想象中，又扩大了一圈。

现在的情况是，小红帽高高兴兴地走在路上，所看到的风景，也都被我篡改了。何以住在森林里呢？或者是因为这个童话来源于北欧的某个地方，那里的人们似乎对于原始的狩猎生活仍然记忆犹新。而我们这里，则早已经是一个农耕国，像那种阳光从树叶间漏下来，照在浅黄色的小花与奇形怪状的蘑菇上面的景象，也已杳如黄鹤了。

当然，没有森林哪里会有狼呢，没有狼当然也不会有猎人的出现。所以，我的篡改总会遭遇难以自圆其说的尴尬。

我们生活在一个"怀念狼"的时代，但是，狼在几乎所有的童话中，都是一个邪恶和凶残的象征。我的讲述，也极力夸张这一点，但我发现，儿子竟对于此一点都不感到害怕，结果我又不得不一次次停下来，回答他哪里才能找到狼的追问。如同生活一样，不停地会有一些小插曲，才会让人不觉得乏味；而我的讲述，也正在这样的小插曲中不断延宕，本来是要儿子快一点入睡的，没想到却进一步激起了他的兴奋和好奇。小红帽现在走到哪里了呢？很多情况下，这竟然成为我和儿子共同的疑问。

一个讲故事的人，竟然把自己故事里的小主人公给弄丢了。

好吧，我现在就告诉你结果，小红帽，就是那个串亲戚的可爱的小女孩，她已被可恶的狼吃到肚子里了。

儿子当然知道这一点，不仅如此，他还知道，紧接着就会有英勇的猎人出现。但有一样事情让我诧异，就是他不再像往常那样，期待着小红帽从狼肚子里毫发无损地跳出来的一幕了。相反，他若有所思地问道："为什么小红帽被狼吃到肚子里，却不会死呢？"

这也正是我的疑问。

我不记得我的童年可有童话，但我印象中，似乎在我上小学一、二年级的时候，我曾经在书包里装满了砖头瓦块，佯装兴奋地告诉妈妈，拾到了无数的金元宝，我的妈妈似乎也很兴奋，于是我们似乎心照不宣地，共同出演了一出童话剧。我至今还在心里保留了那一书包虚拟的金元宝，并在不断的迁徙流浪中，一再梦回那个遥远的快乐的时刻。然而，阴影一般横亘其间的，是在不久之后，妈妈却当着我的面，向几位大娘、婶子展示了我的收获。结果，在她们的笑声中，我感到自己被出卖了。

也许就因为这样一种经历，当我有机会给儿子讲述童话故事时，虽也会不断地插入我的意见，但始终还是尽可能给他保留一份真实的幻觉，并且极力地想与他共享这一幻觉所给我们带来的快乐。

比如刚一读到这个小红帽的童话故事时，我就对她能在狼肚子里安然无恙不以为然，但强迫自己相信那是完全可能的。然而，吊诡的是，我在跟儿子分享了童真的快乐之后，却还几次三番在心里给自己寻找着理论化的解释。

也许，这就是成年人的心理悲剧。

无意识地，我们想回到童年；但是，我们却又觉得那样的自我蒙蔽不可靠。毕竟，除了在孩子面前，我们都不想给人一种稚嫩的感觉。很有可能，我的妈妈就是在这么一种分裂的意识中，将我拾到砖头瓦块当金元宝的故事，讲给别人听的。她太贪心了，一方面想从我这里分享我的童趣，又想在她们的那个圈子里得到对于儿子异想天开的赞赏。要知道，并非所有的笑都是嘲笑。然而，那个时候，我真不知道。我只以为自己被出卖了。

正如故事的进展一样，我的寻找还在继续。

有那么一回，我在书本里认识了荣格。他是瑞士的一位心理学家，曾经做过弗洛伊德的朋友兼学生，但后来两人形同陌路。这中间的曲折，我就不细说了，但似乎跟弗洛伊德坚持要荣格担任国际精神分析学会的会长有关。

这或许是一个"我给予，但你拒绝"的游戏。比如两个好朋友，共同竞争一个职位，其中那个胜出的人说："其实这个位置，还是你来坐合适。"而那个败北的人，则应该按照常规拒绝这个所谓的好意。不然，便是幻象被打破，朋友再也不能做了。从这个意义上，弗洛伊德的谦让，或者就是一个陷阱；而对精神分析了如指掌的荣格，却在这个小小的细节上马失前蹄。

可见，在人的贪心面前，所有的理论知识，都可能失效。

然而，我却不能因此而否定荣格对小红帽何以能够健康地走出狼肚子所作的解答。

当然，荣格所认识的童话主人公的名字，却是叫作小瑞德·莱丁贺。荣格说，像小瑞德这样的小孩子在全世界无数的童话故事中都能找到，而他或她之所以能够从划破的狼肚皮里安然地走出来，首先跟远古时代的占星术密切相关：黄昏的时候太阳被海中的怪物吞掉，但到另一个早晨，它又升出来了。

但小红帽或者小瑞德，仅仅是为了解释气象和天文的过程而创造出来的吗？

这一疑问并不来自我，而是荣格。他说，这其间应该还包含了无意识的冲动，比如乱伦的情绪及其幻想等。我没弄明白"母亲必须要吃一些小孩之类的东西，这样小孩子才能通过切开母亲的身体而诞生"这样的推测跟乱伦有何干系，但他的说法给我提供了启示。我觉得，那些听故事的小孩子之所以对于小红帽或者小瑞德从狼肚子里走出来不抱任何疑问，或者跟他们自己刚从母体里出来的经历和记忆有关。

我们通常会以为刚刚出生的孩子是不会对自己脱离母体的过程留有什么记忆的。这可能来源于一种假设，即人的大脑功能在出生之后还有一个漫长的发展过程。但事实上，一个刚刚出生的婴儿的大脑已经相当接近成年人了。所以，遭遇如此强烈的变故，她的母亲能一生记忆犹新，孩子们怎么可能对此浑然无觉呢？

这一定在他们的脑海中留有记忆的刻痕，但遗憾的是，我不能为这个推测提供任何有效的证明。现在的科学研究坚持一种看法，就是一个正常人在成年之后，是不可能记起三岁之前的事情。但弗洛伊德说，那些婴儿期的记忆并没有彻底消失，它们只是因为种种原因被压抑到了无意识的深渊之中了。

我不能从无意识的深渊中打捞自己婴儿期的记忆，但我却记下了自己对于儿子的观察，也就是，他的确是在三岁之前，从来没有给我提出过"为什么小红帽被狼吃到肚子里，却不会死呢？"的疑问。我那个时候，所需要做的事情就是，假装跟他一样相信，小红帽从狼肚子里活着走出来，是理所当然的事情。

我知道，这也是一种欺骗，但我那样做的时候，却体验到了一种从儿子那里分享的快乐。

尽管我并没有像我妈妈一样，在一种幻觉中分享了我的快乐，而随后却又在她们成年人的世界里撕碎了我们共同的秘密；但儿子，却还是以我所不知道的途径和方式，了解到活着从狼肚子里走出来的不可能。有时候，我们成年人或许真的需要在童话的幻觉中安抚自己的灵魂；而小孩子，则是在父母犹疑的眼神中，成长如蜕。

成长是一种必然，谁也逃脱不了。

儿子长大了，我应该为他高兴；但不期然的，我却也同时感到一种失落。

童话正慢慢离他而去，他的有关于所来何处的记忆，在成功转化为可供分享的经验之前，似乎就要烟消云散了。接下来，他就会逐渐学会成年人的思维，并且不可避免地，会从成年人那里，接受种种的偏见、陋习，比如像我，重男轻女、自以为是，将大男子沙文主义作为理所当然的真理，沉浸于阿Q一般的幻觉中而不自知。

但愿我的顾虑是多余的。

然而，他那种相信猎人总是英勇的、小红帽总会从狼肚子里健康无恙走出的童真，无可避免地，就要消失了。所以，就在今晚，在他已经安然入睡的时刻，我起身回到电脑前写下了我的失落、不安以及期冀，并惴惴地，希望在他的梦里，依然会有小红帽一蹦一跳走向森林深处。在那里，虽有邪恶而凶残的眼睛闪着绿光，但英勇的猎人总会在恰当的时刻出现。

11. 字典与风化

那天我从网络上看到一则旧闻，是广州一个小学生的母亲，发现孩子的字典上有一些解释让孩子不解，也让自己感到难为情。比如，"鸡"，除了家禽的一种解释之外，又多了一条大家都很熟悉的用法，那就是用来指代那些专门从事性服务的女子；而且，也捎带着把男性性工作者的俗语说法"鸭子"也给解释了出来。这让那女学生的母亲很吃不消，反映到报社的记者那里，记者或许觉得这是一个猛料，就煞有介事地采访了一番，在报纸上给登了出来。果然，很快就传遍了网络。

广州，一向是开放的代名词。这个开放，在我们形而下的解释中，似乎所包含的情色的意味更加浓郁一些。以前我在山东一个煤矿工作，我的老家是一个小而偏僻的地方。那里的人们，世面见得不多，却特别地自以为是，凡事总以为自己的解释是最为合理的。有一回，议论起我的一个初中同学，说他一个人在家看孩子，而老婆却去了广州"挣钱"。这同学，在读书的时候，很有习武的兴趣。有一次，在我已经上了大学，而他还在中学复读的时候，我在自家村子的路边见到他，主动招呼他，他竟然作出一个漂亮的飞跃动作，把车子往路上一推，左腿往前一探，右腿往后一撤，左右手交错，就站在了我面前。我虽不才，弄不明白是哪家的招数，但也看出这完全是一副动武的架势。原来，我曾经在数九寒冬里脚踢水泥的讲台而取暖，他那时候似乎是班长，有一伙喽啰听他指挥，而我却对他那张牙舞爪的训斥不以为意，从此就有了一点儿小小的过节。所以，就随时地疑心我要报复他，把我友好的致意当作寻衅的信号了。

听到这样的议论，我似乎有意想看一下他的反应，于是借故到他住家附近转了一圈，果然遇到了他背着一个榔头，从田里灰头土脸地回来。我跟他搭讪，他把榔头拄在地上，低头只顾把我扔给他的烟抓在手里，支支吾吾地，竟想不出什么话说。他才三十出头，一点也没了当年的英武之气。老婆挣钱养家，本来在我们那里就不很正当；而且，又是去了广州那个地方，就更加让人往不正当的地方去猜测和议论了。

也许他的一脸颓唐，与这猜测和议论有着很大关系吧。

当时，我还未曾踏足过广东的土地，然而我想，风化上，也确实称得上特别开放的急先锋吧。不然，且不管这些议论，单就"二奶"、"马子"等港味词语源源不断地从那里传过来的事实，也可以想见是一种什么样的情形了。后来，我还真的去了广州，虽然没有开荤倒也算是开了眼了，因为在我所租住的城中村，是可以随处见到那些曾经被我们乡邻所议论的女子的。然而，风骚艳丽的背后，却是掩藏不住的无奈和窘迫，虽则遭遇的议论不多，但也同样不为那些自以为正经的人所容纳的，而这又与我那几千里外的乡野小地的人们有什么不同呢？

诚然，也不是全没有一点议论。

我在广州三年所听到的仅有的一次，却是在我们的课堂讨论中。那是一个女生，模样很光鲜，口齿很伶俐，行事很新潮的，她在发言中很出人意料地谈起了"鸡"与"鸭"的问题。她说，在现在这个社会，既然男人可以去肆无忌惮地找"鸡"，那女人干吗就不能正大光明地去招"鸭"呢？

我已经忘记了她说这番话的具体语境，只隐约记得她似乎和一种理论或观念在斗气，所以要积极表现出她女性主义的先锋姿态来，而声音呢，也就不由自主地高了八度。然而她台下一些虚拟的敌人，也即我们这些被她称为可以肆无忌惮地去找"鸡"的男人们，却都很害羞似的，低下了头。我也许尤其神经过敏，好像自己真的做了什么丑事一般，脸竟发起烧来了。

我这种不坦然的态度，也许和那位看了孩子的字典而大惊小怪的母亲相似。正如那位母亲，对于"鸡"与"鸭"存在的事实以及对于它们在日常语言中的具体所指，都是十分清楚的；然而却不坦然，以为那样的字眼出现在孩子的词典中，是不合适的。对于我，且不论对性工作者各样情况的了解，单就女性主义在这个问题上飞扬跋扈的姿态，也在书本上看到不少了；然而，竟有身边的女同学公然于讲台上宣讲，却也以为有些不合适。但所认为的"不合适"，却只给自己带来心理上的某些"不适"，所不同者，那位母亲是以一种匡扶正义的凛然姿态给记者爆料，我却偷偷地躲在讲台下心猿意马。

鲁迅曾经在一篇小说中写一个卫道士四铭先生，他有一次上街去，看到一帮人围拢来议论纷纷，于是自己也凑了上去。原来中间是一个年轻的女乞丐和她瞎眼的老母，那女乞丐年龄似乎不大，如果不是衣服太烂、脸上太脏，竟也算得上有几分姿色。街头的两个光棍肆无忌惮地说："阿发，你不要看得这货色脏。你只要去买两块肥皂来，咯支咯支遍身洗一洗，好得很哩！"这话实在是撩拨了四铭的心思，他于是到了洋货店里给自己的老婆买了肥皂回去。本来很高兴并且处处附和他的四铭太太听他这一番解释，竟突然变得如精神分析师般地洞察秋毫了，于是，就在四铭训斥儿子的时候发作了：

"他那里懂得你心里的事呢。"她可是更气忿了。"他如果能懂事，早就点了灯笼火把，寻了那孝女来了。好在你已经给她买好了一块肥皂在这里，只要再去买一块……"

"胡说！那话是那光棍说的。"

"不见得。只要再去买一块，给她咯支咯支的遍身洗一洗，供起来，天下也就太平了。"

"什么话？那有什么相干？我因为记起了你没有肥皂……"

"怎么不相干？你是特诚买给孝女的，你咯支咯支的去洗去。我不配，我不要，我也不要沾孝女的光。"

"这真是什么话？你们女人……"四铭支吾着，脸上也像学程练了八卦拳之后似的流出油汗来，但大约大半也因为吃了太热的饭。

"我们女人怎么样？我们女人，比你们男人好得多。你们男人不是骂十八九岁的女学生，就是称赞十八九岁的女讨饭：都不是什么好心思。'咯支咯支'，简直是不要脸！"

"我不是已经说过了？那是一个光棍……"

——鲁迅《彷徨·肥皂》

话是街头光棍说的，他自己也跟着发了一通脾气，却不能明明白白地骂出来，只说"这是什么话"？但四铭太太却清楚得很，也就是，男人无论是骂十八九岁的女学生还是称赞十八九岁的女讨饭，"都不是什么好心思"，而且，把自己在女讨饭身上未曾实现的性欲望转嫁到老婆身上，"简直是不要脸"！

或许，那位义愤的母亲在孩子拿了字典给她看的时候，她也有了一些类似四铭的心理活动，由"鸡"与"鸭"的所指想到具体的性活动上去了，于是有种被揭穿秘密的羞怒，又实在犯了女人沉不住气的毛病，要让媒体记者给讨个说法。媒体记者也确实感兴趣地采访了一番，然而那心却很值得怀疑，只不过是看中了"性"这个吸引眼球的话题，并且剑走偏锋，拿公共话题来说事了："词语的俚俗之意能否入青少年学生的词典呢?"而这实在明摆着的是明清艳情小说的路子，也就是，先摆一个道学家的面孔，却大行情色渲染的把戏。结果，在这样的设问下，参与讨论的人，无论正方还是反方，都只是让大伙更进一步的意淫罢了。

12. 关于疑心

鲁迅的一篇《无题》，是写他1922年4月11日这一天陪同俄罗斯的盲诗人爱罗先珂等几个朋友到中央公园散步的经历的。鲁迅说"回去要分点心给孩子们"，便到一个糖果公司去买了八盒"黄枚朱古律三文治"。但就在付过钱而将它们装进衣袋的时候，"不幸"在眼的余光中，却看到小伙计五指岔开，罩在剩下的他没有买的那些点心上。

这当然是一种非常不愉快的经历。当时的鲁迅，便以为是一种"侮

196

辱"。我则因为鲁迅的受辱想到一些自己的经历。还是在上小学五年级的时候，有一次我不知道因为什么事情到堂兄家里去，刚走到他家的门楼里，就听得二伯母大声嚷嚷，说书不是谁谁拿走的还能有谁啊，整天就他来咱家到处翻书。

时间太久远了，我已记不清楚当时是一种什么样的感觉，但大抵也跟鲁迅一样，感到了一种"侮辱"，因为她说的谁谁，就是我的小名。不仅如此，当年鲁迅对面的伙计只是防患于未然的，五指虽然岔开，但却并没将手伸到鲁迅的口袋里去，说，翻出来，看你是不是多拿了一盒。

何况鲁迅与那伙计，大约只见过这么一次。他并不知道，他已经是一个出名的小说家，将来还要被戴上大文豪的帽子。穿长袍又怎么了，有的贼穿的比起鲁迅，兴许还要光鲜了许多的。所以，冷静下来的鲁迅自嘲说："我可不应该以为这是一个侮辱，因为我不能保证他如不罩住，也可以在纷乱中永远不被偷。也不能证明我决不是一个偷儿，也不能自己保证我在过去现在以至未来决没有偷窃的事。"

然而，对我抱了极大的疑心并且嚷嚷出来的，却是我的二伯母，不仅如此，她还曾经是我小学三年级时的语文老师。当然，我也未曾向她证明"我决不是一个偷儿"。而让她将我与"偷儿"联系在一起的唯一理由，不过是我平日里喜欢到她家里去翻书罢了。何况我这里所谓的"翻书"，却也不是她嘴里说出来的意思。她说我到处"翻"，看有没有书；或者径直了说，看有没有翻出来能够偷偷带走的书。而我，只拿了一本，有趣的，或者深奥的，便安静地在那里翻看。

实在说，我因为这样的翻看而受益匪浅。我的父母，虽然不是全然的白丁，但因为终日里忙于生活，无暇于翻书；并且，也没有所谓经济上的余裕，给我构置一些课本之外的闲书。而二伯父是村上管事的，二伯母大约也因为这个缘故，又加上先前在娘家的时候就曾读到中学毕业，也就成了村里小学老师，她自然是有闲，并且有钱，来做一些文化上精神上的投资的。

于是，我常常就在放学后到他们家里翻书。

所翻的书的内容，大多是记不得了。但奇怪的是，有一本介绍古代文学大家的书，好像还是繁体，竟而让我至今有着朦胧的记忆。比如那里面介绍到李白，说他一辈子跑了很多地方，其中还包括我们的县城，但最后却在一个船上喝酒时候不小心就掉下去死掉了。紧接着李白的，是杜甫，这两个人的关系好，也是我在那本书里第一次看到的。两个人的下场，竟特别的相像，都是死在船上的。

从此，文人没有好下场的记忆，便深深地刻在我的脑海里了。但奇怪的是，我却还是对于他们的生活及劳作充满了敬意。因为二伯母是我的老师，虽未必就跟书上的文人一样，却毕竟每天夹一本书，慢慢悠悠地往村后的小学里走，一路上凡遇见的，都热情地打招呼。那情形，大抵跟当年的李白周游天下时，不愁没有人来招待一样。我于是便也对她充满了同样的好奇与敬意。

但就在我的敬意不断滋长的过程中，却无端地受到了她的"侮辱"，将一顶"偷儿"的帽子扣在我的头上了。我那时候还没看过鲁迅的任何书，自然也就无法知道有个孔乙己的存在，所以，也就不会用"窃书不能算偷"的酸词来给自己辩护；并且，由于年龄还小，眼睛就大半不争气，鼻子一酸，泪就下来了。

当时大概是向晚时分，但在我的记忆里，周遭却一片漆黑。所以，我事后总是忍不住抱怨自己何不乘着夜色悄悄溜走，将眼泪留给自己，将怀疑的怒气和口无遮拦的发泄留给别人呢。但是堂兄发现了我，且手里已经拿着他要找的那本书，于是他一边向他妈妈使眼色，一边就跑到我这边来。我们都知道这个世界是有惯性存在的，正跑得很急的时候是很难停下来的，而对人的疑心也是这样。所以，二伯母虽然看到了堂兄手里的书，但嘴里却一下子不知道如何停下来，即便勉力停下来了，却又突然来了一句："要不是他乱翻，也不至于这么难找。"

二伯母的话仿佛穿越时光的隧道，然后变成一个巴掌，甩在我脸上。我的嘴巴似乎有些抽风，但却终于安定下来，"夜间独坐在一间屋子里，离开人们至少也有一丈多远了"，在一片静寂中回到鲁迅的书页上来。果然，大文豪就是跟我这小字辈自顾在堂哥劝慰下无语流泪不同，鲁迅很有些"不高兴"地"装出虚伪的笑容，拍着伙计的肩头说：'不必的，我决不至于多拿一个……'"

然而，那个伙计竟"惭愧"得很，"赶紧掣回手去"了。

这不但让鲁迅感到意外，而且连我，也觉得不可思议了。看来那个伙计比起二伯母，智商是差了很多；并且，估计书也少读了不少，竟至于不能像她一样，立刻就能给我找到一个次一等的罪过来。

但她却忘了，此前的几次翻书，实在还是受了她的鼓励的结果。因有那么几回，她动用我们当年那些小学生给她家里大扫除，结果我就将受潮了的书给搬在太阳下晾着了。就在那次，我在太阳下将那些书一页一页地翻，她过来说，先赶紧忙别的，等忙完了，这些书你想什么时候来翻就来翻。已经过去太多年了，我当然没理由再来揣度她当时说那番话是出于真情还是假意。但总而言之，我便是从那一次给她家里大扫除中知道了她家有不少的书；并且觉得如果闲来无事，捧一本书在太阳底下胡乱地翻，实在是一种难得、惬意的享受。

当鲁迅因为伙计"赶紧掣回手"而自己不由得"惭愧"起来，并且使之成为他"怀疑人类的头上的一滴冷水"，哪怕是对于自己"有损"，也还是勇猛地剖视出来时；我却因二伯母灵机一动给我安上的新罪名而想起另外一件事情。

原来就在她做我三年级语文老师时，有那么一个周末，她将一本教材给忘在讲桌上了。而那个周末，恰好由我和一个远门的堂兄看护教室。要知道，我们乡下的学校，教室都很破烂，不是门无法上锁，就是墙上被掏了洞，因此，便常有周末，学生们虽则将板凳各自搬回了家，却仍然难免有课桌被偷走的情形。所以，周末时候，安排学生轮流看护学校就成为老师们的一项"发明"。但恰好就在那个周末，我这二伯母将自己的一本教材忘在了教室，而她到周一上课的时候才想起来，却无论如何也找不见了。于是，她对我和那个堂兄大为光火，而我们就在她的盛怒之下，说住在附近的某某那天来教室转了一圈。并且，似乎就是我，或为了急于给自己撇清，还提到了一个细节，说记得那人还在讲桌前转了一圈，捧一本什么书看了几眼。尽管如此，我们却无论如何都没有肯定地说，是那个人将她的书拿走了的。毕竟我们没有亲眼看到，并且，对于那个比我们大了五六岁的二流子，心里也是很有些发怵的。

结果这位二伯母就领着我们到那人家里去要书，但那人无论被他父母及二伯母怎样软硬兼施，却只说自己去过学校却并没拿书。万般无奈，那人的家长就说："老师，你那本书多少钱，我们给你赔一本行不行？你也知道，我们这孩子以往怎么教训都不肯读书，现在退学好几年了要这个书有啥用呢？"没想到的是，二伯母指着我和那个堂兄说，是他们说看到你儿子拿书了的。

我真的不知如何形容当时所感到的惧怕，因为这一家在我们村是出名的霸道。他们对做老师的也许不敢逞强，但对于我和那个堂兄之类的小孩，却有理没理硬三分的。事情的发展果然超越了我们两个小孩子的控制，那一晚他们就找到我们父母头上了。至于后续有什么麻烦，我现在却记不清了，但大抵并没什么兵戎相见的事。不过是我和那堂兄，在上学的时候多小心了几分，生怕冷不防，就有一块砖头飞到自己头上。

不过，所担心的一切都没有发生，但我如今深感"惭愧"的是，即便在我被扣上"偷书贼"的帽子时，也只顾自己哭鼻子；而完全没想起来，曾经被我们当作二流子看待的那个人，在当着我们面被爸妈教训而投过来的目光中，不仅有着怨气，而且泛出的泪花里竟也包含了与我相似的冤屈。或许我真的是误解了他，他平日里虽然捣蛋，并且确乎在那个周末到我们教室的讲台上走了一遭；但将老师的教材拿走的事情，却未必有胆量做得出来。因为我这个二伯母在村上的小学教书那么多年，大家一向是对她充满敬畏的，何况这个二流子，也曾经是她的学生。

我曾一度对于二伯母加诸我的疑心耿耿于怀，但是后来我却发现，这样的无端的疑心其实自己也有过的，比如，若干年之后，我就曾将疑心投掷于儿子头上。那一天，儿子给我端过来茶杯，说："爸，给你水。"我接过来，举到唇边并没有即刻饮下，而是下意识地往里面看了一眼。这个时候，才三岁多的儿子竟在旁边抬头看着，清澈的眼神中似乎包含对我这一行为的不解，所以他补充说："这是俺妈给你倒的。"我即刻因为自己的疑心感觉羞愧起来，并因此而想到二伯母，觉得自己比之于她，是大大不如的，毕竟她疑心的，不过一个侄儿，而我却是针对童稚的儿子。不错，儿子有时不免恶作剧，故意往茶杯里加颜料之类的东西，但我竟何至于不察儿子玩笑与认真的态度及其眼神呢？只要稍微留心一下，如果是玩笑的话，他一定是很快地跑过来，笑嘻嘻地将茶杯朝我手上一递，虽然也说给我水喝的话，但毕竟是小孩子，我还没喝，他自己就一下子绷不住了。这还在其次，毕竟递过来水杯的是儿子，他当时还很小，即便是恶作剧，也是以亲昵为前提的；而我作为父亲，为何就不能首先配合儿子的游戏，而却率先抱了疑心呢？要知道，如连童稚的儿子都要怀疑，在这个世界还能相信什么呢？

13.《张居正》及其他

前几年，有一湖北作家熊召政写了一部历史小说《张居正》，被宣传得很厉害。这或者跟张居正所具有的影响力和争议性有关。我的一个老师就曾经被拉去写了书评，被组织为一个评论专辑发表在一个著名的小说研究杂志上。这老师私下发牢骚，说那个评论专辑的文章中，似乎只他那一篇，是在认真读了作品后费心劳神写成的；其他的，不过一些应景的东西。

这是很可理解的。

　　如今文学虽然萧条，但却每年都要出版数不清的大部头长篇小说。在此情况下，若想博出彩，大张旗鼓地开作品研讨会，可以说是一个比较通行的宣传手段。当然，凡是被拉去研讨会上发言的，自然是一些比较有名气和影响力的评论家，他们的出场如歌星走穴一样，不过是以自身的学术资本捞取经济回报。这没有什么大惊小怪的，而出场的机会一多，就很难有时间认真地准备，于是人云亦云地喷溅些吹捧的唾沫，如歌星的假唱一样，也实属正常。恐怕在其中，我的那个老师算得上一个老实人，因为他出场的机会还没有多到难以应付的地步。而且我的老师在文章中还隐约地谈了一些缺点和不足之类的话，而这话，也不过是礼仪批评的套路中常有的一部分罢了。

　　不过后来，刚一出版就受到广泛关注和宣传的《张居正》获了大奖，赞美的声音就更加多了起来。然而，我却总没有阅读它的欲望；甚至，到书店里看到它被大大咧咧地摆在突出位置，却仍绕开了。我并非是因为对着那些大腕的吹捧抱着敌意，而不过对历史小说一直不甚感冒而已。为什么呢？道理说不出来，但大约和我小学时发生的一件事情有关吧。那时候，曾经看过一本名为《星星草》的连环画，反映的是太平天国后期捻军起义这段血雨腥风的历史。后来，我才知道那是根据凌力的一部长篇历史小说改编的。当我看到一半的时候，画册被母亲给扔进炉膛去了。她以为放着课本不看而去看这些画册，是有些不务正业的。这件事究竟对我以后的生活产生了什么影响，我说不准，但确切的是，我对于历史小说之类的东西，是有了一些迁怒的情绪的。

　　当然，这样的情绪性的记忆，或者并不十分可靠，因为我并没有因此而拒绝各种历史演义的诱惑，尤其对于《杨家将》之类的评书，简直有种恋爱的感受。有好几次，就因为这个被老师揪住耳朵到讲台亮相，但我也一点都不后悔。对于戏曲，印象中在当年我们乡下戏台上活动着的，大抵也都是些古装的人物，我也十分地爱怜。其中就有一出《三上轿》，竟让我深深地记住了张居正的名字，并且认为他是一个仗势欺人的反面形象。而且，我似乎至今还记得戏台上的那个青衣悲啼啼不肯上轿的样子。那是一顶迎亲的轿子，在舞台上被装扮得很喜庆；然而那新娘子，竟一袭青衣，并且在发髻上插了一朵白花，在哭死去的丈夫。身后的桌子上呢，则煞有介事地摆着一个死人的牌位。从她的唱词中，也从那迎亲人的凶神恶煞的样子上，我大约知道，她的丈夫是被那群迎亲人的主人设宴毒死的，目的是为了霸占她的美色，而如今死人去世不满百日，迎娶的花轿就抬到人家家里了。

　　这个为霸占别人家的老婆而不惜害人性命的张秉仁，就是当朝首辅张居正的儿子。我当时并没有多少历史知识，甚至搞不清首辅到底是一个什么样的官，但却因此就记住了张居正这个名字。而事实上，他其实只是在台上那个青衣的唱词中出现，而并不就像一些其他的反面角色一样，画了一个奸白脸，在舞台上凶神恶煞地走一番。然而，因为那青衣一直在那里哭，这个没出场的张居正，反倒更加令我觉得可恶。

据说，戏中青衣的丈夫李通为了巴结张秉仁这个高干子弟，经常一起私混。而就是在这个过程中，张秉仁对他的老婆动了淫心，结果就在酒中下了毒。从这里来看，李通应该也不是个什么好东西，但他毕竟没有为了巴结权贵而主动送去自己的老婆，所以可恶的仍然是张秉仁这个倚仗父亲权势的公子哥儿，我并且因此而迁怒到他的老子。虽然在后来学历史的时候，知道张居正被吹捧为"伟大的改革家"，却总以为和他儿子一样可恶。也许，长篇历史小说《张居正》也是因此而受到牵连的。毕竟先入为主的观念已经根深蒂固，我怎么可能接受一个正面的张居正形象呢，所以，我就没来由地对于熊召政的这部为晚明政坛上的改革者张居正正名的小说，充满了强烈的抵触情绪。何况小说的作者熊召政与他要写的人物张居正，还是乡党，这中间，是否会有些私念的掺杂呢？

张居正也确实曾经很有权势，据说当时的皇帝老儿都一度畏他三分。像戏中青衣的丈夫那样对他及其儿子极力逢迎和巴结的人，也真是比比皆是。万历六年，张居正老父在老家江陵病故，就有历史学家如王春瑜者透过迷蒙的历史烟云，竟火眼金睛般看到了张居正的"悲痛欲绝"（历史的叙述，不是小说，竟也如此煽情，就不免让人产生怀疑），并说他"以老母为念"而在给皇帝上奏时道："臣有老母，今年七十有二，人命危浅，朝不虑夕"。万历皇帝"很关心"，特派司礼监太监魏朝，在是年秋往江陵迎接其母进京，"仪从煊赫，观者如堵"。沿途地方官员小心翼翼、诚惶诚恐，俨然如伺候西王母。将渡黄河时，老太太有些害怕，私下对奴婢说："这样大的河流，过河太艰难了吧？"话一传出，立刻有人通知地方政府，同时安慰老太太说："过河尚未有期，临时当再报。"后来，快到北京了，老太太心疑，问："怎么还不过黄河？"左右告诉她："您老上次问起后，没几天就过了黄河！"原来，那些会来事的地方官员，早已在黄河南北水道上，"以舟相钩连，填土于上，插柳于两旁，舟行其间如陂塘，太夫人不知也"。

透过王春瑜这番绘声绘色的转述，我们大体可以知道，张居正作为内阁首辅，确乎权倾一时，皇帝老儿连他母亲都不敢怠慢，更遑论沿途的地方官了。然而，这何尝不是张居正为官霸道的一个侧面的说明呢？在给皇帝的奏折中，痛哭流涕地说及自己家中的老母，也恰恰是他恃宠邀赏的表现。而皇帝是否真的如我们的历史学家所想象的那样"很关心"呢？很显然，不过是出于一种仪式，装一个样子而已；而私心里，也许以为张居正太不把皇家权力当一回事了。此种嫉恨之心，也许已经为三年以后张居正被开棺鞭尸埋下了伏笔。而他的上到老母，下至子侄倍受欺凌而无一私心袒护者，其实，也足以见出张居正及其子侄在官场中有多么的讨人嫉恨和嫌恶。

当然，树大招风的道理我不是不懂。张居正作为一个著名的改革家，得罪人的事情肯定做过不少，这些人恨他恨得牙痒。在张居正病殁的时候，连人们以为最宠信他的皇帝老儿都把他从棺材里扒拉出来鞭了尸，所以，他们落井下石，编造出一些于他不利的流言，是最为可能的了。历史演义中王安石的乱七八糟的故事特多，可能也是这个道理。那《三上轿》的故事之所以在子弟书中流传，想来也就是一个树倒猢狲散，墙倒众人推的例子吧。要不然，有明一代，狗仗人势的公子哥不可谓不多，为什么就偏偏选上张三公子呢？显然是他父亲的官大、影响广，而且又倒了台，影射起来安全而又有市场。此类的影射，所在多多，小说《玉娇梨》里就有一段讽刺御史杨延昭的情节。大意是太常卿白玄，晚年得一女，名红玉，颇有文才，以代父作菊花诗为客所知。御史杨延昭因求为子杨芳妇，玄招芳至家，嘱妻弟翰林吴珪试之：

吴翰林陪杨芳在轩子边立着。杨芳抬头，忽见上面横着一个匾额，题的是"弗告轩"三字。杨芳自持认得这三个字，便只管注目而视。吴翰林见杨芳细看，便说道："此三字乃是聘君吴与弼所书，点画遒劲，可称名笔。"杨芳要卖弄识字，因答道："果是名笔，这轩字也还平常，这弗告二字写得入神。"却将告字读了去声，不知弗告二字，盖取《诗经》上"弗褮弗告"之义，这"告"字当与"谷"字同音。

白玄因此没能答应杨芳的求婚，御史杨延昭深以为怨，以事中伤之，于是被免，妻离子散，内中有好一番曲折。当然，在小说最后，终于成就一番诗文美缘，颇有"显扬女子，颂其异能"之义。唯其所颂之才，只在能诗，而所举佳篇，如鲁迅所指，"复多鄙倍"。当然这是题外之话，至于其间凡求偶必待考试，成婚也多仗诏旨，所反映出来的科举制度对于日常生活的影响，也不是我这里所关注的。我所关注的，其实是小说对于杨延昭的影射。有宋一代，文官一直受到优待，而武将却大多被边缘化。甚至于，如果他们得了权势，即便没被构陷入狱，估计也会招致一些嫉恨，私下里的议论便不免含沙射影，大为讥讽。这《玉娇梨》乃清代初叶的小说，假托的是宋朝时候的事情，而内中杨延昭，乃民间影响很大的《杨家将》中天波府的杨六郎。杨延昭之所以当了御史，当然是靠了武功，当世的文人，或者就有很大不满。迁延之下，就连清代的骚客，也借机讽刺一下他儿子的不学无术以及他本人的仗势欺人了。读书人的小肚鸡肠如是，就不怪乎曾经权倾一时而后又惨遭开棺戮尸的张居正在民间戏曲里被塑造成反面角色了。当然，如今的小说家也同样选中张居正作材料，是因为国家意志正极力推崇着改革家，而张在其中，也是一个很多人看得见的大树，正如当初鼓吹造反有理的时候，就有人专门写了李自成的小说一样。

14. 流水线焦虑症

　　说起流水线，许多人会想起卓别林的《摩登时代》。这个印象中经常戴礼帽、拎文明棍的美国老憨豆，煞有介事地穿上了工作服，在流水线上，手不停地摆弄着各种零件，脑袋不住地来回晃，晃得人发晕。他自己也晃成了精神病，把人的鼻子和衣服上的纽扣，也当作螺丝来拧了。"异化，人成了机器的奴隶"，这是很多人都熟悉的结论了。尽管这结论并不浅显，但却时髦得很，并且与马克思攀附上了关系，说这是他老人家早已预料到的了。

　　事实上，流水线的应用及其后果，恰恰是出乎马克思预料的。

　　不错，马克思确实谈到过异化。他说，人之所以为人，是因为人会制造工具；但不幸的是，在很多情况下，那些工具在为人提供服务的同时也会变成人的主宰。这就是异化，一个曾经为我们所陌生与忌讳而如今已经普遍认可的论题。但流水线的发明，不但令工人在被机器奴役的泥潭里越陷越深，而且使他们分化为流水线上的一个个零件，既不再是先进生产力的代表，也很难团结到一起了。《摩登时代》中的工人查理之所以换了那么多份工作，又那么快被辞退，是因为流水线上的工作，谁都干得了，而想干的人又特别的多。工人不再是工厂车间的互助者，而变成流水线上的竞争者了，因为他们随时都可能被替换下来。

　　其实，早在四十多年前，德国作家君特·瓦拉夫也深刻地意识到了这一点。他有一部小说，名字就叫《流水线》。小说以汽车加工厂为背景，向我们展示了工作在流水线上的工人的生活和心理状况。与《摩登时代》中卓别林所展示的美国工业大萧条不同，在瓦拉夫的《流水线》中的德国，受惠于美国的"马歇尔援助计划"，人们有很多工作机会；但是机会并不均等，社会阶层分化严重。抓住机会，你就可能得到别人得不到的利益；抓不住，就随时可能沦落到社会的最底层。看到当初同在一个起跑线上的人获得更多的社会资源，人们被迫异常珍惜眼前的机会。但机会给人的感觉，似乎永远是"过了这个村，就没这个店"了。在这样的心理暗示下，烦劳与单调的工作才下肩头，焦虑与恐慌的生活又不断袭上心头。如此重压下，人们的体力经常透支，精神非常脆弱，进亦忧，退亦忧，最终很多人不是身体崩溃了，就是精神垮掉了。

于是，就有人联想到中国当下的现实。

如一些人所指出，当前的中国，正面临着20世纪六七十年代德国所处的就业和生活环境。一方面因为经济迅速发展而带来越来越多的就业机会，另一方面则是越来越多的劳动者不断涌进劳动力市场。在这种机会与竞争双重力量的作用下，工作对于大多数人来说，既是为了谋求生活满足的途径，也是为了改变命运、参与社会分层的重要工具。

"今日工作不努力，明日努力找工作。"这是一个在中国非常流行的标语，我十年前就看见它被印在许多工厂的墙壁上。而时至今日，我的一个朋友则自豪地说，他的工厂已经不用悬挂这样的标语了，那些工人都很自觉，他们非常清楚，自己不好好干，明天就可能走人，反正外面等着进厂的人有的是，不愁找不到人干活。实际上，我的这位朋友虽然对那些流水线上的工人流露出不屑的神情，但他自己却也不过是一个较为高级的打工仔而已。用一个经济学的术语来讲，他是一个职业经理人，替他的老板负责着一个工厂的管理。在发表了一番他的管理宏论之后，面对我的奉承，他也愁眉苦脸起来。他说现在"能人"多了，自己也随时都有被取代的可能，所以整天生活在提心吊胆之中；而担忧中的取而代之者，也许已经在老板的眼皮底下晃悠了。

我不怀疑他的真诚。要知道，一个企业不可能生产所有的商品，一个人也不可能掌握全部的技术。为了追求利润，资本不断地增加各种流水线和加快流水线的速度。而这中间，人们不但是流水线上的生产工具，而且也作为劳动力被各种各样的流水线生产出来。所以，无论是为了最基本的生存，还是为了更好的物质生活，抑或是为了更高的社会地位，人们都不得不依附于工作；而为了保住这份工作，也不得不跟上流水线的速度。人们就在流水线上疲于奔命：它运转，你就得运转；它运转多快，你也必须运转多快，否则，不客气，你该被淘汰出局了。

这样一来，瓦拉夫《流水线》中的现实也成为我们的现实。其实，也已经有许多中国作家开始了对这种流水线焦虑症的观察。《世界的尽头温暖或冰冷》是青年作家李广宇的一篇小说。其中写到一群打工的年轻人，他们之间的爱恨纠葛构成小说的主要情节；但最令人扼腕的，却是他们所面对的随时可能被工厂开除的命运。

小说的男主人公学民喜欢上了女主人公橙子，但却在还没来得及表白的时候，让他的朋友郭辉抢占了先机。有些"大哥大"意识的学民压抑了自己的感情。但有一天早上橙子约学民到工厂外的田间散心的举动令醋意大发的郭辉无法忍受，他竟然在有一次学民钻到流水线底下进行维修的时候，故意把电闸合上了。结果是学民侥幸逃生，而郭辉却在一次装卸货物的时候掉下楼去。此后，学民因为有着谋杀的嫌疑而被"劝退"，失业后的他邂逅了一个"不再年轻"的女人莉莉，她"开了一家很小的出口公司，勉强维持，唯一挣钱的渠道来自进出口集团公司内部一个小科长的恩惠，当然她也要付出自己的身体"。但在她与小科长的老婆大打出手的时候，小科长毫不犹豫地站在老婆的一面令她大为伤心，而失去了小科长援助的公司也遇到了可能倒闭的困难。

学民就是在这个时候走进了莉莉的心中。

生活在继续，爱情在滋生。但有一天，学民意外听说与另外一个工厂的技术员恋爱的橙子被抛弃了，而且是在她怀孕临产的情况下。橙子的孩子是生在宿舍里的，这之前她一直隐瞒真相，勒紧肚子，坚持上班，因为工厂有规定，女工不管是什么原因怀孕，都会立即被开除。学民非常愤怒地将那个技术员暴打了一顿，而其实在这时候，那个技术员因为与橙子关系的暴露已面临被开除的命运。但就在学民暴打那个技术员的时候，那个小科长找到了莉莉，他因为她的一封匿名信而被公司开除了，所以，在她面前，他变得穷凶极恶，最后竟然丧失理智地把她给掐死了。

在这爱恨纠葛之中，我们更多地看到了生活的残酷。几对男女之间的爱情之所以遭遇破产，既有经济的原因，也有性格的因素。他们不但要为此付出感情的代价，而且同时要遭遇失业的痛苦。感情上的私密性质在这里完全被能否保住自己饭碗的焦虑所把持了。而他们之所以如此焦虑，工厂的规定之所以如此明目张胆地不近人情，无疑是与流水线广泛应用下所导致的工作准入门槛的降低与大量劳动力剩余有关。

与小说中的主人公一样，我们中的许多人，也被流水线这条恶狗疯狂地追赶着。而我们的置身之处，却是一条几乎看不到尽头的狭窄的胡同。愤懑、苦恼、抑郁、恐慌，紧紧抓住了我们的神经，尽管看不到一路狂奔的结果，却也只能一路狂奔下去。然而，奔跑的姿势本身就构成了一条流水线，因为一个人的路线就是所有人的路线，一个人的奔跑就是所有人的奔跑。前面的人筋疲力尽了，像变魔术一样，马上就有人替补上来。就因为替补的人总是存在，才给流水线这条恶狗不断创造了龇牙咧嘴的发疯机会。

在这里，"过剩"成为一个关键词。资本的本性决定了它最关心的是降低劳动成本而不是创造新的工作岗位，这不但导致了流水线等提高效率的手段的推广和应用，而且为之准备了大量的替补劳动力。所以，相对于劳动力而言，资本总是高高在上的。谁要不想成为"过剩"的分子，谁就得在流水线上疲于奔命。这在人们的心中埋下了焦虑的种子，似乎一切都向前跳跃得太快，由不得你不担心自己没跟上而掉下队来。因为，事实就摆在那里，还有更多的人根本没赶上趟呢。

15. 王佳芝：不能承受之重

我在课堂上就要讲张爱玲，便对那些吵着要看电影的同学们说，我们不妨就看看李安根据张爱玲小说改编的《色戒》吧。学生们似乎都很兴奋，然而无论男生还是女生，都争相发问，是不是没删的完整版呢？看来他们都知道这部 2007 年曾经引起广泛争议的电影，而且晓得大陆公映的片子，是删除了扣人心弦的床上戏的。

床戏，真的有那么重要吗？我曾经在一次饭桌上问一个女同学。那时候，《色戒》刚刚赚取高额票房，无论坊间还是网络，赞成和批评的声音正吵得特别热烈。这个女同学就坐在我的对面，似乎很有交流的热情。然而，她却脸色绯红地说，电影被删得太多，看不出究竟了。很显然，这并非所答非所问，因为没有比她的闪烁其词更能说明问题的了。

不止一人持有这种看法。电影刚刚上映的时候，就有某位男士说，删掉了那几段床戏，就难以理解王佳芝何以在紧要关头置同学的性命于不顾，泄漏了暗杀的消息，泪眼婆娑地叫多情但也不失机警的易先生逃之夭夭。

无论男女，都觉得床上的翻云覆雨最能说明一切。看来这是一种流行观念了，非常深入人心。各类媒体也都在宣传这一种常识，男女首先是性的缠绵，而后才有情的悱恻。"汇仁肾宝，你好，我也好。"广告里头那娇滴滴的女声，传达了几多暧昧的信息。花香只缘林子深，但以情色引蝶来，这自然也成为广大影视作品吸引公众眼球的法宝。《色戒》尚未公映的时候，就已经有媒体在做这方面的诱导了。而曾经为了刺探虚实，我在网上问一些女性，小到情窦初开的少女，大到惊风见雨的徐娘，也都和广告中的女人一样，以为性是男女相悦的前提，或者，至少是必不可少的。

我不知道那两位抱怨的男女最终是否看到了《色戒》中被删的片断，但这并不妨碍他们把床戏作为王佳芝叫易先生逃跑的根据。王佳芝让易先生跑了，借用电视广告的台词，当是因为易先生好了，王佳芝也好了。影片中倒也确实有个地方给了些许暗示。早餐桌上，易先生端起茶杯来喝，那个傻人傻福的易太太连忙说："你吃的中药里有龟板鹿角，不好喝茶的。"然后又笑着对王佳芝解释："他补血气，脚底凉，睡不好，夜里都要我给捂脚丫。"不过，这里更多的还是易太太的一种炫耀，因为之前她正通过给王佳芝评论昨晚所听戏曲的"荒腔走板"，引出易先生在汪精卫政府中地位的非同寻常，而这样的男人夜里却还要她给"捂脚丫"。当然，这里还有一种宣布对这个男人的"所有权"的意味，但最终却任由夫贵妻荣的虚荣心占了上风而忽视了易先生与王佳芝之间的勾搭。

有心人也许以为那龟板鹿角起了作用，因而，即使没有机会看到被删的床戏也可以想见其中的精彩了。但这毕竟属于吃了补药之后的情形，无论多精彩，都不免有些虚张声势。而导演李安似乎也并不想拿一部片子仅仅来说明性的力量可以超越一切宏大的政治议题。如若不然，他为什么不让王佳芝在几番尽兴的床第之欢的当头说出刺杀的秘密，而偏偏在珠宝店里看到易先生送给她的六克拉钻戒之后才说"快走"？当然，这里所体现的也是张爱玲的物质至上的冷艳，但也不能不惊叹李安解人之深，不仅是对张爱玲，而且对一切情天欲海中的男女。

有关这一点，其实影片的铺垫更为充分。最初在香港的时候，王佳芝被同学邝裕民鼓动起了爱国热情，这是确实的。她的流落香港，她的不能与远在英国的父亲团聚，这都有可能成为她投身抗战宣传的理由。而且别忘了，青年人容易被崇高的东西打动，也喜欢幻想着用这样的东西打动别人。登上抗战宣传舞台的王佳芝似乎很长于打动别人，但最根本的却是她自己首先被打动了，这注定了她是一个好的演员，又不是一个好的演员：太入戏了，忘了戏里戏外的区别。她对汉奸有一个想当然的理解，但那是在为抗战宣传的舞台上，真的见了汉奸易先生，却又说和想象的不一样：这个时候，她其实就已经露出忘记自己的任务与身份的苗头了；很难说，她是为了刺杀易先生而真刀实枪地搞了两次床上的预演，还是为了继续以麦太太的身份做易先生的情妇。

当然，她也有一点点的失落：与自己床上预演的不是帅哥邝裕民。因为有迹象表明，那时候在邝裕民与她和另外一个女生之间，有一场隐约的三角恋爱的追逐。如果要对此作一番分析的话，有两个细节不容忽视：一是王佳芝与那个女生在天井里的台子上聊天，当时王佳芝刚刚见到邝裕民，他邀请她们去演戏，两个女生的话题就围绕着他展开了。那个女生讲了许多邝裕民的身世经历，似乎了如指掌，连他妈妈不让他参军的事情也知道原委；然而最重要的是，她补充说，"我也不让他去"——这其实与易太太透露夜里给易先生"捂脚丫"的私密一样，意在宣告她与邝裕民的特殊关系。二是电车上当邝裕民坐到王佳芝身后的时候，那个女生酸溜溜的眼神。本来她是拿王佳芝吸过一口的烟，让那些男同学哄抢来捉弄王佳芝一番的，没想到王佳芝不为这样的玩笑所动，只是静静地坐在电车后排，而邝裕民这时候却又凑了上去。

这样看来，王佳芝的香港经历是蛮青涩的，还有许多异想天开的成分。民族国家的想象与小女子的闺怨纠缠在一起，竟能做到小资情调与救国大计交相辉映。然而，回到上海后，清贫和白眼，却成了她必须面对的主体内容。电影中对她的这种无奈大约进行了十几分钟的展示：她不得不穿着青灰布的衣衫，拿着米袋，穿过遍地的病饿者去排队买米；而回到家里，又要面对舅妈的冷言冷语，仿佛是逐客令，总问她父亲的信来了没有。这情形与三年前她在香港作学生的时候大有不同了，而更加主要的是，与她再次扮演衣着光鲜的麦太太周旋在一群官太太身边又形成了鲜明的对照。形成鲜明对照的还在她扮演麦太太的动机上：当初在香港，是被投身抗战的热情鼓动着的，不乏浪漫的想象羼杂其间；这一次却很明确，希望事成之后她能被送到她父亲所在的英国。见到易先生之后，王佳芝说了两遍他"好像瘦了"：第一遍是在麻将桌上，用的是轻松的语气；第二遍是在私密的场合，就娇滴滴地透露出无限的怜惜，表明了她对将要到来的一切真的早有期待。而易先生却非常冷峻地说，"你也不一样了"，果然是风月场上老到的猎人的眼睛，其意味简直深长到难以捉摸的地步了。

这一切都发生在王佳芝与易先生的那三场床戏之前，但情感的追逐已经慢慢展开。也许在易先生看来，性的占有是首要的，而后的情节发展也进一步地强调了导演李安对易先生这个角色的诠释，完全没有超出弗洛伊德的心理分析的层次：一方面，他用对待重庆方面的情报人员的冷酷来掩盖自己对未来的恐慌；另一方面，他用"性"的占有与施虐来"证明"自己还"活着"——这是王佳芝的分析。而弗洛伊德也是这么认为，说性对男人来说，是与对死亡的恐惧联系在一起的。

　　王佳芝是在央求吴先生尽早动手除掉易先生的时候说这番话的。她还说
每次易先生都把她弄得流血，而这时候，她说她真希望那刺杀的同伴冲进来
朝着易先生的脑袋开枪，然后血流了她一身——事实上，她对这样的结局充
满恐惧，她所谓"血流了一身"的说法，也直接来自易先生那里。他对她
说，刚刚逮捕了两个重庆的重要分子，其中一个是他以前党校的同学。他看
到他的同学，两手被绑在铁棍上，但自己竟然想到这个被逮捕的人压在她身
上的情形，他骂了一声，随后没有一点过渡，他厉声对王佳芝说："血喷了
我一皮鞋，害得我还得出来擦，你懂不懂？"王佳芝当时抽泣着没有说话，
但从她随后对吴先生情绪失控地说出的那番话来看，她应该是懂得的。易先
生脑海中奇特的想象来自他对未来的恐惧，在这种恐惧下他杀人如麻。所
以，王佳芝表面上是说同伴打死了易先生而血溅到自己身上，而实际上却是
担心相反的情形的发生。也所以，可以设想，她与易先生的性爱，其实是激
情与恐惧同在的，这也许更加能刺激起情欲与放纵的力量。然而这之后呢，
无疑的，应是一种致命的空虚和更加难以消除的恐惧。

　　不错，王佳芝说，易先生不但往她身体里钻而且往她心里钻。这种典型
的性爱叙事所折射出的，是恐惧的激情与激情的恐惧在两人之间结成的同盟
关系。所以不可否认，性与爱的因素是王佳芝让易先生逃跑的原因之一，这
是不看那几段被删除的床戏就能推理出来的。我们中国有句俗话，一日夫妻
百日恩，但这种百日的恩情与一日的夫妻之间的因果关系非得用几段火爆的
活春宫来证明吗？更何况令王佳芝在紧要关头放跑易先生的最为主要的原因
也不在这里。在哪里呢？其实前面说过，王佳芝回到上海之后的落魄无奈与
从事间谍活动之后的对照，而进一步的对照是在麻将桌上，那几个官太太在
议论着吃喝与穿戴，谁都看出来她们有意拿这些东西来跟她的年轻貌美作较
量。这就越发刺激了她的虚荣心。作为风月老手的易先生看穿了这些，特意
让她自己去挑选最好的钻戒。当他们去取戒指的时候，有一段重要的但也毫
不新鲜的情节：她把光闪闪的戒指拿给他看，他说他不喜欢钻戒，他只喜欢
这钻戒戴在她的手上。一直以来都叫人觉得莫测高深的易先生，说的话却与
风月场中的阔少没有什么两样，但什么样的话能比闪闪发光的六克拉钻戒更
有诱惑力？

　　所以，在这个当口，这么一句电视肥皂剧的蹩脚台词，已经足以让王佳
芝激动得热泪盈眶了；而她最后嗫嚅着说出"走吧，走吧"，或许更多的是
片刻激动的结果。这个时候，她或许有个幻想，以为放走了易先生，这种带
着六克拉钻戒的日子才有可能继续下去。她随后张皇失措但又毫不迟疑地要
坐了人力车去福开森路的选择，也都证明着她或许以为刚才珠宝店的那一

幕，是完全没有发生过的。英俊潇洒的人力车夫以及那欢快地转动的风车，也给她一种暗示：生活还是那么多彩，她的麦太太的身份还会照旧，哪里会有什么惊心动魄的事情发生呢？但很快就遭遇了封锁，她拿出了吴先生给她的胶囊，却犹豫着没有吞下，这或许又是她对易先生没有死心的证明。而最后她在刑场上看着邝裕民的幽怨的眼睛，则更明白无误地告诉我们，她的的确确就是一个混乱时局中的小女人，铲除汉奸的春秋大义，对她实在是不可承受之重。

16. "我的鼻子就像花菜一样"

昆德拉在《笑忘录》中提到一位名叫汉娜的女演员，她"像世界上的古玩店都在卖的菩萨像一样"盘腿坐在沙发上，一边悠然自得地看着"自己的拇指在沙发旁的独脚小圆桌的边缘"来来往往地画着圈，一边不停地说着话。她的听众是扬，一个饱受女友性压迫而急欲逃离的中年男子。她对他讲，因为儿子离家出走，她患了精神抑郁症，"发烧，头疼，犯鼻炎"，她闪着蓝色的大眼睛说："我的鼻子就像花菜一样！"

她微笑着用花菜来形容自己的鼻子，这让扬看出，她的自我解嘲之中，其实有着炫耀的成分。因为"她知道，即便是她的鼻子因犯鼻炎而发红，自己也不乏魅力"，也就是说，魅力对她来说是一种与生俱来的品质。一个人只有具备了充分的胆识和自信，才敢如此坦然地面对自己的缺陷；而且，也只有坦然地说出犯鼻炎的鼻子像花菜一样，才可以保证通红的鼻子与自己的才情胆识变得相得益彰。

然而，余华却不敢如汉娜那样，在面对非议时承认自己的《兄弟》就像花菜一样。我没有读过《兄弟》的上部，但对于下部，如果把余华20世纪90年代中期以前的小说比作一张魅力四射的脸蛋，那么，我感觉《兄弟》的下部真的就像患了鼻炎的鼻子一样。小说的主要情节围绕李光头和宋钢两兄弟"文革"后的生活展开，极力想表现出他们在时代变迁中的命运转折。这样的构思虽说司空见惯，但作为小说史诗化的一个原型模式，余华的选择也无可厚非；若出于展示更广阔的社会生活场景的目的，他不断地溢出叙事的常规而堆砌出绵密的情节，也不是不能原谅。然而，在他的叙述中，我们却既看不到史诗也看不到生活，既得不到哲学的深度也得不到理想的启迪。更主要的是，他除了以不间断的饶舌来考验我们的耐心之外，却根本不能给我们带来阅读的快感。

不错，《兄弟》的下部也并不总是让我们愁眉苦脸，我们也有为小说中的精彩段落开颜一笑的时候。比如写到"处美女大赛"，余华充分调动他的细节描写功夫，给我们展示了一个高度商业化的嘉年华景观，直让我们想到"超女"海选的声声浪笑和阵阵鬼哭。然而，我们却在这嘲笑与反讽的酣畅淋漓之中，体味到作为小说家的余华对现实的把握，其实已经堕落到与报纸时评家的趣味一般无二了。

难道是太投入了，余华急切地想要表达自己，以至于竟忽略了应该和自己创作的主观化现实保持必要的距离？非也，余华在谈及《兄弟》时，不断强调着"正面强攻"的叙述策略。如此一来，其所营造的嘉年华景观正是该当密集火力进行强攻的堡垒。然而，如果一部小说中这样的堡垒随处可见，纵使我们的叙述人有着超常的战斗力，不停地向着它们勇猛地进攻，他也很可能忘记了攻下堡垒的目的所在，而成为一个沉湎在电脑游戏冲动之中的少年。少年在不停地"过关"，余华在不停地码字，我们却面对着了无新意的故事而感到难以遏制的疲沓。

应该为我们的疲沓负责的是媒体铺天盖地的报道。同《兄弟》上部出版的时候一样，余华与出版社展开了强劲的宣传攻势，各路媒体也乐得跟着制造热点，于是乎一场小说的沙尘暴竟然迅速地席卷了全中国。负面的评价与高声的赞扬一起，构成沙尘暴中漫天飞舞的飞沙走石，猛烈地敲打着我们心灵的窗户。不由自主地，我们抬起眼来，想看个究竟，而经济利益这时就和好奇的眼球勾搭成奸。于是，我们都成了《兄弟》印数的呐喊助威者。不幸的是，当出版社、报纸和网站的经营者为增长的销售额手舞足蹈的时候，我们却不得不为自己的一时冲动而无奈地抠着牙缝。

然而，正当我们为余华既重复自己又重复别人而大呼上当的时候，却一再听到他宣称这是他自己"最好"的小说。也许这是他的偏爱和自恋，但再美好的辩护词也无法否定他在小说中滔滔不绝的，只是一些社会流行读物中的常识。在小说中，当他写到"文革"的时候，仍是以往的血腥、暴力与残酷之老路，而当写到"改革"的时候，也不过是无休止的纵欲与狂欢。他并未提供独特和新鲜的见解。而在一部有着史诗企图的小说中，如果它既写不出社会进程中的复杂与微妙，也写不出一个精彩绝伦的故事，那么，除了让我们大跌眼镜之外，实在找不到更合适的话来说。

就在这个时候，我想到了昆德拉的《笑忘录》，想到了既自以为是又卖弄风情的女演员汉娜，想到了汉娜那让人叹为观止的自嘲："我的鼻子像花菜一样。"她那时候的确是受着鼻炎的折磨，鼻子红肿。"我都不能擤鼻涕，鼻子太痛了。"她如此坦白地微笑着对扬说。我们前面说过，扬是一个饱受女友性压迫而迫切想逃跑的中年男子，他的那位女友在做爱的时候表情总是一成不变，然而却每次不达到高潮不肯罢休。当然，扬的女友所理解的高潮只是生理意义上的，却根本不在乎这样的高潮能否给她带来精神上的愉悦。在这里，扬的女友对于高潮的追求，正如余华对于情节的嘉年华景观的追求一样。他乐此不疲地以强劲的火力攻下密集的故事的堡垒，却不在乎能否给我们带来精神上的愉悦。对此，我们除了像扬一样地想到逃离之外，真的别无选择。然而，汉娜却不同，她患着鼻炎，她的鼻子红肿，这红肿的鼻子对一个爱美的女演员来讲，不是一件好事，但她微笑着，"她喜欢自己的鼻子，也喜欢自己的胆量，这胆量让她管鼻炎就叫作鼻炎，管红肿的鼻子就叫作花菜"。她不说鼻子因患了鼻炎而红肿是其最好看的时刻，但却因此让扬感到，"她通红的鼻子的奇特的美就和自己的才情胆识相得益彰"。

余华却不然。余华的《兄弟》本来是患了鼻炎的，但他却说这是自己"最好"的作品，并且还要拖累上托尔斯泰和马尔克斯什么的，一遍遍地做着无谓的辩解。没有人肯相信《兄弟》会比《活着》更优秀，然而，他却利用《活着》在文坛建立的声名，来强加给我们一个芝麻开花节节高的印象。这就如同他不怕痛，而一遍遍地去擤鼻子一样，那鼻子，也就越发地红肿不堪了。这对于不敢说出"我的鼻子就像花菜一样"的余华来说，或许能够从我们这些文学爱好者身上暂时捞取更多经济上的利润，毕竟他在20世纪80年代收获的名声，90年代以后已经转化成他的文化资本，到现在还有一定的市场号召力。然而，仅仅凭借这一点，就整天坐在那里"吃老本"，对于其"著名作家"地位的巩固，实在未必算得上是一件好事。

17. 青葱岁月，青涩记忆

记得莫言曾经说过，写作就是回故乡。他的说法或许有些应景的意思，因为当时他正在为一个旅居加拿大的华文作家的小说集写序。我们都知道，离散漂泊的经历跟异域文化环境的冲击，大凡对于敏感的人，都会产生一种乡关何处的感慨，而这时候，汉语已经不再是一种单纯的交流工具，它承载了太多来自祖居地的文化记忆。这个记忆是他们的祖传之物，是他们拥有自我认同的前提。所以，莫言很自然地，就将这位作家的写作跟数百年来的华人海外迁徙史联系起来了。

只这寥寥数语，不经意地，莫言却道出了某种写作的本质。且不说那位旅居加拿大的华文作家将汉语作为自己的精神家园，而莫言本人，何尝不是一次次以小说的形式返回他的故乡山东高密呢。尽管我们很难在莫言的出生地找到跟他的小说中的叙述一一对应的风物和人事；但谁又能否认，故乡一旦进入书写，就不可能再是实有的了，因为它浸染了作家本人记忆中不断发酵的情感，而成为一种精神化的存在了。

青年作家徐春林是江西人，他的写作也是一种返乡。他的出生地，是一个叫作锅庄的地方。我曾经路过几次江西，但却不曾作过片刻的停留；即使停下来作一番游历，却也未必能发现一个徐春林笔下的锅庄。然而这个锅庄，却不仅活在徐春林的记忆中，而且活在他的朴实无华的文字里。

虽然不清楚徐春林是否拥有为他所出生并成长的锅庄书写地方志的雄心，但大约可以知道，他不能忘怀的是自己在那里所曾度过的青葱岁月及其所留下的青涩记忆。他要在写作中不断返回锅庄，从而呈现出一个清晰的自我认同。我是谁？这个不断被追问的问题似乎已经有些俗滥了，但却构成了一切写作的原动力。而回忆性书写，则是完成这一追问的最为便捷的途径。

从徐春林的散文书写中，我们知道他的故乡锅庄地处深山。或许在风光上，那里应该不乏南方的秀丽与妩媚，但给我们留下的印象，却是一个黑白的剪影。这跟徐春林对于那里的苦难生活的记忆有关。他的父亲是个唱戏的，大约因为戏台表演的需要，夜里翻了两座山去挑来一担木炭；但是，等第二天出演主角，"一台戏累了半死，得到的收入不过于一个铜钱"。而就在这种自家生活都难以为继的情况下，却还追来一个乞丐一样的"黑皮"，这个广东仔，死乞白赖非要跟着学戏。结果是可想而知的，因为这是惯例，每个行当都有自己不成文的规矩。但被拒绝的黑皮却意外地救了父亲一命；不仅如此，当"锅庄的大戏还真没这凉席值钱"的时候，他还靠着这个黑皮传给的绝活养家活口了。这是一个朴素到近乎乏味的故事，但在徐春林省俭跳跃的叙述笔墨中，我们却看到了一个苦难而灰色的过去，它不仅跟锅庄以及作者相联系，而且普遍化到了我们脚下的每一块土地，以及在这些土地上如草芥一般的生命。

蔡秀娟就是其中之一。她在徐春林的笔下是跟青涩的情感记忆联系在一起的。很多人都曾有过这类似的情感经历。鲁迅的一篇小说《在酒楼上》，就曾曲折地表达了他对于一个船户家的女儿的隐秘的爱恋，然而这段没有说出口的情感，却因为他的"逃异地"而失去了延续的可能，等到他再次返乡去寻觅她的芳踪时，无奈却听到一个斯人已逝的消息，留下的只是无言的感伤。或者蔡秀娟之于徐春林，尚且达不到男女私情的地步，但如同一个叙事惯例一般地，在《大雪》这篇散文中，她也因某种家庭变故而游离于他的视线之外了。尽管不是一个花落飘零的悲剧收场，却也因她的神秘失踪和种种离奇传说而留给他无限惆怅，并由一场突如其来的大雪而激活了有关过去的种种记忆。

我们知道，记忆有着不同的类型。比如我们可以通过一些命题而回忆起特定的信息，可以通过某些语义而在不同的词语之间建立联系，也可以通过特殊的程式而记住如何去重复日常生活所需要的技能；但对于一个作家而言，恐怕更重要的，还是通过记住和再现个人在早期生活中所体验到的情景和事件，以之作为他或她写作的资源。每个事件都有自己的开始和结束，但它们却经常能在我们头脑中不断发酵，形成自己的情绪和气味。在很大程度上，我们是什么或者要成为什么，不仅仅通过这些事件和情景，而且是通过对这些事件和情景的解释而反映出来。曾经有美国的人类学家大卫·格罗斯指出，我们不仅是发生在自己身上的事物；更主要的，我们是由发生在自己身上的事物所生产出来的。

写作使得这一生产过程外化。事实上也正是因为阅读他或她的作品，我们才真正走近一个作家，知道他或她走过了哪些道路，经历过了哪些事情，感受到了哪些成功的喜悦和失败的煎熬。总之他或她是什么以及将成为什么，都不经意间在他或她的书写中，像个秘密似的给泄露出来了。毕竟，一旦事情发生，它们就会永远地逝去了，再也不可能如它们当初所发生的那样被准确地再现了。但我们的作家，通过书写这一精神化的自我认同过程，获取了它们并不断赋予它们以丰富的含义。

如同记住伊萨卡岛奥德赛便记住了自己的回归路线一样，徐春林记住了锅庄及其人事便记住了他的所来有自以及安身立命的根本。尽管我不常阅读他的作品，但隐约可以感到，在他的写作中，那些青葱岁月中留下的青涩记忆反复萦绕在他的心头。有些记忆并不生动，比如在《苦竹》中有关金莲嫂一家的遭遇。但这些苦难的挥之不去，如同一个刻痕，标记了他的底层出身，以及充盈在心的人道主义情怀。而这一点，或者预示了他今后的写作路径，因为他曾经生活过的锅庄就是那么一个充满苦涩的地方，它的漫山遍野的苦竹就是对生活在那里的人们的隐喻。记住它们以及他们，并在写作中给予人道主义的关照，这样的"老庄的记忆"，不仅使得徐春林成为锅庄的徐春林，而且保证了他拥有了一个不能忘却自己祖传之物的身份。

如果继续借用《奥德赛》中的例子，这里不妨转述一下"食落拓枣的人"的故事。那时候，奥德修斯踏上了一座小岛，这座小岛自然是有着美不胜收的景色，但最大的特色，是那里生长着一种"落拓枣"，凡是吃了这种枣的人，就会忘掉自己的故乡，并沉醉于它的迷惑之中不复思归。我们都知道，奥德修斯拒绝了遗忘的诱惑。徐春林恐怕也是这样。在他的文章中，有一篇《羽岭素描》，他遵从这一类游记的惯例，按部就班地叙述了一番羽岭的风物和人情；但最后的落脚点，却也表达了对一位勤政爱民的古代官员的尊敬，以及对如今当地政府把羽岭开发成了旅游景点的一些做法的"忐忑不安"。这种"忐忑"，这种"不安"，其实就是他不肯做一个"食落拓枣的人"而忘掉自己的过去的明证。也就是，身在"羽岭"，内心的情怀，却透露出锅庄的底色。可以说，是锅庄的灰色的剪影以及活动其上的一些人物的苦难，决定了徐春林的写作是一个不断地回归的过程。

18. 记忆的力量

鲁迅先生在《呐喊·自序》中，开宗明义地强调，集中的十五篇小说跟他年轻时候做过的梦有关。这些梦，当然是关乎未来的，然而却盘旋在记忆的天空，使精神的丝缕常常牵系着那些已逝的寂寞时光。这就很难不遭遇尴尬，并且令他颇为苦恼。而正是这些尴尬和苦恼，造就了《呐喊》的基底。所以，鲁迅虽则强调"须听将令"，但不时地，却流露出悲哀与绝望。在《狂人日记》里，鲁迅的确让狂人喊出了"救救孩子"，然而他却随后"痊愈"，赴"某地候补"，并认同了邻居、兄长、家仆、医生、佃户以及那些尾随在他后面投掷石子的小孩子们的意见，且将昔日所写自名"狂人日记"。所以，一旦有机会坐在"人肉的盛宴上"，恐怕他也会以为"吃人"与"被吃"皆为顺理成章和自古而然的事。在《故乡》里，离乡十数年的游子，会见了年少时的玩伴，却倍感失落。主人公意识到那些地位上的区隔，在当初本不成问题的，如今却结成厚厚的屏障阻在他们中间。于是，众生平等的梦碎了一地。而临末，他们下一代之间的友谊，虽以开辟新路为喻，终还是不免陷入循环论的阴影了。

然而，恰就在这里，我们体会到了记忆的力量。

很多情况下，记忆是与梦想同构的。记忆不仅牵系着逝去的时光，而且参与形塑了我们当下的生活及有关未来的梦想。作为清国留学生的鲁迅，在东京的弘文馆里之所以定下学医的志愿，很大程度上，是因为他有给患病的父亲抓药的记忆。这记忆时常抓挠自己，让他觉得很有下一番苦功的必要，以能救治像父亲一样被庸医所延误的病人。然而，仙台医专的教室里观看"幻灯片"的记忆，又使他失落。因为像这样麻木和无聊的看客，身强体壮又如何呢？甚至于，将近二十年过去了，他还禁不住愤愤然地说，这样的人们，病死多少都是无所谓的。于是他弃医从文，试图改造国人的精神。但也接连遭遇失败，以至民元以后的很多年，他就颓唐下去。然而，新文化运动兴起，作为急先锋而又感到寂寞的钱玄同找到他，他本来是要搪塞一番的，但却从《狂人日记》之后，一发而不可收，竟接二连三地写了下去。显然，往日改造国民性的梦想，受了新的时代风尚的感召而被唤醒了。但同时被唤醒的却不仅是那些梦想及其挫折，而且连带着想起一个"铁屋子"的隐喻：假如一群人正在绝无窗户而又万难破毁的铁屋子中昏睡，这时节，与其唤醒他们中较为清醒的几个，使这不幸的少数来受无可挽救的临终的苦楚，倒不如让他们一律从昏睡进入死灭而并不感到就死的悲哀呢。

跟这一隐喻相联系的，自然是鲁迅在民元前后的创痛记忆。不止一次地，鲁迅在文章中说，要认真写一部民国的历史。因为在他看来，自从清帝逊位以来，虽则国家取得了共和的名号，但共和的精神，却从没落到实处；而那些为民国献身的烈士们，虽则名字被刻上了石头和写进了卷册，但鲜血却是白白地流失了的。这让他感到极大的失落和愤慨，毕竟他也曾经慷慨激昂并热情参与了民国的缔造，甚至一度设想着"我以我血荐轩辕"的。然而民元之后，"城头变幻大王旗"，他虽在教育部做了小吏，但即便想在美育这等琐屑之事上有所推动，却也没能如愿，反倒不得已躬行起先前所反对的一切。这经历，让他深感民国的空气里有一种重压，仿佛能让人窒息而亡。因此，"铁屋子"的形象，就盘旋在他的脑际，并化身为文学的修辞，一则表达了他在这环境中的挫败；另一则呢，却又给随之而来的颓唐，找到了一个正当理由。

这记忆在很大程度上形塑了鲁迅因应新文化运动的方式。鲁迅凡事皆有所疑虑，而不能像陈独秀、胡适、钱玄同、李大钊等新的时代英雄那样，以为高呼一番口号，便一切都将被撼动了。很多时候，他就像站在十字路口，一边对前面的风景怀着希冀，一边却又频频往后张望，担心着先前所经历的一切，还会变着花样来重演一遍。当然，有时也会给自己打打气，希望像没有任何记忆负担的过客，时刻高涨着勇往直前的勇气，但对于路途终点的那个虚无，却又提前在心底预演了一遍。于是，腐尸、荒冢、墓碑、枯树、野草，构成了他心中最为突出的意象，悲哀声色，遍披华林，原计划要奏响的讨伐旧时代的号角，却变成了充满寂寞与彷徨的墓碣文。

带着这样的心理印记，他的《朝花夕拾》就将许多记忆给改写了。比如有关《父亲的病》，显而易见地，他在遵医嘱抓药的时候，尽管觉得所开的方子里，药引子很是奇特，但应不会有那么多的疑心，因为他的以为中医都是有意无意的骗子，已是在南京的新学堂里拿西医做参照之后的事情了。这一点，在他的《呐喊·自序》中有明确的交代，然而这交代本身，却也是有关记忆的一种重构，谁能担保其中没有受到新文化运动的影响呢？而在《父亲的病》中，他也提到西医观念所造成的冲击，这冲击，则又在很大程度上改造了他的回忆和叙述。至于所谓"似乎昆虫也要贞洁，续弦或再醮，连做药的资格也丧失了"，这不仅调侃中医，且又讽刺传统伦理的幽默，则更明显带有"新文化"运动的痕迹。要知道，以西方作为正面的楷模，重新认识中国传统，乃至从根本上否定中医的合理性，恰是新文化运动时期的主潮。而鲁迅在其中，或是这一观念的自觉推动者，或是不自觉的受影响者，也或者二者兼而有之。但无论如何，父亲患病这段不愉快的记忆，都与新文化的观念发生互动，并因此而失去它的本来面目。

相比于这被附带提起的有关中医的议论，鲁迅的父亲临终的一幕，或者对他更具情感的穿透力。鲁迅的父亲经历了绍兴城里的两个名医，各种稀奇古怪的药也吃了不少，但是，终于还是宣告不治。这一日，就到了弥留时刻。而衍太太，一个曾将春宫图放在童稚的鲁迅眼前，后来又散布过他偷家里的东西变卖的流言的街坊，跑过来热心地帮助张罗一些礼俗的事体。其中一样，是吩咐鲁迅在父亲耳边大叫。对此，鲁迅没有解释根由，但从民间信仰的角度，大抵是表达挽留的意思，并想当然地，以为这会给即将往生的人一种情感上的安慰。而若是从科学的角度，则又见出中国的老百姓，其实大有智慧，这智慧不但体现在他们凡事都能纳入一个信仰的体系，而且又在无意中发现了一条神经系统的秘密，那就是即将死掉的人，各种感觉的丧失是有先后顺序的，其中听觉，恰就排在了最后：无语的哽咽，他看不见；深情的抚摸，他感觉不到；唯有附在耳边的呼喊，他还能听得清。鲁迅虽是一个西医的信徒，并附会其安乐死的观念，但却未必了解这个顺序；然而他在衍太太的催促下而一连声大叫的时候，倒真切地感受到父亲"已经平静下去的脸忽然又紧张了"。这或延长了逝者弥留的痛苦，而这痛苦则又增加了他的自责，以至他说："我现在还听到那时的自己的声音，每听到时，就觉得这却是我对于父亲的最大的错处。"

这或者是真诚的。然而在隐喻的层面，却又让我们不由得想起"铁屋子"的故事。鲁迅对钱玄同说，一群人被困在绝无窗户而又万难破毁的铁屋子里，就要从昏睡进入死灭了，这时节你大喊那么一嗓子，叫醒了其中较为清醒的几个，"使这不幸的少数来受无可挽救的临终的苦楚，你倒以为对得起他们么"？对此，我们知道钱玄同的回答："然而几个人既然起来，你不能说决没有毁坏这铁屋的希望。"鲁迅呢，则不得已地承认："希望是在于将来，决不能以我之必无的证明，来折服了他之所谓可有。"于是，他就也做文章了，并且"一发而不可收"。之所以"一发而不可收"，是因为新的情势下旧梦被唤起；然而对于"无可挽救的临终的苦楚"的确信呢，却也还没有消失。这没有消失的确信，即便没能够改写鲁迅有关他父亲临终的记忆，但应加强了他对自己当初错处的体认。所以，过去与现在互动、记忆与梦想交织，不仅成就鲁迅作为启蒙者的勇猛精进，而且铸成了他作为虚无者的犹疑、彷徨与寂寞。

或正是因此，在《秋夜》里，百无聊赖的鲁迅抬起头来数着墙外的两棵枣树，却又突然关心起园子里的小粉红花，想象它在这寒冷的夜气中，瑟缩地做着怎样的梦。这梦里当然有着希望，比如它梦见了春的到来；然而，梦里又有了秋天。一个"瘦的诗人将眼泪擦在它最末的花瓣上，告诉它秋虽然来，冬虽然来，而此后接着还是春，胡蝶乱飞，蜜蜂都唱起春词来了"。这给它一些虚浮的安慰；然而，冷的夜气只能让它惨然地一笑，似乎无意义的循环在它那里，也明白无误地感受到了。鲁迅的悲哀，由此可见一斑。然而他却不肯绝望，一边欣慰着"秋后要有春"；一边苦恼于"春后还是秋"；一边又在灯下，将那些扑火而死的小青虫视为"苍翠精致的英雄"，在沉默中致以真诚的"敬奠"。于是，一幅知其不可而为之的自画像，就跃然于我们面前了。而从中，我们或可以参透汪晖所谓的"反抗绝望"的内涵；并隐然地意识到，种种驳杂的记忆，不但被一再现实所改写，而且，积极地发出了它的强劲的影响力。

19. 父与子：在秘密中和解

那天晚上，对于美国电影《三世同堂》的观看，我是从中间开始的。

我从办公室回家的时候，电影里一个中年美国妇女正夸张地打电话，然而在通话的过程中，她却快步地走到一排衣架前，从一个男式长裤中掏出一件绿色蝴蝶形状的女式内裤来。她显然受了很大刺激，而我也一下子猜到，电话那头，是她的老公让他找一件什么东西的，却没想到有这意外发生。接着，画面转了过去，一个老头出现了。这老头真是老，比起中国的老头来，那高大的身躯似乎更容易突然倒在地上。

我正有着这样的担心，他已从沙发上站了起来，把两支长臂猿一样的胳膊伸到头顶，跟那两条摆成外八字的腿一样来回晃动着。然而他对我的担心一点也不知情，仍然恋恋不舍地望着眼前的电视屏幕——直到电视上所有的节目都说了再见，才结束一天的生活，这一点又与我平时所接触到的中国老人非常相似。

他去了盥洗室，然后摇摇晃晃地出来。画面一转，果然是一张大床。床上侧卧着一个女人，他大声喊："不洗澡就上床，这可是不合你的规矩。"显然是一对老夫妻间的对话，这让我产生了一些疑惑，因为我开始把这个女人当作刚才打电话的女人了。然而，是对刚才的有关电话内容的猜测做些修正呢，还是静观其变？正在这个时候，我感觉到了一些异样，那老头子一连声地喊："不能这样，你这样了我怎么办啊？"说着就倒在了床上，把那女人的手抓住了。

床上的女人死了。然而直到葬礼举行的时候，我才知打电话的其实是他儿媳。接下来的情节慢慢明朗起来，他儿子果然在外边拈花惹草了，等到葬礼一过，打电话的儿媳就把那"内裤门"事件给抖搂了出来。

一场家庭冷战开始了。

但内裤的主人却一直没有出现；相反地，那对夫妇的一对活宝儿子却掀起了一次次的情节高潮：一个因为种植毒品而突然被抓；一个人小鬼大，竟然在小学六年级的舞会上对一个问题少女产生了兴趣。而在这一点上，这小弟弟却和他的兄长相反，他兄长是一个问题青年，把一个少女牵连进了自己的毒品案中。

然而，在以后的情节中，最精彩的，我却认为是老头子和这个偷腥儿子的一次开车出行。这是老头子提出的建议，并且亲自驾了车，来到一个绿树如荫的街边公园。他果然是很老的了，他对儿子说，六十年前，他在这里第一次遇见了儿子的母亲。那位母亲当年是一个售货员，因为老头子说，第一次，他买了一块卡其饼，看到了她；然后，他又去买了一块卡其饼，又第二次看到她；他为了能一辈子都看到她，他就一连买了六个卡其饼。

六个卡其饼象征了一个家庭的创世纪。

做儿子的似乎对此心不在焉，所以，他对父亲的态度也多少有些敷衍了事，不管父亲说什么，他都说是的，是的，是的。然后加上一句他在葬礼上已经说过几遍的话，他说，他理解父亲的心情，母亲很伟大，他很悲伤。

同样一个源头，亲历者与接续者完全可以有着不同的感受。你的源头，是一种亲切或悲情的记忆；到我这里，却成了一个故事，虽然这样的故事也很感人，但毕竟自己不是其中一个活跃的角色。

老头对此有所觉察，于是问，你为什么晚上要睡沙发？

儿子这时才回过神来，他说老婆怀疑他外边有了女人。老头说，他对此一点都不觉得意外。但对父亲的反应，儿子却觉得意外。于是他说，你总觉得我什么做得都不好，总不信任我，哪怕是我再努力，你也总能找到我一大堆的毛病，如此等等，显然是情绪有些失控。这一系列的指责，令人不免想起卡夫卡的《审判》，其中的儿子也是这么冲着父亲歇斯底里一番，然后从桥上一跃而下。

我们不知道卡夫卡笔下的父亲在儿子接受"审判"而跳桥之后的反应，但这个《三世同堂》中的老头，却是先愣了一会，然后手舞足蹈起来。我一开始就有的他随时都可能轰然一声倒下的想法，这时候又涌了上来。做儿子的，也似乎意识到了父亲情绪失控的危险，于是连连摆手，想平息面前的争论。然而他的父亲，那个看起来总是随时都有倒下去的危险的老头，这时候却来了一个漂亮的转身，他说，难道你要我亲口说出我爱你的话吗？好，情绪的闸门打开了，父爱这时候从内心冲击出来，变成了虽然颤巍巍然而却异常坚定的语言。

父与子似乎要和解了。

然而，这时候，又突然发生了一件事情，需要这对父子共同去面对。这件事情是，老头的弟弟死了，他知道消息后给儿子打了电话，让他过去帮忙处理。我想，这样的电话，或者不但包含了日常生活伦理的信息，而且包含了老头对父子和解的期待，他期待儿子在对待其叔父的葬礼安排问题上给自己以支持。

这里需要做一个交代，老头的弟弟"二战"期间是个海军战士，在对德作战中失掉了双腿，这也是为什么老头总是称呼德国为敌国，并且不允许儿子开德国产的汽车的原因。老头执拗地认为，作为海军的弟弟，他的葬礼应该以海军战士的方式，让遗体回归大海。于是，他要给自己的弟弟实行海葬。

但他们所在的城市没有海，老头很神秘地把车开到了一个公园里，在一片黑黝黝的树林中间有一处很大的湖泊，他把那里当作了大海的替代物。于是，在一个漆黑的夜晚，父子两人把装在袋子里的尸体从车子里拖了出来。远处的微弱的灯火从树叶间星星点点地映射过来，投射在那对鬼鬼祟祟的父子脸上以及长长的装尸袋上。

他们似乎还在那里争执，但这一切看起来那么遥远，那么恐惧，那么不可捉摸。儿子在说不，说这是犯法的；而父亲却不管不顾，费力地从车厢里拉出了一条事先准备好的小船，拖着，一个人很艰难地把它弄到了水里。终于，儿子顺从了，并且到车厢里给父亲拿来了打火机。父亲说这是一个秘密，他指着儿子的前胸，说，你和我的，一个秘密。儿子笑了，但又表情很郑重地说，是的，这么多年来，这是我们共同拥有的第一个秘密。在这里，我想，也许，只有拥有了共同的秘密之后，真正的父子和解才有可能。

20. 失落与寻找：70后的挽歌

陈鹏接连发表在《青年文学》上的"季节三部曲"（《去年冬天》、《今年夏天》、《明年秋天》）是关于爱情的，但这些爱情，却不再仅仅与"原初的激情"相联系，而是经受过岁月的摧折、烟火的熏染，变得苦涩、沧桑、衰败甚至腐朽不堪了。其中的男女人物，虽然也曾被称为帅男或美女，但如今却只配得上熟男或熟女之类的称谓了。因为故事中或显或隐的男性叙述视角，我本来想用千疮百孔的熟男之爱来概括，但读到后来，却发现熟女们爱得也不容易。这似乎是70后共有的状态。一个个的，在成长的阶段不幸赶上了禁欲主义的尾巴；而后在丛林社会中摸爬滚打的时候，又遭遇了享乐主义的浪头。年长一代的 60 后凭着权钱的威力纵情声色，年青一代的 80 后借着青春的资本敢爱敢恨，唯有上下不靠的 70 后，无奈地经受着道德、物质、岁月、欲望的多重逼迫。生活的鸡零狗碎，既磨灭了理想又耗尽了激情。他们不是向现实低头，就是对欲望缴械，但前临不可预测的深渊，后有不可胜数的追兵，结果，还没大胆享受繁华，就已落得心情沧桑。这样一种尴尬，验之于情爱领域，就不免会上演一出出令局内人悲喜交替和令局外人哭笑不得的戏剧。而很大程度上，陈鹏的"季节三部曲"就是其中的一些插曲。

王重是"季节三部曲"中贯穿始终的一个人物，他的名字里或者包含了困惑重重的意思。他已到了奔四的年龄，才结婚不到半年，就在《去年冬天》出现危机，然后在《今年夏天》离了，对方跟演员赵薇同名。我们不了解作为演员的赵薇，这一点也不奇怪；但作为老婆的赵薇，在王重仍是一个谜，就不免匪夷所思。他们是在球场上认识的。作为拉拉队员的赵薇，或因受了男性荷尔蒙的刺激，表现出女汉子的一面；但老大不小了，却还幻想一夕成名，不免暴露了伪小资的本色。然而，这并不为王重所注意，他还沉浸在婚姻的新鲜感里，但等到赵薇与一个央视假中介拍拖，跟他玩起躲猫猫的游戏，恍然梦醒的他才开始着手调查她的过去。通常情况下，我们会用"出轨"来形容赵薇这种状况，但对她而言，却可能是常态，因为据前丈夫与前闺蜜的说法，她其实一直在有本事的男人中打猎，钱或者性，是她的目的。然而这些，因没给赵薇提供自辩的机会，所以其真实性，是很可疑的。但即便真实，却也只对王重才重要，而对我们，重要的是他的失魂落魄：别的熟男差不多都已在现实世界历练得刀枪不入了，他竟还那么在乎？

作为队友的李果就是这样。在《去年冬天》里，李果的生活也遇到了麻烦。李果的爱情和王重的爱情有相似之处——都因为球场上的表现而赢得了芳心；但不同的是，一个半年不到就无疾而终，另一个却风风雨雨凑合了八年之久。然而这八年看似风平浪静，其实却暗潮涌动。女儿得了不治之症，李果着急上火但无计可施，最后魂不守舍而又心怀愧疚的刘盐替女儿终结了痛苦，而她自己却陷入更大的痛苦：女儿是她偷情的产物，所得之病呢，也是由她的长期嗜烟如命引起。她最初还怀着真相被揭穿的担忧，但李果却早已心知肚明。他似乎坦然地接受了命运的安排，不仅对非亲生的女儿充满怜惜，而且对轻生的刘盐也极尽救护的努力。这看起来是一个隐忍负重的好男人的典型，然而他心中并非波澜不惊。"不想知道谁是她亲爹？"刘盐问他，他说"不想"，然而一接到王重的求助电话却即刻血脉贲张。表面上是帮队友去教训野男人，但根子上，却大有借他人酒杯一浇自己块垒的动机。面对两个受伤的男人，揣测他们隐秘的内心似有些不妥，但这年头，谁又能不承认，做个熟男，真是不容易呢。

　　这种不容易，不仅王重和李果这对难兄难弟感同身受；《今年夏天》里的何冬，也应深有体会。因为三年前他老婆苏沫跟人跑了，这情形跟王重差不多。但王重新婚宴尔，还没从新鲜劲儿里缓过神来，所以他还有足够的时间和精力失魂落魄；而何冬却不然，他还要为嗷嗷待哺的女儿尽奶爸的责任。好歹女儿已上幼儿园，而某个网上认识的小"萝莉"走进了他的生活，并悉心照顾他的女儿。像这样苦尽甘来，当然能给人以安慰，但这符合世俗人心的理想，却并不符合小说叙事的惯例。所以，有经验的读者很容易就会猜到，何冬的日子不可能这么顺风顺水下去。果然，麻烦来了。前妻苏沫就是麻烦制造者。当初弃夫背女追随野男人时，以为每迈出一步，都是朝向天堂的；而今丢盔卸甲回来了，她的每一次找上门，都似在将手伸向最后一根救命稻草。她的貌似可怜竟给人可怖的感觉。女儿的拒绝或让她失望，但她很快发现了何冬的恻隐，并意识到自己的闹场，给何冬身边的"小狐狸"造成了困扰。于是，"清君侧"就成了下一步的策略。一场寻常百姓的家庭闹剧，似乎带有了某种宫廷戏的意味。处境尴尬的何冬显然没有帝王的权柄，所以，他甚至想到了卖房逃亡的下策。但还没等他将计划落实，身边的小"萝莉"却玩了失踪。小"萝莉"的说法是，"姐不跟你们老夫妻玩了"，言下之意很明显，何冬在她眼里，并无太大争抢价值。如果说爱还是一个理由，但何冬的表现，却分明让她感到失落。不仅权柄没有，连爱都打了折扣，争到又如何呢？所以，宫廷戏的形式、家庭剧的底色，此中突显的，不过是在消费主义的横行无忌中，70后熟男既看护不住老婆，又招惹不起小"萝莉"的尴尬。

　　就在何冬与苏沫一地鸡毛的时候，王重也一直没闲着，一会儿泰国一会儿欧洲，似要提供一个浪漫的旅游手册。但虚浮的浪漫掩盖不了他内心的寂寞，奇幻的旅行却又彰显了他现实的失落，而带着这寂寞与失落对熟女们的观察，就无法摆脱忧郁与孤独的底色。同为"眷鸟恋旧林"，苏沫是一个十足的市井泼妇，她迫切地想独享一处避风的港湾；而《今年夏天》里的叶斯斯，则是一个忧郁美人，她一遍遍地回望那旧日的时光。对苏沫来说，那个何冬身边的小"萝莉"是现实版的敌人，她当然极尽污蔑和谩骂之能事；但对叶斯斯而言，王重却是一个值得期待的观众，她其实也渴望从他那里得到一个自我表演的机会。在全知的叙述中，苏沫世俗而干脆，一览无余地展示了她的泼妇嘴脸；而在限制叙述中，叶斯斯超凡而脱俗，尽兴之际也不忘琵琶遮面。尽管这样，无论小"萝莉"还是王重，都似乎无法窥见两个看似迥异的熟女的内心，所以，正如小"萝莉"的主动退出一样，王重也必然无功而返。而这两个女人犹如复调一般在文本中交替出现，则让我们窥见女人确为爱的动物，只是她们有时太自我，有时又太无知。然而这一褊狭的结论，看似给熟女们命运的凄惶和内心的苦涩找到了祸根，但从根本上，却再一次暴露了熟男们处境的尴尬。

就故事本身而言，熟男们的尴尬和熟女们的苦涩，不过是一些生活的流水。一地鸡毛也好，异域旅行也好，其实都很容易让人觉得乏味。但陈鹏的"季节三部曲"，却充满了奇异的诱惑。这或者跟小说所使用的混搭技术及其造成的悬疑效果有关。所谓混搭，它在时尚界中通常指的是将不同风格、不同材质、不同色调、不同档次、不同身价的东西按照个人口味拼装在一起；而借用在小说叙事中，则是将看起来并无多少关联的人物及故事，抛却时空、语境、因果、人称、氛围等方面的差异，错落有致地搭配在一起，使它们相互激发，各自衍生出新的意味。这一技巧，在现代小说中早已被广泛运用；但在陈鹏的"季节三部曲"中，它却能化腐朽为神奇，给原本生活化、平面化、碎片化的故事增加了不少心理张力。《去年冬天》讲了两个70后熟男面对老婆出轨时的难堪，并佐之以一对50后老夫妻情感的苦恼，给人留下了爱在婚姻中并非轻松的印象。但陈鹏并非止步于此，他让两个熟男成为球友，使原本平行的故事出现交叉，在不动声色之间，既暴露了李果此前极力遮掩的愤怒，又赋予了他忍辱负重的意义。如果不是苏沫纠缠其间，《今年夏天》差不多就成了一部导游手册和奇幻游记的耦合，但因凡庸人生的烟火气与凌空蹈虚的小资腔错落混搭，却收获一种奇异的反讽效果，让我们顿悟男女世界的真谛：较之叶斯斯的浮华和苍凉，现实生活中其实更多的，还是像苏沫那样的女人，在繁华褪尽之后，以千疮百孔的爱为基础，紧紧抓住或者积极挽回生活的凭依。

但在文本的世界中，人们更爱追逐虚浮的表象，而对所谓的"真谛"弃之不顾。所以，在使用混搭技术的时候，陈鹏还给"季节三部曲"制造了一种悬疑的效果。比如在《明年秋天》里，像苏沫这样的女人就消失了踪影，而换上两个神经质的女人，给我们做了奇幻之旅的导引。这两个女人，一个在欧洲旅行，但与导游陷入同性畸恋，但在最后的相约殉情时退缩了；一个到丽江访友不遇，竟因为殉情故事而选择了轻生。从某种意义上，我们可将轻生的赵小男理解为退缩的沈鹿的化身。而事实上，她耳朵上挂着的银白色TOUCH，就跟导游送给沈鹿的那个相似，其中反复播放的古琴曲，也或许就是令沈鹿沉迷的《高山流水》。沈鹿与导游约好"明年秋天"一起去丽江，如今赵小男却独自前来了。事实上，我们也仅有一次从赵小男口里得知她叫赵小男，而给献殷勤的陌生熟男随口撒个谎也情有可原。沈鹿说，经过那个巴伐利亚之夜后，她恐怕再也快乐不起来了。而打动赵小男的殉情故事，就频繁地提到殉情主角之一，如没像对方一样当场死掉，余下的日子，不是活得艰难就是死得很惨。所谓"说者无心听者有意"，或可解释赵小男的自杀。而她不为我们所知的过去，说不定就隐藏着一个跟沈鹿相似的殉情不果的故事，她的访友不遇也因此而带上悬疑色彩；但在这背后，或更隐含着一曲关乎失落与寻找的的70后挽歌。

21．作为"显学"的"生态批评"

文学创作中的生态意识被不断催生，与之相关的"生态批评"也日渐成为一门显学。据学术期刊网而作一个粗略统计，可知自2000年以来，这方面的论文每年都会有数百篇以上的增幅，而以之为主题的学术会议也雨后春笋一般，国内国外，你方唱罢我登场，一派热闹繁忙的景象。不仅如此，还记得前几年当"十七大"报告第一次将建设"生态文明"写进行动纲领时，便有不少嗅觉敏锐的生态批评家慷慨激昂地宣布，这不仅是生态批评对于国家政治生活的"成功介入"，而且预示了其在未来几年的广阔前景。如此的利好消息，的确给困扰文学界多年的边缘化忧虑打了一剂强心针。但不该忘记的是，全球范围内的生态理论和运动。政治关怀从来都是不可或缺的维度。所以，作为一门显学，表达诉求成为生态批评的一个重要特点。不应该只表达所谓的"生态意识"，而且要充分体现人文关怀，这是生态批评对文学提出的要求；而重建失衡的价值体系和参与创造和谐的文化生态，则成了它义不容辞的责任。似乎从生态出发，人类社会的很多问题都可以迎刃而解了。

且不论这是否一厢情愿，单说生态批评的欧美源头，的确跟发达的资本主义社会所面临的诸多环境和社会问题密切相关。有一个陈陈相因的叙述，认为作为生态批评前提的生态主义的思想渊源可以追溯到18—19世纪的浪漫主义运动。它经历两次世界大战洗礼，在毁灭和重生的危机中催生了有关生态保护的大众叙事。这是一个四面树敌的过程，工业、军事、政治、技术、商业、生育，都被视作丑陋贪婪的人类中心主义。因此，保护野生生态在 20 世纪 60 年代就已成为西方街头政治的主要内容，革命性的口号涉及诸多领域，大到抗议核战争的威胁小到某某杀虫剂的使用，甚至天然橡胶制成的安全套模型，也常常被拿来当作哗众取宠的道具。表现杀虫剂如何破坏地下生物多样性的著作《寂静的春天》在 1962 年的出版，通常被当作生态主义进入文学的里程碑。但生态批评作为一个概念，却直到 20 世纪 70 年代才在美国出现。

一个叫约瑟夫·密克尔的生物学家阴差阳错地第一次使用了"文学生态学"的概念。从他的书名"生存的悲剧：文学的生态学研究"上，就可以判断来自生态主义的深刻影响，而且其间应充满对环境的破坏可能带来的"悲剧"性后果的深刻忧虑。仅仅四年后，当威廉·鲁克尔特在《文学与生态学：一次生态批评的实验》中"把生态学以及和生态学有关的概念运用到文学研究"中时，却难再享有首创者的声誉了。但这两个人的名字随着生态批评的全球漫游而被频频提及。或许，在国内更是如此。因为在"拿来主义"的文化/文学生态下，我们实在太喜欢千篇一律地重复众所周知的"陈词滥调"了。似乎很少有人尝试寻求约瑟夫·密克尔之前的可能性，而在 1974 年到 1978 年之间究竟还有哪些有关"生态批评"的历史细节，也一样乏人问津。是否读过两位先驱者的著作本身，更不会影响到是否将之作为生态批评史的知识来广为传播了。

但国内生态批评的史前史，却很能激起一些人考据的热情。欧美的生态理论是在 20 世纪 90 年代中后期才被广泛引进的。生态哲学、生态美学、生态文化学、生态社会学、生态女性主义等名目一时间风生水起，但那时更多的还只是集中于对国外生态批评理论的引介。众多新锐的从事外国文学和文艺理论研究的学者在其中可谓独领风骚。虽然很难给出一个精确的时间表，但大致可以说，用这些"拿来的"生态理论评介国内外的所谓"生态创作"，更是进入 21 世纪以后的事情了。但却有学者考证说，早在 1987 年鲍昌在他主编的《文学艺术新术语词典》中就收录了"文艺生态学"这一词条，似乎凭这一点，就能证明"本土生态理论体系的构建"与西方"同步"的性质。与这一"影响的焦虑"相伴的，是众多寻求"传统文化中所包含的生态思想"的努力。这显然并非生态批评领域的"独特景观"，因为在解释传统中国的近现代转型时，一度也流行着这么一种"古已有之"的论调。源头上溯，所谓的"早期现代性"，似乎在两宋时就已留下蛛丝马迹了。当然，这一思路在中国式生态批评上应用得更彻底，不但诸子百家的时代就有着古朴的生态观念，而且《诗经》乃至《尚书》里，便已隐藏了丰富的

"天人合一"的理想。

这有什么值得大惊小怪的呢？向历史纵深处追索文学作品中的生态意识本来就是生态批评的一个传统。所谓生态意识，显然包含了对于人与自然的关系的思考，它本来就是古已有之的；但这种向源头追索的前提，却是以现代社会不断频发的生态危机为前提的。人不可避免地要生活在自然之中，却并非总对自然感恩戴德；而自然也并非总意味着无限的福祉，它的诡谲多变，便时刻提醒着人们危险和灾难无处不在。所以，企图逃离的冲动和无处逃离的现实，一方面激发了人类改造和征服自然的潜能，另一方面却也催生了对自然又爱又恨的生态意识。这却又产生新的悖论：人类自工业革命以来改造和征服自然的能力看起来是大大提高了，但在这个过程中，自然却又愈发显示出它的凶险乖戾和无法控制的一面。于是，担心自然突如其来的毁灭性报复便成了一柄高悬的达摩克利斯之剑，而在这种情况下被不断催生的生态意识，虽一再试图召唤对自然的古老敬畏之心，但却是为了对人类知识体系的反思。

正因如此，尽管并非所有危险都产生于人类知识体系所引起的变化，但努力在二者之间建立必然的联系，却成了现代生态意识的根本特征。与之相伴而生的各种生态学说，包括在文学理论与批评界已成为显学的生态批评在内，便常以各种生态危机作为合法性的来源：因为工业废气污染造成的"温室效应"近年来不但制造了种种"极端气候"，如持续的干旱、反常的洪涝、超强的台风等，而且破坏了臭氧层，使地球南北极的冰雪覆盖层大面积融化而湮灭了广阔的陆地；作为再生氧主要来源的热带雨林在这个过程中也不断遭遇大规模的破坏；化肥的大面积使用，使得成千上万亩的土地失去肥力，而各种转基因食品的推广，则又使得人类自身的繁衍生息也变得危机四伏；核战争的威胁似乎还只是个威胁，但核电站的诸多事故和核燃料泄露引起的辐射，却屡次三番地将核威胁变成现实。所有这些潜在的或已然发生的生态危机，给我们每个人都勾画出了一幅令人生畏的前景。如果说对一场燃烧在西宁的大火或一场爆发于利比亚的战争来说，我们都还可以是麻木和冷酷的"旁观者"，而一旦这样的生态危机到来时，却似乎没有人能置身事外。此番日本大地震所引发的海啸便不但激发了我们的同情，而且随后引发的核电站危机还将我们一起拖入受害者的行列。最起码，一种受害者的感觉已随着核辐射的阴云弥漫开来了。这或许正是人们即使没看过那部充斥着生态主义陈词滥调的《阿凡达》，却也热衷于传播有关2012年的恐慌性预言或者说寓言的原因。

或者这仅是一种幻象，但当人们考察中西方文学中的生态意识时却有一个共同发现：以 20 世纪为分界线，此前的文学对于自然，多充满光明、欢乐、安静、幸福、赞美与感恩的情感；而此后，文学对生态问题的关注，则差不多全被晦暗、忧伤、狂躁、悲伤、恐惧与疑惧笼罩了。种种对现代社会的工业化所引发的环境污染和生态灾难的焦虑，几乎成了作家创作的原动力。这其中，蕾切尔·卡逊的《寂静的春天》就跟梭罗的《瓦尔登湖》形成鲜明的对照。由此，或者不妨说，20 世纪以前的生态文学不是先有了生态主义关切而与山水景观和动植物去亲近的，相反倒出于一种人文性情、宗教的信仰或者哲学理念而主动投入自然怀抱。即使是把自然当作现代社会的对立面，表达一种批判意图，也多以自然的美丽反衬社会的丑陋。此后的生态文学，则多抱着警世目的去创作，以惨烈地展示种种人类活动的生态恶果为能事。

然而，我们能否持续不断地将具有极大威胁却又远离个人控制的危险铭记在心呢？对我们中的大多数人来说，这是不可能的。种种被反复罗列的生态危机的清单所起到的警示作用往往不能抵消它所诱导出的麻木乃至厌烦的感觉。因为生态主义在现代电子传媒的帮助下成功转化为大众叙事。我们的确已对生态危机这个事实有了普遍的了解，但也正是因为它是如此耳熟能详，我们偏越来越倾向于将它视为一种姑妄听之的呼喊与祈祷。例如，吉登斯在讨论现代性的后果时，曾引述卡洛林的长篇小说《金色时光》的例子，来证明核威胁如何在日常生活中被转换为不耐烦的情绪。在这篇小说的结尾，主人翁在一次晚宴前跟另一位客人谈起核战争的恐惧，得到的反应是："我明白你在说什么，我理解。但是这难道是真的吗？对所有今天烦恼着我们的其他恐惧来说，你对核战争的恐惧只是一种隐喻吧？"这样的回答似乎让问话者受到了某种刺激，他禁不住大声喊叫起来："我的观点是，其他的恐惧，所有这些我们谈论着的恐惧，都不外是我对于核战争恐惧的一种隐喻！"吉登斯对此评价说，不管它是不是一种隐喻，绝大多数人至少在意识层面上不会整天担心核战争或其他类型的大灾难。所以，尽管主人翁意识到他的喊叫"穿透了那被精美装饰起来的房间"；然而，一旦"被邀去享用丰盛的晚宴"的时候到了，他除被看成歇斯底里和笨拙可笑之外，是再不可能得到任何值得期待的反应了。

毫无疑问，"被精美装饰起来的房间"和"被邀请去享用丰盛晚宴"也是一种隐喻，在它们所代表的日常生活中，可能性虽低但后果严重的危险，恰有助于滋生侥幸心理，以为靠运气便能绕过难以预期的威胁。这在某种程度上减轻了个人在现实环境中所负载的重担。实际上，远古时代的人们所不得已面对的自然界的威胁一点儿也不比现在小和少，但他们一方面将视界局限在与日常生活密切相关的物质性事务上，一方面将难以驾驭的一切都让渡给原始宗教的领域，这使得他们相对有效地避免了外部世界及其风险的无休止纠缠。在这中间所产生的天命论的观念跟我们如今面对难以驾驭的生态灾难所产生的侥幸心理一脉相承，而且它们都在无意识层面上压制了我们的经常性焦虑。所以，当出席晚宴的客人听到有关核战争威胁的"喊叫"时，叙述者便迫不及待地插入对房间精美装饰的"修辞"，并交代"她怀疑地看着我，但还来不及作出什么反应，我们就被邀请去享用丰盛的晚宴了"。也就是说，叙述在这里也是一种压制性力量，试图将我们所有人都从不确定及恐惧中摆脱出来，但也因此暴露了无意识领域对"经常性焦虑"的压抑。

即使当具有严重后果的生态危机已进入日常生活的中心时，似仍能用吉登斯所谓的"作为个人我实在无能为力"和"无论如何风险肯定很小"这种矛盾心理来保持一种平衡。如日本大地震所造成的核辐射已经危及我们的食品安全，但一旦度过最初的"谣言四起"的恐慌后，就难再对各地在蔬菜上检验出人工放射物的新闻产生强烈的反应。毕竟现代社会的食品安全跟无所不在和高度发达的工业化密切相关，而不仅是制度缺失和道德沦丧的结果。"作为个人"，我们最初面对"丰盛的晚宴"的那一刻，或许头脑中会闪现媒体上有关食物可能含有哪些毒素的报道，但紧接着就会无可奈何地承认"实在无能为力"，剩下的也只有用"无论如何风险肯定很小"来自我安慰了。或者相反，因为这种压抑的力量过于强大而导致了主体的崩溃，大灾难也许这个时候反倒成为日常期待视野的一部分，从而造成一种歇斯底里的情绪。

这种生态危机向日常生活领域的渗透，显而易见是生态批评之所以成为显学的前提，但也同时注定了它的无能为力。桑塔格在论及"艾滋病及其隐喻"时曾经指出："对世人的警告是一个长长的系列过程，不是警告现在，而是从现在就开始警告。"这在某种程度上正是生态批评的命运。不过，相比较人们对现实的实用主义接受，生态批评却更多地分化为两种截然相反的态度，一种是持续的乐观主义，另一种是犬儒的悲观主义。前者实际上是坚持启蒙主义的态度，不论当前的威胁是什么，它总认为解决全球性生态问题的方案总能在现代知识体系中找到；而悲观主义则确信不管怎么做都会使事情变得更糟。在悲观主义视界中，"世界末日"就在前面不远的地方等候。不过有时候，跟犬儒主义相结合的它也会用幽默冲淡悲观的气氛，从而抑制"经常性焦虑"对情绪的影响。但是，跟启蒙主义结合的乐观主义，却更相信理性的力量，它设想一个全球关怀的目标，"欲把世界的生态健康作为一个整体保留下来"。

　　所谓的"生态中心主义"也怀有这样的企图，却一再宣称自己跟代表工具理性的启蒙主义完全不同，这就使它从对现代知识体系的反思而坠入巫术和宗教的领域。人不仅是社会化的人，也是自然生态中的人，而自然不仅有其自为的状态，也经常体现出人化的一面。因此，人与自然不仅相互依存，而且人本身就属于自然，自然也"展示为一种生物有机体的行为，甚至它就是一个活着的生物"。这些都是"生态中心主义"的观念，但它却借这些观念将"人类中心主义"污名化了。事实上，启蒙主义以来的现代知识体系不是提升而是降低了人在自然中的权威。例如作为其基础的达尔文进化论首先将人当作自然界中的一个物种，这比起宗教神学来，显然降低了人在自然中的地位，强调了彼此的依存关系；而受其影响的马克思，则更明确地指出"所谓人的肉体生活和精神生活同自然界相联系，不外是说自然界同自身相联系，因为人是自然界的一部分"。诚然，包括马克思主义在内的启蒙现代性观念也强调人对自然的征服与改造，但却是在承认共生的前提下的。在这个意义上，"人类中心主义"不但无可厚非，而且难以避免，它只不过是指出了人类实践的人的角度，而并没有给自己提供超越自然法则的权力；也是在这个意义上，所谓"生态中心主义"（或"生物中心主义"、"自然中心主义"、"绿色生态主义"），不过是"人类中心主义"的拟人化，有着一层将心比心的意味。

　　面对众多似乎不可逆转的环境破坏和潜在的生态危机，强调生态的重要性顺理成章，而追逐生态批评的热闹，也就没有什么值得大惊小怪的了。但就在"对生态文学的研究"和"对文学的生态研究"中，我们还应当清楚地意识到，人在变化的环境中还有自我调适能力，不能一味唱衰人类的未来。虽然不能确证，但却可以大胆猜测的是，任何个人都不可能比人类寿命更长，因此，擅自预言就难以保证它在不久的将来不会沦为笑柄。何况，文学只是文学，它更多的和个人审美情感相关联。当一个人动辄宣称"从1949 年到1976 年，由于革命意识形态的压倒性影响，中国当代文学中盛行极端的人类中心主义写作，对大自然采取彻底利用和征服态度，丧失了对大自然内在价值最低限度的尊重和敬畏"，却又信心百倍地要求作家们"重塑中国文学的绿色之维"，在作品中表达"超越现代文明，建立生态文明"时，在不同意识形态的置换中，难道就没有内在矛盾吗？从这里，我们不难看到生态批评的政治维度。而事实上，作为其重要支撑的源于西方的生态或绿色运动，基本从属于右翼政治团体，他们诉求的环境保护和生态中心主义，或许真如印度学者古哈所批判的那样，若在第三世界国家付诸实践的话，后果将是灾难性的。但即使我们相信工业主义所制造的"一个世界"

幻觉，认为在这个世界上遍布影响到每一个人的生态危机——实际的情形当然是这些危机在上层社会和底层社会之间的分布是不相同的——因而在生态批评中将"生态中心主义"中所包含的"众生平等"观念推向极致而远超出它提醒人类实践活动限度的要义，则不知当这个世界上只剩下了昆虫和青草的王国时，还真有谁会为人类的消逝唱一曲挽歌吗？

后　记

不知从何时开始，随手翻开一本书，不经意地就会将目光停留在序言或者后记那儿。而一读之下，很有共鸣，若是在书店，就可能即刻买下；若是在图书馆，就可能决计借入；若是在自家书柜前呢，最大的可能，就是立在那里，一鼓作气读下去，直到两腿酸软了，才不得已放在一边，以至竟忘了最初所要找的，是另外一本书。将这经验与人分享，不料得到绝大多数人的附和；而且附和之外，竟还都讲得出一大串的理由，其中就有人认为，若连序跋都写得潦草的话，那么，它的内容，也应不会得到怎样郑重的对待。

于是这就成了读书的信仰，结果临到自己将一本随笔编辑完成的时候，就忐忑着，不知怎样才能完成一篇像样的序言或者后记。一件事情，若是被预先设定了意义，当然对于它的完成，就会增加几分认真和虔敬；然而同时，也会觉得如临大考一般，很是担忧着交不出满意的答卷。所以，文稿的整理，虽说早已完成了多日，这后记，我却一直拖着，等到本学期都快结束了，而书稿就要出版了，才不得已而动笔。但即便是动笔了，一方面满眼幻化出可能的阅读者翻书的样子，一方面则又对于各种后续反应，怀着万千的期待、不安和焦虑。

当然，这或者是多虑了。在这数字化时代，纯正的纸质阅读，已经是明日黄花，我又非什么名人，一本随笔的集子，何况内容大多和个人化的记忆相关，即便序言或者后记写得天花乱坠，又能吸引多少人的注意呢？它的出版，或者更多的，是想要给自己的记忆保留一种物质化的外壳。此外，则是因为时代在前行，电子图书已经大行其道，自己的观念却还停留在过去，不肯放弃纸质出版的"正途"。既如此，那就怀着一颗郑重的心，只在这后记里给书的内容做个简要的概括。

书名为《记忆的力量》，很大程度上，是因为书的主要内容都和记忆有关。我觉得自己并非一个对前途充满信心的人，所以，一遍遍地回望过去，从很年少的时候，就已经成了习惯。记忆并非总是美好的，但却可以让我摆脱眼前的烦扰，何况它们，有的时候，还会提醒我一种现实的因应之道。集子中有不少文字是关于现实的，或至少是因为某个当下事件的触动，但我却总在回应的时候，杂七杂八地写出记忆中的事。它们是被现实唤起的，但借由它们，我才有了重构过去的冲动。

文集被划分为三辑。其一为"天涯来去"。很明显，这组文章是一系列的"旧事重提"。所以，在编排上，我突出了它们所述之事的时间线索，比如，从少不更事的童稚时期一直到最近的北京访学，但是，它们的写作，却跟这个线索时有冲突。我已经不能很确切地记起它们的写作时间，但却知道排在第三位的《奶奶家的大黄狗》，其实是不久之前才整理完成的。它源于我跟一个朋友的辩论，那个朋友，对于我的讨厌猫狗，甚为不满，而我又对她的不满而不满，然而到后来，我有些为自己极端的态度感到了某种歉意，于是就讲了这件陈年往事，一方面来给自己做一个委婉的辩解，而另一方面则更是想要对方明白我的不喜欢猫狗，实在是跟记忆的阴影不可分割，所以，也就寄希望于她的理解。试想，谁能够跟一个受阴影摆布的人较真呢？但这样的一种示弱，并没有得到想象中的回应，可见记忆对我本人是有力量的，却并不一定会对他人有效。而这一辑中的文字，恰恰大多在借往事而自我反省之外，还有一些现实的影射，然而，谁又能读懂呢？悠悠往事，存心难知，我只视其为文字的祭奠吧。

有朋友说我写东西绕，我觉得这一特点，可用来概括第二辑中的文字。第二辑是为"谈鸡论鸭"，就是鸡一嘴、鸭一嘴地对于一些现实问题作一些自以为是的点评；而这些所谓的点评，也大多从眼前绕开去，转入记忆的重构。一件件，一桩桩，说了又说，然后想个法子绕回来，就草草地结束了。似乎只有记忆，而没有答案。所以，一个形象的说法，说是看我的文章，一个在中学老师那里训练出概括中心思想的习惯的人，很有可能会不知所云。当然，也另有一个说法，就是看我绕了又绕，但其实，就是走了一个圆，最后一切都回到了原点。似乎说了很多，喋喋不休的；但又似乎欲言又止，什么也没有说。我觉得这应是知音之言，但却又有些负面化了。的确，我经常会兜圈子，而这些圈子，跟我的记忆有关。但很多时候，它们却并非突然地进入我的思绪，而是先有了这些记忆的抓挠，才会在现实的事件中找到突破点；且在行文中，我所做的一件最为费心的事，就是试图在现实与记忆之间建立一种联系。所以，在更多的时候，我并不是要考虑对现实的判断，而是屈从于记忆的规训。太阳底下能有多少新鲜事呢？不仅事件如此，而且判断亦然，我倾向于在兜圈子的过程中寻找记忆与现实的隐秘联系，并将这联系作为答案。

这答案是个人化的，但也并不违背常识。我觉得，第三辑的文字，"说文解字"，虽然关乎文学抑或文化这些宏阔的话题，而且似乎有些理论化；但其根本，却还是与记忆有关，并将回归常识，作为一种追求。比如有一回，我偶然翻到一本叫作《访问梦境》的书，这是孙甘露的一本小说集，大约是我在一所工科大学读书期间买到的，而且曾有一段时间，我对于它的诗意的叙述很是着迷，但进入中文系读研之后，却基本上给忘记了。没想到它还躲在我书柜的一角，而一旦翻到，却让我不禁记起当初读它的热情；且不由得想起，在上海读博期间与作家沈善增的一次交流，其中，他提及当年主持上海作协"青创班"的经历，并以孙甘露的小说处女作《访问梦境》的发现，作为了一个重要的事件。但相比他的叙述，孙甘露本人的叙述，却是另外一种情形。所以，我就写了一篇《梦境从何处开始》的文章，将一篇小说怎么发表的历史及其作者成名后的相关叙述夹杂在一起，并以我的记忆为辅，谈论当事者对于20世纪80年代文坛的追忆，如何参与形塑了我们这些后来者对于那个所谓的文学的"黄金时代"的想象。虚构与真实、记忆与想象，总是交相辉映的，但其结果，却在赋予历史以价值和意义的时候，自我也被涂抹上了神圣化的光辉。

然而真相呢？它却躲在话语之外。

这些话语，可能是私人性的；但更多时候，却也充满公共性。比如说关于革命及其历史叙述，"新时期"之前，几乎没有人公然怀疑过它的正当性，它总是伟大而正确的；而"新时期"之后，在"拨乱反正"的旗帜下，革命在公共的话题中却逐渐变得形迹可疑起来。即便它的诉求仍被肯定，但是它的过程及方式，却可能导致灾难，这成了被广泛接受的"陈词滥调"。想当初那些激进的参与者，无论死去的烈士还是活着的英雄，在人性论语法中，都受到普遍质疑；而悠游于时代大潮之外的，在这个时候，却成了少有的清醒者。一些历史人物的情感纠葛，这时候，勾起了人们探究的热情，获得了重新的阐释。是辑中《张中行与杨沫：一个道德叙事的生成》，就是针对人们对于这对"革命夫妻"所做的翻案文章而进行的分析，并将之与"新时期"以来革命遭遇污名化的语境联系起来了。事实上，《鲁迅及其八卦》所展示的，也正是鲁迅在这种"后革命"的语境中蒙受的质疑与调侃；而《小说的后革命阅读》，则是借助对一个因写小说而被告上法庭的作家故事，探究了革命的宏大叙事遭遇解体而伴生的小说阅读的伦理问题。

这些都似乎太过于理论化了，而且其中充满了似是而非的术语。对此，我实际上是充满警醒的。在读研之前，我一度梦想成为小说家，无论是对生活的观察，还是对于社会新闻的反应，我总是倾向于将它们情景化，并给所涉人物想象出各种性格；但读研之后，却因为接受的理论训练，而不由自主地想要对一些事件讲出一二三的道理来。书中所收录的"谈鸡论鸭"部分，便深受了这一习惯的影响；而事实上，它们只是我从大量的这类文字中严加筛选的结果，如若不然，单这一部分，就足以构成两三本书的容量。记得我曾经打印过一个《谈鸡论鸭》的册子，寄给了当时还在上海大学任教的王鸿生教授，他在我参加博士面试的时候，就据此向其他老师夸我的勤奋和能写。应该说，王鸿生老师的这番推介，对我的最终被录取，起到了很大的作用。但后来，我还是觉得这类社会评论的文字，用语和行文都太过生涩了。所以，我逐渐减少了相关书写，但多年来形成的职业习惯，却还是在类似于"天涯来去"这类顾所来径的文字中不能摆脱乱发议论的怪癖。然而，我既然煞有介事地将它们辑录为一册，并有勇气寻找出版的机会，那么，在坦承敝帚自珍的同时，真诚地希望写作中，时刻记得术语里没有感应的神经，切不可再让那些似是而非的理论占据了感性的阵地。毕竟，作为一个工科毕业的学生转入文学的课堂，我的最大的期盼是让文学切近心灵，而一任术语狂欢乱舞，结果本因文学而书写，却落得同心而离居，真是何苦来哉？

赵　牧
2015 年 5 月 21 日